THOMAS ADCOCK

Hell's Kitchen

KRIMINALROMAN

Aus dem Amerikanischen
von

JÜRGEN BÜRGER

HAFFMANS VERLAG

Die Originalausgabe ›Sea of Green‹ erschien 1989 bei
The Mysterious Press, New York.

Für Kim

Konzeption und Gestaltung von Urs Jakob
Umschlagzeichnung von Nikolaus Heidelbach
Deutsche Erstausgabe

Satz: multimedia Electronic Publishing GmbH, Konstanz
Herstellung: Ebner Ulm
ISBN 3 251 30007 5

1 2 3 4 5 6 – 98 97 96 95 94 93

Gestohlenes Wasser ist süß, und heimliches Brot schmeckt fein.

DIE SPRÜCHE SALOMOS, 9:17

PROLOG

Das Haus war ein kleiner Würfel, eingekeilt zwischen einem leerstehenden Lagerhaus und einem Taxiunternehmen auf der West Fifty-second in der Nähe des Hudson River. Der weiße Anstrich war durch Vernachlässigung und strenge Winter größtenteils abgeblättert. Nach einem Brand waren die winzigen Fenster im oberen Stock geschwärzt. Tagsüber schliefen dort Tauben zwischen Glasscherben und verrottetem Holz. Nachts ernährten sich Ratten vom Moos.

Es lag etwa zweieinhalb Meter vom Bürgersteig zurück, durch den überall Unkraut sproß. Ein übermannshoher Maschendrahtzaun mit einem Tor, durch ein Vorhängeschloß gesichert, umgab den kleinen Hof. Drei Schneiderpuppen nahmen den Hof in Beschlag. Kerzengerade standen sie da, wie auf Stangen aufgespießte Vogelscheuchen. Eine trug ein Kleid mit einem Spitzenkragen und Puffärmeln. Die leeren Ärmel flatterten in der feuchten Brise, die von den Piers herüberwehte. Eine andere trug ein Herrenhemd und Krawatte. Die dritte war mit lauter Bändern und – wie es schien – billigem Modeschmuck ausstaffiert.

Hinter den Puppen führten zwei hölzerne Stufen zu einer schmalen Tür. Die Fenster auf beiden Seiten der Tür waren mit alten Brettern vernagelt. Die Ritzen um die Bretter waren mit Alufolie und vergilbten Zeitungspapierknäueln zugestopft.

Nur noch wenige Minuten bis Mitternacht. Ich stand in der tiefen Dunkelheit und lauschte.

Der Wind frischte auf. Eine Kaffeedose schepperte über

den Bürgersteig. Auf der Eleventh Avenue rasten Autos und Lastwagen über regennassen Asphalt Richtung Downtown. Leise hallten Nebelhörner auf dem Wasser.

Gegen die schleichende Kälte in den Zehen trat ich von einem Bein aufs andere. Und wartete auf das Geräusch, das zu hören ich gekommen war.

Unter meinen Füßen befand sich ein langer Riß im Beton. Ich stellte ihn mir als Seil vor, das sich zwischen allem, was ich in meinem Leben schon gesehen hatte, und diesen nächsten paar Minuten in die ungewisse Zukunft hineinspannte.

Etwas weiter fort, in den besseren Blocks der Fifty-second, wird sie zu Ehren der Jazzclubs, in denen meine Mutter früher als Kellnerin gearbeitet hatte, auf den Straßenschildern auch *Swing Street* genannt. Als meine Mutter eines Abends keinen Babysitter für mich finden konnte, begleitete ich sie zur Arbeit. Ihr Chef war ein anständiger Kerl und sagte, es sei schon okay, solange ich niemandem im Weg stehen würde. An diesem Abend sang Billie Holiday »God Bless the Child« und sagte den Zuschauern, dieses Lied sei allein für mich.

So denke ich gern an New York ...

Aus dem Hausinneren tönte eine rauhe Stimme: »Erhebt euch aus eurer Verderbtheit! Tut Buße!«

Und dann das Geräusch, das ich hören wollte, weswegen ich gekommen war ...

1

Da war ich also wieder.

Da war ich, startete einen neuen Versuch mit einem alten Leben; frisch eingezogen in drei zugige Zimmer eines schäbigen, alten Hauses ohne Fahrstuhl in dem ausgelaugten Teil der Stadt, wo ich mit der Erfahrung aufgewachsen war, daß regelmäßige Mahlzeiten echte Errungenschaften und sich vollaufen zu lassen einen absoluten Sieg bedeuteten. Da war ich, der immer geglaubt hatte, daß nichts davon je wieder Teil meines Lebens außerhalb des Dienstes sein würde.

Vor meiner neuen und doch schon ramponierten Wohnungstür roch es im Treppenhaus ständig nach Fisch und ausgekochtem Fleisch und schmorenden Tomaten und gegrillten Hähnchen. Babys schreien in diesem Haus, und Paare streiten sich, und Frauen mit Haarnetzen, auf Kissen gelehnt, sehen aus den Fenstern, um Passanten unten auf der Straße zu beobachten.

In Manhattan kann sich ein normaler Mensch vielleicht wirklich noch eine Wohnung wie meine leisten, sofern er zufälligerweise darüber stolpert oder, wie in meinem Fall, das Glück hat, jemanden zu kennen, der ihm hilft, darüber zu stolpern.

Bevor ich dieses Glück hatte, wohnte ich in einem kleinen Zimmer mit großem Ungeziefer unten in der Lower East Side. Das war nur vorübergehend für zwei lange Jahre, in denen ich darauf wartete, daß Judy, meine Frau, über unsere weitere gemeinsame Zukunft zur Besinnung kam, was sie jedoch letztlich auf Rat und Empfehlung ihres Anwaltes nicht tat.

Wir waren fast vierzehn Jahre verheiratet gewesen, Judy und ich. Unser gemeinsames Leben war gleichzeitig süß und bitter gewesen, wie das Leben der Stadt selbst. Wir besaßen ein hübsches Haus draußen in Ridgewood, Queens, mit einem Zaun davor und einem Blumengarten dahinter; wo wir weder Kinder noch Zeit gehabt hatten; wo wir allmählich und unvermeidlich zu einer Zahl in der Scheidungsstatistik der Polizei wurden.

Und wo eines Tages ein Richter des Queens County Civil Court entschied, daß es nur recht und billig sei, wenn ich mich aus meinem hübschen Haus in Ridgewood verpißte – offiziell und auch de facto.

Weswegen ich jetzt in dem Viertel wohne, in dem ich geboren und aufgewachsen bin, weil es dort billig und eine Scheidung teuer ist.

Früher mal war es ein anständiger Slum. Jeder nannte es Hell's Kitchen.

Die Mietskasernen wurden im großen und ganzen von Dockarbeitern und Druckern, Hausierern und Kneipenbesitzern, kleinen Ganoven und schweren Jungs bevölkert. Und von Jazzmusikern, einer ganzen Menge sogar. Und außerdem von einer Unzahl arbeitender Frauen mit Kindern, wie meiner eigenen Mutter und mir, deren Männer und Väter gegen Hitler und Tojo kämpften. Ich kann mich noch erinnern, in der Holy-Cross-Schule – mit ihren separaten Rundbogeneingängen für Jungen und Mädchen – Knickerbocker und Krawatte getragen zu haben. Damals gab es noch kein Fernsehen, und nur sehr wenige Leute hatten Telefon in ihrer Wohnung. Natürlich besaß noch niemand eine Klimaanlage, und nicht viele hatten damals das Geld, um sich einen Kühlschrank leisten zu können. Wir spielten *Annie-over* und *Cally-up* und *Stoop-ball* und *Ballie-callie* auf den Straßen, die wir uns mit Säufern, Nutten, Dieben, Falschspielern und Gangstern mit Pistolen und großen Autos teilten. Die irischen Priester beteten für unsere Seelen, ohne Ausnahme.

Heute hat sich das Viertel verändert, und es verändert sich immer noch.

Es heißt jetzt Clinton. Nur die Benachteiligten am Rande der Gesellschaft nennen es wie ich immer noch Hell's Kitchen. Irgendwo habe ich gelesen, daß der neue Name für sozialen Fortschritt steht und daß alle Neuankömmlinge, die ihn benutzen, damit dem Stadtteil viel Glück wünschen.

Die Neuankömmlinge – ich selbst nicht eingeschlossen, da ich nur nach Hause zurückkehre – sind jung und stets gutaussehend. Sie haben Jobs, bei denen sie den ganzen Tag saubere Fingernägel behalten, und sie sind bereit, hohe Mieten für renovierte Apartments mit »Charakter« zu zahlen. Sie scheinen alles über ausgezeichnetes Essen zu wissen, nur daß sie keine Ahnung haben, wie sie es sich in ihren renovierten Küchen selbst zubereiten können.

Aber sie wissen nichts davon, wie es hier früher war, nichts über die ungelösten Sorgen und Probleme von Hell's Kitchen. Und es interessiert sie auch nicht. Sie sind viel zu sehr damit beschäftigt, sich das Ghetto ihrer Träume zu bauen.

Und dann sind da die anderen. Die Verlierer. Verzweifelt klammern sie sich an winzige Wohnungen und einengende Jobs in einer Stadt, die versessen darauf zu sein scheint, jeden zur Räumung zu zwingen, der nicht den Anstand besitzt, Broker oder Immobilienprinz oder Medienzar zu sein. Das sind die Menschen, die um uns herum ausrutschen und fallen, oder wenn nicht, dann eben zum Scheitern getrieben werden. So oder so – jedes Jahr landen mehr von ihnen auf der Straße.

Verlierer behaupten, es hätte bei Gott einmal eine Zeit gegeben, als gewisse Dinge immer selbstverständlich waren: Franklin D. Roosevelt war immer der Präsident, Joe Louis war immer der Champ, Paul Muni spielte jeden im Kino, und ganz allgemein war man der Ansicht, daß wir alle in einem Boot säßen.

Meistens höre ich solche Sentimentalitäten gern, da es in dieser brutalen Zeit beruhigend auf mich wirkt und da mir auffällt, daß ich mich schon immer zu den Verlierern des Lebens hingezogen fühlte. Das ist meine Natur, und deshalb kann ich nichts dagegen tun, und vielleicht bin ich ja auch selbst ein Verlierer.

Womit ich sagen will, daß ich an dem Tag, an dem ich mich dank der Hilfe eines Burschen namens Buddy-O in Hell's Kitchen wiederfand, keine brauchbareren Kenntnisse des Stadtteiles besaß als jeder x-beliebige der gutaussehenden Neuankömmlinge oder einer der alteingesessenen Verlierer. Zum Beispiel hatte ich keine Ahnung, daß die Vergangenheit nie wirklich vergangen ist, gleichgültig, wie sehr die Menschen auch immer versuchen, die Erinnerung zu planieren.

Aber das würde ich noch – auch gegen meinen Willen – lernen. Außerdem würde ich lernen, daß in Hell's Kitchen an jeder Ecke ein Albtraum lauert.

Neil Hockaday ist mein Name, aber praktisch jeder nennt mich einfach nur Hock – bis auf meinen einzigen noch lebenden Verwandten. Das wäre dann mein Onkel Liam Hockaday, drüben auf der anderen Seite, in Dún Laoghaire, Irland.

Ich trage die goldene Marke eines Detectives des New York Police Department, das es die letzten vierzehn Jahre für angebracht hielt, mich einer Abteilung zuzuweisen, die offiziell unter der Bezeichnung *Street Crimes Unit – Manhattan* bekannt ist. Die aber von jedem Polizisten und allen Spitzeln und Ganoven und Staatsanwälten und Kautionsstellern und Klugscheißern nur *SCUM Patrol* genannt wird. Dies ist in Kurzform eine gute Möglichkeit, den allgemeinen Charakter meiner Klientel zu umschreiben – Abschaum.

Wenn ich sage, die *SCUM Patrol* trägt Zivil, dann meine

ich damit sehr zivil. So zivil und alltäglich, daß ich meistens wie ein x-beliebiger Gast in einem Imbiß namens *Munson's Diner* aussehe, der ganz in der Nähe meiner jetzigen Wohnung an der Ecke West Forty-third und Tenth Avenue liegt, genau wie in *Slaughter on Tenth Avenue* ...

Im *Munson's* ist die Zeit etwa im Februar 1955 stehengeblieben. Die Typen dort tragen khakifarbene oder grüne Arbeitshemden und dazu passende Hosen, und ihre Namen sind in roter Schrift auf die Brusttaschen gestickt. Und sie tragen weiße Socken in schwarzen Sicherheitsschuhen mit Stahlkappen, Jacken und wattierte Tarnwesten und olivbraune Strickmützen, die sie vom Staat bekamen, als sie eine Weile Korea besuchten.

Bei der Arbeit versuche ich, wie ein Stammkunde von *Munson's* auszusehen, der auf dem absteigenden Ast lebt. Ich rasiere mich vielleicht zweimal die Woche, und ich gehöre zu denen, die sich zweimal täglich rasieren müssen. Ich streife scheinbar ziellos durch die Straßen, und man könnte meinen, ich würde Rye aus einer Flasche in einer Papiertüte trinken und ich hätte Probleme, von denen man lieber nichts wissen will. Man stellt sich vielleicht vor, daß ein Kerl, der so aussieht, einen großen Teil des Tages mit Selbstgesprächen verbringt oder auf Stimmen lauscht, die niemand sonst hört, und daß er wahrscheinlich schlecht riecht. Wenn man ihn daher auf sich zukommen sieht, hält man automatisch den Atem an und schaut betont an ihm vorbei, da man Blickkontakt vermeiden und nicht das Risiko eingehen will, angeschnorrt zu werden, und man hofft nur bei Gott, daß er keine Läuse hat, die von ihm abspringen.

In der Papiertüte habe ich übrigens keine Flasche Rye. Es ist mein Funkgerät. Und außer der üblichen .38er Police Special in meinem Gürtelhalfter trage ich noch eine .32 Beretta Puma Automatic an meiner linken Wade und eine große, häßliche, schwere Kanone in meinem Schulterhalfter – eine .44er Charter Arms Bulldog. Meine goldene Dienstmarke trage ich normalerweise an einer Kette um den Hals, unter dem Hemd oder Pullover.

Der Zweck der Übung, auszusehen wie ein Stück von der Tapete im *Munson's*, wird sofort ersichtlich, wenn man weiß, daß es neben den Medien, der Unterhaltungsindustrie, den Verlagen, der Modebranche, der Mafia, den verschiedenen politischen Mauscheleien, der Spionage unter den UN-Typen und den normalerweise vornehmen Betrügereien und Diebstählen, begangen in Konferenzräumen mit Mahagonischreibtischen, auch noch die niedrigeren Sphären der New Yorker Kriminalität gibt: kleine Ladendiebe, Taschendiebe, sonstige Langfinger, Schläger, Straßenräuber, Ausreißer aus dem bürgerlichen Amerika, die komplette Palette an Mördern, die normalen zwei Geschlechter von Nutten und Transvestiten, Verkäufer unechter Wettscheine und alle möglichen anderen Schwindler, Händler der verschiedensten Arten zweifelhafter Geschenkartikel sowie Unternehmer der inoffiziellen Zweige der pharmazeutischen Industrie.

Mein Job ist es, ignoriert zu werden, oder doch wenigstens unauffällig zu sein, damit ich ab und zu wenigstens ein paar dieser Ganoven daran hindern kann, zumindest einige ihrer natürlichen Opfer auszunehmen: Leute von außerhalb, grauhaarige Theaterbesucherinnen, reiche Kunden der Fifth Avenue, Frauen mit tiefen Falten auf der Stirn und in Männeranzügen und morgens mit Reeboks an den Füßen, blauäugige Typen mit Aktenkoffern aus Lederimitat und Matronen, die vor der *Radio City Music Hall* Schlange stehen mit ihren großen, leicht zu klauenden Handtaschen voll Kreditkarten, mit denen man einen ausgedehnten, vierundzwanzigstündigen Einkaufsbummel machen kann, bevor sie gesperrt werden können.

Ich stelle mir gern vor, daß ich meine Arbeit gut mache, auch wenn es nicht gerade umwerfend viel von dem gibt, was ich mal »öffentliche Dankbarkeit« für meine Dienste nennen möchte. Ich weiß das von viel zuvielen Gelegenheiten, bei denen ich von Leuten angestarrt werde, die mich dringender in ihrer Nähe brauchen, als sie mich tatsächlich in der Nähe haben wollen.

Trotz all des Ärgers und der Art und Weise, wie ich mich anziehen muß, ist für mich der Dienst bei der *SCUM Patrol* einer der attraktivsten Jobs bei der Polizei. Dies vor allem deshalb, weil ich im großen und ganzen selbständig arbeiten kann. Was bedeutet, man baut darauf, daß ich zumindest ein halb ehrlicher Cop in einer Stadt bin, die zu drei Vierteln korrupt ist.

Außerdem kann ich sagen, daß mein Job *interessant* ist, was man von den meisten Jobs guten Gewissens nicht mehr behaupten kann, und das schließt die meisten Jobs von Cops ein. So wie's auf meiner Streife aussieht, bin ich in Stundenintervallen allein auf den Straßen unterwegs: Achtundfünfzig Minuten laufe ich mit weit geöffneten Poren herum, und dann kommen zwei Minuten voller Überraschungen.

Egal was passiert, ich muß immer vorbereitet sein. Das liegt daran, daß die Überraschungen eine Bandbreite von angenehm bis tödlich haben und aus absolut jeder Richtung kommen können.

Nehmen wir zum Beispiel dieses letzte Mal, als ich von Buddy-O hörte.

2

Es war Freitag nachmittag, der 9. November, um Viertel nach vier und einer dieser trüben, grauen Tage, an denen die Stadt wie eine Sammlung von Schnappschüssen aus den vierziger Jahren aussieht – diese quadratischen Dinger mit den gewellten Rändern. Nachdem ich mich in meiner neuen Wohnung eingerichtet hatte, war ich seit etwa zehn Tagen wieder im Dienst. Ich saß gerade vor einem großen Stapel

Festnahmeberichten in einem winzigen Büro, in dem man Platzangst kriegen konnte, im ersten Stock des Midtown-North Reviers, zu dem ich bis Silvester abkommandiert war.

Auf der einen Seite von mir befand sich die Toilette, auf der anderen der Aufenthaltsraum, in dem ungefähr zwei Dutzend uniformierte Cops Sandwiches aus Pappschachteln vertilgten und sich einen Film auf WOR-TV ansahen – *Gorilla at Large,* mit Lee J. Cobb, Cameron Mitchell, Raymond Burr und Lee Marvin. Bei dem Film ging es um einen mutierten Zirkusgorilla, der gern Menschen biß und auf sie eindrosch, und um die Dreiecksbeziehung zwischen der schönen Trapezartistin, dem zwielichtigen Zirkusdirektor und einem ernsten jungen Hauptdarsteller, der anscheinend der einzige Mensch auf der Welt war, der glaubte, daß der Gorilla im Grunde seines Herzens ein liebenswürdiges und sanftmütiges Wesen war.

Die Wand war dünn genug, um das alles über den Film mitzukriegen. Mein Büro war in geschmackvollem Amtsgrün gehalten – inklusive der Scheibe des einzigen Fensters, das andernfalls eine schöne Aussicht auf den zentralen Lichtschacht geboten hätte. In dem Büro standen zwei kleine, beigefarbene Schreibtische, und ich arbeitete an dem mit dem Telefon darauf.

Ich hatte ein *Hero Sandwich* von *Blimpie* gegessen und dachte über Truthahnbrust und Thanksgiving und Weihnachtsbäume und darüber nach, daß meine Ex-Frau die Zeit des Friedens und der Nächstenliebe und ziemlich schwerer Depressionen das erste Mal mit ihrer neuen Flamme verbringen würde, einem Burschen, dessen Name sich wie eine Erkrankung der Atemwege anhört – Pflam. Sie und Pflam, der nicht mal ein Cop war, beabsichtigten, die Feiertage in einem rechteckigen Staat irgendwo im Westen zu verbringen, wo all die anderen Pflams Rüben oder weiß der Teufel was anbauten. Außerdem versuchte ich einen Bericht über die amüsanten Details einer Festnahme zu tippen, die ich in der voraufgegangenen Nacht durchgeführt hatte und bei der es um einen der ältesten Schwindel in New York City gegangen war – die Nummer mit dem sprechenden Hund. Das Tippen war nicht ganz einfach, da die Buchstaben *t*, *b* und *h* auf der alten Remington Standard fehlten, und daher konnte ich die Worte *Trottel*, *Blödian* oder *Holzkopf* nicht verwenden.

Die Festnahme erfolgte in einer Kaschemme in der Nähe des Port Authority Bus Terminals an der Ecke zum Times Square. Der Busbahnhof selbst liegt an der südwestlichen Ecke West Forty-second Street und Eighth Avenue, einer Kreuzung, die bei den Leuten, die dort beruflich verkehren, als Ecke *Deuce* und *Stroll* bekannt ist. Die Bar liegt hinter dem Bahnhofsgebäude, und ihre Gäste gehören einer unwesentlich höheren Lebensform als die der anderen nahegelegenen Etablissements an.

Wie bei solchen Schuppen üblich, ist die Bar meistens halbehrlich und hält sich nicht für etwas Besseres, als sie ist – eine miese Matrosenspelunke. Ein Bursche in einem Dreiteiler kommt hereingelatscht, und sofort versucht jemand, ihn an einen der Tische in der Nähe der Bühne zu setzen. Falls der Bursche aber schon häufiger dort war und diese Masche kennt, besteht er auf einem Barhocker an der Theke – und zwar allein. Da sitzt er dann vor einem Glas Bier für sechs Dollar, schaltet nach einem dieser harten Arbeitstage erst mal ab, bevor er nach Hause zu Frau und Gören fährt, und genießt die Show auf der anderen Seite des überfüllten Raumes. Ein halbes Dutzend perückter und parfümierter Frauen, die meisten schon deutlich über vierzig, verdienen sich zehn Dollar die Stunde plus Trinkgeld, indem sie auf einer Bühne, die in das Lokal hinausreicht, zu Rock and Roll mit dem Hintern wackeln. Sie verstehen es ausgezeichnet, Schwangerschaftsstreifen auf Bäuchen und Hüften mit Camouflagecreme und ein paar Prisen Körperpuder zu vertuschen. Dann tritt vielleicht eine Frau, die gerade Pause hat, hinter den Burschen an die Theke, und ihr Atem ist ganz süß und ihre

Stimme allerliebst, und sie versucht, ihm ein Gläschen abzuschmeicheln, und ihre Flasche unechter Champagner kostet zwanzig Dollar. Falls er sie ihr nicht spendiert, ist sie schnell wieder weg – Grundsatz des Hauses, nichts Persönliches –, und wenn er es doch macht, ist sie ungefähr fünf Minuten ungeheuer an seiner Lebensgeschichte interessiert, bevor sie ihn einlädt, doch mit nach hinten in eines dieser netten, gemütlichen Séparées zu kommen, wo die größere Champagnerflasche auf lockere hundert Dollar kommt. Der Bursche tut, was er tun muß.

Aber dieser spezielle Bürotyp hatte nichts mit dieser Champagnergeschichte am Hut, nicht mal für zwanzig Bucks. Soviel verstand er davon, wie Leute in solchen Schuppen abgezockt werden. Ein verdammt harter Kunde, dieser Typ mit den teuren Schuhen und dem Collegering.

Und so kam es, daß der Hund redete. Es ist eine krumme Tour, die in den letzten fünfzig Jahren nur sehr wenige New Yorker erlebt und von der die meisten noch nie etwas gehört haben.

Ich selbst hockte an dieser Theke, weil ich mit Buddy-O reden mußte. Er hatte das Lokal vorgeschlagen, weil es für uns beide günstig lag, nachdem ich jetzt in der Wohnung lebte, die er direkt gegenüber seiner eigenen Bude für mich aufgetrieben hatte – und außerdem praktisch, da keiner, den einer von uns kannte, dumm genug war, ausgerechnet hier zu trinken. Wie auch immer, Buddy-O hatte mich auf dem Revier angerufen und gefragt, ob ich daran interessiert war zu hören, was in gewissen Kreisen von Hell's Kitchen über einen kräftigen schwarzen Burschen geredet wurde, den kein Mensch kannte und der in letzter Zeit eine Menge der richtigen Fragen an einigen der richtigen Orte bezüglich der günstigsten Preise für Wunden stellte, die nicht mehr heilen. Ich sagte, ja, möglicherweise wäre ich interessiert.

Also wartete ich darauf, daß Buddy-O aufkreuzte, als ein sich langsam bewegender Bursche hereingehumpelt kam. Er trug einen Mantel, einen schwarzen Rollkragenpullover und eine Sonnenbrille und hatte einen dieser gutmütig aussehenden Golden Retriever mit einem Geschirr an der Leine, wie es für Blindenhunde benutzt wird. Er ging zu dem schwierigen Kunden in dem dreiteiligen Anzug an der Theke und fragte: »Würde es Ihnen sehr viel ausmachen, wenn ich mich neben Sie auf diesen freien Hocker setze?«

Irgendwas sagte mir, daß der Typ mit dem Hund gerade sein Opfer geködert hatte, das zu der Bitte des armen, unglücklichen, verkrüppelten Blinden natürlich ja sagte und ihm sogar half, auf den Barhocker zu kommen, den die Animierdame verlassen hatte. Im allgemeinen beachte ich nicht weiter, was in solchen miesen Schuppen wie diesem abgeht. Ich finde, jeder dort ist erwachsen genug und sollte in der Regel auch ohne meine Hilfe wissen, wo er sich befindet, und daß der Times Square nicht Kansas ist. Allerdings gibt es gewisse Dinge, die ich als Cop nicht ignorieren darf. Daher fühlte ich mich beruflich verpflichtet, auf diesen speziellen Trottel aufzupassen.

»Darf ich Sie zu einem Drink einladen?« fragte der Trottel den Blinden.

»Okay, das wäre nett, junger Mann. Ich bestelle dann den für meinen Hund.«

»Ihr Hund trinkt?«

»Schrecklich, nicht wahr? Und außerdem ist er gerade im Dienst. Aber trotzdem ist er ein guter alter Hund, und deshalb lasse ich ihm seine Sauferei durchgehen.«

Der Barkeeper füllte eine Schale mit Wasser und kippte einen Schuß *Duggan's Dew Scotch* dazu, stellte sie dann vor den Blinden, der sich beim Barkeeper bedankte und anschließend den Trottel bat, ob er wohl so freundlich wäre und sie dem Hund auf den Boden stellen würde. Was der Trottel natürlich machte. Und dann schlabberte der Hund das Zeug weg.

Der Trottel zuckte mit den Achseln und machte den

Eindruck, als wäre er glücklich, am nächsten Morgen eine tolle Geschichte im Büro zu erzählen zu haben, und dann setzte er sich wieder auf seinen Barhocker, schaute dem Hund beim Trinken und den Tänzerinnen beim Tanzen zu. Und dann wurde er neugierig.

»Was dagegen, wenn ich Ihnen eine persönliche Frage stelle?« sagte er zu dem blinden Mann.

»Ganz und gar nicht. Fragen Sie nur.«

»Also, ich will wirklich nicht unhöflich oder taktlos erscheinen, aber wieso kommen Sie her, wenn Sie doch... also, wenn Sie gar nicht sehen können, was da oben auf der Bühne passiert? Ich meine, aus welchem anderen Grund sollte schon jemand herkommen und zahlen, was hier für miese Drinks verlangt wird, wenn er dafür nicht wenigstens Titten zu sehen kriegt?«

»Heiliger Strohsack, ich war nicht immer blind, mein Junge! Früher war ich dauernd hier. War in dem Laden hier mal Conférencier. Heute bin ich Rentner. Ab und an schaue ich noch mal mit Rex hier vorbei, mit meinem Wunderhund, und besuche die Mädchen.«

Und tatsächlich drängten sich dann die Animierdamen und die Tänzerinnen, die gerade Pause hatten, um den blinden Mann, gurrten und gaben Küßchen hier und Küßchen da. Und er zwickte ihnen in den Po, und sie quiekten, und all die anderen Trottel in der Bar rückten ein Stück näher. Zwei Typen, die selbst ich zuvor nicht bemerkt hatte, schoben sich dicht an die Trottel. Schmale, kleine, unauffällige Typen mit langen, flinken Fingern.

Und dann sprach der Hund.

»Ich kriege noch einen«, sagte Rex.

Der Blinde und sämtliche Animierdamen sahen zu Rex hinunter, der zu ihnen aufschaute. Die Zunge des Hundes hing heraus. Komisch, daß der blinde Mann zu dem Hund hinunterschaut, dachte ich.

Dann warf der Trottel direkt neben dem Blinden

einen Blick auf Rex, und alle anderen Trottel machten das gleiche.

Rex senkte den Kopf und sagte: »Ich hab gesagt, ich kriege noch einen, bitte.«

Niemand außer den Trotteln war weiter überrascht, Rex sprechen zu hören. Eines der Mädchen beugte sich vor, hob die Schale vom Boden und reichte sie dem Barkeeper, der sofort einen neuen Drink mixte.

»Was zum Teufel ...?« meinte der Trottel direkt neben dem Blinden.

Und mehrere der anderen Blödmänner sagten ungefähr das gleiche und drängten sich um den sprechenden Hund und die allgemeine Aufregung.

»Oh, die sind wegen Rex überrascht«, sagte der Blinde zu einem der Mädchen. Dann zu den Trotteln: »Gentlemen, das hier ist ein sprechender Hund. Einer der wenigen auf der ganzen Welt.«

Als wenn's noch ein paar andere gäbe, dachte ich. Ich bemerkte, wie die Mädchen den schmalen, kleinen Typen mehr Platz machten, die die dicht gedrängt stehenden Trottel anrempelten.

»He, sind Sie Bauchredner oder was?« krähte der schwierige Kunde.

Der blinde Knabe lächelte, streckte seine Hand aus und sagte: »Tja, mein Junge, ich schätze, Ihnen kann ich nichts vormachen. Sie sind ein helles Köpfchen, das ist mal klar. Waldo ist mein Name. Hab früher auf Jahrmärkten überall im ganzen Land gearbeitet, bis ich einen schrecklichen Unfall hatte und dabei meine Gucker verlor. Heute mache ich nur noch Tricks in Bars, einfach so zum Spaß. Wie zum Beispiel meine Stimme so zu verstellen, daß es aussieht, als würde Rex hier reden. Jedenfalls, ich geb Ihnen einen aus, okay?«

Und so wurde der Trottel, der sich nicht mit unechtem Champagner reinlegen ließ, durch die Nummer mit dem sprechenden Hund ausgenommen. Die Langfinger, die die Taschen des Trottels und des kleinen Knäuels seiner Kollegen ausgeräumt hatten, verdrückten sich schnell zu einem Seitenausgang. Waldo, der falsche Blinde, würde sein Opfer mit einem Drink beschäftigt halten, damit er nicht sofort bemerkte, daß aus seinen Taschen das eine oder andere verschwunden war. Und das Haus bekam zweifellos einen Anteil. Ich beschloß, daß ich so was unmöglich guten Gewissens direkt vor meiner Nase tolerieren konnte.

Trotzdem hätte ich vielleicht nichts unternommen, wäre Buddy-O pünktlich gewesen, was er aber nicht war. Ich warf einen Blick auf meine Uhr und bemerkte, daß er schon fast dreißig Minuten überfällig war. Also, dachte ich mir, führst du einfach die erforderlichen Festnahmen durch. Zuerst schnappte ich mir einen der Langfinger, der, wie sich herausstellte, die Brieftasche des ursprünglichen Trottels mit hundertfünfzig in bar, der besseren Sorte Kreditkarten, Schnappschüssen einer übergewichtigen Frau und zweier sommersprossiger Kids sowie zwei verschiedenfarbige *Trojan*-Pariser bei sich hatte. Als nächstes verhaftete ich Waldo und den Barkeeper.

Der Trottel, dessen Brieftasche ich gerettet hatte, fing an, mir auf die Nerven zu gehen, weil er nicht in diese Geschichte hineingezogen werden wollte. Also sagte ich, daß ich seine Brieftasche als Beweismittel sicherstellen müsse, was ich ungefähr einen Tag lang tun konnte, bis die Spurensicherung Zeit gehabt hatte, den Inhalt zu erfassen und zu fotografieren. Normalerweise gebe ich dem Opfer das Bargeld ganz oder doch wenigstens einen Teil davon zurück, damit er ohne größere Unannehmlichkeiten abziehen kann. Aber ich halte mich streng an die Vorschriften, wenn jemand anfängt, mir das Leben schwerzumachen. Daher rief ich in diesem Fall, und auf meine eigenen Kosten, seine Frau drüben in Jersey an und teilte ihr mit, sie solle ihn abholen kommen, da er gerade eben in einem Bumslokal ausgeraubt worden sei.

Anschließend verständigte ich das Revier und forderte uniformierte Verstärkung an, die meine Festnahmen übernehmen sollte, da ich immer noch darauf warten mußte, daß Buddy-O, mein Spitzel, endlich aufkreuzte.

Was er nie tat.

Das alles versuchte ich also ohne Hilfe der drei wichtigen Buchstaben zu Papier zu bringen, als mein Telefon klingelte.

»Hock, Neglio hier«, sagte mein Chef.

»Was haben Sie auf dem Herzen?«

»Das gleiche, was auch Sie schon in wenigen Jahren beschäftigen wird, wenn Sie erst darüber nachdenken, was Sie mit Ihrer Zeit anfangen sollen, nachdem Sie in Rente gegangen sind. Draußen am Sound einen Laden für Anglerbedarf aufmachen? Für irgendeinen Verlag die Memoiren schreiben? So was eben. Außerdem will ich Sie morgen sehen.«

»Um was geht's?«

»Um eine heikle Sache«, sagte Neglio. »Kommen Sie einfach morgen früh Punkt neun in mein Büro.«

Zu den angenehmen Dingen, im Midtown-North stationiert zu sein, gehört, daß ich zu Fuß zur Arbeit gehen kann. Und das schönste daran, zu Fuß zwischen Wohnung und Arbeit zu pendeln, ist, daß ich am Ende eines Arbeitstages Zwischenstation in *Angelo's Ebb Tide* auf der Ninth Avenue machen kann.

Es ist ein Laden, der sowohl schon bessere als auch schlechtere Zeiten gesehen hat und sich im Augenblick irgendwo dazwischen befindet.

Vor nicht mal einem Jahr hat kein Mensch irgendwas im *Ebb Tide* gegessen, wenn es sich irgendwie vermeiden ließ. Damals gab's entweder etwas undefinierbar Fleischiges und Matschiges, das in einer Soße herumschwamm und aus der Warmhaltetheke kam, oder aber muffige Erdnüsse in Zellophantüten zu einem Bier vom Faß, das vierzig Cents kostete.

Noch vor ein paar Jahrzehnten wimmelte es am Bordstein von *Packards* und *Lincolns* und *Frazer Manhattans*, und die Besitzer dieser Wagen lieferten ihre Handfeuerwaffen am Eingang ab und betraten dann ein dunkelrot beleuchtetes Lokal mit jeder Menge schattiger Nischen. Die Gäste tranken französischen Wein und zwölf Jahre alten Scotch, aßen gut abgehangene Porterhouse-Steaks und rauchten anschließend dunkelbraune *Macanudos* aus dem vorrevolutionären Kuba. Als ich noch ein kleiner Junge war, gehörte Joey Adonis, der große West-Side-Gangster, zu den Stammgästen.

Heute erlebt der Laden gerade seine dritte Inkarnation.

Unmengen von Weinschorlen werden einer großen Zahl schöner Menschen serviert, die sich um das hintere Ende der Theke scharen und mit Plastikgeld zahlen. Das nach hinten hinaus gelegene Restaurant ist voller Gäste, die eine Menge Sachen bestellen, die von ihrer Lieblingsillustrierten als *in* deklariert worden sind. Wenn sie sich nicht gerade suchend umschauen, um zu sehen, wer noch da sein könnte, kreisen ihre Unterhaltungen um Fitneßstudios oder Therapien oder andere Restaurants. Mir ist aufgefallen, daß praktisch alle jüngeren Frauen Zigaretten rauchen, manchmal sogar zu ihrem Essen. Das liegt daran, weil sie es ganz schön weit gebracht haben, Baby.

Trotz des neuen Schickimicki-Pöbels gehe ich bis zum heutigen Tag ziemlich oft in *Angelo's Ebb Tide*. Grund dafür ist Angelo Cifelli, beständiger Namensgeber und Barkeeper des *Ebb Tide*. Seit den fünfziger Jahren ist er in seinem gestärkten weißen Hemd, der schwarzen Fliege, schwarzer Weste und roter Schürze treu im Dienst. Und seit damals legt er für seine Gäste Jazzaufnahmen auf und gibt seine stets erstaunte Sicht einer Welt zum besten, die im allgemeinen von den dunkleren Engeln der Menschen beherrscht wird. Angelo hat heute eine Schwäche für den vorderen Teil der Theke, wo ich mit den anderen alten Getreuen sitze, *Johnnie*

Walker Red Label und ein *Molson* zum Nachspülen trinke und vielleicht ein gekochtes Ei esse.

Als ich an diesem Freitag Anfang November nach dem Dienst vorbeischaute, spielte Angelo Aufnahmen von Lester Young, Mabel Mercer, Jack Teagarden, George Shearing und John Coltrane, alle zusammengeschnitten auf einem einzigen herrlichen Band. Er brachte mir einen *Red* und ein *Molson*, ohne daß ich auch nur ein Wort sagen mußte. Dazu legte er außerdem die letzte Ausgabe der ›New York Post‹.

»Durch die Zeitung weiß ich, daß wir wieder einen richtig schönen Tag in den U. S. of A. hatten«, sagte er. »Tolles Jahr für Nachrichten, häh?«

»Das beste«, stimmte ich zu. »Mencken hätt's geliebt.«

»Kann man wohl sagen. Jeden zweiten Tag sind Wall-Street-Typen im Gänsemarsch und aneinandergekettet in den Bundesknast gekarrt worden, weil sie Koks benutzt haben wie wir anderen Bares. Eine Ex-Miss-America hat sich durch Skandalgeschichten um ihren Job bei der Stadt gebracht. Ich glaube, in der Bronx steht inzwischen jeder mit dem Namen Stanley unter Anklage. Und obendrein müssen wir erfahren, daß einer dieser Fernsehevangelisten am Ende ein Mäuschen in seiner Herde gefunden hat, das einen Griff in die Hose wert ist, und daß er nun zu Gott betet, er solle ihm helfen, in Zukunft seinen Hosenstall geschlossen zu halten, da das Schweigegeld, das er der Kleinen gegeben hat, damit sie den Mund hält, anscheinend doch nicht so gut wirkt.«

»Ja, wir leben in einer wirklich wunderbaren Zeit«, sagte ich.

Angelo schenkte sich einen *Red* ein und leerte die Hälfte auf einen Zug. Er sagte: »Also, ich frage dich ... wie kommt's, daß überhaupt noch einer wählen geht?«

»Ich wähle nie«, sagte ich. »Ich sehe keinen Grund, mir die Mühe zu machen, Überflüssigkeiten auch noch zu unterstützen.«

Weil ich Angelo zum Lachen brachte, bekam ich einen weiteren *Red* und ein *Molson* auf Kosten des Hauses.

Am anderen Ende der Theke begann jemand in Zopfmusterpullover und Kaschmirjacke mit den Fingern zu schnippen. Angelo drehte sich zu dem Geräusch um, sah mich dann wieder an und verdrehte die Augen.

»Ich muß jetzt los. Der Typ da unten? Acht zu eins, daß er für sich und seine Freunde einen Pitcher Margaritas bestellen will ... und wir haben *November!* Was soll ich dazu sagen? Die haben alle die Konservativen gewählt, und das gleich zweimal – und sie sind so blöd, daß es ihnen nicht mal peinlich ist. Aber was noch schlimmer ist: die haben auch nicht den leisesten Schimmer, wie man richtig trinkt. Ich sage dir, wir sind verloren.«

Angelo ging, und ich saß da und hörte dem Jazz zu, trank meinen zweiten Scotch, nippte an dem *Molson* und blätterte in der Zeitung. Allerdings las ich nicht wirklich. Ich ließ einfach nur die fetten Schlagzeilen, die Mädchenfotos und die Werbebotschaften in mein Blickfeld driften ...

Freitag?

Wenn man wie ich allein lebt, sind die Tage lang und leer genug, daß die Wochenenden nicht zu hochfliegenden Erwartungen ermutigen. Aber an diesem speziellen Freitag hatte Inspector Neglio angerufen, um mich direkt als erstes am nächsten Morgen zu einer Besprechung zu bestellen – was natürlich Samstag sein würde. Was nach meinem Dienstplan ganz klar ein freier Tag war; Samstag genau wie Sonntag. Anscheinend hatte Neglio tatsächlich einen heiklen Fall, wenn er mich an einem Tag kommen ließ, der die Stadt das Doppelte an Überstundengehalt kosten würde.

Ich konnte das zusätzliche Geld gebrauchen. Judy, meine Ex, hatte ihrem Pflam noch nicht »Ich will« gesagt, daher war mein Bankkonto immer noch fest im Würgegriff des Gerichtes.

Ich ging den Rest der Zeitung durch, trank mein Bier aus

und fühlte mich ruhig und ausgeglichen. Ich wollte nach Hause und ein Nickerchen machen, bevor ich mich wie üblich mit einem chinesischen Imbiß vor meinen *Philco*, einen alten Schwarzweißfernseher, setzte, um mir Dan Rather und einen seiner unsäglichen Pullover reinzuziehen. Und dann hatte ich so etwas wie eine Vorahnung und dachte angestrengt über Buddy-O und darüber nach, daß er gestern abend nicht aufgetaucht war, was durchaus vorkommen kann. Aber er hatte mich auch später nicht angerufen, um sein Nichterscheinen zu erklären. Was niemals passiert, wenn ein Informant etwas so Gutes zu verkaufen hat, wie Buddy-O behauptete.

Dachte mir, du solltest es wissen, Hock – dieser Nigger rennt hier in der Gegend rum und erkundigt sich, wo er gewaltsame Problemlösungen der dauerhaften Art kaufen kann. Genau wie früher, du erinnerst dich noch?

Ich meine, das macht er genau hier, in unserem Viertel. Die Leute, mit denen ich so rede, die kennen den Nigger nicht. Aber todsicher weiß er, wo er die richtige Art Fragen loslassen muß.

Unter uns, Hock, und – lach jetzt nicht, aber wenigstens dieses eine Mal meine ich's auch genau so – in Anbetracht meiner Pflicht als guter Bürger von New York, ich hab mich selbst ein bißchen umgehört.

Was ich dir zu erzählen habe, wird meiner Meinung nach für alle Beteiligten äußerst nützlich sein – außer für ein paar gewisse, ziemlich große Tiere. Und am Telefon werde ich jetzt nicht noch mehr sagen, okay?

Also, wenn du mehr wissen willst, mußt du dich schon mit mir treffen. Und bring dein großzügig gefülltes Spesenportemonnaie mit, Hock. Ich werde das dann als Anzahlung verstehen. Ich bin ziemlich sicher, daß du schon dafür sorgen wirst, mehr zu bezahlen, als du mir je zuvor für irgendwas gezahlt hast.

Und das ist jetzt kein Quatsch, Hock, hier geht's um 1A-Material ...

Wenn ich die Informationen, die ich brauche, um meinen Job zu erledigen, von der *League of Women Voters* bekommen kann, dann würde ich sie mir auch genau dort besorgen. Das würde der Stadt eine Menge Geld sparen, und ich würde mich auch nicht so mies fühlen, wie ich mich oft fühle, wenn ich mit meinen Spitzeln rede. Ich mag Spitzel nicht besonders und wollte nicht neben einem von denen wohnen, was für mich natürlich Grund genug ist, ganz besonders Buddy-O nicht zu mögen, wo wir ja, wie die Dinge nun mal liegen, Nachbarn sind.

Trotzdem, da saß ich und dachte über einen Spitzel nach, als wäre er ein Mensch wie jeder andere. Vielleicht lag es daran, daß er mir zur Abwechslung mal einen Gefallen getan hatte, indem er mir eine billige Wohnung vermittelte; vielleicht lag es daran, weil wir vor langer Zeit als Kids zusammen in Hell's Kitchen aufgewachsen sind.

Manchmal war Buddy-O auch im *Ebb Tide*, wenn ich dort war. Doch bei diesen Gelegenheiten wechselte keiner von uns mit dem anderen auch nur ein Wort. Das war Buddy-Os Entscheidung, da er nicht zu oft in der Öffentlichkeit mit einem allgemein bekannten Cop gesehen werden wollte. Außerdem, wenn er im *Ebb Tide* war, hockte er praktisch immer in einer Sitznische und gab sich die größte Mühe, keine feuchten Handflächen zu kriegen, während er ganz cool einem Besucher der Stadt, den er hierhergeschleift hatte, erzählte, daß er gerade im Moment die Zeit erübrigen könne, bei gewissen treuhänderischen Angelegenheiten zu helfen, da er sich vorübergehend zwischen zwei sehr lukrativen Geschäften befinde.

Ich hätte diese stillschweigende Übereinkunft gebrochen und ihn angesprochen, wenn er an diesem späten Freitagnachmittag hereingekommen wäre. Statt dessen fragte ich Angelo, ob er in letzter Zeit zufälligerweise Buddy-O gesehen hätte.

»Ja, vor ungefähr zwei Tagen hab ich ihn gesehen«, antwortete Angelo. »Genau, Mittwoch war's. Er ist auf ein Kalbfleischsandwich und ein *Moosehead* reingekommen, in Begleitung von so einem Schwarzen, der das gleiche bestellt hat. Was ich schon ziemlich komisch fand ...

Ich meine nicht, daß das mit dem Kalbfleisch und dem Bier komisch war. Ich meine, das mit dem schwarzen Typen war komisch. Buddy-O hatte nicht direkt besonders viele Freunde außerhalb seiner eigenen Erbmasse, und er war auch nicht direkt zahlendes Mitglied der *N*-Doppel-*A*-*C*-*P*.«

»Ja, ich weiß, was du meinst«, sagte ich.

Angelo drehte sich um und wechselte das Tonband. Nach ein paar Takten »Bloos for Louise« von Zoot Sims erinnerte er sich an noch etwas, das er mir über Buddy-O erzählen konnte.

»Also, gerade fällt's mir wieder ein«, sagte er. »Irgendwer hat erzählt, die Cops würden überall in seiner Bude rumschwirren. Muß so vor ungefähr einer Stunde gewesen sein.«

3

Da dies der Planet ist, auf dem zu leben wir gezwungen sind, und da dies die traurigen Zeiten sind, die sie nun mal sind, überrascht es mich nicht mehr weiter, wenn jemand mit einem großen, breiten Lächeln auf dem Gesicht stirbt. Doch der arme Buddy-O gehörte nicht zu diesen Glücklichen. Allem Anschein nach waren seine Pläne, noch eine Weile bei dem Rest von uns zu verweilen, auf höchst unsanfte Art durchkreuzt worden.

Unten auf der Straße vor seiner Wohnung hatte ich mich durch den üblichen Mob von Sensationsgeilen, Gaffern und Anwälten in abgewetzten Anzügen drängen müssen, die von Tatorten eines Mordes angezogen werden wie Rednecks von weißen Socken. Und dann mußte ich noch an den Uniformierten vorbei, die am Eingang des Hauses an der Ecke Tenth Avenue und Forty-third herumlungerten, in dem Buddy-O ein paar runtergekommene Zimmer direkt über *Runyon's Pinball Shop* bewohnte, einem Großhandel für Flipperautomaten. Zum ersten Mal während der vielen Jahre unserer Bekanntschaft war ich in Buddy-Os Wohnzimmer, stand am Rand einer durchgehenden weißen Linie auf dem schwarzen Linoleumboden, die Aiello, ein mir bekannter Detective von der Sitte, um den dort der Länge nach liegenden nackten Körper gezogen hatte.

In der Ruhe des Todes besaß Buddy-O vom Hals an aufwärts eine gewisse Ähnlichkeit mit einem Jahrmarktsfreak, den ich als Kind im Sommer oft draußen auf Coney Island gesehen hatte. Er wurde Popeyed Pete genannt, der Freak, weil er seine Augäpfel fast ganz aus den Höhlen herausdrücken konnte.

Nur daß Buddy-O nicht absichtlich wie Popeyed Pete aussah.

»Hier, nimm eine Zigarre«, sagte Aiello und hielt mir eine offene Packung *Tĕ-Amos* hin. »Die Leiche riecht schon langsam ein bißchen streng.«

Ich bedankte mich, und er gab mir mit einem undichten Zippo Feuer, und ich schloß mich allen anderen Cops in der kleinen Wohnung und dem Polizeifotografen und zwei Typen von der Gerichtsmedizin mit um den Hals baumelnden Stethoskopen an, indem ich zum Schutz gegen den Gestank einen Tag alten Blutes, Urins und Kotes graue Rauchwolken ausstieß. Durch den offenen Durchgang in das andere Zimmer sah ich einen verschwitzten Burschen mittleren Alters, der auf einem Korbsessel saß. Er war der einzige, der nicht rauchte, und das machte ihn etwas benommen. Er trug einen dieser billigen Anzüge, wie man sie oft an Lebensversicherungsfritzen sieht. Auf seinem Schoß lag eine Aktentasche, und er trug einen winzigen Ring. Sein Hemdkragen war eng, und seine Haut erinnerte an Butter. Alles in allem schien er wegen *irgendwas* ein so gottverdammt schlechtes Gewissen zu haben, daß es nur normal war, wenn eine Wohnung voll Cops glaubte, er sei zweifellos zumindest nicht für das verantwortlich, was zum Teufel auch immer dem verstorbenen Mieter zugestoßen war. Zwei von Aiellos Männern stellten ihm Fragen und notierten seine Antworten, waren allerdings ohne größere Begeisterung bei der Sache. So können Leichen die Stimmung dämpfen.

»Wer ist der Zivilist?« fragte ich Aiello.

»Behauptet, er käme vom Vermieter, behauptet, er wäre raufgekommen, weil er die Miete eintreiben wollte. Oder um den Typ an die Luft zu setzen. Eins von beidem. Behauptet, er hätte ihn so gefunden.«

Ich nickte. Der Fotograf verschoß die letzten Aufnahmen eines Filmes, machte dann einen Schritt über die Leiche, während er seine Kamera nachlud, um auch die andere Seite für die gerichtsmedizinische Nachwelt zu dokumentieren. Die Ärzte packten ihre Instrumente ein, entrollten einen grünen Plastikleichensack und holten eine Bahre.

»Verdammt scheußliche Sache, was?« sagte Aiello und schüttelte dabei den Kopf. »Ein Kerl stirbt auf diese Weise, und der erste, der was davon mitkriegt, ist der Vermieter, bei dem er ordentlich in der Kreide steht.«

»Tja, das mit der Miete spielt jetzt wohl keine Rolle mehr«, sagte ich. Buddy-Os Leiche wurde eingepackt und weggebracht, womit nur die drei verschiedenfarbigen Flekken seiner Körperausscheidungen in dem Kreideumriß zurückblieben. »Wieso bist du hier?«

»Kein besonderer Grund, reine Routine, nur das übliche Mal-Schauen-und-Sehen. Außerdem vertrete ich die Jungs von der Kripo des zuständigen Reviers. Wenn heutzutage einem Revier irgendwas von einer nackten männlichen Leiche gemeldet wird, rufen sie sofort uns von der Sitte. Könnte ja immerhin sein, daß wieder mal ein Schwuler fertiggemacht wurde, was in letzter Zeit wegen dieser schrecklichen Aids-Kiste anscheinend sehr populär geworden ist. Allerdings kann ich die Typen, die so was machen, nicht verstehen. Vielleicht glauben die ja, wenn sie nicht tun, was sie tun, werden alle anderen denken, sie hätten selbst Spitzenhöschen an. Ich weiß nicht. Jedenfalls müssen wir zu reizenden kleinen Tatorten wie dem hier, was wiederum auch nicht annähernd die übelste Sache ist, die wir beide je gesehen haben, Hock. Das ist wenigstens mal was anderes als unsere üblichen Nonnenvergewaltiger und Kinderficker und Typen, die sich gern im Lexington Avenue Local einen runterholen, wenn all die jungen Hühnchen morgens zur Arbeit fahren.«

Aiello nahm einen letzten Zug von seiner Zigarre. Er ging zu der Einbauküche an der Wand neben der Wohnungstür und löschte den Stummel in einem Spülbecken voll von fettigem Wasser, auf dem kleine braune tote Sachen schwebten.

»Allerdings glaube ich eigentlich nicht, daß wir's hier mit einem Schwulenmord zu tun haben«, meinte er. »Zumindest weist nichts darauf hin, nicht mal ein Stapel Pimmel-Magazine. Wieso er nackt gewesen ist... wer weiß? Auf dem Scheißhaus, wo auch seine Dusche ist, hing ein immer noch leicht feuchtes Handtuch, also ist das vielleicht auch schon alles, was an diesem Drama dran ist. Und was das betrifft, ich sage immer, jeder Amerikaner hat das verfassungsmäßige Recht, mit nacktem Arsch herumzuhüpfen. Aber trotzdem habe ich die Jungs von der Gerichtsmedizin seinen Schwanz und Hintern untersuchen lassen, und sie meinten, mit seinen Installationen sei alles bestens.«

»Toller Umgang mit einem Toten.«

»Ach, verdammt, Hock, du weißt doch selbst, wie's ist. Wenn man nicht versucht, bei all diesem beschissenen Kram einen Witz zu reißen, bleibt einem nichts anderes, als zu flennen oder zu saufen. Willst du, daß ich flenne?«

»Saufen ist subtiler.«

»Wie wahr gesprochen.«

Einer von Aiellos Leuten in dem anderen Raum gab ihm das Zeichen, daß sie jetzt mit dem verschwitzten Mieteintreiber fertig waren. »Übrigens«, sagte Aiello, »was hast du eigentlich mit dem teuren Verstorbenen zu tun?«

»Er ist einer meiner Spitzel. *War* ein Spitzel. Und wie's der Zufall so will, hat er mir die Wohnung besorgt, in der ich jetzt lebe. Direkt um die Ecke.«

»Jesus, Hock, du *wohnst* in der Gegend hier?«

»Tja, schließlich bin ich hier aufgewachsen.«

»Hat dir nie einer was davon erzählt, daß man's in der Welt zu was bringen soll?«

»Ich bin kein Streber. Was soll ich sagen?«

Aiello schüttelte den Kopf, schlug sein Notizbuch auf, warf einen Blick hinein und kam vom Thema ab, was mein Domizil betraf – bewußt oder unbewußt.

»Wie auch immer«, sagte Aiello, »wir haben hier also einen *DOA* namens Aloysius Patrick Xavier Devlin. Ist das dein Mann?«

Ich nickte. »Jeder hat ihn seit ewigen Zeiten einfach nur Buddy-O genannt.« Ich war einer von vielleicht drei oder vier Menschen in seinem Leben, die sich noch an seinen richtigen Namen erinnern konnten. Und daher klang es, als ich nach all dieser Zeit Patty Devlins wirklichen Namen hörte, so endgültig wie fallende Erde auf einen ins Grab gesenkten Sarg.

»Und hat auch jeder gewußt, daß er früher ziemlich dicke mit den Westies war?« fragte Aiello. »Denn genau das ist dabei rausgekommen, als ich um eine Kurzüberprüfung durch den Computer im Präsidium gebeten habe.«

Das wußte ich, allerdings keine näheren Einzelheiten. Ich erklärte Aiello, wie das Viertel über die Jahre runtergekommen war, und daß es von daher nicht weiter überraschte, wenn ein hochkarätiger Westy ebenfalls die soziale Leiter hinabrutschte. Wie er von seiner Stellung bei der bedeutendsten Verbrecherbande von Hell's Kitchen bis ganz nach unten zu dem niedrigen Status absinken konnte, den Buddy-O zuletzt gehabt hatte – das wußte ich nicht. Abgesehen davon, daß er für mich den Informanten machte, zog er so ziemlich jeden Betrug und jedes kleine krumme Ding ab, von denen er über seine Kumpel im Viertel und am Times Square je gehört hatte.

Zum Beispiel besaß Buddy-O jahrelang ein Postfach, um Antwortschreiben auf seine ständige Annonce in einer dieser Boulevardzeitungen zu sammeln, die vollgestopft waren mit erbaulichen Geschichten über zweiköpfige Babys, Kannibalismus, UFOs, Wunderdiäten, bei denen man soviel Bier trinken und soviel Schokolade essen darf, wie man will, und im Schlaf den Speck verliert, Geister von Elvis Presley und wilden Wolfsjungen, die über das Land streiften. Buddy-Os Anzeige war kleiner als die meisten anderen in der Zeitung, ging beinahe unter zwischen all den Angeboten für Sofortkredite per Post, keine Sicherheiten erforderlich, Plateauschuhe, Radardetektoren für fliegende Untertassen, Konzessionen für Vinyl-Reparaturläden und die Geheimnisse des Universums von den Rosenkreuzern. Aber er war sehr stolz darauf, im Geschäft zu sein, und hatte mir die Anzeige oft genug gezeigt:

> *Sie sind amerikanischer Staatsbürger? Tausende von der Regierung geförderte Jobs mit absoluten Spitzeneinkommen warten nur auf Sie! Nehmen Sie Ihre ureigensten Rechte auf Amerikas ungeheure Fülle und Reichtum wahr! Warten Sie nicht länger! Schicken Sie uns $10 für eine Liste prallvoll mit wertvollen Tips!*

Für ihre Zehner bekamen die Trottel, die auf Buddy-Os Anzeige hereinfielen, eine Fotokopie der aktuellen Stellenausschreibungen für den Staatsdienst, die er sich kostenlos vom nächsten Postamt besorgte.

Diese und hundert weitere Schwindeleien über die Jahre.

Was die Westies betrifft: Wahrscheinlich gibt es in Buddy-Os oder meinem Alter niemanden, der aus Hell's Kitchen kam und nicht auf die eine oder andere Weise etwas mit der Gang zu tun bekommen hatte. Ich selbst hatte mal einen Job in der *Leprechaun Bar*, wo ich samstags ausfegte. Die Bar war das legale Tarnunternehmen der Westies. Während des Krieges hatte meine Mutter dort ein paar Jahre hinter der Theke gestanden, bis sie in respektableren Läden Jobs als Kellnerin finden konnte, in denen normalerweise, hätte es keine Wehrpflicht gegeben, Kellner mit weißen Handschuhen arbeiteten. Das *Leprechaun* gibt es heute nicht mehr, nicht mehr seit einem Abend im Jahr 1971, als Mickey Featherstone ein paar zuviel getrunken hatte und am Ende eine .25er Ärmelpistole gegen Linwood Willis zog, der seine letzten Augenblicke damit verbrachte, andere Gäste der Bar darüber zu informieren, daß ihm Featherstone absolut nicht so gottverdammt knallhart vorkam, auch wenn er der berüchtigtste Killer der Stadtteilgang war, die die Docks und die Gewerkschaften kontrollierte und Unterverträge kassierte, jedesmal, wenn die Mafiosi unten in der Mulberry Street jemanden oben in der West Side von der Bildfläche verschwinden lassen wollten.

All das gibt's nicht mehr. Wo früher das *Leprechaun* stand, befindet sich heute nur noch ein leeres Grundstück voll zerbrochener Ziegel, Glasscherben und Ratten, umgeben von einem Stacheldrahtzaun. Das und Linwood Willis' Witwe, die eine Zeitbombe auf der Damentoilette deponierte, die die Bar fast über den Fluß bis nach Jersey fegte. Mickey Featherstone wurde wegen vorübergehender Unzurechnungsfähigkeit von der Mordanklage freigesprochen. Das letzte, was ich von ihm gehört hatte, war, daß er im Austausch für gelegentliche Aussagen gegen besonders zähe Westies unter dem Zeugenschutzprogramm mit neuer Identität irgendwo außerhalb der Stadt lebte. Aber die Westies spielen heute keine große Rolle mehr, seit in den Docks von Hell's Kitchen nicht mal mehr zehn Prozent des früheren Betriebes herrscht und seit der Stadtteil auch nicht mehr annähernd zu drei Vierteln von Iren bewohnt wird, wie es früher der Fall war, geschweige denn von englischsprachigen Menschen.

»Was wirst du unternehmen?« fragte ich Aiello.

»Tja, das kann ich dir sagen. Das hier ist einer der ganz alltäglichen kleinen Morde. Nichts ist passiert, über das sich irgendwer beschweren wird, und es hat auch keinen erwischt, der von irgendwem vermißt werden wird.«

»Und was ist mit dem Burschen, den du nebenan schwitzen läßt?«

»Der? Der weiß nichts außer dem, was er hier gefunden hat. Er ist wegen der Miete vorbeigekommen, genau wie er gesagt hat, und dann hat er gesehen, was er gesehen hat, und wie ein braver kleiner Bürger sofort die 911 angerufen. Devlin ist schon seit gestern tot. Für mich sieht's todsicher so aus, daß wir verdammt wenig haben.

Jedenfalls, mir ist's sowieso egal«, sagte Aiello. »Das hier ist kein Fall für die Sitte. Also kriegt die PDU des zuständigen Reviers die Sache von mir zurück, und irgendwer wird den Fall irgendwo in einem Aktenordner ablegen, bis das Ding vergilbt und verstaubt ist, und eines Tages wird's versehentlich von irgendeinem Schreibtisch fallen, und dann fällt's vielleicht in den Papierkorb, und ab geht's ins Paradies der ungeklärten Fälle.«

Aiello hatte sich bereits entschieden, daher erwähnte ich auch nicht, daß Buddy-O sich neulich abends mit mir verabredet hatte, was meiner Meinung nach auch ziemlich pünktlich gelaufen wäre, wenn er nicht ungebetenen Besuch von einem oder mehreren Unbekannten bekommen hätte.

Ich behielt das für mich. Nicht aus beruflicher Respektlosigkeit Aiello gegenüber, sondern in Erwägung der Tatsache, wie die Dinge nun mal liefen: Während ich einerseits vielleicht bestreiten mochte, daß der Mord an Buddy-O nicht alltäglich im klassischen Sinn war, nach dem Cops solche Ereignisse einordnen, konnte ich andererseits aber nicht den größeren Zusammenhang ignorieren und daß es wie etwas aussah, das Cops einen »Mord von öffentlichem Interesse« nennen. Manchmal beschließen wir Staatsdiener im System der Strafverfolgung, im öffentlichen Interesse etwas zu vergessen – von Zeit zu Zeit sogar einen Mord. Nehmen wir zum Beispiel Mob-Morde. In New York gab es seit der Hinrichtung auf dem elektrischen Stuhl von Louis »Lepke« Buchalter von Brooklyns *Murder Incorporated* keine einzige erfolgreiche strafrechtliche Verfolgung eines Mob-Anschlags mehr. Und das war ungefähr einen Monat vor dem Angriff der Japaner auf Pearl Harbor.

Also hält sich ein Cop irgendwann unterwegs und unter gewissen Bedingungen – wie dem grausigen Ende eines abgerissenen Westys wie Buddy-O – aus praktischen Erwägungen im längerfristigen Interesse der Allgemeinheit ein wenig zurück. Vielleicht ergab sich ja später noch was.

Aiello und ich wußten das alles, ohne darüber Worte verlieren zu müssen. Das liegt daran, daß wir in unseren Karrieren als New Yorker Cops einen Punkt erreicht haben, an dem wir uns keinen Illusionen mehr hingeben, auf weißen Rössern zu reiten. Wir wissen, daß wir nichts anderes tun, als den Ozean mit Teetassen auszuschöpfen.

Also fragte ich Aiello: »Tust du mir einen Gefallen und läßt mich deinen kleinen Mann im Nachbarzimmer ein paar Fragen stellen?«

»Klar, sicher, warum zum Teufel nicht. Laß dir nur nicht die ganze verdammte Nacht Zeit damit, mehr verlange ich nicht. Wir versiegeln den Tatort, und dann muß ich nach Hause. Es ist Freitag, und freitags gehen meine Frau und ich immer zum Fischessen in den Gemeindesaal.«

»Denk nur an das reizende Tischgespräch, das du haben wirst.«

Er brummte irgendwas und machte sich an die Arbeit, die Räumlichkeiten des verstorbenen Aloysius Patrick Xavier Devlin für die gründliche Untersuchung durch die Spurensicherung vorzubereiten, und ich ging in das andere Zimmer. Einer von Aiellos Männern teilte mir mit, daß nicht in die Wohnung eingebrochen worden war, daß es ein sauberer professioneller Mord war, daß nichts gestohlen worden war und daß der feuchte kleine Mieteintreiber einen Hauptschlüssel besaß.

»He, aber ich habe keinen Schlüssel benutzt!« sagte er, als er uns über diesen Aspekt des Falles reden hörte. »Ich habe einfach nur an die Tür geklopft und bin reingegangen, und Devlin hat da tot auf dem Boden gelegen.«

Er zeigte zum Wohnzimmer hinüber und fragte einen der Detectives: »Ist er weg, ist die Leiche jetzt weg?«

»Beruhig dich, Kumpel«, sagte ich zu ihm. Dann fragte ich nach seinem Namen.

»Was zum Teufel geht Sie das an?«

Ich zeigte ihm meine Marke, woraufhin er mich von oben bis unten musterte.

»Also, diese anderen Burschen, die scheinen Sie ja zu kennen, daher denke ich, Sie werden schon okay sein, auch wenn Sie nicht gerade wie einer der Detectives aussehen, die ich in meinem Leben schon gesehen habe.«

»Wie heißen Sie?« wiederholte ich.

»Howie Griffiths, und das habe ich auch schon diesen anderen Burschen da gesagt, zusammen mit meiner Adresse und allem.«

»Wie fühlen Sie sich, Howie?«

»Wie etwas, das man aus dem Abfluß der Badewanne rausholt, wenn das Wasser nicht abläuft, genau so fühle ich mich. Wie zum Geier würden Sie sich denn wohl fühlen?«

»Ungefähr genauso, vermute ich. Ich werfe Ihnen nichts vor.«

Ich schaute mich in dem Zimmer um, in dem Buddy-O geschlafen hatte, und das deprimierte mich, denn es ähnelte verflucht meinem eigenen Schlafzimmer. Auf dem Sprungfederrahmen des Bettes lag eine Doppelmatratze, und auf der Fensterbank stand ein Radio, dessen Antenne aus einem Kleiderbügel bestand. Ein paar Dutzend leerer Bierdosen in einem Plastikbeutel in der Ecke warteten darauf, in die Trinkhalle gebracht zu werden; alte Pferderennzeitungen lagen – mit der einen oder anderen ›Daily News‹ oder ›Post‹ dazwischen – in Stapeln herum; auf einem Stuhl und zum größten Teil auf dem Boden lagen Berge von Klamotten; und in einer Ecke gab es ein Waschbecken mit einem tropfenden Heißwasserhahn.

»Howie, gab es irgendeinen besonderen Grund, warum Sie ausgerechnet heute vorbeigekommen sind, um die Miete zu kassieren?«

»Ich bin gekommen, weil er im Rückstand war, deswegen.«

»Aber Sie kassieren doch nicht bei allen Mietern persönlich, Howie, oder?«

»Wenn sie so hoch im Rückstand sind wie Devlin, dann schon.«

»Wieviel war er denn im Rückstand?«

»Sechs Monate.«

»Und wie wär's jetzt mit einer Antwort auf meine ursprüngliche Frage?«

»Die war noch gleich?«

»Ich fragte Sie, ob Sie irgendeinen speziellen Grund hatten, ausgerechnet heute in Devlins Wohnung zu kommen?«

»Also, vielleicht habe ich gehört, daß er demnächst einen Teil seiner Schulden begleichen könnte. Devlin war ein Bursche, der immer und überall Schulden hatte. In Kneipen und Bars, im Deli, da, wo er sich seine Klamotten gekauft hat. Überall, in der ganzen Stadt. Da ich also einer seiner Gläubiger bin, ist es auch meine Aufgabe, aufmerksam auf alles zu achten, was ich zufälligerweise über diesen Burschen höre.«

»Und woher sollte das Geld kommen?«

»Woher zum Teufel soll ich das wissen? So genau höre ich auch wieder nicht zu. Ich habe nur soviel gehört, daß er irgendwie an große Kohle gekommen ist, das ist alles. Und mehr muß ich auch nicht hören.«

»Und wo haben Sie das alles gehört?«

»Eines Tages bin ich in diesem Deli drüben am Times Square, kaufe mir zum Mittagessen ein Provolone Sandwich und einen Softdrink, und da höre ich, wie sich dieser Penner, der sich da rumtreibt, mit dem Mann hinter der Theke über Devlin unterhält. Eigentlich wurde er übrigens ›Buddy-O‹ genannt, falls Sie das noch nicht wußten.«

»Habe ich auch schon gehört, ja.«

»Wie auch immer, jedenfalls reden diese beiden Burschen ganz allgemein davon, daß Buddy-O demnächst an eine ordentliche Stange Geld kommen sollte, das ist alles.«

»Wann genau war das, als Sie sich um Ihren eigenen Kram gekümmert und dabei zufällig diesen kleinen Schwatz in dem Deli mitbekommen haben?«

»Vor ein paar Tagen. Ich hab mich dann natürlich sofort ans Telefon gehängt und versucht, Buddy-O zu erreichen, Tag und Nacht. Aber niemand ging ran. Ich glaube eigentlich nicht, daß der Kerl überhaupt jemals ans Telefon gegangen ist.«

»Wer war dieser Bursche in dem Deli mit den Neuigkeiten über Buddy-Os Finanzen?«

»Seinen Namen kenne ich nicht«, sagte Griffiths. »Aber es ist dieser alte Spinner, den man dauernd hier in der Gegend sieht. Rennt immer mit einem Priesterkragen rum, obwohl er bestimmt kein Priester ist, dem ich schon mal begegnet bin. Dieser Bursche wühlt genauso in den Abfalleimern nach Pfandflaschen wie all die anderen normalen Penner auch.«

Der fragliche Spinner dürfte ein alter Knabe namens Lionel sein, der schon vor vielen Jahren seinen Nachnamen vergessen hatte. Er trug einen Stehkragen, den er mal auf der Straße gefunden hatte, weil er die glorreiche Idee hatte, damit würde alles erheblich glatter laufen, wenn er den Erlös der gesammelten Dosen und Flaschen einstrich. Was ihm natürlich sofort einen Straßennamen einbrachte: Holy Redeemer, der Erlöser. Und zufälligerweise ist er auch ein Mann, mit dem ich regelmäßig über das rede, was ein harmloser Spinner so alles erfährt, wenn er Augen und Ohren offenhält. Dann schwatzt also der Holy Redeemer eines Tages über einen Spitzelkollegen und darüber, daß dieser demnächst seine Schäfchen im trockenen hat, und rein zufällig kriegt das ein Typ wie Howie mit. Durch dieses und gewisse andere Vorkommnisse habe ich gelernt, daß New York eine schrecklich kleine große Stadt ist.

»Für wen arbeiten Sie?« fragte ich Griffiths.

»Für eine kleine Hausverwaltungsgesellschaft hier in der Gegend.« Er zog ein Päckchen *True*-Mentholzigaretten aus der Tasche seiner Polyesterjacke. »Hören Sie, das habe ich alles schon den anderen Cops erzählt.«

»Dann erzählen Sie's mir eben noch mal. Für wen genau arbeiten Sie?«

»Herr im Himmel! Ich arbeite für die Empire Properties oben auf der Forty-eighth Street, okay? Ist das vielleicht ein Verbrechen?«

»Ein paar Leute könnten das so sehen.«

Griffiths stand auf und knöpfte seinen Mantel zu. Seine feisten Hängebacken bebten. »Würde es Ihnen gottverdammt was ausmachen, wenn ich jetzt gehe?« fragte er. »Ich habe meine verdammte Pflicht getan. Ich hab euch Cops angerufen, als ich hier reingekommen bin und fast gekotzt hätte wegen dem, was ich gefunden habe, und dann hab ich einen Haufen Fragen beantwortet, mit denen ich sowieso nichts zu tun habe, und jetzt habe ich von euch Typen die Nase gestrichen voll, okay?«

»Okay, Howie. Vielleicht sehen wir uns noch mal.«

»Nicht, wenn ich was dagegen tun kann.«

»Oh, bei Mord und Immobilien in Manhattan kann man nie wissen.«

Griffiths' Hängebacken bebten noch ein bißchen mehr, und ohne ein weiteres Wort zu sagen, verließ er den Raum, allerdings hörte ich, wie er sich nebenan bei Aiello beschwerte. Und ich hörte auch Aiellos Antwort: »Sehen Sie gottverdammt zu, daß Sie aus meinen Augen verschwinden!«

Ich wollte selbst schon gehen, als ich zufälligerweise den ersten Gegenstand in Buddy-Os Wohnung erspähte, der mir etwas anderes sagte, als daß er allein lebte, ein jämmerliches Leben führte, nie irgendwas zu Papier brachte, nichts besaß, das zu stehlen sich lohnte, und daß seine Wohnung nichts anderes war als ein Ort, um trocken zu bleiben. Was ich sah, war eine orangefarbene Karte, ungefähr acht mal fünf Zentimeter groß. Visitenkartengröße. Sie lag zusammen mit der übrigen Schweinerei auf dem Boden unter Buddy-Os Bett, im wesentlichen ein Dickicht aus Socken und Schuhen und Unterwäsche und Bierdosen und Wollmäusen.

Am oberen Ende der Karte stand in großen schwarzen Lettern:

FÄLLT MANNA VOM HIMMEL?
DIE CHANCE !!!

Dann, darunter, eine in zierlicher Kursivschrift abgefaßte Botschaft:

Verschaffen Sie sich Ihr persönliches Vermögen, jetzt und hier! Ich bin der richtige Mann, der Ihnen sagt, wie!

Ich warf noch einen Blick unter Buddy-Os Bett, fand aber bis auf die letzten drei aufeinanderfolgenden und abgegriffenen Ausgaben von ›Big Bazooms‹ nichts zusätzlich Aufschlußreiches. Ansonsten nur noch mehr Socken und Staub, ein paar alte Streichholzheftchen und jede Menge erfolgloser Wettscheine.

Auf der orangefarbenen Karte stand auch eine Telefonnummer mit einer Vorwahl im Norden der Stadt. Ich schob sie in meine Tasche, verabschiedete mich von Aiello und seiner Crew und machte mich auf den Heimweg.

4

Das Abendessen bestand aus einem Hunan Flower Steak, dazu gebackene Klöße, ein Nudelgericht in Sesamsoße und zwei *Mon-Lei*-Bieren. Judy, meine Ex, hat früher immer gesagt, dies sei einer meiner ekelhaftesten Charakterzüge: die Fähigkeit zu essen, kurz nachdem ich etwas überall verspritzt gesehen hatte, das mal ein Mensch gewesen war.

Tja, dann war's eben so. Buddy-O war nebenan ermordet worden, und daran konnte ich auch nichts mehr ändern. Das Essen und das Bier halfen.

Ich saß auf einem grünen Seidenbrokatsessel, den ich günstig in einem *Goodwill*-Laden erstanden hatte, und balancierte das Essen auf dem Schoß. Der Sessel hatte unten Fransen und war mit Gänsefedern gefüllt. Ich hatte ihn mir unter all den anderen Sesseln, die kein Mensch mehr wollte, ausgesucht, weil er wie etwas aussah, das in New Yorks goldener Zeit vielleicht den Salon eines vornehmen Bordells unten in Chelsea oder Greenwich Village geziert hatte. Das half mir, der Tatsache ins Auge zu blicken, daß es November war und daß ich wieder in einer zugigen Mietskaserne in Hell's Kitchen wohnte. Allein.

Ich dachte daran, den Holy Redeemer zu suchen, um mal zu sehen, was er vielleicht über Ereignisse wußte, die zu dem vorzeitigen Tod von Buddy-O geführt hatten. Und ich sah mir *King's Row*, meinen Lieblings-Ronald-Reagan-Film, in der Glotze an. Der Film, in dem er in zwei Teile zerschnitten wird.

Bis auf das bläuliche Glühen der *Philco*-Bildröhre und eine weiße Lichtpfütze von der Leselampe über meiner Schulter war es dunkel in der Wohnung. Das gefiel mir. Ich wußte, wo mein Kram war; und außer Büchern und Kleidern und gerade soviel Küche, wie erforderlich war, um ein Chili und Kaffee zu machen, und einem Sideboard für den *Philco* und meinen *Johnnie Walker Red* besaß ich nicht viel. Daher bestand auch kein dringendes Bedürfnis, etwas davon sehen zu müssen.

Mein häusliches Leben wäre durch gelegentlichen Damenbesuch sicher etwas freundlicher gewesen, aber mein Leben ist nicht direkt reich an Frauen. Und dies nicht allein, weil ich es mir so ausgesucht hätte. Gerne würde ich eine gewisse Legende über alleinstehende männliche Cops in New York glauben, auch daß sie praktisch unentwegt von Frauen umschwärmt würden. Ich habe schon viele hundert Male gehört, wie diese Legende von einsamen, alleinstehenden männlichen Cops verbreitet wurde, die sich harten Stoff und Bier in einsamen Cop-Bars hinter die Binde kippen – den übelsten Folterkammern des Herzens, denen man wahrscheinlich je begegnet.

Die einzige Frau, die ich tatsächlich in meiner Wohnung gehabt hatte, war Judy selbst. Ich lud sie zum Abendessen ein und versprach, daß es kein Chili geben würde, also kam sie vorbei. Ich hätte beim Chili bleiben sollen.

Wir machten es auf der Couch unter dem Fenster mit Aussicht auf die Tenth Avenue, doch für keinen von uns war es besonders befriedigend, auch wenn es zweifellos die alte Dame unterhielt, die unter mir wohnt. Und dann, da sie mich in einer allgemein hilflosen Verfassung erwischte, suchte sie sich genau diesen Augenblick aus, um mir alles über ihren wunderbaren Pflam zu erzählen.

Wonach wir uns stritten und gegenseitig Beleidigungen an den Kopf warfen. Wie üblich ging es bei der hitzigen Diskussion um Geld.

»Das hier ist also das miese Loch, das du dir als erste echte Junggesellenbude ausgesucht hast?« Judy schlenderte schnüffelnd und die Nase rümpfend durch die Wohnung. Ich beobachtete, wie sich ihr Körper dabei bewegte. »Paßt, daß du direkt hierher zurückgegangen bist. Ich nehme an, du treibst dich jetzt wieder mit deinen versoffenen Freunden in allen möglichen miesen Schuppen rum? Wieso konntest du dich eigentlich nie mit jemandem anfreunden, der dich wenigstens ein kleines Stück weiterbrachte?«

»Du meinst jemanden wie dich?« Aber ich wußte schon, wen sie meinte.

»Wie zum Beispiel Eakin. Du bist mit dem Burschen zusammen auf der Akademie gewesen, und damals wart ihr doch befreundet.«

»Was findest du an Eakin so toll?« Als wenn ich es nicht wüßte.

»Was gibt's da nicht gut zu finden? Er hat's zum Lieutenant gebracht, er arbeitet nicht mehr auf der verdammten Straße, er wohnt in Rye, besitzt ein Haus mit Pool. Er hat drei Autos ... «

»Er ist korrupt.«

Judy hob die Hände und ließ sie wieder fallen. Sie klatschten gegen ihre nackten Schenkel. Dann zog sie sich schnell an, als sollte ich sie urplötzlich nicht mehr nackt sehen. Verlegen sagte sie: »Dann ist er eben ein bißchen korrupt. Na und?«

»Eines Tages wird derjenige, der ihn schmiert, kassieren kommen. Genau das ist es nämlich, was korrupten Bullen passiert. Hast du Knapp schon vergessen?«

»Ach, zur Hölle mit diesen alten Knapp-Ausschuß-Anhörungen. Es gab auch früher schon Unmengen korrupter Cops, und dann wurden eben ein paar von denen Gäste des Staates. Na und? Soweit ich sehe, haben New Yorks Beste immer noch jede Menge Platz für Schläger, krumme Hunde und Diebe. Also spiel nicht immer den gottverdammten Chorknaben, Hock.«

»Du siehst das viel zu simpel. Vor Knapp hatte man kein Wort dabei mitzureden, was für eine Art Cop man wurde. Alles hing allein davon ab, an wen man geriet. Heute hast du die Wahl: Du kannst korrupt sein oder ehrlich. Gleichgültig, wie auch immer man sich entscheidet, man kann immer sicher sein, eine Hälfte des Departments hinter sich zu haben.«

Sie applaudierte. »Eine hübsche Ansprache, Hock. Aber ich sage trotzdem immer noch: na und?«

»Heute gibt es Schatten und Nuancen. Das ist etwas, das ich sogar vor Knapp schon immer wußte. Wenn man ein guter Cop sein will, achtet man besser verdammt gut darauf, wohin sich die Schatten bewegen, wie sich die Ansichten innerhalb des Departments verändern.«

»Ach, zum Teufel mit deinen Schatten! Und auch zum Teufel mit dir!«

Und dann weinte sie, direkt dort auf meiner miesen Couch unter dem Fenster. Ich dachte, wenn ich ihr etwas entgegenkam, bestand vielleicht die Chance, daß sie es sich noch mal anders überlegte, mit Pflam über die Feiertage die Stadt verlassen zu wollen. Vielleicht.

Aber wir bewegten uns schon viel zu viele Jahre auf genau dieser Schiene, während unserer Ehe und auch danach. Es war richtig gewesen, daß wir uns trennten, und wir wußten beide, daß zerstörende Worte nicht zurückgenommen werden können, genau wie die Zeit nicht alle Wunden heilt; daß wir am Ende nur mit üblen Kopfschmerzen dastanden und nicht mal eigene Kinder hatten.

Je mehr sie weinte, desto mehr hoffte ich, daß sie mit Pflam das Richtige machte.

Und ich wünschte, ich hätte schon vor langer Zeit genug Verstand besessen, mir einen normalen Job zu suchen, vielleicht Kühlschränke bei *Sears Roebuck* zu verscherbeln, irgendwas in der Richtung; etwas, damit es nicht wegen eines Cop-Albtraums war, wenn ich mitten in der Nacht aufwachte.

Und jetzt standen die Feiertage vor der Tür.

Schon bald würde am Rockefeller Center die riesige Tanne hinter der Statue des goldenen Prometheus oberhalb der Eisbahn erleuchtet werden, und Weihnachten in New York hatte uns alle im Würgegriff. Ungefährt fünfhundert Straßenecken-Nikoläuse, vorübergehend nüchtern und über ihren Zustand auch nicht glücklicher, als ich es unter diesen Umständen sein würde, klingelten stadtauf, stadtab mit ihren Glocken. Die Stützsäulen von *Macy's* Hauptverkaufsetage waren schon seit der letzten Oktoberwoche herausgeputzt wie Zuckerstangen. Nicht mehr lange, und die Trinkgeldzeit würde gewaltig über die Stadt hereinbrechen. Und wildfremde Menschen würden darauf bestehen, daß ich einen schönen Tag hatte, und auf der Kopfzeile meiner Stromrechnung würde in festlich rot-grüner Matrixdrucker-Schrift FRÖHLICHE FEIERTAGE stehen.

Ich wußte nicht, wo ich Heiligabend hinsollte, am großen Höhepunkt des Jahres, wenn jeder da draußen mit Kindern und Frauen und gebratenen Truthähnen und Bergen von Geld für Geschenke darauf brennt, uns andere wissen zu lassen, wie überglücklich sie doch sind.

Jedes Weihnachtsfest seit unserer Scheidung, was inzwischen ohne das kommende zwei gewesen sind, war ich zu dem Haus draußen in Ridgewood gefahren, wo Judy schon auf mich wartete, und wir hatten nichts geplant. Zu diesem Anlaß brachte ich es fertig, ziemlich gut auszusehen. Vincenzo bei meinem Friseur schnitt mir die Haare und rasierte mich besonders glatt, und ich zog irgendwas von *Paul Stuart* an, etwas in der Richtung von Flanellhose und Wildlederweste und Tweed-Sakko und Schuhe mit Troddeln. Ich brachte *Perrier-Jouët* in der geblümten Flasche mit, Judys Lieblings-Champagner, und Austern und ein teures Geschenk. Und große Hoffnungen, was den Abend und die Nacht betraf, Hoffnungen, die bislang auch immer erfüllt worden waren.

Aber jetzt war das alles vorbei.

Was bedeutete, daß ich an diesem Heiligabend mehr als nur wahrscheinlich genau dort sein würde, wo ich auch jetzt war. Auf meinem grünen Sessel, vermutlich mit irgendeinem chinesischen Außer-Haus-Menü auf dem Schoß, falls mir nicht danach war, ein Yuletide-Chili zu kochen. Natürlich würde ich trinken. Allein oder vielleicht auch mit Angelo im *Ebb Tide.* Und wahrscheinlich würde ich am Ende in meinen *Philco* glotzen: *Christmas in Connecticut,* gefolgt von *Miracle on 34th Street,* gefolgt von *A Christmas Carol,* gefolgt von *March of the Wooden Soldiers*, gefolgt von der Mitternachtsmesse aus der St. Patrick's Cathedral, in der ich einmal in meinem Leben gesungen hatte – als Sopranstimme im Chor der Holy Cross. Judy hatte es ganz richtig gesagt – ich war immer noch der Chorknabe von damals.

Ich wuchtete mich aus meinem Sessel und schaltete den Film aus, unmittelbar nachdem Reagan gesagt hatte: »Wo ist der Rest von mir?«

Dann trat ich ans Fenster.

Meine Aussicht bestand aus einem billigen Freßlokal, einer Tagelöhnervermittlung, einer absolut bewohnbaren Mietskaserne mit verrammelten Fenstern und Türen und Hausbesetzern drinnen, einem Laden mit einer roten Neonreklame, die die ganze schwarze Nacht über LIQUOR-

LIQUOR-LIQUOR hinausschrie, außerdem zwei Türmen einer kroatischen Kirche, die heute meistens nur noch Beerdigungen durchführt, mittwochs Bingo veranstaltet und ihren Festsaal für puertoricanische Hochzeiten vermietet.

Und natürlich konnte ich auch eine Ecke des Gebäudes sehen, in dem irgendwer Buddy-O umgebracht hatte, den kleinen Schwindler und Spitzel, der früher mal ein Jemand gewesen war. Und jemand anderes würde ungeschoren mit diesem Mord in den Überresten eines Viertels davonkommen, in dem er keine Rolle mehr spielte, in dem Aloysius Patrick Xavier Devlin eine Null geworden war.

Ich ging zum Sideboard und schenkte mir einen schönen, großen Tumbler *Johnnie* ein. Und dann stand ich wieder vor dem Fenster und starrte hinaus in die Nacht.

Patty Devlin und ich, dachte ich; auf unterschiedliche Art waren wir am gleichen Punkt gelandet. Aber allein ist allein. Und die Einsamkeit schleicht sich so langsam an einen heran, daß es einen völlig hilflos machen kann. Und oft genug mit der zusätzlichen Kümmernis, daß am Ende kein Mensch besonders bemerkt oder sich erinnert, daß man überhaupt da war.

Ich schüttete mir einen weiteren Drink ein, leerte das Glas, beschloß, daß ich betrunken war, schenkte mir noch einen ein und ging zum Fenster, um dort zu trinken, bis ich nicht mehr aufrecht stehen konnte.

Unten auf der Straße schlenderten zwei Nutten zu den Autos im dünner werdenden Verkehr, der vor der Ampel an der Kreuzung Tenth Avenue und West Forty-second anhielt und auf Grün wartete. Beide waren mager und um die achtzehn. In ihrem von Drogen benebelten Tran bewegten sie sich träge von einem Auto zum anderen, auf hohen Pfennigabsätzen, dank deren ihre Füße im nächtlichen Nebel und den Windstößen vom Hudson River naß und kalt blieben.

Ein fetter Bursche in einem roten Wagen mit Jersey-

Kennzeichen und zwei glotzenden Kumpels auf dem Rücksitz nahm beide.

Unter einer Markise vor dem roten Neonlicht des Spirituosengeschäftes stand ein großer Schwarzer und rauchte eine Zigarette, das Gesicht dabei nach oben gewandt. Er trat in die Dunkelheit zurück und schnipste seine Zigarette fort, als ich ihn bemerkte.

Ich beschloß, darüber zu schlafen.

5

Der Samstagmorgen war feucht und dunkelgrau. Als ich auf meiner Couch aufwachte, hatte ich immer noch die Klamotten von gestern an. Das erste, woran ich dachte, war, daß ich um neun Uhr eine Verabredung mit Neglio hatte. Als zweites dachte ich an meinen Kater und die vage Chance, ihn mit Eiern und Frühstücksspeck ein wenig lindern zu können.

Draußen sah es nach dem ersten Schnee aus. Nachdem ich also geduscht, Kaffee gekocht, ein paar Aspirin geschluckt und anhand des Durchzuges in der Wohnung das Wetter abgeschätzt hatte, entschied ich mich für Levi's, einen Ragg-Pullover, Wollsocken, Weejuns, eine Seemannsjacke und eine Tweedmütze. Ich war also relativ schick für den Boss. Da ich offiziell meinen freien Tag hatte, beschloß ich, nur meine .38er Special-Dienstwaffe mitzunehmen.

Nach dem dritten Kaffee wurde mein Kopf allmählich klarer, also ließ ich den Rest in der Kanne auf dem Herd stehen und machte mich auf den Weg die Treppe hinunter. Die alte Mary Rooney, die Dame aus der Wohnung direkt unter meiner, steckte ihren Kopf auf den Flur und fragte: »Wie kommt's, daß Sie schon so früh auf den Beinen sind, und noch dazu an einem Samstag? Bei Ihnen ist's doch normalerweise immer schon Mittag, Hock, stimmt's?« Hinter ihr in der Wohnung hörte ich *Adam Smith's Money World* aus dem Fernseher plärren.

Ich erklärte ihr, daß ich ins Präsidium bestellt worden sei, und dann fragte sie: »Also, wo Sie ja sowieso unterwegs sind, wär's da zuviel Mühe, unterwegs ein paar Sachen zu besorgen, die eine arme Frau braucht?«

Sie brauchte immer die gleichen Dinge: Teebeutel von *Lipton's* und *L&M*-Zigaretten. Ansonsten überlebte sie mit Konserven zum Mittag- und Abendessen, wenn es ihr in den Sinn kam, daß sie handfestere Nahrung brauchte. Der koreanische Mini-Markt die Straße runter lieferte ihr alles einmal wöchentlich ins Haus, einschließlich eines Vorrats an *Meow Mix* und *9-Lives* für ihre vierbeinigen Begleiter, deren genaue Zahl ich gar nicht wissen wollte.

Ich sagte, liebend gern würde ich das für sie erledigen, auch wenn es durchaus nicht so war.

»Dann hole ich jetzt schnell das Geld, das Sie für meine Sachen brauchen werden«, sagte sie.

Ich hörte irgendeinem Gerede aus dem Fernseher über Schuldverschreibungen und Futures und Schweinebäuche zu, und Mary Rooney schlurfte zu ihrer Tür zurück.

»Ich gebe Ihnen fünfzig Cents, der Rest ist für Sie, für Ihre kleinen Mühen«, sagte sie und reichte mir das Geld. »Und nicht vergessen, wenn ich bitten darf. Es sind zwei Päckchen *L&M* und die rot-gelbe Schachtel *Lipton's* mit sechzehn Beuteln drin.«

Nein, ich würde es nicht vergessen. Aber ich fragte mich schon, welches Jahr wohl in Mary Rooneys Kopf als Gegenwart fixiert war. In welchem Jahr hatten zwei Päckchen Zigaretten und eine Schachtel Teebeutel weniger als einen halben Dollar gekostet? Waren Teebeutel damals überhaupt schon erfunden worden?

Mary Rooney machte ihre Tür zu und schloß ab. Ich

hörte, wie das schwere Stangenriegelschloß einrastete. Dann ging ich runter auf die Straße.

Der Wind war scharf. Ich stellte den Kragen meiner Seemannsjacke auf, schob die Hände in die schrägen Seitentaschen und marschierte auf das einzige Zeichen von Wärme und Licht im Zwielicht des Morgens zu. Was das helle Fenster des Freßlokals auf der anderen Straßenseite war – Pete Pitsikoulis' *All-Night Eats & World's Best Coffee.*

Ich drückte die Tür von *Pete's* auf, und ein Wirbel warmer, dunstiger Luft wurde nach draußen in die Kälte gesaugt. Ich sah mich nach einem Platz um, wo ich mich niederlassen konnte, was sich als gar nicht so leicht erwies. Das Restaurant war voll mit Taxifahrern, die in den frühen Morgenstunden alle zusätzlichen Fuhren mitgenommen hatten, die sie vor Weihnachten kriegen konnten, mit Barkeepern, die in den bis zum Morgen geöffneten Schuppen am Times Square Feierabend gemacht hatten, mit Portiers in ihren kastanienbraunen Livrees auf dem Weg zur Tagesschicht in den schicken Apartmenthäusern Uptown, die eigene Namen hatten, dem einen oder anderen liebenswürdigen Säufer, und dann war da noch eine mir bekannte altmodische Broadwaytänzerin namens Mona.

Mona hockte vor einer Tasse Kakao und einem glasierten Doughnut und las die ›Post‹, dieses billige Revolverblatt, das sie vor sich auf der Theke ausgebreitet hatte; wenn irgend möglich, enthielten die Schlagzeilen die Worte *Horror* und *Oma* und *Irrer*. Auf dem Hocker neben Mona saß ein Typ in einem Burberry-Trench-Imitat, der aussah, als gehörte er gar nicht her, der aber trotzdem sein Bestes gab, sie fleißig anzubaggern.

Es roch nach Würstchen und Eiern, Hamburgern, fritierten Zwiebelringen und Kaffee, der genaugenommen nicht der beste der Welt war. Ich sah Petes Kopf und Schultern auf der anderen Seite der Durchreiche, wo er trotz seiner fünfundsiebzig Jahre immer noch vierzehn Stunden täglich als sein eigener Koch arbeitete.

Mona hatte die Schnauze von ihrem Bewunderer voll. Sie schaute von ihrer Zeitung auf und sagte: »Wieso verpißt du dich nicht einfach, Ekeltyp?« Und mir warf sie mit hochgezogener Augenbraue einen Blick zu. Der Typ in dem Anzug sah mich an und machte dann einen Abgang. Also setzte ich mich auf den freigewordenen Hocker.

»Das ist heutzutage eines der größten Probleme in dieser Stadt«, sagte Mona, nachdem sie mich begrüßt hatte. »So was wie Höflichkeit gibt's kaum noch.«

»Da hast du allerdings recht.«

»Und ob ich gottverdammt recht habe.«

Eine Kellnerin mit einem feuchten Lappen blieb vor mir stehen, wischte die Krümel von der Theke und stellte einen Becher Kaffee vor mich. An den Träger ihrer Schürze – genau auf der Wölbung ihrer rechten Brust – war ein Schildchen in der Form eines Nikolauses geheftet, und da stand »Wanda«. Ich sagte Wanda, daß ich einmal die Nummer Zwei und meine Freundin Mona noch einen Kakao bekam. Wanda ließ ihren Kaugummi platzen.

»Wie geht's dir denn so?« fragte ich Mona.

»Ach, ich weiß nicht, irgendwie beschissen, wenn du mich schon fragst.«

»Was ist denn los?«

Sie seufzte. »Ich weiß, es hört sich bestimmt verrückt an, aber in letzter Zeit habe ich so das Gefühl, als wäre ich eines dieser hübschen alten Gebäude in der Stadt, die einer Abrißbirne genau im Weg stehen. Weißt du, so wie die alte Pennsylvania Station, die einfach abgerissen und weggeschmissen wurde, oder wie das *Morosco* und die *Helen Hayes Theatres*, die plattgemacht worden sind, um Platz für das *Marriott Marquis* zu machen, das vermutlich in Omaha ganz toll aussehen würde.«

Ich sagte, ich wüßte genau, was sie meinte.

Wanda brachte meine Bestellung. Ich aß, und Mona sah mir eine Weile zu. Als ich aufschaute, entdeckte ich ein überwältigendes Lächeln auf ihrem Gesicht.

Und sie sagte: »In deinem geistigen Aktenschrank, wie hast du mich da eingeordnet, Hock? Vielleicht unter ›Broadway Babe‹?«

Ich konnte nichts sagen, mit den unzerkauten Eiern und dem Toast im Mund.

Mona nickte für mich ein Ja und sagte dann: »Aber ... hast du überhaupt eine Ahnung, wo Mona Morgan herkommt? Hast du überhaupt eine echte Vorstellung davon, was ich will?«

Ich tat so als ob, zugegebenermaßen. Pech für mich. Mona wußte, was ich dachte, und lachte leise über mich. Aber es war ein tolerantes und freundliches Lachen. Sie schaffte es, daß es mir gefiel.

Ich schluckte und sagte: »Ich würd's gern wissen, wenn du's mir erzählst.«

»Und vielleicht werde ich das auch eines Tages mal tun. Du mußt mich dran erinnern.«

»Klingt, als könnte das noch eine ganze Weile dauern.«

»Oh, ich glaube, du wirst das für eine sinnvoll verwendete Zeit halten«, sagte sie. »Wenn ich außerhalb des Clubs einen Gentleman unterhalte, mache ich es auf die altmodische Art, weißt du? Ganz vornehm. Wenn ein Gentleman meine Show sieht, wenn er mir Blumen mit einer Karte in die Garderobe schickt, wenn er in irgendeinem netten Restaurant mit mir essen geht, dann höre ich ihm zu, und vielleicht bringe ich ihn sogar zum Lachen ...

Ich lache sogar selbst ein bißchen. Später landen wir dann vielleicht in meiner Wohnung. Natürlich nehme ich gern Trinkgeld an. Das ich im übrigen auch verdiene. Wenn der Gentleman morgens nicht geht und sich pudelwohl fühlt, dann ist der Bursche tot.«

Ein oder zwei Szenarios eines Abends in Monas Wohnung rasten durch meinen Kopf.

»Du siehst also, Hock, ich bin ein Klassiker. Man sollte mich respektieren wie die alte Penn Station. Ich habe ein Leben mit einer Vergangenheit ... und mit Details, sehr subtilen Details. Aber Respekt ist heutzutage selten geworden, und das Feingefühl ist irgendwann abhanden gekommen. Da du mich also danach gefragt hast – genau deshalb fühle ich mich ein bißchen beschissen.«

Ich zog meine Brieftasche und legte Geld für die Nummer Zwei, Monas Kakao und Wandas Trinkgeld auf die Theke. Und ich sagte: »Ich finde, du solltest das Reden übernehmen, wenn deine Gentlemen vorbeikommen. Ich mache jede Wette, du bist erheblich interessanter und komplizierter, als sie zu sein je vorgeben könnten.«

»Vielleicht möchtest du das irgendwann selbst rausfinden, Hock? Du könntest abends doch mal im Club vorbeikommen. Schick mir ein paar Blumen in die Garderobe, lad mich zum Essen ein. So was in der Richtung. Und, du weißt schon ... et cetera.«

»Ich weiß nicht ...«

Und wieder lachte Mona über mich, und wieder gefiel mir, was ich da hörte. »Und ich bin's nicht allein«, sagte sie. »Außer mir sind da draußen noch eine halbe Million anderer Frauen, die gerne geben. Oder ist dir das noch nicht aufgefallen?«

»Doch, hab's schon bemerkt. Mein Problem ist nur, im Augenblick ist mir nicht nach Nehmen.«

»Tja, ich liebe dich trotzdem, Detective Hockaday.« Dann rutschte Mona von ihrem Hocker, faltete die Zeitung zusammen und gähnte. »Bis bald. Ich muß jetzt nach Hause ins Bett. Allein. Es sei denn, du siehst es doch anders.«

Ich gab ihr einen Kuß auf die Wange, und sie ging. Ich auch.

Erst als ich ging, bekam ich Gesellschaft. Vielleicht hätte mich das überraschen sollen, aber das tat es nicht.

Er war schlank, groß und schwarz. Er trug einen dunklen Regenmantel und einen braunen Filzhut mit breiter Krempe. Ich konnte nicht genug von seinem Gesicht sehen, um sein Alter zu schätzen. Abgesehen davon stand er ein gutes Stück entfernt auf der anderen Straßenseite, als ich ihn entdeckte. In einem Hauseingang. Und rauchte.

Ich entschied, ihn mir eine Weile folgen zu lassen.

6

Inspector Tomassino Neglio ist – im Kontrast zu einem Mann der Straße – ein Büromensch. Was heißen soll, er ist ein Mann der Akten und Memoranden und Mittagessen im Rathaus und feinen Cocktailparties und Mondscheindiners auf Yachten, deren Gastgeber jene Leute sind, denen New York gehört, und die von einigen anderen Leuten besucht werden, die meinen, die Stadt schon allein wegen der Tatsache zu leiten, daß sie genau zu diesem Zweck gewählt wurden.

Früher mal war Neglio selbst Straßen-Cop, und ein guter und zäher dazu. Er wußte, daß die Welt damals begrenzt und dunkel und mit Fremden bevölkert war, die ihm nach Belieben schaden oder auch helfen konnten, sollten sie zufälligerweise auf die Stimmen ihrer besseren Engel hören. Doch heute sind seine Tage und Nächte größtenteils mit den besten Menschen gefüllt, wenn auch nicht immer in der besten Absicht.

Neglios Büro belegt die südöstliche Ecke einer höheren Etage in der One Police Plaza in Lower Manhattan. Er hat zwei Sekretärinnen, von denen eine kompetent ist, sowie vier Amtsleitungen, von denen er annimmt, daß mindestens eine aus langjähriger Tradition vom Büro des U.S. District Attorney abgehört wird. Im Vorzimmer wimmelt es von

Cops, die gerade Bürodienst schieben müssen, was bedeutet, das Department hat guten Grund, vorübergehend nervös zu sein, wenn sie bei der Arbeit Waffen tragen. Neglio stehen ständig ein Polizeijurist, zwei uniformierte Beamte, die ihm überallhin folgen, um jedes Spatzenhirn mit hochfliegenden Ideen sofort zu entmutigen, und ein persönlicher Fahrer zur Verfügung.

Zu meiner Verfügung stand der U-Bahn-Shuttle vom Times Square zur Grand Central, wo ich die Bahn wechselte, um mit dem IRT Local runter bis zu dessen Endhaltestelle an der City Hall zu fahren, was nur einen Katzensprung von der Police Plaza entfernt ist. Punkt neun Uhr ließ mich ein aufgeweckter, schinkengesichtiger Sergeant, der die Leitung über Neglios Vorzimmer hatte, zu seinem Boss rein.

Er hatte am Fenster gestanden und über den grauen Hafen hinausgestarrt. Als ich eintrat, winkte er mich zu einer Nische, in der zwei lederne Clubsessel und ein Tisch mit einem Teeservice standen und von wo aus man einen Ausblick auf die Brooklyn Bridge hatte, die hübsch über dem East River hing.

»Ich werde es so kurz wie möglich machen«, begann Neglio, als wir es uns bequem gemacht hatten. »Und zwar aus zwei Gründen. Erstens, viele Details kann ich Ihnen nicht geben. Zweitens, ich bin praktisch schon auf dem Weg zum JFK und einer Maschine nach Bimini, um mal ein bißchen Sonne zu tanken. Sind Sie schon mal auf Bimini gewesen, Hock?«

»Ich tanke meine Sonne draußen in Far Rockaway«, erwiderte ich tonlos.

Neglio zuckte mit den Achseln.

Ich sagte: »Also, um was geht's?«

»Um was geht's immer?«

Und ziemlich genau so ist es bislang bei jedem heiklen Fall gewesen, den ich bearbeitet habe. Ich habe es immer mit der gleichen Sache zu tun. Es ist schon die halbe Miete bei der Aufklärung eines Falles, wenn man herausfindet, welche dunklen Informationen mir von demjenigen vorenthalten werden, der an der Lösung des Falles interessiert ist – in diesem speziellen Fall war es mein eigener Inspector Neglio, was bedeutete, die Sache mußte extrem heikel sein.

Ich sagte: »Angenommen, meine erste wilde Vermutung umfaßt einen ordentlichen Batzen Geld in kleinen Scheinen und nicht fortlaufenden Seriennummern, die in den schwitzenden Pranken von jemandem gelandet sind, der auf der städtischen Gehaltsliste steht? Könnte ich mich dann einen Detective nennen, der zumindest teilweise in der richtigen Richtung denkt?«

»Sie sind gut, Hock. Sie sind sogar sehr gut.« Und dann zog er einen Briefumschlag aus der Brusttasche seiner Anzugjacke. Bevor er ihn mir gab, sagte er: »Allerdings bin ich nicht sicher, ob wir diesmal ausschließlich über Geld reden, was im allgemeinen unkompliziert ist. Wir reden hier über Morddrohungen, die irgendeine miese kleine Wanze da draußen losgelassen hat, jemand, der gottverdammt verrückt sein muß.«

Meines Wissens hatte bislang niemand eine wissenschaftliche Untersuchung über die Häufigkeit von Morddrohungen in New York angestellt. In einer ruhigen Nacht eines angenehmen Monats auf einer netten, von Bäumen gesäumten Straße in Staten Island oder Queens passierte es vielleicht zwölf- oder dreizehnmal die Stunde. Das wäre dann das untere Ende der Skala. Hier und da in der Stadt gibt es allerdings erheblich rachsüchtigere Viertel. Ich habe schon in vielen Revieren gearbeitet, und unabhängig von der jeweiligen Atmosphäre der Gegend wird eine leere Morddrohung nahezu immer mit niedriger Priorität behandelt. Leute, die keine Cops sind, halten das für gefühllos und schockierend, bis man sie darauf aufmerksam macht, daß nur sehr wenige Morde vorsätzlich geplant werden, daß nur sehr wenige Morde mit Drohungen beginnen, was auch immer anderes in Kriminalromanen behauptet wird; und daß jemand, der das Maul darüber aufreißt, einen anderen umzulegen, genau in diesem Augenblick ungefähr vierundneunzig Prozent der für die tatsächliche Ausführung der Drohung erforderlichen aufgestauten Wut losgeworden ist.

Natürlich kann man mit all diesen Weisheiten auch völlig danebenliegen, wenn die Drohung gegen jemanden mit dem empfindsamen Gehör eines Burschen wie Inspector Neglio oder eines seiner feinen Freunde gerichtet ist.

»Ist das da für mich?« fragte ich und deutete auf den Umschlag. Neglio gab ihn mir.

»Schon mal von einem Kerl namens Father Love oben aus Harlem gehört, der einen cleveren Weg gefunden hat, keine Steuern zahlen zu müssen?«

»Der Jesus-Freak aus dem Radio?«

»Genau das ist der Mann. Most Reverend Father Love vom Healing Stream Deliverance Temple.«

Ich riß den Umschlag auf und fand darin vier orangefarbene Visitenkarten – genau die gleichen wie die, die ich gestern unter Buddy-Os Bett gefunden hatte:

FÄLLT MANNA VOM HIMMEL?
DIE CHANCE !!!

Verschaffen Sie sich Ihr persönliches Vermögen, jetzt und hier! Ich bin der richtige Mann, der Ihnen sagt, wie!

Aber die Karten, die Neglio mir gegeben hatte, waren auf der Rückseite nicht leer wie die aus Buddy-Os Zimmer. Auf jede war hinten fein säuberlich mit Bleistift ein Bibelzitat geschrieben worden. Und unter jedem Zitat stand, in wütenden schwarzen Strichen eines dicken Filzschreibers, die Drohung: »STIRB, FATHER LOVE.«

Als ich aufschaute, sagte Neglio: »Wir sind hinter jemandem her, der höchstwahrscheinlich in Ihrem Kiez rumläuft. Wir reden hier von einer Wanze, und Sie sind der beste Mann, den ich für den Job habe, sich in den Kopf einer Wanze zu versetzen.«

Und dann sagte er noch eine Menge anderer Dinge, von denen mir im Augenblick nichts besonders wichtig war. Was auch gut so war, da ich mich sowieso auf nichts anderes als das Bild des erwürgten Buddy-O mit den hervorgequollenen Augen konzentrieren konnte.

»Woher kommen die?« fragte ich schließlich.

»Sie sind an vier aufeinanderfolgenden Sonntagen in Briefumschlägen bei der Kollekte in der Kirche aufgetaucht. Father Love und seine Truppe verteilen diese Karten in der ganzen Stadt, um das Geschäft anzukurbeln. Wir haben also einen unzufriedenen Kunden. Vielleicht ist er von Father Love kräftig ausgenommen worden. Vielleicht hat er sich übel verletzt, als er seine Krücken weggeschmissen hat, nachdem der Padre an einem Sonntag die Wunderheilernummer abgezogen hatte. Vielleicht ist er gerupft worden, bis nichts mehr da war, und seine Alte hat ihn verlassen. Wer weiß? Jedenfalls rennt die Wanze jetzt irgendwo dort draußen mit Mordplänen herum.«

»Woher haben Sie diese Karten?« erkundigte ich mich.

»Ich habe sie über einen Freund erhalten.«

»Ein gemeinsamer Freund von Ihnen und Father Love?«

»Richtig.«

»Und Sie werden mir nicht verraten, wer dieser Freund ist?«

»Nein.«

»Aber es ist ein hochkarätiger Freund?«

»Ich denke ja gar nicht dran, mit Ihnen Frage und Antwort zu spielen, Hock. Wie ich schon sagte, ich will nach Bimini. Und wie ich ebenfalls sagte, der Fall ist heikel.«

»Also einfach die Wanze finden, richtig?«

»Richtig. Ab sofort arbeiten Sie exklusiv an diesem Fall. Sie quetschen Ihre Spitzel aus. Wenn Sie wollen, kriegen Sie mehr Geld zum Schmieren. Sie überprüfen die Absteigen und Perversenschuppen und was Ihnen sonst noch alles einfällt. Sie erstatten ausschließlich mir Bericht. Ich will diesen Scheißer, und ich will ihn schnell.«

Natürlich beschloß ich, Neglio fürs erste nichts von der Sache mit dem Mord an Buddy-O zu erzählen und von meiner Vermutung, es gebe eine Querverbindung zu Father Love. Da der Boss mir nicht alles sagen konnte oder durfte, was er wußte, war er im Augenblick auch nicht imstande, in Erwägung zu ziehen, was ich bereits wissen oder noch erfahren könnte. Falls überhaupt, dann ergibt sich eine umfassende Enthüllung aller Fakten bei heiklen Fällen nur langsam. Wir wußten beide, wie so was lief.

Neglio sah mir an, daß ich fand, er wäre sogar noch weniger hilfsbereit als üblich. »Hören Sie«, sagte er, »ich weiß tatsächlich nicht viel, außer daß es wahrscheinlich wirklich verdammt kompliziert wird.«

»Ja, von Kompliziertheit habe ich schon mal was gehört. Glauben Sie, ich wäre gerade erst mit einem Pottschnitt aus den Karpaten in die Stadt gekommen?«

»Nein ...«

»Sie müssen mir schon was geben, womit ich weiterarbeiten kann«, sagte ich. »Es wäre zum Beispiel nicht schlecht, einen Namen zu erfahren.«

»Samuel Waterman. Das ist der richtige Name von diesem Padre. Sagt Ihnen das was?«

»So aus dem Stand nicht, nein. Sollte es?«

»Nein.«

»Verraten Sie mir was anderes. Geht's hier um Politik?«

Und als Neglio darauf antwortete, geschah es mit viel Gezischel und Gehauche, so als könnten bedeutungsvolle Worte von viel heißer Luft verdeckt werden. »Tja, die Politik ... Da schneiden Sie ein sehr weites Thema an. Ist schon ein merkwürdiges Gespann – Geld und Macht. Es gleicht in vielem der Religion, finden Sie nicht auch? Die Angst der vielen und die Gerissenheit der wenigen?«

Ich vermute, er wollte mir damit etwas sagen, aber zum damaligen Zeitpunkt verstand ich nicht. Also schenkte ich es mir, Neglio weitere Fragen zu stellen. Ich saß da und starrte auf die Karten, die er mir gegeben hatte. Und Neglio saß da und sah betont auf seine Uhr, was ich so interpretierte, daß unser Gespräch beendet war. Was stimmte.

»Wann waren Sie zum letzten Mal in der Kirche?« fragte Neglio.

»Bei meiner Hochzeit. Man hat mir gesagt, daß Ehen im Himmel geschlossen werden.«

»Wir kriegen alle mal schlechte Informationen, Hock. In diesem Leben müssen wir solche beschissenen Tips verzeihen und vergessen.«

Ich sagte ihm, daß dies ein besserer Rat sei als der, den der Priester erteilt hatte.

»Jedenfalls«, sagte Neglio, »morgen ist der Tag des Herrn, und ich würde es wirklich sehr begrüßen, wenn ich wüßte, daß Sie oben im Healing Stream Deliverance Temple an der Arbeit sind.«

Also hatte ich meinen Marschbefehl.

Im Fahrstuhl auf dem Weg aus dem Büro und zurück auf die Straße, wohin ich gehöre – und während ich über den armen alten Buddy-O, einen Radioprediger aus Harlem, den eine kleine Wanze am liebsten tot sehen wollte, und Mona Morgan sinnierte, über Howie Griffiths, Handlanger und Geldeintreiber des Vermieters und seine feuchten Hände, darüber, daß jemand in meinem Viertel einen Berufskiller suchte, und schließlich, daß Weihnachten vor der Tür stand und meine Ex die Stadt verließ –, kam mir beiläufig in den Sinn, daß alles, was während der letzten paar Tage um mich herum passiert war, kunterbunt und verschwommen durcheinanderwirbelte und wie ein sehr schneller Zug an mir vorbeirauschte.

Manchmal muß ich nichts anderes tun, als morgens wach zu werden, und schon fühle ich mich, als wäre ich bereits auf der anderen Seite. Das ist der Ort, wo eine ganze Menge Berufsrisiken auf meinen Kopf krachen wie ein Haufen nasser Schnee von einem altersschwachen Dach.

Das war jetzt einer dieser Augenblicke. Daher war ich nicht gerade in der besten Verfassung, um mich mit dem ersten Menschen befassen zu müssen, den ich sah, als ich die Eingangshalle der One Police Plaza verließ.

Das war mein Schatten.

Inzwischen war er mir so vertraut, daß ich ihn von hinten erkannte. Er trug einen dunklen, olivfarbenen Regenmantel und einen braunen Borsalino, dessen Krempe tief in die Stirn gezogen war, wodurch er meiner Meinung nach wie die ideale Besetzung für einen Agentenfilm aussah; in einer Hand hielt er eine Zigarette und einen zusammengerollten Regenschirm in der anderen. Er stand vor einem leeren Schaufenster, in dem er mein Spiegelbild beobachtete.

Mir war danach, dem Kerl jetzt und hier ein paar Dinger zu verpassen, da ich es gar nicht mag, beschattet zu werden, und ohnehin stinksauer war, weil ich mit einem ausgewachsenen Kater hatte aufstehen müssen. Aber ich fand, ich müßte absolut sichergehen, daß es sich hier um denselben Burschen handelte, der sich letzte Nacht so für mein Wohnungsfenster interessiert hatte. Außerdem meinte ich, es wäre nicht gerade im Sinn einer positiven Öffentlichkeitsarbeit, wenn ein weißer Cop einen schwarzen Zivilisten in unmittelbarer Nachbarschaft des Polizeipräsidiums zusammenschlug. Also ging ich zum Broadway und machte mich auf den Weg Richtung Uptown.

Auf der Chambers Street entdeckte ich einen Penner mit einem großen Schild um den Hals. Er versuchte, Geld von Autofahrern zu schnorren, die über die Brooklyn Bridge nach Manhattan kamen. Als ich nahe genug war, um das Schild lesen zu können, gefiel mir sein offensichtlicher Unternehmungsgeist: »VERSUCHE $ 1 000 000 FÜR WEINFORSCHUNG AUFZUBRINGEN.« Also spendete ich einen Buck. Der Penner legte eine Hand auf meine Schulter und meinte: »Gott segne dich, Junge.« Und ich drehte den Kopf zur Seite, um den Muskatellerdämpfen auszuweichen, und konnte dabei aus den Augenwinkeln einen guten Blick auf den Burschen in dem olivfarbenen Trench werfen.

Dann betrat ich die Südspitze des Parks vor der City Hall und spazierte in Richtung Parkmitte, als wollte ich zur IRT-U-Bahnstation. Die einzigen anderen Parkbesucher an diesem Morgen lagen auf Pappkartons, die sie zum Schutz gegen die Kälte auf Bänken ausgebreitet hatten. Alte Zeitungen dienten als Decken, und für die innere Wärme gab es Halbliterflaschen *Thunderbird*-Wein. Als ich hinter mir trockene Blätter unter Schritten rascheln hörte, ging ich zu einer Baumgruppe hinüber, wo ich von vorbeifahrenden Autos auf dem Broadway nicht zu sehen war.

Als ich anhielt, blieb auch er stehen.

Als ich mich dann umdrehte, blitzschnell hinkniete, die .38er Special zog, abstützte und das ernste Ende des Revolvers auf das Gesicht meines Schattens richtete, flogen Schirm und Zigarette sofort aus seinen Händen. Er riß die Arme hoch und stieß eine Menge Atemwolken zwischen uns, bevor er endlich herausbrachte: »He, Mann, das müssen Sie nicht tun ... Sie verstehen da was falsch ... He, Mann, ich bin unbewaffnet ... Stecken Sie das Ding wieder weg ... Oh, bitte, Mann ...«

Ein paar Sekunden sagte ich gar nichts. Durch Schweigen und eine gezogene Kanone erhält man ungeteilte Aufmerksamkeit.

»Auf den Bauch!« bellte ich ihn an. »Sofort!«

Er gehorchte, und ich ging langsam zu ihm. Die Kanone

hielt ich dabei immer auf ihn gerichtet. Man konnte nie wissen.

Als ich gerade außerhalb seiner Reichweite über ihm stand, durfte er sich Sorgen darüber machen, was ich wohl mit dem Revolver vorhatte, mit dem ich genau auf seinen Kopf zielte. Und ich taxierte ihn.

Er trug einen teuren Hut, der vielleicht mehrere hundert Dollar gekostet hatte. Jetzt würde er ihn gründlich reinigen und nachformen lassen müssen, da er ihm bei dem Satz auf den Boden vom Kopf gefallen und in den Matsch gerollt war. Der Regenmantel war ein echter Burberry. Er trug eine anthrazitfarbene Cordhose mit kastanienbraunen Tupfen und englische Wanderschuhe aus genarbtem Leder. Der Knabe hatte offensichtlich eine gute Ausbildung genossen.

Ich trat hinter ihn, so daß er mich nicht mehr sehen konnte, und ließ ihn hören, wie der Hahn des Revolvers zurückklickte.

»Oh, bitte, Mann«, sagte er.

»Schnauze!«

Ich setzte mich auf sein Hinterteil und stieß den Lauf der .38er an seinen unbedeckten Hinterkopf. Er gab kehlige Geräusche von sich, wie ein Tier des Waldes, das in einer Falle gefangen saß. In der linken Hand hielt ich die Kanone, während ich ihn mit der rechten abklopfte. Keine Waffen.

Also stand ich wieder auf und befahl ihm, er solle die Hände in den Nacken legen. Er gehorchte sofort. Ich ließ die Handschellen zuschnappen: »Dreh dich auf den Rücken, damit ich dein Gesicht sehen kann, Kumpel.«

Er war knapp eins neunzig groß und schlank, und er sah aus, als wäre er gerade aus einem alten, sepiafarbenen Foto herausgetreten. Sein kurzes Haar war in der Mitte gescheitelt. Sein Gesicht war hellbraun und glatt, die Augen haselnußbraun.

Ich zeigte ihm meine Dienstmarke, steckte dann die .38er weg, da ich nicht davon ausging, sie noch mal zu benötigen.

Dann setzte ich ihn davon in Kenntnis, daß er sich als verhaftet verstehen durfte.

»Sie haben das Recht zu schweigen«, begann ich mit der Belehrung über seine Rechte. »Jede Aussage, die Sie machen, kann vor Gericht gegen Sie verwendet werden. Sie haben das Recht auf einen Anwalt. Bevor Sie auf Fragen antworten, haben Sie das Recht, zu jedem Zeitpunkt einen Anwalt zugegen zu haben. Falls Sie sich keinen Anwalt leisten können ...«

»Ersparen Sie sich das. Ich weiß das alles«, sagte er. Ich hatte die Waffe eingesteckt, deshalb war er plötzlich wieder ganz cool. Auch wenn er mit Handschellen gefesselt im Dreck lag. »Wie lautet die Anklage?«

»Weiß ich noch nicht. Vielleicht fällt mir was ein, wenn ich Sie im Revier abliefere, und wir ein bißchen Farbe auf ihre Finger geben und mit einem Schild voller Zahlen um den Hals eine Porträt- und Profilaufnahme von Ihnen schießen.«

»Hören Sie auf meinen Rat, sagen Sie mir sofort, wie die Anklage lautet.«

»Verdacht der Behinderung eines Polizeibeamten. Das reicht erst mal für vierundzwanzig Stunden in der Arrestzelle, bevor Sie einen Richter sehen, der sich selbst davon überzeugen kann, was Sie für ein neunmalkluges Großmaul sind. Sie können Ihren Anwalt anrufen, der anschließend runterkommen, sein Theater veranstalten, Ihr Händchen halten und Ihnen sagen kann, daß ich damit unmöglich durchkomme – was der Fall ist, zumindest teilweise. Aber der Anwalt wird Ihnen sein Honorar nach Stunden berechnen, und ich kann dafür sorgen, daß es ihn viele, viele Stunden kosten wird, sicherzustellen, daß Ihre verfassungsmäßigen Rechte ausnahmslos gewahrt bleiben.«

»Tun Sie, was Sie tun müssen, Detective Hockaday.« Dann grinste er mich breit an. »Und ich werde tun, was ich für richtig halte. Nach allem, was Sie gerade gesagt haben, könnte ich mir vorstellen, daß ich zunächst mal beim Manhattan Criminal Court eine detaillierte Beschwerde wegen Mißbrauch der Polizeigewalt einreiche. Aller Wahrscheinlichkeit nach wird dabei nicht viel herauskommen. Aber so was zieht automatisch eine Untersuchung durch die Dienstaufsicht nach sich, und das ist ja vielleicht etwas, das Sie nicht herausfordern wollen.«

Oh, ja, dieser Bursche war allerdings auf der Schule gewesen. Wie zum Beispiel auf der Harvard Law.

Also sagte ich: »Okay, ersparen wir uns beide Zeit und Mühe. Wo waren Sie gestern abend gegen halb zwölf?«

»Vor einem Spirituosengeschäft auf der Tenth Avenue. Falls Sie mehr wissen wollen, werden Sie mich aufstehen lassen und mir die Handschellen abnehmen müssen.«

Statt dessen schob ich eine Hand in die Innentasche seiner Jacke, wo ich seine Brieftasche mit aufschlußreichem Inhalt vermutete. Und ich hatte recht. Er hatte etwa hundert Dollar in bar bei sich, die verschiedenen goldenen Kreditkarten, eine Ehemaligen-Kreditkarte der *Harvard Coop* und einen Führerschein des Staates New York, der mich darüber informierte, daß er am 22. März 1952 geboren war, daß er in einem teuren Block im West Village lebte und daß er einen hochinteressanten Namen hatte: Samuel Waterman jun.

7

Nachdem ich ihn aufstehen ließ, ihm die Handschellen abgenommen und er seinen Borsalino aus dem Matsch aufgehoben hatte, fragte ich daher: »Wie wär's, wenn Sie mir jetzt mal die Wahrheit sagten? Was soll das, mich zu beschatten?«

»Bin ich immer noch verhaftet?«

»Darüber denke ich noch nach, Counselor.«

Waterman rieb sich die Handgelenke und schenkte mir ein weiteres seiner verschlagenen Anwaltsgrinsen, was mich daran erinnerte, nicht sonderlich gern mit Angehörigen der Anwaltschaft zu plaudern. Mit vielleicht der einen oder anderen Ausnahme zu gewissen Zeitpunkten unserer Geschichte gehören Anwälte zu der Sorte, die nach einem Krieg aus den Bergen kommen, um die Toten zu erschießen.

»Sie haben nichts gegen mich in der Hand, Hockaday, womit Sie mir auch nur annähernd schaden könnten. Schon richtig, Sie könnten mich heute unter einer Anklage wegen Belästigung durchaus einige Stunden gewaltig nerven. Aber wollen Sie wissen, was Sie sich für eine solche miese Einschüchterung einhandeln? Ärger in Höhe von etwa zehn Riesen vor Gericht.«

»Wollen Sie mir drohen, Counselor?«

»Ich gebe Ihnen nur einen guten Rat. Seien Sie klug, und Sie werden meine Rechnung nicht in Ihrem Briefkasten finden.«

Alles, was mir außer meinem Kater noch fehlte, war eine weitere unangenehme Unterhaltung mit einem Rechtsanwalt. Ohne größere Schwierigkeiten schlich sich mir der Gedanke in den Kopf, daß Waterman jun. hier genau der Bursche war, der dafür verantwortlich war, daß ich diesen Aufpasserjob bei Father Love bekommen hatte. Ich machte mir eine geistige Notiz, Junior und seine Kanzlei auf ihren jeweiligen Status in der City Hall, im Polizeipräsidium und der Bruderschaft der buntgemischten Schar korrupter VIPs in der City of New York unter die Lupe zu nehmen. Ferner beschloß ich, mich ein wenig zurückzuziehen, da er sich jetzt aufgeplustert hatte und zum Kampf mit mir bereit war. Eine klassische Methode, angewandt von einem müden Detective, auf die sanfte Tour zu bekommen, was er haben will.

»Sie müssen wirklich fertig sein, Mr. Waterman. Ich kann das verstehen, ehrlich, ich verstehe das. All diese Drohungen gegen Ihren alten Herrn, den Most Reverend Father Love.«

Junior nickte. Dann wandte er sich einen Moment ab, als würde er jedesmal zusammenzucken, wenn jemand den Künstlernamen seines Vaters laut aussprach. Ich beglückwünschte mich, in Rekordgeschwindigkeit eine empfindliche Stelle getroffen zu haben.

»Wie wär's also«, sagte ich, »wenn wir unter den gegebenen Umständen einfach vergessen, was hier und heute passiert ist? Sie sind wieder ein freier Mann, okay? Fühlen Sie sich jetzt besser?«

Waterman schüttelte den Kopf, aber ich konnte nicht mit Sicherheit sagen, ob er damit Ja oder Nein meinte. Ich glaube, er wußte es selbst nicht.

»Es ist nicht leicht, aus Ihnen schlau zu werden«, sagte er, »und ich habe nicht die Zeit, mir darüber weiter den Kopf zu zerbrechen. Wie Sie schon sagten, ich sollte versuchen, offen und ehrlich zu Ihnen zu sein. Das wäre vielleicht der einfachste und schnellste Weg.«

»Außerdem ist es durchaus möglich, daß wir beide das gleiche wollen.«

»Ja, daran habe ich auch schon gedacht. Seit gestern sind mir überhaupt eine Menge Dinge durch den Kopf gegangen.«

»Zum Beispiel welche? Und verzeihen Sie mir bitte, aber hören wir von jetzt an auf, uns gegenseitig Scheiße zu erzählen. Es ist kalt, und mein Kopf fühlt sich an wie ein Eimer mit abgestandenem Wasser.«

»Eine ehrliche Antwort für den Anfang ...«

»Was schon mehr wäre, als ich bislang von Ihnen bekommen habe.«

Waterman ignorierte diese Bemerkung. »Der Bursche, der neulich in dem Haus gegenüber von Ihrer Wohnung ermordet aufgefunden wurde. Dieser Bursche namens Devlin, auch bekannt als Buddy-O. Was haben Sie mit ihm zu tun?«

»Er war mein Spitzel, ein Informant. Außerdem hat er mir

erst kürzlich den Riesengefallen getan, mir eine Wohnung zu besorgen.«

»Warum hat er das Ihrer Meinung nach für Sie getan? Ich meine, Ihnen die Wohnung zu besorgen?«

»Keine Ahnung. Spitzel schmeicheln sich eben gern ein, vermute ich.« Aber die ganze Wahrheit war, daß Waterman mir da eine sehr gute Frage gestellt hatte. Darüber hatte ich die ganze Zeit nachgegrübelt, während ich alles daransetzte, mir eine Wohnung zu sichern, für die man statt monatlicher Erpressungsgelder eine normale Miete zahlt, was für Manhattan eine echte Rarität war. »Ich habe Ihnen ehrlich geantwortet«, sagte ich. »Und jetzt sind Sie an der Reihe. Sie spielen Detektiv und schnüffeln mir nach. Keine besonders gute Idee. Warum also?«

»Weil ich auf einmal keine besseren Ideen mehr habe, weil ich auf einmal nicht mehr verstehe, was ich von anderen höre. Zuerst höre ich von einem Verrückten, der sonntags bei der Kollekte in der Kirche meines Vaters Drohbriefe hinterläßt. Dann – schließlich habe ich ein paar Freunde in der Stadtverwaltung – sagt man mir, daß die Polizei ihren besten Mann auf den Fall ansetzen will. Das dürften dann wohl Sie sein, Hockaday. Wie ich weiß, waren Sie mal Pfadfinder, was Ihnen aber offensichtlich nicht geschadet hat.«

Waterman steckte sich eine Zigarette an und fuhr fort. »Dann beginnen sich die Ereignisse zu überschlagen. Da höre ich auf einmal, daß jemand den Auftrag gegeben hat, meinen Vater umzubringen, und daß ein Bursche namens Buddy-O der Mittelsmann für diesen Anschlag ist. Anschließend stellt sich heraus, daß Buddy-O ein gewisser Devlin ist, der sich wiederum nicht nur als Detective Hockadays Nachbar, sondern außerdem auch noch als Detective Hockadays Informant herausstellt, was Sie mir ja selbst vor einer Minute bestätigt haben. Und schließlich wird Devlin umgelegt.

Natürlich stelle ich mir da sofort verschiedene Fragen.

Aber mir fällt nichts Besseres ein, als Ihnen zu folgen, Hockaday, um herauszufinden, ob es Antworten vielleicht dort gibt, wo Sie hingehen.«

»Und was haben Sie bislang herausgefunden?« fragte ich.

»Nur, daß Sie Ihre Nächte allein verbringen und zuviel trinken.«

Ich fand, das klang wie eine Grabinschrift. »All dieses Zeug, von dem Sie mir erzählen, es gehört zu haben ... wo genau haben Sie das aufgeschnappt?«

»Betrachten wir diese Information als eine derjenigen, von denen Sie selbst gesagt haben, ich hätte das Recht, darüber zu schweigen.«

»Das galt für den Fall, daß Sie verhaftet waren, Counselor. Was ich, wie Sie sich erinnern werden, großzügigerweise zu vergessen beschlossen habe. Im Augenblick stehen Sie sehr kurz davor, mich zu verarschen, was ich möglicherweise gar nicht gut finden könnte.«

Waterman grinste, und ein oder zwei Sekunden dachte ich daran, ihm eins aufs Ohr zu geben. Aber mir war schon klar, das wäre reine Zeitverschwendung. Er würde mir keine große Hilfe mehr sein, es sei denn später vielleicht, wenn ich eventuell etwas gegen ihn in der Hand hatte. Im Augenblick mauerte er genau wie Neglio. Also warf ich ihm wieder aus heiterem Himmel einen Brocken hin, um ihn aus dem Gleichgewicht zu bringen.

»Übrigens, wie kommen Sie eigentlich so mit Ihrem alten Herrn klar?«

Er senkte schnell seinen Blick, damit ich die unmittelbare Reaktion auf seinem Gesicht nicht sehen konnte. Er ließ die Zigarette fallen und trat sie energisch aus. Es gefiel mir, ihn aus der Reserve gelockt zu haben.

»Nicht so besonders«, sagte er. »Aber auch wieder nicht so schlecht, daß ich folgerichtig als Verdächtiger für die Morddrohungen in Betracht komme. Falls es das ist, was Sie denken, würde ich im Interesse der Effizienz diese Spur nicht weiterverfolgen.«

Er erwartete, daß ich darauf etwas erwiderte. Was ich nicht tat.

»Wir hatten unsere Auseinandersetzungen«, sagte er, »wie so ungefähr jeder andere Vater und Sohn auch, würde ich sagen. Aber ich wollte den Mann nie umbringen – noch hätte ich ihn umbringen lassen wollen. Das war nicht nötig. Für mich war er ohnehin längst gestorben.«

Natürlich bat ich um eine nähere Ausführung dieses bedeutungsvollen Gedankens. Für meinen Geschmack verwarf Waterman etwas viel zu schnell und zungenfertig.

»Meine Mutter starb, bevor ich alt genug war, um Erinnerungen an sie zu haben«, sagte er. »Mein Vater hat mich vom ersten Tag an auf die besten Schulen geschickt. Daher kann ich ehrlich nicht behaupten, daß ich ihn besser kenne, als ich sie gekannt habe. Verstehen Sie das, Hockaday? Mein Vater war die ganze Zeit da, und doch auch wieder nicht. Können Sie sich das vorstellen?«

Ja, ich könnte, antwortete ich.

»Nun, wenn man so aufwächst, wird man seinen alten Herrn wohl kaum tot sehen wollen. Ganz im Gegenteil. Man wünscht sich, daß er eines Tages für einen zum Leben erwacht, meinen Sie nicht auch?«

Diesmal gab ich ihm keine Antwort. Waterman wischte den Hut mit seinem Ärmel ab und brummte: »Dieser alte Kram spielt aber sowieso keine Rolle.«

Ich zuckte mit den Achseln. »Da bin ich nicht so sicher, mein Freund. Vielleicht spielt der alte Kram eine ganz erhebliche Rolle, was auch immer es nun wirklich ist. Denken Sie doch einfach mal drüber nach, hmh? Zwischen diesem Augenblick und dem Zeitpunkt, an dem ich wieder mit Ihnen sprechen will. Ich hab ja jetzt Ihre Adresse. Und denken Sie auch darüber nach, wie Sie mir helfen können, okay? Allerdings warne ich Sie: Den Schnüffler zu spielen ist nicht die Art Hilfe, die ich brauche. Ich muß jetzt los und dafür sorgen, Ihren Vater am Leben zu halten.«

Also ließ ich ihn mit seinem schlammbeschmierten Hut und offenem Mund einfach dort im Park stehen. Vielleicht würde er ja später noch jede Menge reden. Ich ging zur U-Bahn-Station und erwischte eine Linie 6 Richtung Uptown zur Forty-second Street.

Es gab eine ganze Reihe guter Gründe, warum ich von der Grand Central zu Fuß zu meiner Wohnung gehen wollte, statt den netten, warmen Shuttle zum Times Square zu nehmen. Hauptsächlich aber, weil ich so dem Holy Redeemer an einer seiner bevorzugten Stellen auf der Forty-second Street über den Weg laufen könnte. Sollte ich ihn allerdings nicht sehen, gab es jede Menge Stellen, an denen ich streuen konnte, daß ich etwas von seiner Plauderzeit kaufen wollte, und dann würde er es sich früher oder später zur Aufgabe machen, mich zu finden. Außerdem wollte ich vielleicht irgendwo auf ein paar Bierchen einkehren, damit es meinem Kopf etwas besser ging. Vor fünf war Angelo nicht im *Ebb Tide*, also würde es das *Landmark* auf der Eleventh Avenue oder *Mike's American Bar & Grill* auf der Tenth oder vielleicht auch *Robert's* etwas weiter oben sein. Und natürlich mußte ich immer noch die *L&Ms* und den *Lipton's*-Tee besorgen. Abgesehen von allem anderen, hilft mir ein Spaziergang an einem kalten Tag beim Nachdenken, und ich brauchte Hilfe.

Als ich die Ecke der Fifth Avenue erreichte, ging ich auf Höhe der Public Library langsamer, in die mich meine Mutter, noch bevor ich in die Schule kam, immer mitnahm; wohin ich später, nach einem Arbeitstag als Schuhputzer, allein ging; wo ich zum ersten Mal lernte, daß New York – neben so vielen anderen schönen und weniger schönen Dingen – bedeutet, daß jeder in der Stadt in diesem großen Haus der Bildung und des Lernens willkommen ist, sogar ein unwissender Schuhputzerjunge aus Hell's Kitchen.

Es war die Bibliothek, zu der ich ging, wenn mir Arme und Rücken zu weh taten, um noch mehr Schuhwichse auf Leder zu klatschen. Ich ging vorbei an den steinernen Löwen namens *Patience* und *Fortitude* die Kalksteinstufen hinauf, dann im Erdgeschoß zur Garderobe, wo ich meine Holzkiste mit Wachsbürsten und fleckigen Baumwollappen abgeben mußte. Ein älterer Mann mit einem gepflegten weißen Schnurrbart und einer grünen Leinenjacke nahm sie mir jedesmal mit der größten Würde ab, als hätte ich ihm einen vornehmen Brigg-Regenschirm und den förmlichen Bowler eines Engländers gegeben. Und dann, nach dieser eleganten Liebenswürdigkeit inmitten einer derben und uneleganten Stadt, durfte ich nach oben gehen und lesen. Ich entschied mich für Bücher und Magazine über das County Carlow und das County Dublin und die Wicklow Mountains auf der anderen Seite, wo ich Wurzeln in einer anderen Welt besaß. Und ich las auch über den Krieg. Der Krieg, der bedeutete, daß ich meinen Vater nie kennenlernen konnte, da er nie aus ihm zurückkehrte.

Und wenn ich ihn gekannt hätte, meinen Vater, was wäre dann aus uns beiden geworden? Hätten wir uns gestritten? Wenn dieser Mann Teil meines Lebens gewesen wäre, wenn er mich in die Arme genommen und geküßt oder mich geschlagen und verflucht oder mir geholfen hätte, Dinge zu bauen, oder mir erzählt hätte, wieviel es auf dieser Welt zu tun gab, oder alles zusammen – wie hätte ich diesen Mann dann anderen beschrieben? Was hätte ich vor allem über uns beide gesagt, falls jemand wissen wollte, wie wir als Vater und Sohn miteinander auskamen, so wie ich Waterman an diesem Tag nach dem Verhältnis zwischen ihm und seinem Vater gefragt hatte?

Und wenn es die meiste Zeit schlecht zwischen uns gelau-

fen wäre, wie es zwischen einem Mann und seinem Jungen durchaus sein kann – hätte mir dann selbst das Bedauern mehr Trost gegeben als die Leere, absolut gar nichts von ihm zu wissen?

Ich ging wieder schneller. Der Himmel verdunkelte sich unter grollenden Wolken.

Fünf Blocks war ich gegangen, ohne daß ich dem Holy Redeemer begegnet wäre. Dafür warf sich eine Frage auf, die zwangsläufig eine Antwort bekommen würde: Woher kannte Waterman meine Wohnung so gut, daß er auf der Straße stehen und wissen konnte, hinter welchem Fenster er nach mir Ausschau halten mußte?

An der Seventh Avenue ging ich auf einen Sprung in das Deli direkt neben *Hotaling News* und erledigte meine Einkäufe für Mrs. Rooney. Ich erzählte einem Verkäufer, daß ich den Holy Redeemer wegen einer Auskunft suchte und bereit wäre, dafür zu bezahlen. Falls er mir daher den Holy Redeemer innerhalb der nächsten achtundvierzig Stunden auftreiben könnte, würde ich dafür sorgen, daß dabei auch für ihn etwas heraussprang.

Es begann zu schneien.

Zuerst wenig und noch sehr naß, und es fühlte sich eher nach den starken Regen an, die immer auf das grau werdende Ende eines New Yorker Herbstes folgen. Doch dann gab es Schneeregen, der sich in ein dichtes, unbestreitbares Schneegestöber verwandelt hatte, als ich die Eighth Avenue erreichte. Der Winter gab sein frühes Debüt.

Ich stellte den Kragen meiner Seemannsjacke auf, um einen trockenen Nacken zu behalten, und ich war froh, so vernünftig gewesen zu sein, eine Mütze zu tragen. Alle anderen schützten ihren Kopf mit dem, was gerade greifbar war – Zeitungen oder Reklamezettel oder von Wänden abgerissene Pappschilder oder Sandwichverpackungen, alles, was auch nur den dürftigsten Schutz gegen den Sturm bot.

Schon seit einer ganzen Weile erkenne ich jedes Jahr den einen Augenblick, der den krassesten Wechsel der Jahreszeiten kennzeichnet; einen Augenblick am Anfang eines weiteren New Yorker Winters, an dem mich immer wieder die eine Sache tief beeindruckt, die die angenehme Seite der Stadt von ihrer gräßlichen unterscheidet. Und das ist Glück.

Ich bin auf diese Theorie gekommen, als ich acht Jahre alt und der jüngste Chorknabe in der Holy Cross Church war. Ich hatte das Glück, mit den älteren Burschen rumziehen zu dürfen, deren Stimmen sich veränderten, wenn sie in den Umkleideraum hinter den Seitenaltären liefen, um zwischen den Sonntagsgottesdiensten zu würfeln. Bei diesem Spaß wurde ihnen gekonnt und diskret von einem betagten Gemeindegeistlichen mit einer Nase voll geplatzter roter Äderchen assistiert, der als Father Cash-Box Kelly bekannt war. Dies aus zwei Gründen: zum einen wegen Father Kellys Geschick bei jedem Glücksspiel und zum anderen wegen der Freude und Begeisterung, mit der er sich um alle außerplanmäßigen Spendenaktionen kümmerte, die ihm übertragen wurden. Keiner von uns Jungs hatte ihn je eine Messe zelebrieren, die Beichte abnehmen, Kranke besuchen oder die Letzte Ölung geben sehen. Der alte Cash-Box Kelly war kein Priester dieser Sorte. Er gehörte zu denen, die bei den Bingo-Abenden aufkreuzten, der nichts dagegen hatte, an warmen Sonntagen vor der Kirche an einem Spieltisch zu sitzen und Lose zu verscherbeln, dem es ganz besonders nichts ausmachte, an Sonntagabenden seine Runde durch die Kneipen des Viertels zu machen, wo doch allgemein bekannt war, daß das Geld eines Priesters wertlos war, und Cash-Box mit seinem Priesterkragen war bereit, jeder katholischen Einladung auf einen Drink nachzukommen. Außerdem knöpfte er seinen Gastgebern auch noch Geld für das eine oder andere löbliche Projekt ab. Und dank dieser letzten Bemühungen wurde meiner Mutter nicht selten bei ihren monatlichen Verpflichtungen ausgeholfen, wodurch Cash-Box Kelly zu einem besonders gern gesehenen Priester im Hockadayschen Haushalt wurde – und vergiß die Gerüchte über seine Angewohnheit, mit Chorknaben Wetten abzuschließen.

»Und das, Jungs, ist eine genauso gute und wertvolle Lektion wie so viele andere, die ihr von den Ordensschwestern in der Schule hören werdet.« Er fing immer so an, während er die Würfel in seiner Hand schüttelte und dabei in seiner schwarzen Soutane auf dem Boden des Umkleideraumes kniete, den rechten Arm gebeugt für den Haken-Wurf und dazu sein *»Gegrüßet seist du, Maria, voller Gnade!«* rief zur Verbesserung der heiligen Chancen, die so oft zu seinen Gunsten ausfielen.

Ein früher Schneefall über einem geplagten Teil der Stadt und eine flüchtige Erinnerung an den alten Father Kelly. Das waren die Bestandteile des Augenblickes, der den Ansturm des Winters kennzeichnete. Das und der Anblick einer mir bekannten Bag Lady, die sich Heidi nennt.

Sie lebt von geschenktem Kaffee und einer der besten italienischen Küchen, die in Manhattan zu finden ist – dank des Mülleimers vor *Giordano's Restaurant* auf der West Thirty-ninth Street. Jede Nacht durchwühlt sie die Mülltonne, und was sie nicht sofort ißt, nimmt sie in ihren Plastiktüten zum späteren Verzehr mit.

Jetzt saß sie auf einem Steigrohr an der West Forty-third Street, vor dem geschützten Ziegeleingang der IND-U-Bahn-Station. Ihre roten, aufgedunsenen Beine hatte sie vor sich ausgestreckt, und die Leute mußten auf dem Weg die Treppe hinunter zu den Bahnsteigen einen Schritt über sie machen. Schnee sammelte sich auf ihren Knöcheln und ihren nackten, geschwärzten Füßen.

Heidis Beine waren mit Geschwüren übersät, weil sie immer sitzen muß, selbst bei den kürzesten, vorsichtigen Nickerchen. Eine Frau auf der Straße, selbst die übelriechendste alte Schachtel, schwebt ständig in der Gefahr, vergewaltigt zu werden, falls sie es wagt, sich hinzulegen. Also sitzt sie aufrecht, was aber die Blutzirkulation beeinträchtigt und zu Geschwüren führt. Nach und nach reißt die Haut auf, wunde Stellen sind dem Schmutz ausgesetzt; und schon bald wird das Bein so übel wie verfaulendes Fleisch, zu dem es tatsächlich auch geworden ist.

Ich kenne Heidi nicht sehr gut. Sie mißtraut allen Männern, weil sie weiß, daß sie stärker sind. Ihr Gesicht sieht aus, als wäre es schon von zahllosen Männern übel malträtiert worden. Von den paar Malen, die wir uns unterhalten haben, weiß ich, daß sie, wie viele Bag Ladies, eine gewisse Schulbildung hat. Heidi besitzt einen abgewetzten Pelzmantel, den sie das ganze Jahr über trägt, und sie liest immer. Sie pickt sich ausschließlich die seriöseren Zeitungen heraus. Ich habe selbst schon gesehen, wie sie angewidert die Boulevardblätter wieder weggeschmissen hat, als sie in einem Papierkorb herumwühlte.

Jetzt saß sie auf dem Steigrohr und las im Schnee die ›Times‹, wobei ihre krumme Nase lief. Auf der Titelseite stand der Artikel, daß unser Präsident in Nicaragua eine kommunistische Bedrohung sah, aber allem Anschein nach für obdachlose Frauen in Amerika keine Gefahr durch den bevorstehenden Winter.

Ich ging in einen Deli, um Heidi einen Becher Kaffee mit Milch und Zucker zu besorgen. Nebenan im Spirituosengeschäft kaufte ich einen Flachmann *Johnnie Walker Red* für mich selbst. Ich hätte Heidi das gleiche spendiert, aber sie ist Abstinenzlerin.

Dann überquerte ich die Forty-third Street. Ich blieb vor Heidi stehen, hielt ihr den Kaffeebecher hin und wartete mehrere Sekunden, bevor sie ihn nahm. Viele Menschen haben die Vorstellung, daß die Obdachlosen und Hilflosen vor Dankbarkeit sabbern sollten, wenn man ihnen etwas schenkt, als wären sie für kleine Almosen dazu verpflichtet. Zu gegebener Zeit schaute Heidi von ihrer Zeitung auf und nahm, was ich ihr mitgebracht hatte. So lief unsere Abmachung.

Sie sah mich freundlich an, was ungewöhnlich war. Immer, wenn ich sie sonst getroffen oder versucht hatte, mit ihr zu reden, hatte sie wie eine zerlumpte Königin mit stummer Gelassenheit reagiert. Und dann tat sie etwas wirklich Bemerkenswertes. Sie hatte ein freundliches Wort für mich.

»Es schneit«, sagte sie. »Ist das nicht nett?«

»Ja.« Ich machte ihr den Becher auf, und der Dampf strömte hinaus. Sie nahm den Kaffee, trank allerdings nicht sofort. Statt dessen starrte sie mich an und lächelte. »Trink, bevor er kalt wird.«

»Das werde ich. O ja, das werde ich. Aber, sag mal, hast du eine Sekunde gezögert, bevor du mir diesen Kaffee gekauft hast?«

»Ich kaufe dir immer einen Kaffee, wenn ich dich sehe. Kaffee, mit Milch und Zucker.«

»Ja, das stimmt. Gut. Man sollte gute Taten nie zögernd tun.«

Ich sagte, daß ich in diesem Punkt völlig mit ihr einer Meinung sei und daß ich ihr mehr helfen könnte, wenn sie mir nur vertraute.

Sie dachte darüber nach, schüttelte dann den Kopf. »Vergiß es. Ich komme schon zurecht. Es schneit. Ist das nicht nett?«

Dann trank sie ungefähr die Hälfte des Kaffees, schaute wieder zu mir auf und lächelte, als wäre sie früher irgendwann einmal eine Dame gewesen, die viele alltägliche Freuden gewohnt war. Und dann sagte sie mit einer Stimme aus ihrer Vergangenheit: »Fröhliche Weihnachten.«

8

Mary Rooney erwartete mich bereits, lauschte vor ihrer Tür auf das Geräusch meiner Schritte. Ich sah, wie sie oben auf dem Treppenabsatz im ersten Stock den Kopf über das Geländer beugte, als ich in der Eingangshalle in meinen Briefkasten sah. Ihr graues Haar war auf rosa und gelbe Lockenwickler gedreht, als ob sie vorhätte, an diesem Abend groß auszugehen. Aber soweit ich wußte, ging Mary Rooney niemals irgendwohin, außer in die Kirche und ins Wettbüro oben auf der Ninth Avenue, und dann auch nur tagsüber.

Aus irgendeinem Grund war sie völlig aus dem Häuschen. Als sie mich treppauf mit ihren Zigaretten und dem Tee und meinem Scotch erkannte, begann sie sofort, aufgeregt auf und ab zu hüpfen und zu kreischen. »Kommen Sie rein, und machen Sie bitte schnell!«

Ich nahm zwei Stufen auf einmal. »Was ist los?« fragte ich, als ich bei ihr war. »Sind Sie verletzt?«

»Nein, so was ist es nicht. Kommen Sie einfach mit in meine Wohnung. Schnell, dann erzähle ich Ihnen alles.«

Ich folge ihr durch die Tür, die sie hinter uns zuknallte.

»Haben Sie alles bekommen, worum ich Sie gebeten habe?« fragte sie. Sie legte alle vier Riegel vor und außerdem auch noch den großen Sicherheitsbügel. »Und, haben Sie?«

Ich gab ihr die Tüte mit den *L&Ms* und dem *Lipton's*-Tee.

»Gut, ich brühe uns jetzt eine schöne Kanne auf. Ich bin sowieso gerade dabei, mir ein Mittagessen zu machen, also kommt mir das gerade recht.«

Sie ging zu der kleinen Kochnische zwischen der schwer gesicherten Wohnungstür und der Tür zum Bad mit der großen alten Wanne. Die Aufteilung meiner eigenen Wohnung eine Etage höher war identisch – die gleiche Küche und das gleiche Bad, das gleiche Wohnzimmer mit dem zugemauerten offenen Kamin und zwei Fenstern, das gleiche winzige, daran anschließende Zimmer, kaum groß genug für ein Bett und eine Kommode.

Mary riß eines ihrer Zigarettenpäckchen auf, steckte eine *L&M* zwischen die Lippen und gab sich Feuer, wie sich Leute Feuer geben, wenn sie schon lange allein leben, Gefälligkeiten keine Rolle spielen und nicht mehr passieren. Sie senkte ihr Gesicht zu der Gasflamme unter dem Teekessel, schob die Zigarettenspitze dann in eine der Flammenzungen.

»Sie haben ja immer noch Ihren Hut und den Mantel an«, meinte sie. Sie selbst trug ein hellgrünes Hauskleid mit rosafarbenen Kohlköpfen. »Jetzt legen Sie erst mal ab und nehmen Platz wie ein echter Gentleman, wenn ich bitten darf.«

Also zog ich Mütze und Jacke aus und legte beides zum Trocknen auf den Radiator.

»Hätten Sie Lust auf eine Portion Eintopf?« fragte Mary Rooney.

»Nein, vielen Dank. Sagen Sie mir einfach, was passiert ist, das Sie so aufgeregt hat.«

»Also, zuerst setzen Sie sich mal und trinken eine Tasse Tee, oder nicht?« Sie sprach es *»tei«* aus.

»Mrs. Rooney, bitte. Was ist los?«

»Ach, das. Darauf komme ich gleich.«

Sie zog die Tür des Backofens ein paar Zentimeter auf, warf einen Blick hinein, schloß sie dann wieder.

»Na, los jetzt, machen Sie's sich bequem. Sie müssen sich schon damit abfinden, in Ruhe auf Ihren Tee zu warten. Wie darf's denn sein? Weiß oder schwarz?«

»Weiß mit Zucker.«

Und so setzte ich mich an den Spieltisch in der Mitte des Wohnzimmers, wo sie den größten Teil ihrer Zeit damit verbrachte, Briefe an längst verstorbene Verwandte in Irland zu schreiben. Es war die einzige Sitzgelegenheit. Auf der Couch vor dem Fenster schnarchten Katzen. Ich schaute zu dem

Sims über dem nutzlosen Kamin. Dort stand ein tragbarer Fernseher. Darauf und daneben Unmengen Fotos in billigen Rahmen von *Woolworth*, Aufnahmen vieler Generationen der Rooneys. Blond, helle Augen, kräftige Beine, und alle mit der gleichen mürrischen Miene. Sie sahen exakt aus wie Mary selbst, jeder einzelne von ihnen.

»Wenn Sie Lust haben, können Sie den Nachmittagsfilm im Fernseher einschalten«, sagte sie über ihre Schulter. Sie war damit beschäftigt, kochendes Wasser in eine braune Kanne voller *Lipton's*-Beutel zu schütten. »Ich weiß, daß Sie die Reagan-Filme mögen. Heute nachmittag bringen sie den, wo er mit dem Schimpansen spielt.«

»Ist schon in Ordnung, ich hab's schon Dutzende Male als Wiederholung während der Abendnachrichten gesehen.«

Mary lachte wie ein junges Mädchen, brachte dann die braune Kanne, die Untertassen, Löffel, Tassen, Schale und Teller für ihren Eintopf zum Tisch. Zusammen mit einem Aschenbecher und Streichhölzern wurde dann alles auf das Chaos ihrer Korrespondenz abgestellt.

Sie schenkte uns eine Tasse ein, ich trank geduldig und sagte dann: »Sie haben meine ungeteilte Aufmerksamkeit, Mrs. Rooney. Weswegen bin ich hier?«

»Ach, mein Gott, das hätte ich ja jetzt fast ganz vergessen, was?«

Sie wühlte in den Papieren auf dem Tisch, bis sie eingeklemmt unter einem Aschenbecher fand, wonach sie suchte. Sie zog einen Brief aus einem Umschlag und gab ihn mir.

»Das hier ist das Neueste vom Vermieter«, sagte sie. »Jemand hat's heute unter meiner Tür durchgeschoben, gerade als Sie das Haus verlassen haben. Sie werden oben wahrscheinlich das gleiche widerliche Ding finden. Aber ich wollte Ihre Reaktion sehen. Also sagen Sie mir jetzt, was Sie davon halten.«

Mary steckte sich eine *L&M* an, während ich las:

Lieber Mieter,

als Hausverwaltung für Ihr Gebäude möchten wir diese Gelegenheit nutzen, Ihnen als Gegenleistung für die Auflösung Ihres Mietvertrage $ 2 500,00 anzubieten. Dieses finanziell attraktive Angebot ist nur für den Zeitraum der nächsten 60 (sechzig) Tage gültig. Sollten Sie einverstanden sein, werden wir Ihnen ferner gern behilflich sein, für Sie eine angemessene Unterbringung als Dauergast in einem nahegelegenen Haus, dem ebenfalls unter unserer Verwaltung stehenden *Flanders Hotel,* zu finden. Dies erfolgt streng in der Reihenfolge Ihrer Bewerbungen.

Sollten Sie an diesem großzügigen, nur begrenzte Zeit gültigen Angebot interessiert sein, setzen Sie sich bitte baldmöglichst telefonisch mit unserem Büro in Verbindung.

Im Auftrag der Empire Properties, Inc.,

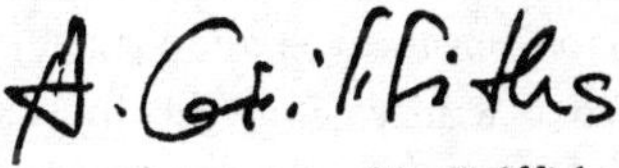

H. Griffiths

Ich schaute auf, und Mary Rooney sagte: »Seit dieser böse Brief gekommen ist, weiß ich nicht, ob ich nun Angst haben oder wütend sein soll.«

»Ich bin für wütend.« Ich dachte an Howie Griffiths und seine klamme Haut und daß er der unschuldige Mieteintreiber war, der rein zufällig Buddy-O, den toten Mieter, gefunden hatte. Und jetzt stellte sich heraus, daß dieses fette Wiesel auch der Beauftragte meines Vermieters war.

»Ay, genau dazu habe ich auch tendiert.« Mary Rooney paffte erregt an ihrer Zigarette, und ihre Augen loderten.

»Kennen Sie das *Flanders Hotel?«*

»Oh, Jesus!« schrie sie auf, sprach es *»Dscheises«* aus. »Jesus, Maria und Josef, und ob ich den Laden kenne. Dieses

Hurenhaus, in das der Vermieter mich jetzt stecken will, es liegt direkt auf meinem Weg zur Holy Cross. Nun, ich denke gar nicht daran, in ein Haus voll Metzen aus der Hölle zu gehen!«

Die Rooneys auf dem Kaminsims sahen absolut genauso schockiert und empört aus wie Mary, die mir am Kartentisch gegenübersaß. Ich legte beruhigend eine Hand auf ihren Arm und sagte: »Ich verspreche Ihnen, Sie werden nicht dorthin umziehen müssen.«

Aber ich hatte keinen handfesten Grund, das zu sagen. Nur die erste, deutlicher werdende Ahnung, daß die während der letzten beiden Tage so schnell und scheinbar zusammenhanglos um mich herumwirbelnden Ereignisse schließlich einen Sinn ergeben würden. Und wenn es soweit war, mochte vielleicht ein Schleimbeutel wie Howie Griffiths über seine eigene Spur klebriger Fußabdrücke stolpern, die durchaus zu höchst interessanten Stellen führen mochte.

Griffiths hatte den Fehler gemacht, mir gegenüber persönlich zu werden. Erstens war er dort, wo mein Spitzel ermordet worden war. Dann stellt er sich als Handlanger meines eigenen Vermieters heraus. Gerade habe ich mich dank Buddy-O häuslich in einer Wohnung eingerichtet, und jetzt wollte das Wiesel, das versucht hatte, die Miete bei einer Leiche einzutreiben, meine Nachbarn und mich rausschmeißen und mit lausigen zweieinhalb Riesen und Zimmern in einem miesen Stundenhotel abspeisen.

»Ich weiß nicht, ob ich Sie bei so einem Versprechen beim Wort nehmen sollte, Hock. Wir haben hier einen Vermieter, der das Haus räumen will, wie sie's in der ganzen Stadt tun, und wir leben in einer Stadt der Vermieter, das ist mal klar.« Dann spuckte sie aus: »Aber Herren des Landes sind sie deshalb noch lange nicht! Sie sind der Abschaum der Erde!«

»Der Vermieter kann vielleicht das Gebäude räumen«, sagte ich, »aber das geht nicht von heute auf morgen. Er kann es auch nicht annähernd so schnell oder so billig machen, wie er glaubt. Nicht, wenn wir zusammenhalten. Und wenn wir dann gehen, wird es mehr oder weniger zu einem Zeitpunkt sein, wann *wir* wollen – und wenn der Preis stimmt.«

Mary Rooney sprang von ihrem Stuhl auf. »Oh, ist ja toll! Wir schröpfen die Reichen, wie Little Flower immer so schön gesagt hat!«

Mir kam der Gedanke, daß Mary Rooney der perfekte Kandidat war, die Mieter unseres Hauses in eine schöne und produktive Rage bezüglich dieses Themas zu bringen, und das sagte ich ihr auch.

»Sicher, das werde ich tun, Hock! Ach, und ich werde auch dafür sorgen, daß es einen Mordskrawall gibt.«

Dann hörte ich ein dumpfes Rumpeln von irgendwo neben der Tür, gefolgt von einer feucht klingenden Explosion.

Ich sprang von meinem Stuhl, packte Mrs. Rooneys schmale Schultern und riß sie zu Boden, schützte sie mit meinem Körper.

Dann Stille.

Ich schaute zur Küche, wo sich meiner Meinung nach die Explosion ereignet hatte. Und natürlich klebten braune, zähflüssige Kleckse auf Wänden und Schränken und dem Kühlschrank neben dem Herd. Die Backofentür war aus den Scharnieren geflogen.

Mary Rooney rappelte sich auf und ging zur Küche, um die Schweinerei zu inspizieren.

»Ach, du meine Güte«, sagte sie und schlug sich vor die Stirn. »Das war meine Büchse *Dinty Moore!* Ich vergesse immer wieder, sie aufzumachen, bevor ich den Inhalt erwärme.«

Mit Erfolg bat ich darum, der alten Mary Rooney nicht dabei helfen zu müssen, die Schweinerei von den Wänden ihrer Küche und allem anderen zu beseitigen. Ich ging nach oben in meine eigene Wohnung, wo ich mir einen guten Drink und ein ausgedehntes Nickerchen genehmigen konnte, was ich beides auch dringend brauchte.

Um halb zwei an einem frühen Samstagnachmittag hatte mir mein Tag bislang den Auftrag vom Chef eingebracht, zugunsten einer heiklen Untersuchung von Morddrohungen gegen einen politisch einflußreichen, die Seelen rettenden Heiligen aus Harlem alles stehen- und liegenzulassen, womit ich sonst gerade beschäftigt war, ferner eine beunruhigende Auseinandersetzung unten im City Hall Park mit dem Sohn genau dieses Padres, der mich – in einen Trenchcoat gekleidet – beschattet hatte, sowie die Detonation einer Büchse *Dinty Moore*, was alles andere als eine beruhigende Wirkung auf mich ausgeübt hatte.

Nicht zu vergessen mein Schwätzchen mit Mona Morgan zum Frühstück, in dessen Verlauf sie mir ihren Groll gegen die philisterhaften Launen des Immobilienmarktes von Manhattan dargelegt hatte. Mit denen mich auseinandersetzen zu müssen mir in Gestalt meines eigenen lieben Vermieters noch bevorstand.

Apropos – unter meiner Tür schien kein Brief von Howie Griffiths zu liegen. Daher schlug ich die Nummer der Empire Properties im Telefonbuch nach, als ich in der Wohnung war, wählte und war nicht weiter überrascht, einen Anrufbeantworter an die Strippe zu kriegen, dessen Ansage ziemlich nach Howie klang. Ich legte auf.

Ich schaltete das Radio ein und stellte es auf WBGO-FM, den Jazzsender aus Newark. Ich hörte Charlie Parker zu, und dann Ella und dann dem Duke, und draußen schneite es weiter.

Dann setzte ich mich auf meinen grünen Bordellsessel und breitete die vier MANNA FÄLLT VOM HIMMEL?-Visitenkarten auf dem Beistelltisch aus. Ich nahm eine in die Hand, um das Bibelzitat zu lesen, das zusammen mit der Morddrohung auf die unbedruckte Rückseite gekritzelt worden war, und genau in diesem Augenblick klingelte das Telefon.

»Hier Aiello von der Sitte«, sagte der Anrufer. »Wo hast du den ganzen Tag gesteckt? Ich habe nur ein paar hundertmal angerufen, du verdammter irischer Sack.«

»Ich war unterwegs. Was gibt's?«

»Nichts Offizielles, aber da du ein persönliches Interesse an diesem ›Mord von öffentlichem Interesse‹ von gestern hast, den wir uns vom Hals zu schaffen versuchen, wirst du vielleicht an ein paar Dingen interessiert sein, die mir diesbezüglich zu Ohren gekommen sind.«

»Wie zum Beispiel was?«

»Wie zum Beispiel zwei telefonische Tips, die bei mir eingegangen sind, da ich ja immer noch derjenige bin, der offiziell mit dem Devlin-Mord von gestern betraut ist, auch wenn ich drauf und dran bin, ihn den Jungs von der PDU aufs Auge zu drücken. Also, nur weil ich eben ein so netter Kerl bin, erinnere ich mich heute morgen, daß du ja sehr interessiert gewesen bist. Also denke ich mir, wenn Detective Hockaday sich in diesem Fall mit Ruhm bekleckern will, dann kann er das von mir aus gern tun. Außerdem, denke ich mir, wirst du doch sicher vor der PDU erfahren wollen, was man mir gesteckt hat, was wiederum der Grund ist, warum ich versuche, dich zu erreichen. Na, habe ich recht, oder was?«

»Du könntest recht haben. Vielleicht schulde ich dir am Ende ein Steak.«

»Klingt gut.« Ich hörte, wie Aiello sich eine Zigarre ansteckte. Dann fuhr er fort. »Also, erstens, der Bursche unter der Bude von deinem Spitzel Devlin, der Kerl, dem *Runyon's Pinball Shop* gehört, der ruft mich also an und sagt, er hätte über diesen Buddy-O, oder wie auch immer er hieß, nachgedacht, und über den Mord und alles. Er sagt, er weiß nicht, ob es irgendwas bedeutet, aber den ganzen Freitag über wär da dieser Typ gewesen, der nicht ins Viertel gehört, und der hätte sich um den Block herumgedrückt.

So als hätte er was ausbaldowern wollen, dieser Bursche. Runyon weiß natürlich nicht, ob's da einen Zusammenhang gibt, selbst wenn es einen gibt. Aber er wollte es einfach loswerden, also ruft er die Cops an. Kannst du dir so was vorstellen? Ein Bürger mit Gemeinsinn? Herr im Himmel, und ich dachte schon, diese Stadt hier wäre nichts anderes als Beirut West, ganz besonders dein Viertel.«

»Vergiß es«, sagte ich. »Was hat Runyon noch über diesen Typ gesagt?«

»Er hat gesagt, es sei ein Junge gewesen, der sich nur ganz langsam und bedächtig bewegt hätte, und er hat ihn so auf siebzehn, achtzehn geschätzt. Ein Freak, der sich mit offenem Mund durch die Gegend schleppt. Nicht direkt das typische College-Kid.

Jedenfalls, Runyon hat den Burschen richtig gut sehen können, weil der Kerl den halben Freitag draußen vor seinem Laden rumgelungert und davon die meiste Zeit sein Gesicht an die Schaufensterscheibe gequetscht hat, um die Flipperautomaten zu checken. Besonders den mit den nackten Ladies, die aufleuchten, wenn man's schafft, die Stahlkügelchen genau auf den Spitzen der alten Melonen landen zu lassen.«

»Wie wär's jetzt zur Abwechslung mal mit etwas mehr in der Richtung einer einfachen Personenbeschreibung?« fragte ich.

»Also, Runyon sagt, es wär ein Schwarzer, ein sehr hellhäutiger Schwarzer, und er hätte blaue Augen. Also wird er dir sofort auffallen, falls er dir mal über den Weg läuft. Ein großer Junge, eins neunzig oder größer, und wie ich schon sagte, er ist tolpatschig wie ein dreibeiniges Kamel. Er hatte so was wie einen Großvateranzug an, und einen Mantel und einen Hut. Als hätte er sich alles damals bei der *Goodwill* besorgt, als Ike die chinesischen Kommies gewarnt hat, die Pfoten von Quemoy und Matsu zu lassen.

Was hast du gemacht, Hock? Hast du ihm vielleicht ein paar von deinen Klamotten geliehen?«

Aiello gönnte sich an dieser Stelle einen guten Lacher, und ich wartete, bis er fertig war, fragte dann: »Was ist mit dem anderen Anruf?«

»Der kam ganz früh als erstes heute morgen rein. Ich sitze am Wochenende hinter meinem Schreibtisch, weil ich noch meinen Monatsbericht für Oktober schreiben muß, und wen hab ich an der Strippe? Diesen Widerling von einem Mieteintreiber, diesen Howie Griffiths, an den du dich natürlich noch von gestern erinnerst, als dein lieber Nachbar und Spitzel gecancelt worden ist. Jedenfalls, er erinnert sich an dich.

Also heute morgen ruft er mich an, damit ich ihm bestätige, daß Neil Hockaday ein Cop ist, was ich natürlich mache. Warum auch nicht? Dann will er, daß ich ebenfalls bestätige, daß Neil Hockaday der Cop derselbe Neil Hockaday ist, welcher Mieter des Hauses West Forty-third und Tenth Avenue ist. Also frage ich, wer zum Teufel muß das wissen?

Howie sagt, es wäre, weil der verstorbene Mr. Patrick ›Buddy-O‹ Devlin eine gewisse Nachricht für diesen speziellen Cop hätte. Also hab ich's bestätigt. Warum auch nicht?

Dann sagt Howie, er wird versuchen, dich sobald wie möglich zu kontakten.«

Ich dachte, daß es wahrscheinlich eine erheblich bessere Idee war, wenn *ich* versuchte, Howie Griffiths sobald wie möglich zu kontakten, und wieder hatte ich das Gefühl, als käme urplötzlich alles mit Volldampf auf mich zugerast.

Ich bedankte mich bei Aiello für die Information und versprach, ihn wissen zu lassen, wie sich die Sache weiterentwickelte. Er antwortete, daß er ganz besonders das

Porterhouse im *The Palm* drüben auf der East Side schätze – medium.

Und dann mußte ich aus mehr als nur einem Grund dringend aufs Scheißhaus. Wo ich schließlich mein offizielles Empire-Properties-Angebot über zweieinhalbtausend Bucks fand, die Wohnung zu räumen, die ich gerade erst in Beschlag genommen hatte. Das, und auch den offiziellen Überbringer.

Howie Griffiths lag auf dem Rücken im Adamskostüm in meiner altmodischen Badewanne, die mal weiß und sauber gewesen war, bis alle möglichen Sachen angefangen hatten, aus Howie herauszuschwappen. Mein »Lieber-Mieter«-Brief war mit einem Eispickel auf seine unbehaarte, rosa Brust geheftet.

9

Zwei nackte tote Burschen in Hell's Kitchen in zwei Tagen, und beide Morde standen in einer Beziehung zu mir.

War schon ein tolles »Willkommen daheim!« im alten Revier eines Burschen, doch, doch. Das und Judys rührende Verlobungsankündigung zum Weihnachtsfest vor ein paar Abenden, gerade als wir wie zwei verträumte Teenager auf dem Rücksitz eines Chevy-Coupé auf meiner Couch rumfummelten. *Was zum Teufel hat es zu bedeuten, wenn ein Mann eine fette Leiche in seiner Badewanne findet, und eines der ersten Dinge, die ihm daraufhin durch den Kopf gehen, seine tote Ehe ist?*

Und jetzt konnte ich in meinem eigenen Bad nicht mal das tun, was ich tun mußte. Andernfalls könnte ich womöglich noch den Tatort verseuchen.

Also trat ich ein paar kurze Schritte von der Kloschüssel zurück, achtete darauf, weder Türknauf noch Lichtschalter oder Handtuchhalter zu berühren. Auch von der Tür hatte ich immer noch einen ziemlich vollständigen Blick auf Howie Griffiths' Leiche. Er lag der Länge nach in der Wanne, ein pummeliges Bein auf den einen Rand hochgelegt, einen Arm über den anderen gehängt und allmählich blau werdend. Dem Ausdruck auf seinem bleichen, aschfarbenen Gesicht nach vermutete ich, daß Griffiths sich traurig und überrascht gefühlt hatte, als er das letzte Mal überhaupt noch was fühlen konnte.

Blut sickerte träge aus den drei winzigen Einstichen, die ich unten auf seinem zusammenfallenden Bauch zählte, dann hörte ich auf zu zählen. Vielleicht gab es noch mehr Löcher, die ich von meinem momentanen Standort aus nicht sehen konnte, und es spielte auch wirklich keine Rolle. Was allerdings eine Rolle spielte, war die Bedeutung des auf seine Brust gespießten Briefes der Empire Properties, ganz zu schweigen von der Tatsache, daß seine gesamte Kleidung verschwunden war. Jeder Volltrottel konnte sehen, daß ich es hier mit einem klaren Statement zu tun hatte. *Würde ich eine weitere von Father Loves Visitenkarten finden?*

Irgendwer hatte Howie Griffiths auf die gleiche Weise fertiggemacht wie Buddy-O, was schnell und ruhig abgelaufen war. Offenbar hatte der oder die Täter mit dem Bonus der Vertrautheit arbeiten können. *Der große, freakige Junge in diesen altmodischen Klamotten?* Andernfalls hätte die alte Mary Rooney den Krawall oben in meiner Wohnung ganz bestimmt mitgekriegt, und sie hätte mir garantiert alles darüber erzählt, als ich in ihrem Wohnzimmer gesessen hatte.

Soviel für den Anfang.

Griffiths mußte ins Haus gekommen sein, um seine miesen kleinen Formbriefe unter den Türen der Mieter durchzuschieben, wobei er seine Runde gerade spät genug auf den Morgen gelegt hatte, daß jeder, der arbeiten mußte, bereits aus dem Haus sein würde, und früh genug, daß alle anderen an einem Samstag im November noch schliefen. So würde er keinem begegnen, der die Hausverwaltung womöglich nerven konnte wegen Müll im Lichtschacht, der unbedingt beseitigt werden mußte, oder wegen Rissen in der Wand, die verputzt werden mußten, oder wegen des Heizkessels unten im Keller, der dringend repariert werden mußte – oder mit einer anderen der vertraglichen Feinheiten, die theoretisch Bestandteil eines New Yorker Standard-Mietvertrages sind.

Erst vor wenigen Augenblicken hatte ich erfahren, daß der verstorbene Mr. Griffiths in meinem Badezimmer seinen Tag mit einer telefonischen Erkundigung bei Detective Aiello begonnen hatte und daß im Verlauf dieser Unterhaltung eine Nachricht erwähnt worden war, die er von dem verstorbenen Mr. Devlin, der jetzt unten im Leichenschauhaus lag, für mich erhalten hatte. Vermutlich war Griffiths der Meinung, er sollte eine solche Nachricht aus dem Jenseits persönlich überbringen, zusammen mit den billigen Grüßen des Vermieters.

Daher nahm ich an, daß er an meine Tür geklopft und erfahren hatte, daß ich offensichtlich nicht da war, daraufhin draußen im Hausflur gestanden und hin und her überlegt hatte, ob sein Anliegen dringend genug war, sich mit dem Hauptschlüssel der Hausverwaltung Zugang zu meiner Wohnung zu verschaffen und dort zu warten, bis ich wieder nach Hause kam. Vielleicht war es ungefähr so auch gestern in Buddy-Os Wohnung abgelaufen. Vielleicht glaubte Griffiths, Mord wäre so was wie ein Blitz, der niemals zweimal im selben Viertel zuschlagen könnte.

Wie sich jedoch herausstellte, lag Griffiths damit völlig daneben. Vielleicht war ihm jemand aus dem Hausflur in meine Wohnung gefolgt. Oder vielleicht war auch bereits jemand in meiner Wohnung und erwartete ihn dort – oder, wahrscheinlicher, mich. *Wie zum Beispiel Sam Waterman jun., der die Zimmerverteilung meiner Wohnung ja so gut kannte?*

Nichts ergab einen Sinn. Alles ergab einen Sinn.

Ich ging hinaus und schenkte mir einen ordentlichen Scotch ein.

Dann rief ich Aiello an, um ihm mitzuteilen, wie sich die Dinge weiterentwickelt hatten.

Zwei uniformierte Beamte wurden losgeschickt, um den Tatort in meiner Wohnung für die Teams der Spurensicherung und Mordkommission zu sichern, die ebenfalls bald eintrudeln würden. Mary Rooney war wieder völlig aufgelöst, als ich ihr von dem Mord nur eine Etage höher erzählte. Sie hüpfte im Hausflur auf und ab, holte dann zwei Töpfe aus ihrer Küche, schlug sie zusammen und holte mit den Neuigkeiten alle aus ihren Wohnungen.

Zum ersten Mal, seit ich eingezogen war, lernte ich jetzt meine Nachbarn kennen. Niemand hatte an diesem Morgen etwas Verdächtiges gesehen oder gehört. Und niemand schien weiter traurig zu sein, daß Howie Griffiths nur noch eine Erinnerung war.

Babys schrien, Hunde bellten, Cops trampelten die Treppe auf und ab, wobei statisches Rauschen aus den Funkgeräten an ihren Hüften knisterte; die Sirene eines Krankenwagens drang von irgendwo die Straße hinunter zu uns herein, irgendwer brüllte, das sei jetzt doch genau der richtige Augenblick, mit einem Mietstreik anzufangen, der Fernseher in Mary Rooneys Wohnung lief, und ich hörte eine Ankündigung für die *Donahue*-Talkshow am kommenden Montag – »Rockstar heiratet schwulen Pornostar ... Kann diese Ehe von Dauer sein?«

Und jetzt, da ich dringender als zuvor aufs Scheißhaus mußte, zog ich Mütze und Mantel an und ging hinaus in den Schnee. Ich dachte an den einzigen Ort, an dem ich eine reelle Chance hatte, alle drei Dinge zu bekommen, die ich in diesem Moment brauchte – Erleichterung meiner Blase, vielleicht ein wenig Verständnis und möglicherweise ein Schwätzchen mit einem alten Kauz namens Lionel.

Also ging ich um die Ecke der Forty-second Street und marschierte in östliche Richtung, zur Bar des *Flanders Hotel.*

Die Bar – ein einstöckiges Etablissement mit einer Sperrholztür und ohne Fenster – ist ein Anbau des siebenundzwanzigstöckigen *Flanders Hotel*, einen Block runter und einen Block östlich von meinem reizenden Mietshaus entfernt. Und das, wie man mich informiert hat, von derselben Empire Properties Company verwaltet wird, bei der die Leiche in meiner Badewanne angestellt war.

Die Preise in dieser Bar sind unglaublich: Ein *Coors* vom Faß kostet nur einen Dollar (einen halben für ältere Mitbürger), und für einen Nickel mehr bekommt man einen Frankfurter nach Wahl, ein kleines Chili (nicht so gut wie mein eigenes) oder ein Thunfisch-Sandwich. Drei tiefgefrorene *White-Castle*-Hamburger aus der South Bronx, ein paar Minuten in der Mikrowelle bestrahlt, kosten einen Dollar und einen Quarter.

Die Szene in dem Hotel ist nie verwechselt worden mit den fröhlichen, urbanen Annehmlichkeiten, wie sie in der *Sesamstraße* dargestellt werden, die sich Kinder auf einem alten, ramponierten *Sylvania* in einem schmuddeligen Alkoven im hinteren Teil der Lobby ansehen. Dort, wo dienstfreie Hotelangestellte mit Pistolen unter den Hemden an jeden Dope verkaufen, der sich an einen Ort irgendwo zwischen Paradies und Selbstmord rauchen, schniefen oder spritzen will.

Die Hälfte der Zimmer im *Flanders* sind langfristig von der Stadt angemietet, dienen als sogenannte vorübergehende Unterkunft für Familien, die kein Zuhause mehr haben und nicht wissen, wohin sonst sie gehen sollen. Zum größten Teil sind es arme, ungebildete, ungelernte, unverheiratete Frauen mit kleinen Kindern, die zur Räumung aus ihren Drei- hundert- und Vierhundert-Dollar-Wohnungen mit Küchen gezwungen wurden, weil sie nicht mehr in der Lage waren, sie von ihrer Sozialhilfe oder durch Schwarzarbeit als billige

Putzhilfen zu minimalen Löhnen – oder meistens beidem – zu finanzieren. Und daher bringt die City of New York, in ihrer unendlichen Weisheit und Gnade und in Übereinstimmung mit den vorherrschenden Winden aus Washington, solche Familien hoffnungsloser Frauen und notleidender Kinder in ungezieferverseuchten, drei mal vier Metern kleinen Zimmern ohne Küche im *Flanders* unter – das dem Staat dafür Zimmerpreise in Rechnung stellt, die sich auf durchschnittlich zweieinhalbtausend Dollar im Monat summieren. Die übrigen Zimmer werden von selbstzahlenden Nichtseßhaften belegt – kleine Zuhälter und drittklassige Nutten, Säufer, Transvestiten, Pusher, die dumm genug sind, ihre eigene Ware zu benutzen, und alternden Times-Square-Ganoven von der Straße, deren Hände zu sehr zittern, um sich noch einen Lebensunterhalt verdienen zu können.

Vor ein paar Monaten stand in einer der Tageszeitungen ein Artikel, daß das *Flanders Hotel*, das ein Vermögen von der Stadt und den Bundesbehörden einsackt, etwas mehr als eintausend offene und ungelöste Verstöße gegen städtische, wohnungsbauliche, gesundheitliche und baupolizeiliche Vorschriften sein eigen nennen kann. Und daß nicht einer der Politiker in der Stadt oder oben in Albany geneigt war, mit einem Reformgesetz vorzupreschen, bei dem es um etwas ging, das ausnahmsweise wirklich mal reformiert werden müßte. Und so sieht es mit den Notunterkünften in New York aus: Im *Flanders Hotel* ist nur selten etwas frei.

Die Bar nebenan besitzt eine Geschichte, die genauso dunstig ist wie der abgestandene Zigarettenqualm, der in blauen Wolken unter dem Blechdach schwebt. Einer der älteren Stammgäste erzählt, der Laden sei 1939 eröffnet und sofort zum großen Renner bei Matrosen der Handelsmarine und deutschen Spionen geworden, die unvorsichtiges Gerede über Aktivitäten an den Hudson-River-Piers belauschten, auch wenn Amerika damals noch gar nicht in den Krieg eingetreten war. Ein anderer meint, nichts davon würde stimmen, der Laden hätte erst nach Kriegsende aufgemacht, nämlich 1946, und da sei's ein Schuppen gewesen, in dem sich auch nach der Sperrstunde Jazzmusiker trafen und Wein tranken und »Tee« rauchten, wie Marihuana damals genannt wurde. Und wieder andere sagen, der Laden hätte erst gegen 1950 aufgemacht, als vergangene Sportlergrößen im neuen Profi-Catcher-Verband im Hotel abgestiegen waren und einen günstig gelegenen Ort brauchten, wo sie trinken und die Sau rauslassen konnten.

Ich gehe nicht besonders oft ins *Flanders*, weil ich mich dort nicht so entspannen kann wie im *Ebb Tide*, wo nur wenige Gäste sofort »Cop« denken, wenn sie mich sehen. Was genau das war, was abzulaufen schien, als ich durch die Sperrholztür des *Flanders* trat und zum Pissoir in der Herrentoilette marschierte. Als ich diese Sache erledigt hatte, rief ich vom öffentlichen Münzfernsprecher im hinteren Teil des Lokales die Auskunft an. Ich wollte Sam Waterman jun.'s Nummer im Village. Ich wählte die Nummer, die man mir gegeben hatte, und war nicht weiter überrascht, als ich einen Anrufbeantworter an die Strippe bekam. Beim Pfeifton legte ich auf.

Nur wenige Gäste können sich zusätzlich zu den Drinks, so niedrig die Preise auch immer sein mögen, auch noch Musik leisten. Was eine Schande ist, denn über die Jahre war die Musikbox der *Flanders Bar* zu einer guten und sehr vielseitigen Sammlung geworden. Ich fütterte ein paar Quarters in die Kiste und tippte einige Nummern ein, die ich besonders mochte und von denen ich glaubte, daß sie bei den anderen Gästen ankommen würden.

Der Mills-Brothers'-Hit von 1943, »Paper Doll«, fing an, als ich auf den Barhocker an der Theke rutschte. Ich bestellte mir ein Bier vom Faß und drei scharfe *White-Castle*-Burger. Jemand mit dem Namen Mario, der seine Entlassung aus dem Knast mit *cervezas* feierte, bedankte sich bei mir für das erste Stück. »Gut gewählt, Kumpel.«

Dann kam Hank Williams und »Your Cheatin' Heart«, und ich beobachtete einen Burschen, der eine Flasche Kodein-Hustensaft kippte. Und ein anderer in Hawaiihemd und Regenmantel erklärte dem Barkeeper mit dem schläfrigen Blick gerade, er sei Tourist, es sei sein dritter Tag in der Stadt und er hätte nicht mit diesem beschissenen Wetter gerechnet. Und dann, gerade als Ray Charles mit »Born to Lose« anfing, sah ich einen vertrauten alten Mann mit einem durstigen Ausdruck auf seinem stoppeligen Gesicht durch die Tür geschlurft kommen.

Er entdeckte mich, lächelte und kam auf mich zu. Er war etwa mittelgroß und dünn wie eine Bohnenstange. Die Zeit hatte ihre Spuren auf ihm hinterlassen. Er hatte jede Menge graue Haare, dicht und mit einem braunen Schimmer, genau wie sein Teint. Um seine wäßrig blauen Augen, seine zusammengekniffenen Lippen und die eingefallenen Wangen lagen dunkelgraue Falten und noch dunklere Schatten. Er war ein Mann, dessen Äußeres durch ein langes Leben der Beschwerden gezeichnet war, ein Leben, das zwischen Gefängniszellen, kalten Zimmern in miesen Hotels, der psychiatrischen Station des *Bellevue* und der größeren Irrenanstalt der Straßen hin und her pendelte.

Über einer Schulter trug er einen großen, nassen Leinensack, als wäre er der Nikolaus. Aber in dem Sack befanden sich nur leere Bier- und Limonadenflaschen. Und um den Hals trug er den zerlumpten Kragen eines katholischen Geistlichen. Lionel der Holy Redeemer, mein Informant.

Ich bestellte ihm ein Bier vom Faß, das er mit einem Zug leerte, bevor er den Sack von der Schulter nahm. Und dann bestellte ich uns beiden noch eins. »Gott segne dich, mein Sohn«, sagte er. Er fuchtelte wie ein Priester mit einer Hand vor meiner Nase herum, und dann wischte er sich den Mund am Ärmel ab.

»Hast du Hunger?« fragte ich.

Er zog sich einen Barhocker ran, schnupperte in der Luft und sagte: »Klar, ich könnt schon was vertragen. Was hast du gerade gegessen, eine von diesen aufgewärmten Furzbomben?«

»Ja.«

»Klingt gut.«

Also versorgte ich ihn mit Burgern, und er legte seinen Sack auf den Boden. Als das Essen kam, aß er langsam.

»Du hast von Buddy-O gehört?« fragte ich Lionel.

»Ich hab gehört, er hätte einen Abgang gemacht. Zu blöd, meistens mochte ich den Burschen.« Lionel sah mich an. »Wie hat er den Löffel überhaupt abgegeben?«

»Jemand hat ihm in seiner Wohnung über *Runyon's* aufgelauert, und es sieht ganz so aus ...«

»Ja, ich kenne seine Wohnung.«

»Es sieht für mich ganz nach einem Klavierdraht-Job aus. Was hast du davon gehört?«

Der Holy Redeemer schüttelte den Kopf und bekreuzigte sich, wie es ein Priester im Film tun würde. »Hock, ich kann dir nur soviel sagen, daß der Mann in letzter Zeit nicht besonders clever gewesen ist. Er hat überall rumerzählt, daß er nicht mehr lange nur ein kleiner, billiger Ganove sein würde, wie wir anderen kleinen, billigen Ganoven, richtig? Das sagt er uns, was eine klare Beleidigung ist. Und er erzählt's auch Gott allein weiß wem noch. Sagt, er käme wieder ›ganz nach oben‹, so hat er sich ausgedrückt.

Man verläßt nicht seinen Platz und erwartet dann auch noch, man müßte dafür keinen Preis zahlen, du verstehst, was ich meine? Ich meine, man läßt alles schön in Ruhe. Andernfalls kompliziert man alles nur. Wenn du mich gefragt hättest, ich hätte dir sagen können, daß Buddy-O entweder da endet, wo er dann ja auch geendet ist, oder aber er hätte sich selbst umgebracht, um seinem Mord zuvorzukommen.«

Lionel widmete sich wieder dem Kauen eines *White Castle*. Ich fragte, ob er noch ein Bier wolle; er wollte.

»Es gibt eine Menge Löcher bei einer Sache, an der ich gerade arbeite«, sagte ich. »Du könntest vielleicht ein paar davon stopfen«

»Was wär's dir denn so wert?«

»Das Doppelte wie sonst.«

Lionel lächelte traurig. »*Mir* ist es aber nicht das Doppelte wert, mein Freund, und das sogar dann nicht, wenn ich dir was erzählen könnte, das du wissen müßtest, was ich aber wirklich nicht kann.«

»Vor ein paar Tagen hat ein Mann zufällig mitbekommen, wie du über Buddy-O geredet hast. Und zwar im Deli neben *Hotaling's*, und da war Buddy-O noch ziemlich lebendig. Du hast davon geredet, daß er demnächst an das richtig große Geld rankäme.«

»Welcher Mann?«

»Das spielt jetzt keine Rolle. Er ist auch tot.«

Lionel lächelte wieder und sah sogar noch trauriger aus. Als wäre auf einmal die Luft aus ihm abgelassen worden.

»Tja, nur die Toten werden dir die Wahrheit sagen«, meinte er.

Ich verbrachte zwei Stunden mit Lionel in der Bar, und nichts, was er zu sagen hatte, bedeutete mehr als seine Gedanken über Wahrheit und Tod. Und ich brachte es nicht übers Herz, ihn weiter zu bedrängen. Außerdem war ich hundemüde.

Als ich ging, war es draußen dunkel und es regnete, und jeder, der zu Fuß unterwegs war, hielt einen schützenden schwarzen Schirm über sich. Und so hätte ich Mona beinahe übersehen.

»Hier treibst du dich also rum«, sagte sie und hob den

Schirm, damit ich ihr Gesicht sehen konnte. »Wieso kommst du nicht vorbei und siehst dir die Show an?«

Das alles sagte sie ohne die lange Vorrede einer Begrüßung. Ihre Stimme war rauh und hinreißend, wie die von diesen weiblichen Diskjockeys nachts im Radio für all die einsamen Junggesellen, die nicht schlafen können.

»Bist du gerade auf dem Weg zur Arbeit?«

»Das bin ich, und noch dazu zu Fuß«, sagte Mona. »Der erste lausige Wintertag, an dem man wirklich mal ein Taxi braucht, und alle sind verschwunden.«

Ein Streifenwagen der Midtown-North kam langsam die Avenue auf uns zu. Ich trat vom Bürgersteig auf die Straße und gab ihm ein Zeichen anzuhalten, wies mich mit meiner Dienstmarke aus und bat um die kollegiale Gefälligkeit, Mona Morgan zu ihrem Theater zu bringen.

»Du bist ein Schatz«, sagte sie, als sie auf den Rücksitz des Streifenwagens rutschte. »Du weißt ja: jederzeit. Sag's einfach.«

»Vielleicht morgen abend«, erwiderte ich.

»Sag's nicht, wenn du's nicht auch meinst.«

Der Streifenwagen fuhr an, und ich schaute ihm nach, bis er auf die Forty-second einbog. Und ich dachte an Mona Morgan, wie sie in ihrem Wohnzimmer saß, und ich stellte mir vor, wie ich dort bei ihr saß. Und ich meinte es wirklich ernst, mich mit ihr treffen zu wollen.

Und bis dahin war da nur noch die unbedeutende Sache mit Howie Griffiths' nacktem Kadaver, der sich in meiner Wohnung ausruhte.

Bevor ich nach Hause zurückkehrte, ging ich in einen Supermarkt. Ich brauchte Rindfleisch, geschälte Tomaten und ein paar Zwiebeln, um ein Chili zu machen. Die benötigten Gewürze hatte ich bereits, auch jede Menge Champignons sowie eine Büchse schwarze Oliven. Wenn es eins gab, das den Geruch eines frischen Mordes aus der Wohnung vertreiben konnte, dann war es ein Chili.

Als ich nach Hause kam, setzte mich ein dort postierter, uniformierter Beamter von der Tatsache in Kenntnis, daß Aiello dort gewesen und inzwischen wieder fort war. »Detective Aiello läßt Ihnen ausrichten«, sagte der Uniformierte, »daß er diesen Fall an die Kripo des zuständigen Reviers abgeben wird. Er sagt, Zitat Anfang, ›Keiner hatte es auf Howies fetten Arsch abgesehen‹, Zitat Ende, deshalb wär's auch nicht sein Job.«

Ferner sagte mir der Officer, alle Hausbewohner seien vernommen, meine Wohnung sei nach Fingerabdrücken abgesucht – wozu auch immer das gut sein sollte –, Howie ins Leichenschauhaus zur Autopsie am kommenden Montag gebracht worden, was nur das bestätigen würde, was ihm ganz offensichtlich widerfahren war, und jemand hätte vermutlich auch Howies Angehörige verständigt.

Der Officer ging. Meine Wohnung gehörte wieder mir allein.

Ich holte meinen gußeisernen Chili-Topf runter und rieb ihn mit Salz und Olivenöl aus. Dann baute ich mein Hackbrett auf, packte Fleisch und Gemüse aus, öffnete die Büchse Tomaten und kippte den Inhalt in den Topf, um alles zu einem dickflüssigen Brei einkochen zu lassen.

Draußen regnete es. Ich rührte die Tomaten mit einem Holzlöffel, schüttete mir dann einen schönen großen Scotch ein und trat ans Fenster. Von Zeit zu Zeit hörte ich ein Auto vorbeirauschen, das durch ein Schlagloch voll grauem Schnee fuhr. Dampf stieg von Rosten in den Straßen auf wie Geysire aus der Unterwelt. Die Spitze des Empire State Building, die ich so gerade eben noch sehen konnte, wenn ich mich an einem Ende des Fensters auf die Zehenspitzen stellte, war für die Feiertage in diffuses Rot und Grün getaucht. Unten suchten ein paar tapfere Nutten Freier auf dem Straßenstrich. Und ich meinte Heidi zu sehen, die auf ihren verfaulenden Beinen vorbeiging.

Ich trank den ersten von vielen Drinks an diesem

Abend und erinnerte mich an die merkwürdige Bemerkung des Holy Redeemer über die Aufrichtigkeit des Todes. Es war nicht das Übliche, was ich über die Wahrheit hörte.

Viele Menschen auf der Welt, vielleicht sogar die meisten, besitzen einen unnatürlichen Respekt vor der Wahrheit. Viele möchten uns glauben machen, daß die allmächtige Wahrheit den einzig möglichen Weg repräsentiert, die Komplexität zu entwirren, daß sie das Licht und der Weg ist, eine Geschichte klar zu halten. Zeitungsredakteure, Anwälte, Geistliche, frischgewählte Politiker und gewisse andere, mir bekannte Ignoranten lieben eine solch hausbackene Vorstellung von ganzem Herzen. Sie möchten die Wahrheit ganz weit oben zusammen mit der Moral eingeordnet wissen, obwohl es absolut möglich ist, daß etliche dieser Typen ein moralisches Problem nicht erkennen würden, sollten sie im Bett neben einem aufwachen.

Zu den wertvollsten Dingen, die ich gelernt habe, seit ich Cop wurde, gehört, daß es nichts Aufschlußreicheres über den Grund gibt, warum jemand einem anderen etwas antut, als ein großes, fettes Bündel Lügen. Lügen sind strategisch wichtige Wegweiser in jedem Kampf auf Leben und Tod; sie sind so etwas wie die roten Heftzwecken auf einer Karte der Kriegsschauplätze, die wir an unserer Wohnzimmerwand hängen hatten, als ich noch ein kleiner Junge war, und jeder auf der ganzen Welt für das Gute oder Böse kämpfte und beide Seiten jeden Tag im Namen ihrer speziellen Ausgabe der Wahrheit kaltlächelnd logen.

Und einmal schrieb mein Vater, von wo auch immer er in diesem Krieg war: »*Die Welt ist verrückt geworden, und eine moralische Wahrheit hat ohne riesige Armeen auch nicht die geringste Chance gegen den Teufel; und Gottes eigene herrliche Armee hat nicht die geringste Chance ohne Spione und Verrat und Geheimcodes und Heimtücke und Propaganda und die verschlungensten Komplotte und alle Arten von*

Täuschung und Grausamkeit, die nötig sind, um die menschliche Zivilisation zu bewahren ...«

Da, vermute ich, habe ich zum ersten Mal gelernt, daß das Studium von Lügen ein praktisches, nützliches Wissen über das menschliche Sein bedeutete. Damals habe ich gelernt, daß Lügen wichtige Motivationen besitzen.

Die Wahrheit andererseits ist etwas, das schlicht und einfach passiert. Wie der Klavierdraht um Buddy-Os Hals, wie der Eispickel, der in Howie Griffiths' Bauch und Brust versenkt worden war. Diese zwei Wahrheiten sah ich glasklar, und doch wußte ich nichts, was über die Ereignisse selbst hinausging. Die schlichte Wahrheit ist in der Tat schlicht und alles andere als umfassend. Etwas ist passiert. Na und, und was jetzt?

Wenn es wirklich so etwas wie Wahrheit auf dieser Welt gab, wie es sich so viele Lügner so scheinheilig und so öffentlich wünschen, dann würde es keinen Platz geben für die spitzfindige Präzision von Nuancen, keine Notwendigkeit für Glauben oder Optimismus, keinen Maßstab für Schönheit und Klarheit, keinen Balsam der mildernden Umstände, keinen Aspekt der Würde, keinen Platz für Gerechtigkeit.

Falls die Wahrheit sich durchsetzte, wäre ich arbeitslos.

So viele Male, wenn ich über die unruhigen Widersprüche des Lebens nachdenke, was ich häufig mache, wenn ich an einem Fall arbeite, und sehr oft, wenn ich ein oder zwei Gläser getrunken habe, frage ich mich, ob meine Gedanken wirklich meine ureigensten Gedanken sind. Ich frage mich, ob der Geist meines Vaters, der nie von seinem Krieg nach Hause zurückkehrte, mir vielleicht Dinge zuflüstert.

Ich nahm mein Glas und meine Flasche und setzte mich in meinen grünen Sessel neben das Telefon. Ich wählte Sam Waterman jun.'s Nummer und erreichte wieder nur den Anrufbeantworter.

Heute abend würde ich Chili essen und mir den Film im

Fernsehen ansehen: *The Petrified Forest*, unter der Regie von Archie Mayo mit Leslie Howard, Bette Davis und Humphrey Bogart in den Hauptrollen.

Morgen war der Tag des Herrn.

10

»Leute da draußen vor mir ...«

Er unterbrach sich einen Augenblick, und vereinzelte Stimmen antworteten: »Genau ... gut, ja.«

»All ihr lieben Leute in den glänzenden Bänken, die uns der Herr im Himmel genau hier unten im kleinen, alten Harlem geschickt hat, zu unserer heiligen Verwendung und unserer irdischen Bequemlichkeit ... *halleluja!*«

Seine Stimme war tief und sanft, seine Diktion ausgefeilt und präzise. Er schwieg, um sich über die glänzende Stirn zu wischen. Weißes Leinen vor dem Hintergrund einer reinen, hellbraunen Haut von der Farbe feinen Karamels.

Ein Meßdiener trat schnell und entschlossen an die Seite des Predigers. Es war ein Junge von vielleicht zehn Jahren. Er hielt ein kleines, rundes Silbertablett hoch, darauf ein silberner Kelch, überzogen mit silbernen Weinreben und Trauben aus Rubin und Granat. Der Prediger trank, und seine haselnußbraunen Augen tanzten. Wieder wischte er sich die Stirn ab und steckte das Tuch dann beiläufig in die Brusttasche seiner gutgeschnittenen schwarzen Mohair-Anzugjakke. Weiße Lichtstrahlen von dem Kronleuchter brachen sich in dem großen, kantig geschliffenen Diamantring, den er an der rechten Hand trug, und ließen die Steine funkeln.

Gemeindemitglieder begannen sich auf ihren Plätzen zu wiegen, von links nach rechts. Vielleicht tausend Menschen, die meisten von ihnen schwarz, bewegten sich in einem sanften Rhythmus, während sie auf den roten Plüschsesseln einer Kirche saßen, die früher einmal ein Filmpalast aus Marmor und Kalkstein gewesen war.

Vereinzelte Stimmen begannen einen kehligen Chor. *»Amen ... Amen ... Amen, Father Love.«* Und dann beugte der Prediger sich vor, drückte die Lippen beinahe gegen das Mikrophon, das an der Kanzel aus Wurzeleiche vor ihm befestigt war.

»Und ihr Leute da draußen irgendwo in der dunklen Leere außerhalb meiner Sichtweite ...«

Seine Stimme wurde jetzt mit dem Hauch zusätzlichen Atems – verstärkt durch das Mikrophon – noch intimer.

»Irgendwo dort draußen in dieser großen und schrecklichen und verführerischen Stadt, die wie ein Bienenschwarm auf diesem Felsen hockt, der das Wasser in die großen Flüsse teilt ...«

Er wartete auf Begleitung.

Ein kleiner Mann mit sehr steifem Rücken in einer Chorrobe in den panafrikanisch-nationalistischen Farben Rot, Schwarz und Grün setzte sich an eine gigantische Orgel, ein mächtiges, schwarz und weiß lackiertes Instrument. Er griff in die Tasten, und die Tremolos schwebten über die versammelte Gemeinde, beruhigten und wühlten sie gleichzeitig auf, ließen eintausend Menschen einen einzelnen Ton spüren.

Und dann schlugen die Männer und Frauen des Chors, der in Reihen auf vier Stufen um die Orgel saß und in die dreifarbigen Roben gekleidet war, unisono auf ihre Knie.

Dann nahm Father Love seinen Gruß an die Gläubigen daheim vor den Radios wieder auf:

»O ja, Jesus, all mein Volk! Wo immer sie auch sein mögen! Ihr alle!

Wir alle werden uns an diesem Sabbat *brüllend* amüsieren, hört ihr?«

»So ist es!« antwortete Reihe um Reihe der Stimmen, wobei die Worte sich überschlugen und durch die Kirche rollten. »Amen, Father Love!«

Und oben auf der Kanzel wirbelte Father Love auf den Absätzen herum, und dann brüllte die Gemeinde los und klatschte über den Köpfen in die Hände. Viele weinten hilflos. Eine Frau weiter hinten, nicht weit von mir entfernt, stürmte mit einem Tamburin auf den Gang hinaus und fing an, sich zu drehen und auf die Glöckchen zu schlagen. Ein lächelnder Kirchendiener in einem gepflegten grauen Anzug legte beruhigend eine Hand auf ihre Schulter und führte sie energisch zu ihrem Platz zurück. Und an zahlreichen Plätzen überall in der Menge schossen als Zeichen spiritueller Hingabe Hände mit nach oben gedrehten Handflächen in die Luft.

Dann hob Father Love selbst die Arme, enthüllte dabei gestärkte elfenbeinfarbene Manschetten und polierte Nägel und den hübschen Diamantring und das weißgoldene Armband einer mit Juwelen besetzten *Rolex*. Der kleine Mann an der Orgel beugte sich über seine Tasten und spielte lauter; die Tonlage wurde höher und schwoll an, die einzelnen Töne besaßen eine solche Kraft, daß ich die Vibrationen durch den dick mit Teppich ausgelegten Boden spürte.

Die Menge brauchte einige Minuten, bis sie wieder ruhig wurde, und während des Tumultes lächelte Father Love breit und winkte den Privilegierten zu, die in den vorderen Reihen Platz gefunden hatten. Er drehte sich zu seinem Chor und warf ihm Handküsse zu. Und dann schließlich, als er wieder gehört werden konnte, beugte sich Father Love vor, um dramatisch ins Mikrophon zu flüstern:

»O ja, meine wunderbaren Brüder und Schwestern und meine Kinder alle – und auch ihr Zweifler, die ich ebenfalls liebe. Es ist Jesus, der uns die Kraft gibt und den Grund, aus schierer Freude lauthals zu brüllen!«

Ein Akkord von der Orgel. Father Love sprach schnell weiter, wobei sich seine Stimme hob:

»Ihr alle – ihr solltet besser glauben, daß wir Jesus an diesem herrlichen Sabbat hier bei uns haben! Er ist hier, hier bei uns im Healing Stream Deliverance Temple. Genau hier in Harlem, U.S.A.!

O ja. Jesus ist hier!

Mein Jesus, euer Jesus ist hier – und ihr alle wißt besser, daß Jesus weder heute noch an irgendeinem anderen Tag nur eine verrückte Idee ist!

Jesus ist hier – *genau hier, und genau jetzt!«*

Die ganze Gemeinde erhob sich, mit Ausnahme der Unglücklichen links vor der langen Bühne voller Rosen und Lilien und der Kanzel und dem Chor. Sie saßen in Rollstühlen, hatten Stöcke und Krücken auf ihren Schößen; und doch konnte ich sehen, wie verkümmerte Arme gereckt wurden und Gesichter sich aufhellten.

Und überall der Sprechgesang: *»Amen ... Amen, Father Love ... Gott segne dich richtig, Father Love ... und Gott segne uns alle.«*

Die Frau mit dem Tamburin in meiner Nähe war inzwischen wieder auf dem Gang, wirbelte herum und brüllte und drosch selbstvergessen auf das Ding ein. Und sie hatte jede Menge Gesellschaft, so viele waren dermaßen übermannt von spiritueller Inbrunst, daß die graugekleideten Kirchendiener nicht mehr tun konnten, als dabeizustehen und sie ungehindert und aus voller Kehle beten zu lassen.

Männer, deren Gesichter zu der glänzenden Kuppel über uns gedreht waren, weinten hemmungslos, erlaubten all ihrer aufgestauten Qual, ihren Enttäuschungen und Ängsten der Hoffnung Platz zu machen, die sie zu diesem Augenblick geführt hatte. Kleine Jungs, von denen manche die großen Hände ihrer Väter umklammerten, sahen die Männer in Tränen aufgelöst und weinten dann selbst in schrecklicher Erregung.

»Halleluja!«

Father Love brüllte von der Kanzel. *»Halleluja!«*

Und seine ermunternden Rufe für den Sprechgesang und das Tanzen und das Weinen breiteten sich unter ihm aus, vom Altar die Gänge hinunter und über die roten Plüschsessel und die Rollstühle und durch die ganze Kirche bis zur Tür hinaus auf die St. Nicholas Avenue und in den frostigen Wind, kamen wieder und wieder: *»Halleluja! ... Halleluja! ... Halleluja! ... Halleluja!«*

Und wieder flogen die Arme hoch. Und wieder verstummte die Menge nach mehreren Minuten fast zu absoluter Stille, um das Flüstern ihres Predigers zu hören:

»Und jetzt ihr alle, die ihr meine Stimme und die Stimmen all derer hören könnt, die heute hergekommen sind, um hier vor mir zu sitzen mit dem Herrn ... Falls ihr es noch nicht erraten habt ...«

Und der Organist griff in die Tasten.

»Hier spricht Father Love zu euch. Ich werde euch jetzt die Wahrheit sagen, die volle, ungeschminkte reine Wahrheit und absolut nichts als Jesus' Wahrheit ... *so wahr mir Gott helfe, und hilf mir richtig!«*

Und der Chor sprang auf. Und auch der kleine Mann mit dem kerzengeraden Rücken vor der Orgel. Sie stimmten das Lied an, von dem die Gemeinde nach Sonntag um Sonntag wußte, daß es als nächstes in der Dramaturgie der Show folgte:

Something real good's
Going to happen to you ...
Happen to you,
Happen to you!
Something real good's
Going to happen to you ...
Jesus of Nazareth
Is passing your way ...

Viermal an einem Tag wie diesem, in genau derselben frohlockenden Kirche, in der Father Love sprach und wo seine Anhänger ihm mit so vollkehliger Freude antworteten, waren die Morddrohungen gekommen. Und ich stand jetzt da inmitten all dieses Gesanges und nahm an, daß irgendwo in der Kirche, genau in diesem Augenblick, jemand nur darauf wartete, die fünfte Morddrohung auf den Kollekteteller zu legen.

Ich schob eine Hand in meine Manteltasche und zog die vier Karten heraus, die es bislang gab, vier tödliche kleine, fünf mal acht Zentimeter große orangefarbene Karten. Ich starrte sie an, wie ich sie seit dem Frühstück angestarrt hatte ...

An diesem Morgen öffnete ich aus Gewohnheit den Schrank, in dem ich meine normale Arbeitskleidung aufbewahre, die Sachen, die ich im *Goodwill* oder bei der Heilsarmee kaufe oder auf der Straße finde. Doch da es Sonntag war und so, ging ich zu meinem anderen Schrank und suchte mir einen Blazer und eine Hose aus. Außerdem band ich eine Krawatte um, rasierte mich und benutzte ein Rasierwasser.

Und was die Sabbat-Artillerie betraf, lud ich meine .32er Baretta Puma und schnallte sie an meinen linken Knöchel. Die .38er Special steckte ich an meinen Gürtel. Und nur für den Fall, daß ich auf jemanden einen großen Eindruck machen mußte, zog ich auch noch das Schulterhalfter über und lud die .44er Charter Arms Bulldog.

Die Visitenkartendrohungen steckte ich zusammen mit meiner Dienstmarke in die Jackentasche. Anschließend setzte ich einen grauen Hut auf, zog einen dunkelblauen Mantel über, band einen kastanienbraunen Schal um und stopfte zum Schluß Handschuhe in die eine und NYPD-Handschellen in die andere Manteltasche. Dann machte ich mich auf den Weg zu *Pete's*.

Wanda, die Kellnerin, brachte mir Würstchen und Rühreier, die zu flüssig waren, daher wußte ich, daß Pete heute nicht selbst in der Küche stand. Als ich fertig war, hatte ich noch eine Stunde totzuschlagen, bevor ich die Linie 3 IRT-

U-Bahn vom Times Square Uptown nach Harlem nehmen mußte. Also legte ich die Visitenkarten vor mich auf die Theke und studierte die Bibelzitate:

Da ist keiner, der gerecht sei, auch nicht einer.
Römer, 3:10
Es ist das Herz ein trotzig und verzagt Ding;
wer kann es ergründen? Jeremia, 17:9
Die Väter haben saure Trauben gegessen, und den
Kindern sind die Zähne stumpf geworden.
Jeremia, 31:29
Wer einen Toren zeugt, muß sich grämen, und eines
Toren Vater hat keine Freude. Sprüche, 17:21

Die Verse waren alle mit Bleistift geschrieben, ordentlich und sorgfältig und in gut leserlicher Handschrift. Unter jedem stand die immer gleiche Drohung: »STIRB, FATHER LOVE«, mit einem dicken Filzstift hingekritzelt. Ich starrte die Karten an, als würden sie zu mir sprechen, wenn ich sie nur lange genug ansah; als könnten sie mir laut und deutlich sagen, wer Buddy-O umgebracht hatte und wer Howie Griffiths umgebracht hatte und wer Father Love umbringen wollte.

Ich vertauschte die Karten mehrmals, ordnete sie horizontal und dann vertikal und schließlich nebeneinander zu einem Quadrat an. Ich las sie wieder und wieder. Und doch wußte ich nicht mehr als die schlichten Tatsachen: Father Love, Samuel Waterman, hatte ein angespanntes Verhältnis zu seinem Sohn; Father Love war langjähriger Witwer; auf irgendeine Weise stand er in ausgezeichneter Verbindung zu den Schwerreichen New Yorks, was natürlich gleichzeitig bedeutete, daß er eine ausgezeichnete Verbindung zum Bürgermeister und verschiedenen Politiker hatte.

Father Love war schon eine Ewigkeit im Religionsgeschäft, und während dieser Zeit hatte er ein beträchtliches Vermögen gemacht, indem er Fans wie Gegner mit einem dreisten Stolz auf materiellen Erwerb und seinem grenzenlosen und ansteckenden Selbstvertrauen bannte.

Und das war's auch schon so ziemlich, was ich wußte.

Nichts, das auch nur annähernd konkret genug war, um aus der Tatsache schlau zu werden, daß irgendwo da draußen eine Wanze herumlief, die es auf Father Love abgesehen hatte. Meine einzige Chance weiterzukommen konnte nur darin liegen, Samuel Waterman – Father Love – persönlich kennenzulernen ...

Einer der Diakone beendete gerade eine Liste kirchlicher Ankündigungen.

»Und Freitag gibt es wieder Brother Tyrones *Miracle Fish Fry* ... Direkt im Anschluß an den Gottesdienst könnt ihr draußen im Foyer Karten für die ganze Familie erwerben ...

Und vergeßt nicht, falls ihr noch nicht *Father Loves Führer zur Selbstachtung* oder *Father Loves Zehn Schritte zu finanziellem Segen* besitzen solltet, dann streckt einfach eure Hand in die Luft und vergewissert euch, daß auch ja fünf Dollar darin stecken, und ein Kirchendiener wird euch gern Exemplare dieser äußerst wertvollen neuen und aufregenden Schriften geben ...«

Hände schossen hoch, und Kirchendiener machten sich an die Arbeit, und inzwischen setzte sich Father Love hinter seiner vorübergehend anderweitig besetzten Kanzel aufrecht auf einen lilafarbenen, ohrensesselähnlichen Thron. Umgeben wurde er von Vasen mit Lilien und roten Rosen und Topffarnen. Und hinter dem Thron hingen schwarze Samtvorhänge vor einem Durchgang, über dem ein Schild mit vergoldeten Lettern hing:

Seit der Zeit, da man angefangen hat, die Abgaben
ins Haus des Herrn zu bringen, haben wir gegessen

und sind satt geworden, und es ist noch viel übriggeblieben; denn der Herr hat sein Volk gesegnet.

2. Chronik, 31:10

Als der Diakon fertig war, drehte er sich um und salutierte Father Love, der daraufhin von seinem lila Thron stieg und seine Gemeinde anstrahlte, während er wieder seinen Platz auf der Kanzel einnahm. Und dann hob er beide Arme und legte den Kopf in den Nacken, und die Gemeinde schloß sich ihm schweigend an. Dann erhoben sich auch die Praise-Sayers, und ihre Roben raschelten, und sie sangen:

There's a garden where Jesus is waiting
And He bids us to come to Him there,
Just to walk and to talk with the Saviour
In the beautiful garden of prayer.

Oh, the garden of prayer is within you,
In your heart and your soul and your mind.
When you turn to the presence within you,
All you need you will surely find!

Oh, the beautiful garden, the garden of prayer,
Where my Saviour awaits, and opens the gates ...

Und als der Chor zu Ende gesungen hatte, verkündete Father Love, das Gesicht noch immer erhoben: »Seid, was ihr sein wollt!«

Die Gemeinde schmetterte ein »Halleluja« zurück.

»Tut, was ihr tun wollt!«

»Halleluja!«

»Besitzt, was ihr besitzen wollt!«

»Halleluja!«

»Gesundheit, Glück, Liebe, Erfolg ... und *Geld!*«

»Halleluja!«

»Hier und jetzt!«

»Halleluja!«

Und dann beugte sich Father Love an sein Mikrophon und sagte mit gehauchter Intimität:

»Und vergeßt nie, niemals ... Geld ist die *Wurzel* ...«

Die Menge begann ihre Zustimmung zu raunen.

»Ich sage, Geld ist die *Wurzel* ...«

Der Organist griff in die Tasten.

»Geld ist die Wurzel alles ... *Guten!*«

Und die Gemeinde brach in stürmischen Beifall, lautes Pfeifen und Fußtrampeln aus. Ich hätte eine Menge dafür gegeben, wenn der alte Father Cash-Box Kelly jetzt hätte neben mir sitzen können, um diesen Gottesdienst mitzuerleben.

»Der positive Geldbeutel führt zu positiver Stimmung!« verkündete Father Love.

»Halleluja!«

»Oh, es ist ja so unsagbar wichtig, in allen finanziellen Dingen immer positiv zu sein, meine Brüder und Schwestern ...«

»Halleluja!«

»Nun, erst neulich kam einer unserer Brüder zu mir, und er sagte: ›Father Love, Sie reden immer so schön davon, positiv zu denken, wenn es um Geld geht, aber ich habe echte Geldschwierigkeiten, verstehen Sie das denn nicht? Ich schulde dem Finanzamt zehntausend Dollar – aber ich habe keine zehntausend Dollar! Father Love, ich habe echte Schwierigkeiten!‹«

Die Gemeinde raunte, und Father Love fuhr mit seiner Geschichte fort.

»Ich sagte zu unserem Bruder: ›Freund, du hast nie wirklich richtig der Botschaft gelauscht. Andernfalls wüßtest du, daß *du* keine Schwierigkeiten hast – das Finanzamt hat Schwierigkeiten!‹«

Der Organist griff in die Tasten, und die Gemeinde lachte und tobte: »Halleluja!«

Und als sich die Leute wieder beruhigt hatten und sich die Augen wischten, sagte Father Love: »Also, niemand hier hat heute Geldprobleme, habe ich nicht recht?«

»Ja, das ist richtig!«

»Dann ist das jetzt der richtige Moment, um die Kollekte durchzuführen, damit unsere guten Taten und unsere guten Worte fortgeführt werden können ... Gut jetzt, gut«, sagte Father Love, hob die Arme. »Wir werden jetzt den Teller rumgehen lassen.«

Dann ließ er die Arme an seine Seiten sinken, und er senkte auch seinen Kopf und schloß die Augen zum Gebet. Und die Gemeinde tat es ihm gleich. Überall im Auditorium schlossen tausend Menschen die Augen, und Hoffnungen wurden auf das gerichtet, was, wie Father Love seit Jahren gepredigt hatte, der einzige Weg zur Freiheit war – Geld.

Father Love sagte leise: »Gut, Brüder und Schwestern. Die Kirchendiener werden gleich mit ihren Kollektetellern an euch vorbeikommen ... Und hört mir jetzt sehr genau zu!

Ich will, daß ihr eure Hände in die Taschen steckt, jeder einzelne von euch wunderbaren Brüdern und wunderbaren Schwestern.

Ich will, daß ihr eure Augen fest geschlossen haltet ... und tief in jeden Winkel dieser Taschen grabt. Ich sage *tief!*

Und ich will, daß ihr nach dem Papier tastet. Ich will jetzt kein Klirren und Klimpern in diesen Tellern hören!« Er lachte, und die Gemeinde, die Köpfe gesenkt und die Augen geschlossen, antwortete mit einem Lachen.

»Ihr berührt nur Papier. Berührt es. Es spielt keine Rolle, ob ihr einen Einer oder einen Fünfer oder einen Zehner oder einen Zwanziger berührt! Das spielt überhaupt keine Rolle!«

Und die Gemeinde brüllte zurück: »Überhaupt keine Rolle!«

»Einige von euch haben *Fünfziger!*«

»Halleluja!«

»Einige von euch haben *Hunderter!*«

»Halleluja!«

»Andere sind so arm, sie haben nur einen winzig kleinen alten George Washington!«

»Halleluja!«

»Aber wir lieben sie alle!«

»Halleluja!«

»Amen ... so ist es richtig, *halleluja!«*

Die Gemeinde lachte.

»Aber was ich euch damit sagen will ... und was ich auch Gott sage, der jetzt und hier in dieser Kirche bei uns ist ... und was ich euch braven Leuten dort draußen sage, die ihr jetzt meine Stimme aus euren Radios hört ... Ich sage, es spielt weniger eine Rolle, was ihr zu geben habt, als vielmehr, daß ihr jemand anderem etwas gebt, damit auch er etwas hat. Dann seid ihr gesegnet, und dann werdet ihr zwangsläufig erfolgreich sein!«

»Halleluja!«

»Ihr gebt mir, und ich helfe euch!«

»Halleluja!«

»Ich helfe euch, daß dieses Geld in Bewegung bleibt. Und ihr wißt ja: Wer sät, der wird auch ernten!«

»Amen!«

»Also gut. Ihr packt einfach, was auch immer es ist, das ihr da tief in euren Taschen befingert. Spielt keine Rolle, was ihr habt, holt es einfach raus. Und dann haltet ihr es mit fest geschlossenen Augen hoch empor in die Luft zu Gottes Himmel!«

»Amen!«

»Und ihr wunderbaren Brüder und Schwestern, die ihr eure Abgabe an den Healing Stream Deliverance Temple macht, haltet hoch eure grünen Umschläge mit euren Schecks und dem Geld darin und was immer ihr sonst noch an diesem Morgen zusätzlich aus euren Taschen geben wollt ... Ihr alle seid doppelt gesegnet, wenn ihr jetzt eure Opfergabe zu Gottes Himmel emporreckt.«

»Halleluja!«

»Haltet diese Scheine und Umschläge jetzt hoch! Winkt Gott jetzt mit eurem Geld zu!«

»Halleluja!«

»Die Kirchendiener beginnen jetzt, zwischen euch durchzugehen. Sie werden einfach diese Scheine aus euren Händen pflücken, als wären sie Baumwolle. Haltet jetzt eure Arme hoch, winkt Gott jetzt zu!«

»Halleluja!«

»Und ich werde jetzt für euch alle und für eure Großzügigkeit mein Gebet an Gott beginnen. Und damit ich es selbst sehen kann, um Gott alles darüber zu berichten, werde ich jetzt meine Augen öffnen und zu euch anständigen und wunderbaren Leuten hinausschauen, die ihr eure Augen geschlossen haltet.«

»Halleluja!«

»Haltet sie jetzt geschlossen!«

»Amen!«

»Und winkt Gott mit diesem Grün zu!«

»Halleluja!«

»Und wenn ich gleich über euch hinausschaue, was ich dann sehen will, ist ... ein Meer von Grün.«

II

»Ich habe das Gefühl, Detective Hockaday, daß ich nicht ganz der Mann bin, den Sie heute zu treffen erwartet haben.«

Wir saßen uns in ledernen Clubsesseln vor einem marmornen Kamin gegenüber, in dem süßlich duftende Apfelbaumäste und Birkenscheite verbrannten. Zwischen uns stand ein Spieltisch aus Mahagoni mit Messingbeinen.

Ein Kirchendiener, dessen Name sich als Roy herausstellte,

hatte mich in diesen Raum geführt, als ich nach der Messe darum bat, Father Love zu sprechen. Also hatte ich ungefähr eine halbe Stunde in seinem privaten Arbeitszimmer gewartet, während er nach all seinen Verrenkungen und Ermahnungen zuerst duschte und sich anschließend umzog. Einen Raum wie diesen hatte ich seit meiner Zeit als uniformierter Streifenpolizist und den drei Jahren, die ich beim Nineteenth Precinct in der Upper East Side verbracht hatte, nicht mehr gesehen. Ich hatte meinen Teil an Einsätzen wegen Einbrüchen in der Park Avenue und am Sutton Place gehabt.

Auf den Regalen, die an drei Wänden vom Boden bis zur Stuckdecke reichten, mochten gut und gern an die fünftausend Bücher stehen. Zwei Orientteppiche bedeckten den Boden, und es gab noch einige weitere handgearbeitete Tische mit Lampen und Blumen und Stapeln von noch mehr Büchern. Und in einer Ecke einen großen Eichenschreibtisch mit zwei Tiffany-Kronleuchtern darüber.

Samuel Waterman sen. war gepflegt und gutaussehend und wirkte eher wie der ältere Bruder seines Sohnes als wie dessen Vater. Genau wie ich mußte er zwei Kleiderschränke haben: einen für seine protzige Kleidung – den schwarzen Mohairanzug und die Hemden mit den doppelten Manschetten und die knallige Rolex und den Diamantring – und den anderen für die Art von Garderobe, die jemand mit Geld und genug Verstand besaß, diese Tatsache nicht an die große Glocke zu hängen. Jetzt trug er einen weißen Kaschmirpullover, dazu eine graue Cordhose, Tweedsocken, Slipper und eine schlichte *Cartier*-Uhr.

»Was sollte ich denn Ihrer Meinung nach erwarten?« fragte ich.

»Vielleicht jemanden, der nicht mehr kann, als sonntags für die Leute den dummen Nigger zu spielen?«

»Ich kenne das auch, bei seinem Job eine Rolle spielen zu müssen.«

Waterman lachte, und ich hatte den Eindruck, daß es mir

durchaus möglich sein könnte, den Burschen zu mögen, zumindest ein bißchen.

Dann öffnete er eine Klimabox auf dem Tisch, nahm sich eine Zigarre heraus und bot mir ebenfalls eine an. Ich zündete meine Zigarre mit einem schweren, goldenen Feuerzeug an, das sich in meiner Hand gut anfühlte, und mein dunklerer Engel flüsterte mir etwas in der Richtung zu, es einfach in meine Tasche gleiten zu lassen. Aber ich legte es neben die Klimabox auf den Tisch zurück.

Roy schenkte Kaffee mit Anisette ein und stellte zwei Tassen vor uns, dann ging er und ließ uns allein.

»Nett«, sagte ich, stieß den sanften Rauch aus und ließ meinen Blick über den Raum gleiten. Es hätte mir nichts ausgemacht, für den Rest meines Lebens hier zu wohnen. »Sehr nett, besonders die Zigarre.«

»Nun, Father Love ist verpflichtet, immer nur das Beste zu rauchen. *Macanudos,* angepflanzt aus Samen in und geerntet von dem schwärzesten kubanischen Boden, den Sie je gesehen haben, und handgerollt von Tabakhändlern in Havanna. Alles nach Gottes Plan für die Zigarre.«

Er paffte, fügte dann hinzu: »Sie sind Polizist, und ich bin Prediger. Möchten Sie wissen, was ich sowohl für ein Verbrechen als auch für eine Sünde halte?«

Ich sagte, ja, das würde mich interessieren.

»Das Verbot kubanischer Zigarren in diesem Land«, sagte er.

Ich sagte: »Aber ich vermute, das gibt den Politikern etwas zu tun. Sie können behaupten, gegen den gottlosen Kommunismus zu kämpfen, ohne ausnahmsweise mal tatsächlich jemanden zu töten.«

»Aber natürlich sind Sie nicht hier, um mit mir über Zigarren zu plaudern, nicht wahr, Detective Hockaday?«

»Sie können mich wie jeder andere auch ruhig Hock nennen. Und, nein, ich bin nicht hier, um mit Ihnen über Zigarren zu plaudern.«

Er nickte und sagte: »Hock, ganz wie Sie wollen.«

»Ich habe Ihren Sohn kennengelernt ...«

»Meinen Sohn?« Waterman sagte dies auf eine Art, als wäre Sam junior eine absolute Neuigkeit. Dann fand er seinen normalen Ton wieder. »Ja, ja ... mein Sohn hat sich mit meinem Büro hier in Verbindung gesetzt. Anscheinend macht er sich wegen dieser – angeblichen – Morddrohungen Sorgen. Man hat uns unterrichtet, daß mit einer polizeilichen Ermittlung zu rechnen sei. Und jetzt sind Sie hier.«

Ich griff in meine Jackentasche und nahm die Visitenkarten mit den Bibelzitaten heraus. Ich ließ sie auf den Tisch fallen, damit Waterman sie sah. Doch er schaute nicht hin.

»Es sind keine *angeblichen* Drohungen, es *sind* Drohungen«, sagte ich.

»Detective Hockaday ... Hock, ich muß Ihnen sagen, daß ich persönlich der Überzeugung bin, daß es sich hier lediglich um eine sehr große Vergeudung Ihrer Zeit und des Geldes der Stadt handelt. Man würde erwarten, daß ein Mann in meinen Verhältnissen angesichts solcher Drohungen Angst bekäme. Dem ist aber nicht so. Wenn man schon so lange im religiösen Dienst steht wie ich, dann lernt man, mit gewissen extremen Elementen zu leben, die automatisch mit diesem Beruf einhergehen. Das werden gerade Sie als Polizist sicherlich verstehen, nicht wahr?«

Der Mann war entweder ungeheuer cool, oder aber er glaubte, daß er recht hatte – oder er verheimlichte mir etwas, wie jeder andere auch. Vorläufig mußte ich davon ausgehen, daß er in allen drei Anklagepunkten schuldig war.

»Kennen Sie einen Mann namens Aloysius Patrick Xavier Devlin? Auf der Straße auch kurz Buddy-O genannt?«

Watermans Antwort kam schnell. »Nein.«

»Howie Griffiths?«

»Nein.«

Dann erzählte ich ihm, daß beide ermordet worden waren. Waterman paffte an seiner Zigarre und schien sich offensichtlich so sehr dafür zu interessieren, als versuchte ich, ihm eine Lebensversicherung anzudrehen. Ich erzählte ihm, daß Griffiths vermutlich Buddy-Os Leiche entdeckt hatte, daß ich Father Loves Visitenkarte in Buddy-Os Wohnung gefunden hatte und daß Griffiths anschließend in meiner eigenen Wohnung ermordet worden war. Und auch, daß Buddy-O mir vor all diesen Ereignissen von einem Auftragsmord erzählen wollte. Und daß Watermans eigener Sohn glaubte, sein Vater wäre Objekt dieses Auftragsmordes.

Ich ließ dabei natürlich eine Menge merkwürdiger Details aus. Aber ich gab Waterman genug Teile des Gesamtbildes, wie es im Augenblick aussah, daß er gar nicht umhinkonnte, die verdrehte und gefährliche Symmetrie des Ganzen zu erkennen.

Doch er saß mir gegenüber und paffte seelenruhig seine Zigarre.

»Ich wundere mich über Menschen, die mir Dinge nicht erzählen, die sie mir eigentlich erzählen sollten, um sicher und gesund zu bleiben«, sagte ich. »Meiner Erfahrung nach machen sie sich entweder Sorgen, daß ich etwas für sie Unangenehmes herausfinde, oder aber sie besitzen einen starken Todeswunsch. So, hier sitzen Sie also in Ihrem Palast, und irgend jemand dort draußen rückt Ihnen bedrohlich nah auf die Pelle, während Sie versuchen, mich mit netten Worten von der Sache abzubringen. Also frage ich mich natürlich: Was für Schwierigkeiten haben Sie hier im Paradies?«

»Ich bin ganz und gar nicht sicher, ob mir Ihr Tonfall noch gefällt, Detective Hockaday.«

»Dann brauche ich auf jeden Fall nicht in Ihrem Chor zu singen. Aber dennoch werde ich hier in Ihrer Kirche sein.«

Waterman zuckte mit den Achseln.

Es klopfte an die Tür des Arbeitszimmers.

Waterman öffnete, und da stand Roy, der Waterman zu unseren Sesseln folgte.

»Zeig es ihm, Roy«, sagte Waterman.

Er setzte sich wieder, und Roy ließ die fünfte Morddrohung zu den anderen vier auf den Spieltisch fallen. Wieder das gleiche, flott hingekritzelte »STIRB, FATHER LOVE« mit einem ordentlich dazugesetzten Bibelzitat:

Wo bittet unter euch ein Sohn den Vater ums Brot,
der ihm einen Stein dafür biete?

Lukas, 11:11

»Ist die hier auf dem üblichen Weg gekommen?« fragte ich Roy. Er sah Waterman an, der ihm zunickte, woraufhin Roy mir antwortete.

»Wie üblich, ja. Diese hier befand sich in einem der grünen Umschläge, der wie die anderen, die wir dem jungen Mr. Waterman gegeben haben, auf dem Kollekteteller lag.« Zu Father Love sagte er: »Sie werden verstehen, Pastor, weil wir uns Sorgen gemacht haben und alles.«

An mich gewandt, sagte Waterman: »Sie sehen also, hier spielt sich nichts Finsteres ab. Nur einige meiner nervösen Angestellten handeln gegen meinen ausdrücklichen Wunsch.«

Zu Roy sagte er: »Du kannst jetzt wieder gehen.«

»Heute war noch etwas anderes«, sagte Roy.

Ich erkundigte mich, was.

Roy sprach zu Father Love. »Unten im Gemeinderaum, hinter dem Raum, in dem wir das Geld zählen. Sie kennen doch das Klavier, das dort steht?«

»Ja«, sagte Waterman.

»Nun, es ist nicht mehr da.«

»Das Klavier ist gestohlen worden?« fagte ich.

»Dann haben wir ja wenigstens«, sagte Waterman, »ein richtiges Verbrechen in diesem Gebäude.«

»Sehen wir uns die Sache doch mal an«, sagte ich.

Entlang der nördlichen Außenwand des Healing Stream Deliverance Temple verläuft eine Gasse als Zufahrt für Anlieferungen und die Müllabfuhr. Eine Tür führt von dort ins Erdgeschoß und eine zweite zu einer breiten Stahltreppe, die in einen großen, offenen Raum mündet, der für gesellige Abende, Trödelmärkte und Jugendarbeit benutzt wird. Das verschwundene Klavier konnte von zwei Männern, die ihre Last auf einem Rollwagen transportierten, problemlos die Treppe hinaufmanövriert werden. Wenn sie erst einmal das obere Ende erreicht hatten, waren sie auch schon durch die Tür und auf der abgelegenen Gasse, und die Kirche hatte ein Klavier weniger.

Was allem Anschein nach auch genau so passiert war. Mit ein bißchen Hilfe von einem Insider.

»Es tut mir leid, daß es fort ist«, sagte Waterman. Wir standen am Fußende der Stahltreppe. »Es war nichts wert, in materieller Hinsicht, meine ich. Nur ein altes Klavier, das dringend gestimmt werden mußte. Es war das erste, das ich in meinem geistlichen Amt besessen habe. Ich habe selbst darauf gespielt, bevor ich mir einen richtigen Organisten leisten konnte.«

»Sie haben diese Außentüren nicht mit einer Alarmanlage gesichert?« erkundigte ich mich.

»Nein. Im ganzen Gebäude gibt es keine Alarmanlage.«

»Wer hat die Schlüssel?«

»Oh, viele von uns. Wir haben einen Kirchenvorstand, und soweit ich weiß, besitzen die meisten Mitglieder Schlüssel. Dann sind da noch unsere verschiedenen Organisationen, und natürlich auch die Kirchenfunktionäre und Aufseher. Sie alle besitzen Schlüssel.«

»Und die Kirchendiener?«

»Ja, die meisten der fest angestellten ebenfalls.«

Waterman schaute die Treppe hinauf zu der großen Stahltür, die mit schweren Stangen gesichert war. »Aber die meisten von uns haben für diese spezielle Tür dort keine Schlüssel«, sagte er. »Es ist nicht nötig. Wie Sie selbst sehen, hat sie nur auf der Innenseite Schlösser. Von außen gibt es keine Möglichkeit, sie zu öffnen. Keine Knäufe, Klinken oder Schlüssellöcher. Nichts. Jemand muß das Schloß von innen öffnen und die Tür aufziehen, wenn Lieferungen erwartet werden, was allerdings nicht sonderlich häufig der Fall ist.«

»Was war heute morgen hier los, in diesem Gemeinderaum?«

»Soweit ich weiß, stand hier unten heute nichts auf dem Plan. Nur die Buchhaltung im angrenzenden kleineren Raum. Aber das beginnt nicht vor Ende des ersten Gottesdienstes.«

»Zeigen Sie mir bitte das Schloß an der Tür dort oben.«

Ich folgte ihm die Treppe hinauf. Die Tür hatte zwei massive Stahlflansche, die über die Wand aus Hohlblocksteinen hinausragten. Diese waren mit Sicherheitsschlössern versehen, so daß die Tür von innen fest auf dem Stein befestigt war. Zusätzlich lag über die gesamte Breite der Tür eine massive Stahlstange, die auf beiden Seiten in Halterungen lag.

Die Schlösser waren entriegelt, die Stange senkrecht hochgestellt.

Ich drückte die Tür zur Gasse auf und trat hinaus. Die schmale Zufahrt war gerade breit genug für einen städtischen Müllwagen. Am einen Ende mündete die Gasse auf die St. Nicholas Avenue, am anderen befand sich ein hoher, mit einem blattlosen Klettergewächs überwucherter Zaun. Dahinter auf einem Abrißgrundstück ein zerfallenes Gebäude, dürre Bäume und Unkraut. Was dahinter lag, konnte ich nicht sehen.

Ich drehte mich zu Waterman um, der unmittelbar hinter mir in der Tür stand. »Ich will mich hier mal kurz umsehen. Warten Sie bitte dort auf mich, ja?«

Auf der Suche nach etwas, das vielleicht von demjenigen zurückgelassen worden war, der das Klavier hatte mitgehen lassen, ging ich das kurze Stück bis zur St. Nicholas Avenue.

Häufiger als man glaubt, sind Diebe sehr nachlässig. Einmal habe ich am Tatort eines Fassadenkletterers eine Brieftasche gefunden. Abgesehen von einem Streifen Automatenfotos aus einer Spielhalle befand sich nichts darin, doch das reichte. Auf sechs Fotos strahlte der Einbrecher mit seiner Freundin in die Kamera. In einem Spielsalon an der Mott Street in Chinatown, wo man eine Menge dieser Fotoautomaten findet, gelang es mir, das Mädchen zu identifizieren. Nachdem ich ihr erzählt hatte, ich käme vom städtischen Gesundheitsamt und würde eine Kontrolluntersuchung der aktenkundigen Fälle von Geschlechtskrankheiten durchführen, und ob sie zufälligerweise den Namen und die Anschrift des jungen Mannes kannte, der neben ihr auf den Fotos zu sehen war, machte ich dank der Hilfe der entgegenkommenden Freundin innerhalb einer Stunde meine Festnahme.

Aber diesmal hatte ich kein solches Glück. An den frischen Reifenspuren im Schneematsch erkannte ich, daß an diesem Morgen irgendein Fahrzeug in der Gasse gewesen sein mußte. Aber das war's dann auch schon.

Ich warf einen Blick um die Ecke der Kirche. Ein Stück die Avenue hinauf traten die letzten Gläubigen aus dem Haupteingang des Tempels auf den Bürgersteig, wo allmählich ein reger Fußgängerverkehr herrschte.

Ich drehte mich um und wollte zurück zum Lieferanteneingang gehen. Waterman machte einen Schritt auf die Gasse hinaus, um dort auf mich zu warten.

Ich wollte gerade sagen, daß ich es nicht für eine besonders gute Idee hielt, da draußen auf der Gasse zu stehen. Doch dann hörte ich hinter mir schwere Schritte. Ich drehte mich um, sah aber nur noch einen ausgestreckten Arm auf meinen Kopf zugerast kommen. Ich verlor das Gleichgewicht und ging zu Boden, schlitterte gegen die Ziegelwand des Nachbargebäudes und schürfte mir die Stirn auf. Dann rannte jemand mit großen Schritten an mir vorbei.

Ich rappelte mich auf, rutschte wieder aus und schlug mir auf dem Boden das Knie auf. Ich sah den Rücken eines Mannes in einem langen Mantel, der schwerfällig auf Waterman zulief, der einfach nur bewegungslos und verwundbar dastand.

Dann fielen zwei Schüsse. Der Schütze in dem Mantel erwischte Waterman aus kürzester Entfernung ins Gesicht oder den Hals. Dann lief er, langsam, weiter auf den Zaun zu.

Waterman stürzte. Er drehte sich und landete auf der Brust und umklammerte seinen Hals, und zwischen seinen Fingern schoß Blut heraus. Und als das warme Blut auf den Schnee fiel, dampfte es.

Ich hätte den Schützen erwischen können, wenn ich auf ihn geschossen hätte, aber mir blieben nicht mal die wenigen Sekunden, die es dauerte, eine meiner Waffen zu ziehen. Wenn ich Waterman retten wollte, hatte ich keine Zeit für Scharfschießübungen.

Ich drehte ihn auf die Seite, so daß das Blut auf den Boden lief, statt sich in seiner Halswunde zu sammeln und ihn zu ertränken. Ich zog seine Hände fort und tastete in dem Loch in seinem Hals, bis ich die Jugularvene fand.

»Roy ... Roy!« schrie ich. »Hilfe, Roy!«

Meine Stimme hallte dumpf durch die Gasse. Ich hörte, wie meine Worte von einer Ziegelwand zur anderen prallten.

Zwischen Daumen und den ersten beiden Fingern drückte ich vorsichtig Watermans Jugularvene ab, was den Blutstrom auf die Hälfte reduzierte. Mit der freien Hand öffnete ich seinen Mund, und sofort flossen Blut und Schleim heraus. Mit den Fingern schöpfte ich die Flüssigkeiten aus seinem Mund, damit die Luftröhre frei blieb.

Watermans Augen wurden rot. Ich wußte, daß er starke Blutungen hatte. Bestenfalls würde ich ihn zehn Minuten in diesem Zustand halten können, bevor er in einen komatösen Schock fiel. Dann lag es allein an den Ärzten, und danach an Mächten höher als die Medizin.

Die Ruhe und Langsamkeit war überwältigend. Die graue Friedlichkeit, mit der Samuel Waterman mir entglitt. Sekunde um erstarrte Sekunde.

Dann hörte ich irgendwo im Inneren der Kirche Roy brüllen. Ich hörte, wie er die Stahltreppe heraufgepoltert kam.

»Father!« brüllte er. »Father Love!«

Und der große, schwerfällige Bursche in dem Mantel begann den Zaun hinaufzuklettern. Ich sah nur seinen Rücken. Er war gedrungen, wie ein Mann mittleren Alters, aber trotz seiner Trägheit hatte ich das Gefühl, daß er jünger war, als er aussah.

Unbeholfen kletterte er höher. Er erreichte das obere Ende des Zaunes, als Roy durch die Stahltür auftauchte.

»Father Love!«

Der untersetzte Bursche auf dem Zaun drehte sich einmal kurz um und sah genau in meine Richtung. Aber ich konnte keine Einzelheiten seines Gesichtes erkennen. Das Blut des Mannes, den ich hielt, war überallhin gespritzt, auch auf meine Stirn und in meine Augen.

Der Schütze ließ sich auf die andere Seite hinunterfallen, krachte in die trockenen, winterlich spröden Blätter. Bei diesem Geräusch drehte Roy sich um. Dann schaute er ihm nach, wie er über das Abrißgrundstück davonlief.

»Rufen Sie einen Krankenwagen, Roy! Und sorgen Sie dafür, daß die sich beeilen.« Und dann fiel mir wieder ein, wo ich war. »Sagen Sie, es wäre für einen Cop.«

Watermans Augen fielen zu.

12

Jetzt kamen all die trostlosen und vertrauten Aufräumungsarbeiten, die immer auf eine Schießerei folgen, so trostlos und mir über die Jahre so vertraut, daß sie nur noch reine

Abstraktionen darstellten. Weder das benommene Opfer noch der flüchtende Täter, nicht einmal ich selbst scheinen wirklich etwas mit dem zu tun zu haben, was geschehen ist, als wären wir alle zu bloßen Zuschauern unseres eigenen Traumes eines Kriminalfilmes degradiert, als würden wir alle im Dunkeln sitzen und benebelt unsere jeweiligen Szenen verfolgen.

Wie oft schon hatte ich inzwischen miterlebt, wie ein Mann zusammengeschossen wurde, im Kino und im wirklichen Leben? Wie oft schon waren meine Hände in der Hoffnung, auch nur den winzigsten Pulsschlag zu finden, über einen unter Schock stehenden, reglosen Körper geflogen? Wie oft schon hatte ich meine Hände angestarrt und sie rot und glänzend und klebrig vom gerinnenden Blut eines anderen Menschen gesehen?

In diesem zeitlosen Augenblick, während ich über Samuel Watermans verwundetem Körper kniete, als es schien, ich würde mich selbst als Akteur in immer wieder demselben alten Film beobachten – während Dutzende von Father Loves Gemeindemitgliedern von der Straße in die schmale, schneeglatte Gasse drängten, einige der Männer an mir vorbeistürmten und in der sinnlosen Verfolgung des Bewaffneten über den Zaun kletterten, die anderen einen Kreis um mich bildeten und Gebete in den Wind hinausschrien –, verstand ich schließlich das natürliche Phänomen und dessen Wert, all die mörderische Gewalt zu abstrahieren, deren Zeuge ich im Verlauf meiner Karriere als New Yorker Cop geworden war. Die Abstraktion ist mein eigener, notwendiger Selbsterhaltungsmechanismus gegen den Anblick von soviel Verderbtheit, sie hat mich davor bewahrt, über die Kante zu stolpern und die Grenze zum Wahnsinn zu überschreiten. Und jetzt würde es Watermans einzige Chance sein, die Kugel zu überleben, die durch seinen Hals gefetzt war, jetzt lag seine Zukunft in meinen Händen.

Durch das Geheul der erschrockenen, sich um mich drängenden Menge hörte ich Roys Stimme zu mir vordringen.

»Platz da! Platz da!«

Dann war Roy da, kniete mir gegenüber. Er legte eine große Hand auf Watermans reglose Schulter. Ich entfernte mehr Blut und Schleim aus Watermans Mund, hielt meine Finger auf seine Jugularvene gepreßt.

»Sind unterwegs«, sagte Roy. Und in verschwommener Ferne hörte ich die durchdringende Sirene eines Krankenwagens, gefolgt vom tiefen Schmettern seiner Hupe.

Ich sah, daß sich Watermans Brust nicht mehr hob, ein schlechtes Zeichen. Er hatte aufgehört zu atmen.

»Was jetzt?« fragte Roy. »Was brauchen wir jetzt?« In seiner Stimme lag Angst, Angst um Watermans Leben. Aber er gab sich größte Mühe, ruhig zu sprechen; er brüllte nicht.

Roy beugte sich dichter zu mir, um besser verstehen zu können. »Kann sein, daß Waterman gleich zu zucken beginnt«, sagte ich. »Das wird den Leuten Angst machen, aber es sieht schlimmer aus, als es ist – außerdem weiß ich, was ich dann tun muß. Halten Sie die Leute weg, und wenn möglich, sorgen Sie dafür, daß sie ganz aus der Gasse verschwinden.«

Roy nickte.

»Okay«, sagte ich. »Denken Sie aber vor allem daran, daß die Leute hier keine Gefahr darstellen. Sie haben nur Angst. Also holen Sie sich einige der größeren Männer und Frauen – groß, damit jeder sie sehen kann –, und lassen Sie sich von denen helfen. Wenn man die Leute einspannt, sträubt sich die Menge weniger. Verstanden?«

Roy nickte.

»Wir brauchen unbedingt Platz, damit der Krankenwagen hierher zurücksetzen und die Sanitäter übernehmen können. Jede Sekunde zählt, verstanden? Stellen Sie einen Mann draußen auf die Straße. Er soll diese Straßenseite von Autos freihalten und den Krankenwagen hier reinlotsen. Verstanden?«

Und dann hatte ich alles gesagt, wozu ich Zeit hatte. Alles andere lag allein an Roy.

Ich beugte mich über Waterman und preßte meine Lippen auf seinen blutverschmierten Mund, drückte seine Nase zu und blies mehrere Atemstöße in seine Lungen. Dann setzte ich mich auf und schlug mit der flachen Hand auf seinen Brustkorb, schlug ihm genau aufs Brustbein. Ich wiederholte die Mund-zu-Mund-Beatmung, das Schlagen, dann wieder die Mund-zu-Mund-Beatmung ...

Die Sirene wurde lauter, beschleunigte meinen eigenen Rhythmus. Ich hörte Roys gebieterische Stimme über allen anderen. Und ich hoffte verzweifelt, daß er mit der Menge fertig wurde.

Ich spürte, wie die Leute zurücktraten, wie sich Schritte schnell an mir vorbeibewegten und zur Avenue verschwanden. Ich spürte, wie die Hysterie dank Roy unter Kontrolle kam.

Aber Watermans Brust war immer noch starr wie Stein.

Wieder ließ ich meine Hände seine Arme hinabgleiten, hinunter zu den Handgelenken. Kein Puls. Ich fühlte unter den Achseln. Auch dort kein Pulsschlag.

Ich hob den Kopf, wandte mich ab von dem Blut und dem entsetzlichen Grau und dem Gestank Watermans. Ich saugte die kalte, frische Luft gierig ein, drehte mich zurück und blies in seinen Mund. Und ich fing an zu beten. Ich betete, ich blies Luft in Watermans Mund, ich schlug auf seine Brust, ich betete.

Und er reagierte immer noch nicht. Dann verfluchte ich ihn, wobei Watermans Blut von meinen Lippen flog: »Atme doch, du verdammter Hurensohn! Atme!«

Wieder blies ich in seinen Mund, und schließlich krümmte sich Watermans Rücken, und sein Oberkörper schüttelte sich und zuckte.

Und dann zog mich jemand in einem weißen Kittel fort von Watermans Körper, zog meine steif gewordenen Finger aus seiner Wunde. Zwei weitere Männer in weißen Kitteln und mit Sauerstoffmasken knieten sich an meiner Stelle neben den Mann, in den Schnee und das Blut. Ich rappelte mich unbeholfen auf, war wacklig auf den Beinen, und hörte, wie einer der Sanitäter sagte: »Wir haben ihn, er schafft es ... ich glaub's einfach nicht, der Kerl schafft's tatsächlich!«

Dann hob Roy meinen Arm über seine Schulter und führte mich zurück zu der Tür in den Keller der Kirche. Und während er die Stahltreppe hinunterging, spürte ich das Blut und den Matsch von meinen Schuhen abfallen. Ich versuchte, die linke Hand zu öffnen, die Hand, mit der ich die Blutung in Watermans Hals gestoppt hatte, doch es ging nicht.

Dreißig Minuten, vielleicht auch länger, saß ich allein in einem Korbsessel im riesigen Bad und Ankleidezimmer hinter Watermans Büro. Meine Hand lag in einem Becken mit heißem Wasser und Bittersalz, und ich spürte, wie sich allmählich die Muskeln in meinem Handgelenk und den Fingern lockerten. Jetzt hatte ich Bekanntschaft mit meiner eigenen Totenstarre gemacht.

Inzwischen war Waterman vom Krankenwagen in die Notaufnahme des Harlem Hospital gebracht worden. Zwei Detectives vom Twenty-eighth Precinct verhörten Kirchenmitglieder und Passanten, die bereit waren, etwas zu sagen, und ein Team der Spurensicherung durchkämmte die kleine Gasse, den Zaun und das leere Grundstück dahinter. Uniformierte Cops regelten den Verkehr auf der St. Nicholas Avenue, sorgten dafür, daß die Schaulustigen und Sensationsgeilen und die unterschiedlich empörten Fußgänger nicht über den Tatort trampelten, bevor jemand Gelegenheit hatte, möglicherweise vorhandene Spuren zu finden, die irgendwo im nassen Schneematsch der Gasse lauern konnten. Was mir ungefähr so wahrscheinlich vorkam wie ein langjähriger Kongreßabgeordneter, der sich im Januar freiwillig für eine Erkundungsreise von Detroit meldete.

Roy und einer der Hausmeister hatten meine Kleider und meine verschmierten Schuhe irgendwohin gebracht, um sie gründlich und schnell reinigen zu lassen, damit ich gottverdammt endlich aus ihrer Kirche verschwinden konnte, bevor noch etwas passierte. Sie hatten es nicht direkt so ausgedrückt, wenigstens nicht mit Worten, aber der Grundgedanke war trotzdem da. Irgendwie wäre Father Love noch ganz der alte, der darauf wartete, daß die Buchhalter die Tageseinnahmen addierten, wenn ich nicht im Tempel herumgeschnüffelt hätte. Dankbarkeit der Öffentlichkeit, genau wie persönliches Wohlergehen, ist keine Vergünstigung, die als fester Bestandteil der Polizeiarbeit angesehen werden kann.

Jetzt saß ich allein inmitten des unheimlichen Komforts von Watermans Privatgemächern. Hier war ich erst vor einer Stunde gewesen, hatte mit einem zutiefst selbstsicheren Samuel Waterman geplaudert, immer noch aufgekratzt nach seiner Father-Love-Bühnenshow, strahlend in seinem unbekümmerten weißen Kaschmirpullover und der grauen Cordhose und den Gucci-Schuhen, und konnte nicht ganz nachvollziehen, daß sich irgend so ein Detective tatsächlich mit den schwülstigen Drohungen gegen seine Geistlichkeit abgeben wollte.

Ich habe festgestellt, daß es in meinem Beruf nützlich ist, in einem Verbrechen mehr zu sehen als nur ein oder zwei illegale Handlungen, vielmehr etwas, das über den simplen Zusammenstoß zweier oder mehr gegensätzlicher Kräfte hinausgeht. Ich versuche mir vorzustellen, wie die Ausübung eines Verbrechens im Herzen und im Kopf eines Straftäters sitzt, wie es ihn zeichnet – wie es auch das Opfer zeichnet. Jedesmal, wenn ich einen Fall übertragen bekomme, versuche ich, mich besonders auf die Atmosphäre der Sache zu konzentrieren. Und diese Atmosphäre, diese Stimmung lasse ich dann auf mich einwirken, als wäre ich selbst der Kriminelle gewesen oder doch zumindest das Opfer. Ich versuche, durch diese Atmosphäre meine Sichtweise von allem beeinflussen zu lassen, einschließlich der verräterischen Logik hinter dem Verbrechen.

Nahezu jedes Verbrechen besitzt eine gewisse Logik, auch wenn sie für jeden anderen eigentümlich, unheimlich oder abgedreht erscheinen mag. Manchmal gehört ein Killer zu der Sorte, der, sagen wir mal, auf persönliche Dämonen lauscht, die wir anderen gar nicht hören wollen. Ganz besonders in Morden liegt eine innere Logik, und diese Logik läßt sich auch für den durchschnittlichsten Detective in Spuren übersetzen und ist oft eine konkretere Spur, als es selbst Fingerabdrücke sein können. Davon abgesehen, fallen Killer meistens in abgegriffene Kategorien: unberechenbare Irre, die blutige Spuren hinterlassen; Durchschnittstypen, die allein durch simple und traurige Kombinationen aus Leidenschaft und zufällig bereitliegenden Waffen zur Tat verleitet wurden und ebenfalls blutige Spuren hinterlassen; Unterbelichtete und Brutalos, deren gesamte Leben nichts als blutige Spuren sind; und die Reuigen, die schnurstracks zum nächsten Polizeirevier laufen, um die ganze Schweinerei sofort zu gestehen.

Nachdem ich nun einen Ansatz zum rein physischen Aspekt eines Verbrechens hatte, begann ich die Atmosphäre von Samuel Waterman alias Most Reverend Father Love vom Healing Stream Deliverance Temple zu durchdenken. Und das erste Bild, das sich in meinem Kopf formte, war Waterman in seinem Kaschmirpullover und den Guccis, der ganz und gar nicht an Father Love in seinem glänzenden schwarzen Anzug mit den weißen Manschetten und der Rolex erinnerte ...

... Wie er dort in dieser zeitlosen Sekunde im fahlen Licht der Gasse steht, ungefähr zehn Meter hinter mir. Und dann der Schuß, und Watermans Stolpern und Taumeln, und wie seine Hand den rot werdenden Hals umklammert. Dann stürzt er, fällt bäuchlings auf den mit Schnee und Eis bedeckten Boden. Der verwundete Körper rutscht ein paar Zentimeter weit auf der gefrorenen Gasse, die Arme rudern aufgeregt, und Blut sickert unter ihm heraus. Waterman sah aus, als ritte er ein Surfbrett auf einer Woge des Blutes, und ich registrierte, wie der Zeigefinger seiner freien Hand auf etwas deutete. Ich weiß nicht, vielleicht in die Zukunft ... Und dann der Ausdruck in seinen Augen, als ich seinen Körper auf die Seite drehte, der Blick, den ich in den Augen aller sah, die sich um mich drängten ... die unausgesprochene Frage auf jedermanns Lippen ... warum?

Und dann waren da noch die früheren Atmosphären, die die erfolgreicheren Angriffe auf Buddy-O direkt gegenüber meiner eigenen Wohnung und Howie Griffiths in meiner eigenen, gottverdammten Badewanne umgaben. Über eine Querverbindung zwischen Buddy-O und Howie bestand wenig Zweifel. Neben anderen aufschlußreichen Merkwürdigkeiten waren ihre Leichen nackt, wie Gott sie schuf. Und natürlich hatte ich nur wenig Zweifel, daß diese Morde auf die eine oder andere Weise in Zusammenhang mit dem Anschlag auf Watermans Leben standen.

Aber welche Logik stand hinter allen dreien? Welchen gemeinsamen Nenner gab es? Es würde diesmal nicht leicht werden.

Und dann dachte ich auch an ein paar Telefonate, die nicht leicht werden würden. Das eine mit Sam Waterman jun. und das andere mit Inspector Tommy Neglio, der sich irgendwo an einem Strand auf Bimini aufhielt.

Bis ich also meine Kleidung zurückbekam und ich mich an einem angemesseneren Ort befand, um diese schweren Anrufe zu erledigen, hielt ich es, was die Ermittlungsarbeit betraf, nur für hilfreich, dort zu sitzen, wo Waterman sicherlich so oft saß – und lange saß –, und meine Zeit damit zu verbringen, mich im Luxus dieser Räumlichkeiten zu aalen. Ich hatte lange und ausgiebig heiß geduscht, meine

Knie pochten nicht mehr, meine Stirn war verbunden, und ich war eingewickelt in einen großen Frottee-Bademantel, und das Salzwasser hatte meiner linken Hand gutgetan. Neben mir stand die Einladung zu weiterem Balsam – eine schwere Glaskaraffe, die Roy großzügigerweise für mich bereitgestellt hatte, bevor er zur Reinigung verschwand.

Ich zog meine Hand aus dem Becken, trocknete sie ab und schüttelte etwas von der schmerzhaften Steifheit ab. Dann gönnte ich mir die Erfrischung von achtjährigem *Macallan Single Malt Scotch Whisky*, der mich innerlich wunderbar wärmte, während ich meine Umgebung untersuchte.

Der Korbsessel, in dem ich saß, stand neben einem breiten Doppelfrisiertisch aus Marmor und Teakholz mit der Bronzestatue eines nackten ägyptischen Dienstmädchens, deren Sittsamkeit für den Augenblick durch dicke Frotteehandtücher gewahrt wurde, die über ihren ausgestreckten Armen hingen. Hinter dem Sessel stand eine Messingleselampe und davor ein niedriger Korbtisch, beladen mit ausländischen Hochglanzmagazinen und der Karaffe *Macallan* und einigen von Watermans kostbaren Zigarren in einem offenen Klimaschrank und ungefähr einem halben Dutzend der aktuellen Bestsellerromane. In einer Ecke des Raumes, unter einem farbigen Glasfenster, das allem Anschein nach auf nichts anderes als einen Lichtschacht führte, befand sich eine gewölbte, schwarz-grün gemaserte Marmorbadewanne mit kunstvoll geschwungenen und filigran gearbeiteten Goldarmaturen und einem angrenzenden Regal, ordentlich gefüllt mit echten Schwämmen, bunten Badesalzen und Seifen, Bürsten und Waschlappen. Daneben stand, unter einem Wasserbehälter mit einer goldenen Zugkette, ein mit einer Eichenplatte versehener Nachtstuhl, und wieder daneben ein Bidet. Also machte ich mir die geistige Notiz, Watermans Kreis an Damenbekanntschaften zu überprüfen.

In der gegenüberliegenden Ecke stand ein antiker Apothekenschrank aus Nickel und Glas mit jedem nur vorstellbaren Toiletten- und Körperpflegeartikel für den Herrn und die Dame zur freien Auswahl. Dieser Schrank befand sich zweckmäßigerweise in Reichweite einer riesigen, sechseckigen Whirlpool-Duschkabine, die ich bereits benutzt hatte. Im Inneren der Dusche spien sechs steinerne Löwenköpfe Wasser. Und der Dampf des Duschens berieselte einen kleinen Dattelpalmenwald unmittelbar vor der Tür aus Glas und Silber.

Ich mußte an das Badezimmer in meiner Wohnung unten in Hell's Kitchen denken, mit all den Löchern im Boden und der Decke, die bereits durchhing, und an Howies rosafarbene Leiche, die erst ganz kürzlich in der alten Klauenfußwanne gelegen hatte. Ein Bad, wie es den meisten Mitgliedern von Father Loves armer Gemeinde nur zu vertraut war, mal abgesehen von der rosa Leiche eines Mieteintreibers, obwohl dies durchaus ein bevorzugter Traum gewesen sein könnte.

Mir direkt gegenüber befanden sich zwei hohe Glastüren mit großen goldenen Griffen, die in Watermans Ankleidebereich führten – ein riesiger, in drei gleiche Teile geteilter, quadratischer Raum. In der Mitte standen ein lederner Queen-Anne-Sessel und ein Bücherregal, auf dem Fußboden lag ein Orientteppich. Links und rechts davon polierte Mahagonischränke und offene Regale für Accessoires und mannshohe, eichengerahmte Spiegel, in denen man sich bequem von allen Seiten bewundern konnte.

Und hinter dem Ankleidebereich befand sich natürlich die beeindruckende Sammlung zahlloser Bücher und weiterer Ledermöbel und Tiffanylampen und der Kamin und die Gemälde und bibliotheksgrüne Dekoration und der gesamte Rest der ausgewählten Zierstücke und privat genossenen Insignien dieses reichen, schwer verwundeten religiösen Impresarios, dessen Leben die all seiner gutgläubigen Anhänger verspottete – jene Gesichtslosen, die draußen bleiben mußten, um mehr schlecht als recht in einer unbarmherzigen

Welt weitab von den auf Hochglanz polierten Annehmlichkeiten jener Wände zu überleben, die mich jetzt umgaben, Wände, die so leicht durchdrungen werden konnten von Morddrohungen, Wände, die aufgebrochen waren und jetzt bluteten.

Samuel Waterman lag in einem Krankenhaus nicht weit entfernt von der Stelle, wo ich jetzt mit meinen unerfreulichen Gedanken inmitten all dieser Annehmlichkeiten saß. Und ich stellte mir vor, wie dort, in genau diesem Krankenhaus, ein Harlemer Baby seine ersten Schreie ausstieß; wie alle Neugeborenen registrierte es Geräusche und Wärme, beruhigende Stimmen und die Nähe von Liebe. Aber was dieses Ghetto-Baby nicht wissen konnte, war, daß im Gegensatz zu den meisten Neugeborenen in Amerika seine Aussichten, den nächsten Tag zu erleben, erheblich geringer waren, als es in einem Land mit einer so hohen Meinung von sich selbst akzeptabel sein dürfte. Aber wenn dieses Baby tatsächlich den Tag seiner Geburt überlebte, würde es aufwachsen und sehr schnell lernen, was gespielt wurde – und dieses Leben zu Recht hassen. Und dann können wir sicher sein, daß noch viele blutende Wände kommen werden.

Ich schenkte mir *Macallan* nach.

Und dann stand ich auf, zog den Gürtel meines Bademantels enger und ging durch die Türen und den Ankleideraum hinaus in die dezent beleuchtete Bibliothek.

Inzwischen war meine linke Hand wieder kräftig genug, um das schwere Trinkglas zu halten. Mit der rechten Hand berührte ich die Rücken von Watermans gigantischer Büchersammlung, oder doch wenigstens einen Teil davon ...

... so wie meine Mutter mir beigebracht hatte, Bücher in die Hand zu nehmen und sie zu berühren, wann immer ich dazu Gelegenheit hatte, selbst solche Bücher, die ein kleiner Junge kaum verstand, selbst solche Bücher, die zu lesen ich nie erwachsen oder reif genug werden mochte. *»Liebe es, wie ein Buch unter deiner Nase riecht, Neil, und liebe es, wie sich* *der Einband in deinen Händen anfühlt, und, ja, mach weiter und mach dir die Finger schmutzig an dem Staub, der sich auf einem Buch niederlassen wird.«* Wir hatten nur wenig Geld für Bücher, daher erzählte sie mir von ihnen, soviel sie konnte, auch wenn sie ein Buch nur von der Berührung her kannte ...

Und so berührte ich viele der Schätze, die jetzt um mich herum auf Regalen lagen. Ich ging die gesamte Länge einer Wand entlang, ließ meine Finger über die Bücher gleiten und fragte mich, ob Father Love das Seelenheil seiner Gläubigen wohl wirklich so sehr am Herzen lag wie meiner Mutter das meine. Hatte er je die Kinder seiner Kirche eingeladen, in diesen großen, stillen, magischen Raum zu kommen, um die Bücher herunterzunehmen und zu lernen, sie zu lieben?

Ich nahm Boswells *London Journal* von einem Regal, und Leslie Marchands Byron-Biographie, und Frank Budgens Erinnerungen an James Joyce. Und ich entdeckte eine Ausgabe von Ford Madox Fords *Great Trade Route* in ausgezeichnetem Zustand. Und eine Sammlung englischer Huldigungen an Proust, laut Vorsatzblatt 1923 herausgegeben von Thomas Seltzer. Ich fand sie zwischen zwei Buchstützen aus Jade in der Gestalt chinesischer Palasthunde. Und ich fand auch eine signierte Ausgabe von Wyndam Lewis' *Apes of God*. Und auf einem stolzen Regal die gesammelten Werke von James Baldwin.

Dann wanderte mein Blick über die niedrigeren Regalböden, die von dem Sessel aus leicht zu erreichen waren, auf dem ich saß. Und dort standen Anaïs Nins *Delta der Venus* und Henry Millers *Sexus* und einige weitere Beispiele stilvoller erotischer Literatur neben unbedeutenderen Titeln des Genres.

Eine Stimme hinter mir unterbrach mein Studium von Father Loves literarischen Vorlieben.

»Sie sind ein belesener Mann, Detective Hockaday?«

Es war Roy, und er schien nicht weniger überrascht, einen Cop mit einem Buch auf dem Schoß zu sehen, wie ich es gewesen war, die Werke von Anonymus und den anderen auf Father Loves Regal zu finden. Roy hatte die Bibliothek lautlos betreten, oder vielleicht hatte ich ihn auch einfach nicht gehört, so versunken wie ich in die große Bandbreite von Watermans literarischen Vorlieben gewesen war. Jetzt stand er mit einer Papier-Einkaufstüte in der Hand neben mir. Er gab mir die Tüte und erwartete, daß ich aufstand, mich anzog und verschwand. Aber ich blieb sitzen, wo ich war.

»Ein Detective, ein guter Detective, muß ein belesener Mann sein«, sagte ich. »Die besten Schriften handeln von Entdeckung, und man kann sehen, wie ein Ding das andere verbessert.«

Roy sagte nichts. Das Schweigen war ihm nicht unangenehm, aber er war ungeduldig mit mir, so schien es wenigstens. Deshalb fand ich natürlich, daß ich mir Zeit lassen sollte.

»Außerdem«, fuhr ich fort, »finde ich es immer äußerst aufschlußreich, einen Blick auf die Art von Büchern zu werfen, mit denen ein Mann sich umgibt, falls überhaupt. Es ist genauso aufschlußreich wie zu erfahren, was er zum Dinner ißt oder was er gern trinkt oder was er an seinen Frauen mag.«

Roy ignorierte einfach alles, was ich gesagt hatte, deutete auf die ungeöffnete Tüte auf meinem Schoß und erklärte mit monotoner Stimme: »Da sind Ihre Sachen, gewaschen und gereinigt. So gut es bei der gebotenen Eile eben ging.«

Als er sah, daß ich es durchaus nicht eilig hatte, fügte Roy hinzu: »Ich möchte, daß Sie wissen, wie aufrichtig dankbar wir Ihnen sind, das Leben unseres geliebten Pastors gerettet zu haben.« Doch so, wie er es sagte, und angesichts der jetzt unmißverständlichen Ungeduld in seiner Miene, fühlte ich mich im Holy Stream Deliverance Temple ungefähr genauso willkommen wie ein Kondom auf einem der Kollekteteller.

»Setzen Sie sich, Roy.« Ich deutete auf den Sessel mir gegenüber. Er setzte sich, und ich musterte ihn aufmerksam.

Roy hatte etwa meine Größe, eins achtzig. Aber er war schwerer. Nicht fett, aber um Brust, Schultern und Beine kräftiger als ich. Seine Haut war dunkelbraun, er hatte klare, schwarze Augen und einen selbstsicheren Blick. Ein Mann von der Sorte, der eine Uniform anziehen und jede Armee überallhin führen konnte. Seine Hände waren groß und gepflegt, die makellosen Hände eines Gentleman. Er hielt sie auf seinem Schoß verschränkt, und er saß gerade in dem Sessel. Ich schätzte ihn auf dreißig, plus oder minus zwei Jahre.

»Erzählen Sie mir von sich«, forderte ich ihn auf. »Zunächst mal, wie lautet Ihr vollständiger Name?«

»Roy S. Dumaine. Das S steht für Saunders, was der Mädchenname meiner Mutter ist.« Er kehrte wieder zu seiner monotonen Sprechweise zurück.

»Wie lange sind Sie schon bei Father Love, und was genau tun Sie für ihn?«

»Oh, ich gehöre dieser Kirche hier schon seit meiner Kindheit an. Ich stamme hier aus diesem Viertel, und, wissen Sie, wir sind aufgewachsen mit Father Loves Gottesdiensten jeden Sonntagabend im Radio.«

»Und da haben Sie sich gedacht, Sie würden auch gern sein wie Father Love, habe ich recht?«

»Nun, ich erinnere mich, wie ich mit siebzehn gedacht habe, ich könnte vielleicht Priester werden. Ich konnte gut mit Menschen umgehen, und es hat mir schon immer daran gelegen zu sehen, daß sie trotz ihrer miesen Ausgangschancen weiterkamen.«

»Und, predigen Sie heute?«

»Der einzige echte und wahre Prediger hier ist Father Love. So ist das. Sie können mich vielleicht manchmal im Radio hören, aber nur, um etwas anzukündigen. Es ist allein Father Loves Show.«

»Und wie passen Sie dann da rein?«

»Wenn mein Job eine Bezeichnung hätte, würde ich sagen, man könnte mich einen leitenden Assistenten nennen. Schon seit meinem siebzehnten Lebensjahr kümmere ich mich ganz allgemein um alles, was getan werden muß. Seit etwa vier, fünf Jahren werde ich dafür auch bezahlt, und heute widme ich Father Love meine gesamte Zeit.«

»Und kaufen Sie ihm die ganze Show ab, Roy?«

Dumaine lächelte, jetzt allerdings unterkühlt. Als hätte er diese abfällige Art von Fragen auch früher schon gehört, besonders von Weißen. Er fragte: »Was sind Sie, Hockaday, Katholik?«

Was ich ihm bestätigte.

»Nun, da Sie dann ja die größte und knalligste Inszenierung gewohnt sind, die wir hier in der Stadt haben, vermute ich mal, daß Sie vielleicht auf uns hier in Harlem herabsehen und denken, wir seien vergleichsweise nur eine miese kleine Zirkusshow.« Und dann entfaltete er seine Hände, beugte sich vor und stach mit einem Finger in meine Richtung und sagte: »Aber wenn's Ihnen nichts ausmacht: Kommen Sie nicht hier rauf, um mir zu erzählen, daß Father Love mehr – oder weniger – ist als euer Mann in Downtown mit all seinen Ringen und diesem komischen Hut, verstanden?«

In Dumaines Tonfall lag eine unfreundliche Herausforderung und in seinen schwarzen Augen ein sogar noch erheblich unfreundlicheres Funkeln. Aber trotzdem hätte ich ihm in diesem Punkt vielleicht recht gegeben – wäre da nicht der fürchterliche Gedanke gewesen, es später beichten zu müssen. Also provozierte ich ihn statt dessen einfach noch ein bißchen mehr, etwas nachgebend, was ich über die Jahre als meinen perversen Instinkt schätzen und respektieren gelernt habe, einen Menschen zu beurteilen und einzuschätzen.

»Ich schaue mich hier um und frage mich, kann dieser Waterman – sorry, Father Love ... kann dieser Bursche durch ein Nadelöhr gehen?«

Roy schüttelte den Kopf. »Lassen Sie sich von mir mal etwas über die Menschen dieser Kirche sagen. Wir hier oben wissen alles über Armut, und daher denken wir ganz sicher im Traum nicht daran, sie weder Father Love noch einem anderen zu wünschen.«

Wieder hatte er nicht unrecht, und ich wußte es. Ich genoß diese Unterhaltung ebensosehr, wie Roy sie haßte.

»Nun, lassen Sie mich folgendes sagen«, sagte ich. »Sie und ich, wir sitzen hier in einem Raum, der für die Menschen, die sonntags herkommen, wie die andere Seite eines Berges ist. Sie wissen das, und ich weiß es – und Father Love weiß es auch. Was für die Leute da draußen in den Kirchenbänken wahr ist, ist in diesem Raum eine Lüge, und was hier wahr ist, ist dort draußen eine Lüge.«

»Bei allem Respekt«, sagte Dumaine, »und ich behalte dabei durchaus im Auge, was Sie für uns durchgemacht haben, Ihren Mut und alles, und angesichts der Tatsache, daß Sie wie Father Love selbst ein belesener Mann sind – nun, ich bin schon überrascht, daß Sie keinen Respekt für den großen Unterschied zwischen Fakten und Wahrheit besitzen.«

Ich dachte: schon wieder eine übergroße Wertschätzung der Wahrheit und all dieses Zeugs. Aber ich sagte: »Und was wäre dann bitte dieser feine Unterschied?«

»Tatsache für unsere Gemeindemitglieder hier ist, daß sie arm sind, wie Sie sagen. Aber das ist nicht gleichzeitig ihre Wahrheit. Ihre Wahrheit ist vielmehr so reich wie dieser Raum, in dem wir uns gerade befinden.«

»So was erzählt Father Love ihnen im Tausch gegen ihre Pennies?«

»Es ist die Wahrheit, so wie er sie sieht, und jeden Sonntag sind hier Menschen, die wissen, daß es die Wahrheit ist – gleichgültig, was auch immer die ärmlichen Tatsachen in ihren individuellen Leben sein mögen. Ich glaube, daß dies die Wahrheit ist.

Können Sie das verstehen? Und wenn Sie es verstehen,

würden Sie dann sagen, daß es auch nur einen Furz anders ist als das, was man Ihnen in Ihrer katholischen Kirche beigebracht hat?«

Ich lächelte und sagte: »Roy, wie wär's, wenn Sie ein Gläschen mit mir trinken würden?«

»Ich trinke nicht, danke.«

Dann fragte Roy: »Was wissen Sie überhaupt schon über Menschen wie uns? Was wissen Sie davon, morgens mit Magenschmerzen aufzuwachen, weil Sie immer noch hungrig vom voraufgegangenen Abend sind? Was wissen Sie von Hoffnungslosigkeit? Und davon, daß Menschen Sie mit eiskalten Blicken ansehen, weil sie nichts anderes sehen können als Ihr hoffnungsloses, beschissenes schwarzes Gesicht und Ihren Hunger?«

»Ich kann Ihnen sagen, daß ich genug weiß, um keine vorschnellen Annahmen über einen Menschen zu machen«, sagte ich. »Und ich kann Ihnen sagen, daß ich schon vor langer Zeit in Hell's Kitchen, woher ich komme, gelernt habe, daß man nicht dieselbe Mama und denselben Papa haben muß, um Brüder zu sein. Wie war's da, wo Sie herkommen, Roy?«

Dumaine antwortete nicht.

Ich kippte den letzten Schluck von meinem Scotch und sagte: »So, da ich ein belesener Mann aus Hell's Kitchen bin und außerdem auch noch Alkohol trinke, weiß ich aus eigener Erfahrung bestens Bescheid über Hunger und Hoffnungslosigkeit.«

Dann stand ich auf und öffnete die Papiertüte und warf einen Blick hinein. Alles war da, einschließlich der Schuhe. Meinen .38er hatte ich natürlich behalten, und meinen Hut und Mantel hatte ich bei meinem ersten Besuch in der Bibliothek zurückgelassen.

Also ging ich rüber in Watermans Ankleideraum, um den Bademantel abzustreifen und wieder meine eigenen Sachen anzuziehen, die, um die Wahrheit zu sagen, noch nie sauberer gewesen waren.

Als ich wieder draußen vor der Kirche war, entdeckte ich einen uniformierten Lieutenant in einem Zivilfahrzeug vom Twenty-eighth, das im Leerlauf auf der Lenox Avenue hielt und die Zufahrt zur Gasse blockierte, in der auf Waterman geschossen worden war. Ein paar Nachzügler von der Spurensicherung stampften in ihren Regenmänteln am Rand des Tatortes herum.

Es gab immer noch ein paar Flecken Schnee, die unübersehbar leuchtend rot waren. Jemand, der nicht wußte, was hier vor einiger Zeit passiert war, hätte vielleicht gedacht, es wäre nur eine Wagenladung italienisches Kirscheis verschüttet worden. Das liegt daran, daß man normalerweise nicht automatisch denkt, irgendein Prediger wäre direkt neben seiner eigenen Kirche niedergeschossen worden, nicht mal in New York, nicht mal hier in Harlem; ganz sicher nicht, wenn davon ausgegangen werden konnte, daß der Prediger sowohl Gott als auch die *SCUM Patrol* auf seiner Seite hatte.

Dann erinnerte ich mich wieder an die Telefonate, die ich schon bald machen und was mich das kosten würde. Und bekam Kopfschmerzen; nicht sehr schlimm, nicht so, als würden Drei-Zoll-Nägel durch den Knochen gejagt, aber auch wieder stark genug, um mir wegen des Fehlers zuzusetzen, mich nicht für die friedliche kleine Karriere bei *Sears Roebuck* irgendwo draußen in einem friedlichen kleinen Städtchen wie Nutley vielleicht, drüben in Jersey, entschieden zu haben. Wer brauchte so was?

Der Lieutenant kurbelte die Seitenscheibe runter, als ich mit meiner Dienstmarke dagegenklopfte. Wärme und blauer Zigarettendunst schlängelten sich in die Kälte hinaus und vermischten sich mit den grauen Abgaswolken.

»Und, Looey«, sagte ich, nachdem ich den Dienstgrad vor seinem Namen auf dem silbernen Schildchen gelesen hatte, das an seiner plumpen Brust steckte, »schon irgendwas Neues aus dem Krankenhaus über den Zustand von Father Love gehört?«

»Sie sind sicher Hock, stimmt's?«

Was ich bestätigte.

Der Mann, mit dem ich hier redete, war ein gewisser Lieutenant G.L. Keene, und er beäugte mich aus äußerst unbrüderlichen Schlitzen unter dem glänzend schwarzen Schirm seiner Kommandantenmütze. Daher konnte ich nicht sicher sein, was seine Haarpracht betraf, da er ja diese Mütze trug, aber ich tippte mal darauf, daß er eine Glatze hatte. Er hatte wenigstens das Gesicht eines Glatzkopfes. Er war um die fünfundfünfzig und besaß die Statur eines Kissens, und er schien das Leben ungefähr genauso toll zu finden wie ein fetter Mann mit einem Nacken voller Furunkel.

»Okay, Hock, lassen Sie mal sehen. Sie sind also rein zufällig hier oben in meinem Revier. An einem Sonntagmorgen, an dem Sie, soweit ich weiß, normalerweise frei haben. Und Sie treiben sich hier mit einer Bande dieser Sekten-Nigger rum. Und dann machen Sie rein zufällig einen kleinen Rundgang in dieser Gasse da und retten dem Padre am Ende das Leben.«

Er schwieg einen Moment, saugte an seinen Zähnen und brummte: »War's das so ungefähr?«

Weil ich darauf nichts erwiderte, bekam Keene keine Verschnaufpause.

»Jesus Christus«, fuhr er fort, »ich wünschte, die würden's mir sagen, wenn hier oben irgendeine VIP-Nummer abläuft, das wünschte ich mir gottverdammt wirklich! Hören Sie, sagen Sie mir wenigstens soviel – ist der Captain hier oben in die Sache eingeweiht?«

»Keine Ahnung«, sagte ich. »Wahrscheinlich nicht.«

Dies schien eine gewisse Erleichterung für Keene zu sein, einem von Natur aus paranoiden Burschen, was auf die verdrießlichen Verhältnisse eines gewissen Schlages bigotter Cops zurückzuführen ist, von dem ich schmerzlicherweise zugeben muß, daß er in einem so beträchtlich unvollkommenen System wie dem New York Police Department so etwas wie ein Klischee ist. Aber manchmal findet ein unvollkommenes System die vollkommenen Mittel, mit Klischees dieser Art fertig zu werden, indem sie sie in die Hölle befördert. In seinem eigenen Fall war Keene eines Tages klargeworden, daß er zur Zielscheibe eines Witzes irgendeines seiner Vorgesetzten geworden war, als ihn jemand mitten nach Harlem versetzte, wo er sicher sein konnte, den Rest seiner Laufbahn von solchen Leuten umgeben zu verbringen, die absolut nicht die gleiche Abstammung hatten wie er.

»Allmächtiger, Hock, Sie müßten mal all die Angebote sehen, die ich kriege, Chief of Police von beschissenen kleinen Departments in beschissenen kleinen Käffern wie Coconuts, Florida, zu werden. Oh, jeden Tag kriege ich mit der Post solche Angebote. Ich schwör's bei Gott, wenn ich weiter so übergangen werde, wie Sie's gemacht haben, dann sage ich eines Tages noch ja zu Coconuts.«

Und natürlich war dies die andere Methode eines unvollkommenen Systems, mit seinen Keenes fertig zu werden: Schick ihre Lebensläufe zu anderen Polizeidienststellen möglichst weit, weit weg. Mein eigener Chef, Inspector Neglio, machte genau das routinemäßig, wenn er mit unerwünschten Elementen zu tun hatte. Wenn dann das gewünschte Ergebnis erreicht war, würde Neglio einer der ersten sein, die einem Keene auf die Schultern klopften und ihm versicherten, daß New Yorks Verlust ein Gewinn für Coconuts sein würde.

»Tja, Sie werden uns hier oben ganz sicher fehlen«, sagte ich zu Keene. Keene nahm seine Mütze ab und rieb seinen unbehaarten Skalp, und plötzlich lösten sich all meine Wünsche nach dem guten Leben bei *Sears Roebuck* in Luft auf, als ich mir ein Nutley voller Keenes vorstellte.

Dann fragte ich ihn: »Aber bis Sie sich an einen anderen Ort versetzen lassen, könnten Sie mir doch vielleicht, wie ich

Sie gebeten habe, die letzten Neuigkeiten über Father Love mitteilen, oder?«

»O ja. Vor ungefähr zwei Minuten ist durchgegeben worden, daß der Zustand des Padre kritisch ist. Sie haben schon Patienten gehabt, denen es besser ging, aber richtig schlimm sieht's auch wieder nicht aus. Sie haben ihm eine Bluttransfusion gegeben und hoffen jetzt, daß ihn das wieder ein bißchen aufmöbelt.«

»Was wissen Sie über seinen Laden hier? Ich meine, er kann doch nicht allein von den Einnahmen der Gottesdienste leben.«

Keene zuckte mit den Achseln. »Ich weiß nicht viel, und, ehrlich gesagt, es interessiert mich auch nicht besonders, wissen Sie. Father Love ist wie der ganze Rest dieser fröhlich lächelnden Nigger hier oben, die ihre eigenen Leute aufs übelste ausnehmen – die ziehen die Haste-mal-n-Dollar-Nummer ab, Sie verstehen? Die halten ihre Pfoten auf und strecken sie aus, damit die kleinen Trottel Cash reinlegen.

Ich sag Ihnen, Hock, die Leute hier oben – die lieben es fast genauso, um ihr Geld beschissen zu werden, wie sie es lieben, um ihren Schlaf gebracht zu werden, wenn irgendwer behauptet, sie wären verhext. Harlem ist ein anderer Planet, ich sag's Ihnen.«

Die Cops von der Spurensicherung waren mit ihrem Job fertig und kamen an uns vorbei. Keene erwiderte ihren Gruß.

»Sonst können Sie mir nichts über einen Burschen sagen, der in Ihrem Bezirk eine Kirche leitet, die so groß ist wie diese hier?«

»Tjaaa ...« Keene versuchte, sich etwas einfallen zu lassen, das mir weiterhalf. »Tja, ich habe mich schon immer eins gefragt, und das ist, wieso er sein Ding in der heutigen Zeit nicht im Fernsehen abzieht? Ich meine, wieso all die Jahre nur das Radio?«

»Interessant«, sagte ich, was ich auch wirklich so meinte. Diese Frage würde ich Waterman selbst stellen müssen.

»Gehe ich recht in der Annahme, daß Sie hier oben einen heiklen Auftrag haben, Hock?«

»Richtig.«

»Dann sehen wir uns also demnächst öfter?«

»Vermutlich.«

Keene kurbelte seine Scheibe hoch, legte einen Gang ein und fuhr fort, ließ mich dort auf der Lenox Avenue auf der Suche nach einer Telefonzelle stehen, die funktionierte. Ich ging ein paar Blocks Downtown Richtung 125th Street, wo ich eine Bahn der Linie A zurück zum Times Square kriegen konnte.

Vor dem *Baby Grand Club*, ein paar Türen weiter als das *Apollo Theatre*, blieb ich stehen. Irgendwo im hinteren Teil des Schuppens hörte ich eine Sängerin einen alten Song einüben. *»You're fat and forty and over the hill / But baby, you're my meat and I love you still ...«* Und mir war plötzlich nach ein paar Gläschen, und ich hatte Lust, den Rest meines Lebens dort zu bleiben, doch statt dessen erledigte ich meine Anrufe aus der Telefonzelle am oberen Ende der Theke.

Zuerst rief ich Neglios Büro an und sprach mit einem der Bürohengste des Inspectors, der mich davon in Kenntnis setzte, daß der Boss gerade Urlaub auf Bimini macht, was ich bereits wußte, und daß er es sehr bedaure, aber es gebe leider keine Telefonverbindung zwischen New York und der Grashütte, die Neglio dort für die Dauer seines Aufenthaltes gemietet hatte. Was ich mir vielleicht hätte denken können.

Dann rief ich Sam Waterman jun. an. Ich war nicht weiter überrascht, wieder nur seinen Anrufbeantworter zu erwischen, daher hinterließ ich ihm eine Nachricht, daß er mich im *Ebb Tide* erreichen könne. Ich sagte, es sei dringend.

Dann verließ ich das *Baby Grand* und marschierte zur U-Bahn.

Und ich fühlte mich, wie Cops sich so oft fühlen: so

effektiv wie ein Mann, der mit einer Bowlingkugel hinter einer Spinne her ist.

Als ich nach Hause kam, kontrollierte ich zuerst mal meine Wohnung daraufhin, ob dort womöglich in letzter Zeit jemand verstorben sein könnte. Aber ich war allein, und das war gut so, denn ich weiß nicht, ob ich mit einer weiteren Leiche fertig geworden wäre.

Ich rief das Harlem Hospital an. Father Love schwebte immer noch in Lebensgefahr. Ich rief das Twenty-eighth Precinct an, und man versicherte mir, daß zwei Uniformierte über Nacht vor und in Watermans Zimmer postiert würden. Und dann rief ich wieder Watermans Sohn an.

Und wieder bekam ich nur seinen Anrufbeantworter an die Strippe. Und wieder hinterließ ich ihm die Nachricht, daß er mich dringend zu Hause anrufen solle.

Dann warf ich mich auf die Couch unter den Fenstern und sank in einen tiefen, melancholischen Schlaf. Ich träumte von dem bevorstehenden Weihnachtsfest, und daß ich es dieses Jahr nicht zusammen mit Judy verbrachte. Und ich träumte von meinem Vater, den ich nie kennengelernt hatte, der für mich tot war; ich träumte von ihm, wie ich immer von ihm träumte, als dem Mann in dem Bilderrahmen.

Und in meinem Traum hatte der Rahmen zwei Beine und trug Soldatenstiefel, und das Bild meines Vaters marschierte über ein Schlachtfeld.

13

Ich stand in der Tür unten hinter der zerbröckelnden Kalksteintreppe des *Paris Nights Transient Hotel*, eine halbe Stufe unterhalb der Dunkelheit und des Schmutzes der Fifty-fifth Street an der Nordwestecke der Eighth Avenue, wo die

Porno- und Andenkenläden des Times Square und die Theater und Kinos des Broadway allmählich den Mietskasernen und irischen Kneipen und Wettbüros von Hell's Kitchen weichen. Ich wartete darauf, daß sich meine Augen auf das schummrige Licht des Schuppens einstellten, als sich ein Mädchen von der Theke zu mir heranschlich. Das Mädchen hatte ein breites Grinsen auf dem Gesicht, was genaugenommen nicht direkt das erste war, was mir ins Auge fiel.

»Mädchen« möchten sie im *La Club Pigalle* genannt werden, dem letzten Mastodon einer gewissen alten Rasse von New Yorker Varietés, das glücklicherweise alle Schwankungen des Zeitgeistes überlebt hat. Es hat all die üblichen niedrigen und erbärmlichen Formen der Rechtschaffenheit überlebt; es hat den heiligen Zorn von Fiorello La Guardia überlebt, eines ansonsten mutigen und vernünftigen Bürgermeisters mit der bedauerlichen Neigung zum Rotsehen, wann immer er an Strumpfhalter und Minislips und Troddeln dachte, die zum harten Beat einer blechernen Melodie an Brustwarzenkappen herumwirbelten; es hat die endlosen Erpressungsversuche von Cops, Ganoven und Kapitalisten überlebt – dieser bürgerlichen Dreifaltigkeit, die das urbane Amerika zu dem gemacht hat, was es heute ist; es hat die Jahrzehnte der Eifersüchteleien, Verrätereien, Zänkereien und Phobien hinter den Kulissen überlebt und was es sonst noch auf der ungeheuren Bandbreite gefühlsgetränkter weiblicher Launenhaftigkeiten gibt. Das *Pigalle* hat sogar die jüngste Seuche hirnloser Geilheit überlebt, die so viel von der guten, anständigen Lasterhaftigkeit des Times Square niedergetrampelt hat, die Seuche, die wahrscheinlich die Phantasien einer ganzen Generation von Seeleuten getötet hat.

Als ich noch ein kleiner Junge war, wetterten die Priester der Holy Cross Church von der Kanzel gegen den *La Club Pigalle* direkt in der Nachbarschaft, als wäre es ein noch größeres Übel als die Armut selbst. Dann, mit erheblich süßeren Zungen, ließen die Priester ihre Moralpredigten über die demütigeren Herrlichkeiten des regelmäßigen Bibelstudiums als Gegenmittel gegen erotische Versuchungen folgen, die so wild wuchernd unter den Männern unserer Gemeinde grassierten. Und als ich dann schließlich groß genug war, um an dem nachsichtigen und stets betrunkenen Türsteher des *Pigalle* vorbeizukommen, hatte ich das große Glück, diese gegensätzlichen Glaubensrichtungen gleichzeitig an genau diesem Ort zu erleben – in der großartigen Person eines Komikers mit ausgebeulten Hosen namens Scurvy. In seiner Nummer, die die Zuschauer begeisterte, persiflierten er und seine dralle, die zweite Geige spielende Frau eine schlüpfrige Auswahl von Bibelzitaten, die er zuerst laut und ernst dem Publikum vorlas, aus einer normalen, ledergebundenen King-James-Ausgabe, während seine Frau direkt neben ihm stand und jede Einleitung mit einem anzüglichen Wackeln ihrer Hüften und einer zweideutigen hohen Note, geblasen auf einer Flöte, unterstrich.

An diesem ersten wunderbaren Abend im *Pigalle* bemerkte ich die Anwesenheit einer größeren Anzahl Gemeindemitglieder. Sie waren praktisch so was wie eine Delegation, stampften mit ihren großen Füßen auf den Boden und johlten vergnügt bei den Szenen, die von Mr. und Mrs. Scurvy aus dem Buch der Richter und dem Deuteronomium und dem Buch Ruth gespielt wurden. Und für mich schien es auf der Hand zu liegen, daß dies tapferere Männer waren, die dem Einschlagen des Blitzes trotzten, als jene, die Gott für unfähig hielten, mit derber Satire umzugehen. Genau in diesem Augenblick wünschte ich mir, selbst Priester zu werden und ihnen allen sofort die Absolution erteilen zu können, diesen armen Schluckern aus ihren stur irischen New Yorker Heimen, wo die Abendessen pünktlich um sechs Uhr in der Küche eingenommen wurden und geräuschloser Sex in einem Zimmer ohne Licht stattfand, wobei vorher sichergestellt sein mußte, daß all die Jungen und Unschuldigen fest schliefen.

Vor vielen Jahren waren das *Pigalle* und das *Paris Nights* so elegant, als wären es verbotene Orte, so kam es uns wenigstens vor. Sportfans von außerhalb der Stadt stiegen im Hotel ab und spielten in der Lobby Karten. Manche von denen trugen immer noch Gamaschen über den Schuhen, und alle trugen sie Hüte. Und es gab ein flottes Neonschild: ein Frauenfuß in einem hochhackigen Schuh, der zum Eingang des Clubs hinunterzeigte. Doch heute ist der Laden runtergekommen und angeschlagen und so grau und schäbig wie eine alte Lady mit einer Alkoholikernase. Trotzdem bin ich ihr dankbar. Sie ist immer noch hier, und sie hat ihre Seele noch nicht verloren. Das *Pigalle* ist ein echtes Labsal in einer sexlosen Wüste aus Glas und Chrom, die sich schleichend über ganz Manhattan ausdehnt.

Vielleicht ist das der einzige Grund für das Überleben des *Pigalle*, daß sein merkwürdiger Besitzer, ein schwüler Transvestit und Varietésänger namens Labeija, vor dreißig Jahren genug Verstand hatte, das ganze Gebäude für einen Appel und ein Ei zu kaufen – den Club im Keller mit seiner Schanklizenz und seinem hilfreich sündigen Ruf; das *Paris Nights Transient Hotel*, das er über die Jahre mit seinen alternden und exotischen Freunden füllte; und die oberste Etage mit der Terrasse und dem Garten, den Labeija selbst angelegt hat und wo er in aller Pracht lebt, ist mit Sicherheit das einzige Penthouse in ganz Hell's Kitchen.

Und vielleicht würde das alles eines Tages mit Labeija sterben. In der Zwischenzeit aber war es ein Ort ganz nach Mona Morgans Geschmack. Und nach meinem. Und ich war noch nicht in der Stimmung für eine Beerdigung, ganz sicher nicht bei so einem Empfang, wie ich ihn an der Tür erhielt ...

Das Mädchen klammerte sich an meine Hand, zog mich in die warme Dunkelheit und die aufwärmenden Geräusche des *Pigalle*. Eine gedämpfte Trompete und ein Ragtimepiano, Gläser und Eis, Besen auf Trommeln und eine verzerrte Posaune, die stampfenden Füße von Männern aus der Gemeinde, oder was noch von ihnen übrig war.

Sie war groß, und ihre Haare waren lang und hellbraun, die Hüften schmal und doch rund. Sie hatte einen großen, auffallenden Busen, der praktisch überhaupt nicht von dem mit roten Pailletten besetzten Kleid verdeckt wurde. Auf ihre Art war sie schön. Aber andererseits waren alle Clubmädchen im freundlich-sanften Licht der bunten Scheinwerfer und im Nebel des Alkohols auf diese Weise schön; selbst die alte Labeija, auf ihre eigene gequälte Art, würde schön sein, wenn sie sang.

Ich starrte das Mädchen an, fragte mich, ob sie wohl bei normalem Tageslicht auch schön sein würde. Wahrscheinlich nicht. Sie sagte zu mir: »Hallo, Baby ... lange nicht gesehen.«

Und dann drückte ich ihr ein Dutzend in Folie eingepackter weißer und gelber Rosen in die Hand, die ich unterwegs bei einem koreanischen Gemüsehändler gekauft hatte. Sie quiekte nett und klang dabei wirklich wie ein Mädchen, wie ein junges Mädchen am Abend seines Schulabschlußballes. Daher fühlte ich mich beschissen, als ich ihr sagen mußte: »Die sind für Mona ... könntest du sie ihr bitte in die Garderobe bringen?« Sie sah mich an, als würde sie darüber nachdenken, wie viele Männer sie schon in ihrem Leben umarmt hatte, wie viele Münder sie schon hatte küssen müssen.

Also standen wir ein paar betretene Sekunden lang da, bis ich schließlich vergnügt sagte: »Ich erinnere mich noch, wie dieser Laden mal draußen ein Neonschild hatte.«

»Ein paar Blocks weiter unten finden Sie soviel Neonreklame, wie Sie wollen, Mister«, sagte sie. »Und das Ergebnis ist, daß diese Schuppen voll sind von der Sorte, die mit ihren Autos in die Stadt kommen, um uns all das zu bringen, was sie zu Hause ablehnen.

Dieser Club hier, Baby, ist für uns andere. Es ist ein guter alter Laden, der immer noch so wirklich ist wie ein Traum. Daher machen wir uns nicht mehr die Mühe, Werbung zu machen.«

Ich lächelte und sagte: »Dann bin ich froh, am richtigen Ort zu sein.«

»Du bist süß«, sagte sie. »Ich mag dich, auch wenn du an ein anderes Mädchen denkst. Wenigstens ist es eine von uns.«

Dann führte sie mich an einen kleinen Tisch, auf dem eine Kerze in einem Glas stand, und sagte, sie würde Mona die Blumen sofort bringen. Ich setzte mich und winkte einen Kellner heran. Und ich machte eine Bestandsaufnahme des Ladens, in dem ich schon viel zu lange nicht mehr gewesen war.

Das *Pigalle* ist ein langer, schmaler, schuppenartiger Raum mit einer niedrigen Decke und einer Bühne im hinteren Teil, die von Biertrinkern umlagert wird, die Zigaretten rauchen, als hinge ihr Leben davon ab. Es sind Typen, die genauso aussehen wie der schüchterne, unverheiratete Onkel von irgendwem, Männer, die in einer schmucklosen Welt leben. Entlang den Wänden, auf den mit Flicken übersäten Vinylbänken oder in den Schatten, schmiegten sich die alten Mädchen in ihren Netzstrumpfhosen und ihren paillettenblitzenden Abendkleidern an die lebhafteren Gäste.

Die letzte in einer Reihe von Stripperinnen war mit ihrer Nummer fertig, und jetzt verbeugte sie sich spröde auf der Bühne. Teile ihrer Federboa tanzten im Scheinwerferlicht, das jetzt allmählich verblaßte.

Dann sang, nach einer kurzen Stille, von irgendwo auf dieser abgedunkelten Bühne eine Altstimme ein Lied, das ich schon Dutzende Male Sinatra in Jonathan Schwartz' Sonntagmorgenshow auf WNEW-AM habe singen hören: »A Man Alone«. Nur daß diese Stimme geschmeidiger war als Sinatras, tiefer und rauchiger.

Und dann flutete helles Licht über die Bühne, ein Licht,

das die Rauchfahnen zerschnitt, die im Raum hingen. Und Labeija stand dort in diesem Licht, beide Hände um ein Mikrophon geklammert, sang mit geschlossenen Augen, ihre Stimme so charaktervoll und traurig und abwechselnd heiter und glücklich. Anschließend sang sie »How Little We Know«, danach »Fools Rush in«, dann »Harlem Butterfly« und »Skylark« und »Arthur Murray Taught Me Dancing in a Hurry«.

Und jemand tippte auf meine Schulter, so leicht und fedrig wie die Boa der Stripperin. Eine weibliche Stimme:

»Wie ich sehe, hörst du genau und aufmerksam zu. Das ist gut für die Sängerin und beweist, daß du ein wahrer Freund des Hauses bist, Hock. Und auch, daß du mein Freund bist, weil du es endlich geschafft hast herzukommen, um mich bei der Arbeit zu sehen.«

Dann beugte Mona sich vor, gab mir einen Kuß auf die Wange und jagte damit meinen Blutdruck hoch. Was eine angenehme Überraschung für mich war.

»Du könntest ein Mädchen ruhig bitten, sich auf einen Drink zu dir zu setzen, wo du ihr ja gerade erst Blumen geschenkt hast«, sagte sie.

Ich stand auf und blieb mit einem Fuß hinter einem Tischbein hängen und fühlte mich ungefähr so elegant wie ein nasser Sack. Dann zog ich ihr einen Stuhl heraus und sagte: »Oh, ja sicher, sicher, setz dich doch, bitte.«

Und dann setzten wir uns. Ich nahm ein Heftchen Reklamestreichhölzer des *Pigalle* aus dem Aschenbecher und steckte die Kerze zwischen uns an. Und das gelbe Licht fing sich in ihren schwarzen Haaren. Und ich sah ihre dunklen, glänzenden Augen, wie ich sie noch nie zuvor gesehen hatte, und ihre helle Haut und ihre roten Lippen und ihre perfekten weißen Zähne.

Sie lachte mich an. Und es gefiel mir.

Und ich blies das Streichholz aus und erinnerte mich an neulich in diesem billigen Imbiß, wie wir ein Gespräch begonnen hatten, und daß es wichtig und bedeutungsvoll gewesen war. Und jetzt kam mir die Frage in den Kopf, woher Mona Morgan gekommen war und was sie hierhergeführt hatte. Ich stellte sie mir in einer kleinen Stadt irgendwo im Norden des Staates vor, wie sie im Winter die Main Street entlangspazierte, eingemummelt in einen Pelzmantel, die Arme voller Pakete und Schneeflocken auf ihrem schwarzen Haar. Und sie lächelte mit diesen perfekten Zähnen, genau wie jetzt.

»Diese Zähne«, sagte ich. »Ich würde wahnsinnig gern sehen, wie du in einen Apfel beißt.«

Sie lachte wieder. Dann beugte sie sich vor und berührte meine Hände. Unsere Gesichter waren einander sehr nah, und ich sah die winzigen Falten um ihre Augen und ihren Mund, aber für mich war es in Ordnung. Ich hatte selbst so viel mehr Falten, und ich hoffte, das war für sie auch in Ordnung. Wir hörten zu, wie Labeija »Old Devil Moon« sang.

Der Kellner kam. Ich wollte noch einen *Red* mit Eis, Mona bestellte sich ein *Club Soda* mit Limone.

Sie lehnte sich mit ihrem Glas zurück und sagte: »Beija ist eine gute Sängerin, findest du nicht auch?«

Ich stimmte ihr zu.

Und Mona erzählte weiter: »Ich war auch mal Sängerin. Also, Sängerin und Tänzerin. Lieber wäre ich nur Sängerin gewesen, aber du weißt ja, wie's manchmal so ist. Weißt du, wie's ist, Hock?«

Ein verhaltener Applaus setzte ein, und dann folgte ein allgemeines Schlurfen nach vorn, als sich die Menge der schüchternen Junggesellenonkel zu den bevorzugten Manegenplätzen um die Bühne drängte – zu einer Fortsetzung der schlichteren Unterhaltung, einer weiteren Runde Stripperinnen.

Wir schauten zu, wie Labeija sich im diffusen blauen Licht kunstvoll verbeugte. Einigen der älteren, betrunkeneren

Gäste tropften Tränen von der Nase, und sie klatschten in die Hände wie sentimentale Seehunde, und es spielte kaum eine Rolle, was sie von der Sängerin mit der rauchigen Stimme wußten oder nicht. Was zählte, war ein Augenblick der bittersüßen Vergessenheit.

Auch wir applaudierten, Mona und ich. Labeija warf den alten Heulsusen Handküsse zu.

Als der Applaus langsam verklang, sagte ich zu Mona: »Du wolltest was sagen?«

»Ach, wollte ich?«

»Über das Singen und Tanzen.«

Sie spielte mit einer Strähne ihres schwarzen Haares und legte sie über ein Ohr, und dann trat etwas Melancholisches in ihre Stimme. »Das eine oder andere Mal«, sagte sie, »bin ich wahrscheinlich so ziemlich in jedem Laden die Ostküste rauf und runter aufgetreten. Aber das *Pigalle* ... Ich vermute, so ist es jetzt für mich am besten.«

»Ich habe dich mal im *Melody* gesehen«, sagte ich.

»Oh, mein Gott, Hock, das ist schon so lange her! Wo bist du gewesen?«

Ich erzählte ihr von dem Leben in einem Haus in Queens, und daß man dadurch leicht den Draht zu vielem verlor, von meinem Zimmer in der Lower East Side, bis ich es endlich kapiert hatte, daß ich geschieden war, daß ich jetzt wieder zu Hause in Hell's Kitchen war. Ich redete von Ehe und Bedauern. Schon komisch, daß es gar nicht so lange dauerte, das alles zu erzählen, dachte ich.

»Klingt ganz so, als wärst du nach deiner Ehe hauptsächlich traurig«, sagte sie. »Ich vermute, traurig zu sein ist besser als meistens wütend zu sein.«

»Oh, manchmal werde ich wütend.«

»Wie wütend zum Beispiel?«

»Sagen wir einfach, ich bin verdammt oft zur Beichte gegangen, als ich verheiratet war.«

Und wieder lachte sie. Diese Zähne! Ich nippte an meinem

Drink und spürte den Alkohol in meinem Kopf und auf der Haut meines Gesichtes.

»Ich habe mal einen guten Rat von einem Priester bekommen, als ich zur Beichte mußte«, sagte ich. »Der Priester hat zu mir gesagt: ›Mein Sohn, weißt du, was man über Frauen sagt – du kannst nicht mit ihnen leben, und erschießen darfst du sie auch nicht.‹ «

»Ein hervorragender Priester. Er war weise genug, um zu wissen, daß Gott ein Spötter ist.« Nachdem sie das gesagt hatte, lachte Mona nicht.

»Ist er?«

Sie schaute ausdruckslos zur Bühne, wo sich ein mageres blondes Mäuschen zu »Let Me Entertain You« abstrampelte, was schon die Onkel nicht besonders anmachte, die sie aus nächster Nähe beobachteten, und mich noch weniger. Ich dachte daran, daß ich es versäumt hatte, Sam Watermans Anrufbeantworter noch mal anzurufen, um ihm zu sagen, daß er mich jetzt im *Pigalle* erreichen konnte.

»Also ich glaube, mir hätte die Ehe wahrscheinlich gefallen«, sagte Mona, wobei ihre Stimme sehr weit entfernt klang. Doch dann sah sie mich wieder an. »Aber du weißt ja, wie's ist – ich bin Tänzerin, keine Sängerin. Das weißt du doch?«

Nein, eigentlich nicht, und Mona erwartete auch nicht wirklich, daß ich es wußte. Sie stand auf und sagte: »Also, wollen wir doch mal sehen, was du von dem Kostüm hältst.«

Sie öffnete einen langen grünen Hausmantel, der fast bis zu ihrem Hals geschlossen war und locker bis weit über ihre Knie fiel. Sie drehte sich ein paarmal elegant, und ich sah einen Sarong aus Goldlamé aufblitzen, dessen Schlitze bis zu ihren Schenkeln reichten. Die Reaktion, die sie mir dadurch entlockte, besserte ihre merkwürdig wechselhafte Stimmung.

»Jedenfalls bin ich hier wenigstens die Startänzerin«, sagte sie. »Los, sag schon, wie findest du's?«

»Ich glaube, deine Nummer wird mir wahnsinnig gut gefallen, und auch allen anderen, falls sie wissen, was gut für sie ist.«

»Mein Held.«

Bevor sie sich wieder setzte, schlüpfte sie aus ihren Schuhen und zeigte mir ihre Zehen. Sie hatte sie in zehn verschiedenen Farben lackiert.

»Gefällt's dir?«

»Ja, gefällt mir, aber ...«

»Teil meiner Nummer. Du wirst schon sehen.« Sie zog die Schuhe wieder an und setzte sich. Dann sah sie wieder ein bißchen traurig aus und meinte: »Ich hätte eine Menge dafür gegeben, wenn du mir über den Weg gelaufen wärst, als ich noch ein ganz normales Mädchen war.«

»Was ist ein ganz normales Mädchen?«

»Ein hübsches Mädchen aus Nowheresville, das ist ein ganz normales Mädchen. Wie zum Beispiel Mona Morgan aus Rhinecliff ...«

Dann kommt sie also wirklich aus einer kleinen Stadt im Norden, dachte ich.

»Ich war so hübsch wie alle anderen, und ich habe genauso schlecht gesungen wie alle anderen. Aber ich hatte bessere Beine als die meisten. Ich Glückliche.«

Wieder schaute sie auf einen Punkt ins Nichts. Fast hätte ich nicht gehört, wie sie sagte: »Ich wünschte, ich könnte dafür sorgen, daß all die ganz normalen Mädchen bleiben, wo sie sind. Ich jedenfalls wäre besser geblieben, wo ich war. Oben in Rhinecliff hätte ich vielleicht sensationell hübsch sein können.«

»Du bist jetzt und hier auch sehr hübsch«, sagte ich matt. Aber die Worte schmeckten schal. Mona lächelte mich geduldig an; eine Frau, die schlaffe Worte von Männern gewohnt war.

»Hübsch genug«, sagte sie, »aber nicht intelligent genug. Wenn ich intelligent wäre, hätte ich gewußt, besser in der

Nähe meiner Heimatstadt zu bleiben und zu helfen, den Ort zu verschönern. Aber auch wenn ich nicht besonders intelligent bin, gebe ich mir dennoch alle Mühe zu lernen.

Bislang habe ich gelernt, daß ein hübsches Mädchen wie ich in einem Ort wie Rhinecliff gebraucht wird. Hier unten, in der Stadt, braucht mich kein Mensch außer den Jungs mit Augen fürs Geschäft, weißt du? Die haben Verwendung für mich. Das habe ich verdammt schnell gelernt.

Außerdem habe ich gelernt, daß ich jederzeit nach Rhinecliff zurückgehen kann, wenn's mir nicht gefällt, und das hübsche Mädchen aus Schenectady oder Bridgeport oder Worcester sein Glück versuchen kann. Die Jungs mit den Augen fürs Geschäft – die würden den Unterschied sowieso nie mitkriegen.

Du weißt, wie's ist, Hock? Das weißt du doch?«

Ich sah auf meine Hände und dachte an einen Ort auf der Welt, an den ich vielleicht mit Mona Morgan gehen konnte, damit sie für immer ein hübsches Mädchen, eingemummelt in einen Pelzmantel, mit Paketen auf den Armen und Schnee auf den Haaren, sein konnte. Und ich versuchte eine Möglichkeit zu finden, ihr das auch zu sagen, ohne daß es hohl und leer klang.

Und dann, als säße ich an einem verregneten Nachmittag in einem Repertoirekino unten im Village und würde mit einem Ohr dem vertrauten Text von Lorre oder Garfield oder Greenstreet oder Ladd oben auf der Leinwand lauschen, war da auf einmal Labeijas schnarrende Stimme ...

»Hallöchen, Hock. Spukst du auch mal wieder in meinem Lokal herum?«

»Nein, Labeija«, erwiderte ich. »Das sollte ich dich wohl besser fragen.«

Labeija gab mir einen mannhaften Klaps auf die Schulter. Mona stand auf, gab ihrem Chef einen Kuß auf die Wange und sagte zu mir: »Gut – jetzt hast du Gesellschaft. Ich muß mich auf meine Nummer vorbereiten.«

Ich antwortete ihr, daß ich nach der Show auf sie warten würde, und Mona sagte: »Das will ich dir auch raten, Hock. Ich will von dir zum Abendessen eingeladen werden, und anschließend unternehmen wir noch was.«

Ich bekam einen heißen Kopf. Er war nicht rot; ich erröte heute nicht mehr. Ich würde gern, aber es geht einfach nicht.

Labeija pflanzte ihren schweren, verkleideten Männerkörper auf den Stuhl, den Mona gerade verlassen hatte. Ich fragte mich, wie sie wohl mit einer Zigarre und einer Flasche Bier und ungeschminkt aussah.

Sie trug eine lockige rotbraune Perücke, eine aus einer umfangreichen Perückensammlung. Ihr Gesicht und Hals und Dekolleté waren dunkelorange von all dem Max-Factor-Körperpuder, das sie mit Wasser und Alkohol aufgetragen und auf Hochglanz poliert hatte, um ein Verlaufen zu verhindern. Die Augen hatte sie mit extra langen Showbiz-Wimpern und soviel kakaofarbenem Mascara geschminkt, daß es aussah, als hätte sie irgendwo zwischen ihrer Nase und der Stelle, wo sie ihre Augenbrauen zupfte, Schokoladentörtchen zermanscht.

»Bist du in Erinnerung an alte Zeiten hier, Hock?« fragte Labeija. »Oder beruflich? Oder willst du vielleicht nur ein bißchen an Monas Pfirsichen naschen?«

»Hauptsächlich der alten Zeiten wegen«, antwortete ich. »Ich habe hier nichts Besonderes zu tun, und manchmal ist der Job nicht so angenehm, weißt du. Und was die Pfirsiche betrifft, da kenne ich mich nicht mehr so besonders aus.«

»'türlich nicht, wo du doch verheiratet bist und alles.« Labeija knuffte wieder meine Schulter und sagte: »Ach, ihr Guten seid alle schon vergeben.«

»Judy und ich, wir haben uns getrennt«, erzählte ich. »Ist schon eine ganze Weile her. Ich schätze, das konntest du nicht wissen.«

»Tja, es ist alles nicht so einfach, richtig?«

Nein, sagte ich, nichts war mehr einfach.

Labeija zuckte mit den Achseln. »Und, was ist jetzt mit dir und Mona?«

»Ich bin ihr neulich zufällig über den Weg gelaufen. Nach einer Menge Jahren ...«

Ich schenkte es mir, Labeija zu erzählen, wie ich Mona irgendwann um 1975 herum das erste Mal über den Weg gelaufen war. Sie ging in der Lobby eines Hotels voller Evangelisten anschaffen, die im Bankettsaal für einen Schauspieler auf die Pauke hauten, der eine große Rede darüber hielt, eines Tages mal im Weißen Haus die Hauptrolle spielen zu wollen. Damals trug ich noch Uniform, und sie fing an durchzuscheuern. Also tat ich gewissen Leuten eine Menge kleiner Gefallen, deren Unterstützung ich mir sichern wollte, wenn ich erst mal meine Beförderung hatte – Gefälligkeiten, wie zum Beispiel sie nicht aus Gründen einzulochen, die im Augenblick niemandem besonders weh taten.

»Sie ist in meinem Café aufgetaucht«, sagte ich. »Oder vielleicht ich auch in ihrem. Ich bin erst kürzlich wieder in mein altes Viertel zurückgekommen, Beija.

Jedenfalls, Mona und ich kamen ins Gespräch. Und ich schätze, das war's dann auch schon, nur daß sie meinte, ich sollte irgendwann mal vorbeikommen und mir ihre Vorstellung ansehen. Und heute abend brauche ich die Ablenkung.«

»Abgesehen davon«, sagte Labeija und schnipste einem Kellner zu, »sieht sie verdammt gut aus, stimmt's?«

»Tja, das auch.«

Als der Wodka kam, sagte Labeija: »So viele gutaussehende Mädchen kommen her, so viele über die Jahre. Diese Branche ist nicht schön, aber es ist eine Branche voll schöner Mädchen. Mach dir selbst einen Reim drauf. Manche von den Mädchen haben Glück, andere nicht; praktisch keine findet am Ende jemanden, den es so oder so interessiert.«

»Und wie ist es für Mona gelaufen?«

»Tja, Mona, sie hat Glück. Ich schätze, das wird man wohl sagen müssen. Ihre Beine sind gut, und mit ihrem Gesicht ist nie was passiert – und du solltest darauf achten, daß es auch so bleibt. Du verstehst doch, was ich meine?«

Ich trank aus und dachte beiläufig daran, wie viele Drinks ich an diesem Tag schon gehabt hatte. Und Labeijas schleifender Stimme nach zu urteilen, dachte ich, hatte sie wahrscheinlich auch nicht weniger gehabt. Sie bestellte noch einen Wodka.

Und ich war mir einer Menge verschiedener Geräusche um mich herum bewußt und auch der Tatsache, daß mich das verwirrte. Die schmalzige Musik der Band, die vor Mona als Attraktion des Abends für die letzte Stripperin noch einmal mächtig zulegte, das Getrampel am Laufsteg, Kellner, die mit Tabletts voll Bier vorbeistapften. Oder vielleicht stürzten auch all meine Gedanken am späten Abend eines fürchterlichen Tages lautstark über mir zusammen.

Außerdem war ich mir bewußt, daß Labeija dort saß und auf eine Antwort wartete.

Ich brachte nur ein »Nein, was meinst du damit?« heraus.

»Ich meine, wenn man im Showbusiness ist, sollte man sich das Gesicht nicht zu oft ummodellieren lassen. Wenn man jemals sauer genug wird, auf jemanden loszugehen, der in derselben Branche ist wie man selbst, dann ist man verpflichtet, seine Schläge so tief wie möglich zu halten. Je tiefer, desto besser.

Das ist das einzig Anständige, was man tun kann. Leute, die den tieferen Sinn hinter dieser Regel nicht verstehen, nennen es schmutziges Kämpfen. Aber man kann wirklich sehen, daß es das nicht ist.

Ich meine, Hock ... du siehst das doch, oder?«

Wie viele von uns tun das je?

Die Stimme des Conférenciers dröhnte durch die verqualmte Luft des Raumes, und die Menge verstummte.

»Ladies and Gentlemen ... was zumindest auf ein paar von euch da draußen zutreffen sollte –«

Der Drummer hämmerte einen Trommelwirbel, und aus dem Publikum ertönte donnerndes Lachen.

»– *La Club Pigalle,* in dem das Beste des guten, alten Varietés weiterlebt und Sie vielleicht, oh, vielleicht einen halben Wochenlohn kosten wird –«

Wieder ein Tusch.

»– ist stolz, Ihnen unsere Hauptattraktion präsentieren zu können ... die reizende, die kurvenreiche, die bezaubernde, die entzückende ... die unvergleichliche Mona Morgan!«

Die Band begann mit einer Ouvertüre. Scheinwerfer spielten Bockspringen in Nuancen von Pink und Gelb und Grün, und die Menge johlte und stampfte und rief Monas Namen.

Sie schwebte aus den Kulissen herein, frei und leichtfüßig und mit ihren perfekten Zähnen lächelnd. Sie trug lange, mit Perlen besetzte Handschuhe, die bis über ihre Ellbogen reichten, einen dazu passenden glockenförmigen Hut und weiche, weiße Pelzstolen, die sie über ihre Schultern gelegt hatte und die herabfielen wie spanisches Moos an Kiefern.

Ich stand auf und ging nach vorn zur Bühne. Ich hatte nicht bemerkt, wie viele Schritte ich gemacht hatte, bis ich direkt am Bühnenrand stand, nahe genug, um das Brennen der Scheinwerfer und die Hitze des dichtgedrängt stehenden Publikums zu spüren. Mona entdeckte mich in der Dunkelheit unter ihr. Sie winkte, zeigte auf mich, zwinkerte mir zu. Ein paar der Onkel drehten sich um, warfen einen Blick auf den Glücklichen.

Mona begann, in Kreisen auf der Bühne herumzugehen, stellte mit jedem einzelnen von uns Blickkontakt her, zeigte und zwinkerte. Sie warf einen Handschuh in die Menge. Sie ließ einen Pelz von einer Schulter gleiten und gab uns Zeit, diese erste Entblößung ihrer cremefarbenen Haut zu bewundern. Ich wußte wieder, was Verlangen war, und ich wußte, warum die menschliche Rasse weitermachte. Und die Onkel um mich herum brüllten und stampften wie eine Horde Schweine, die endlich den Sinn von Schlamm entdeckt hatte.

Sie ließ die anderen Pelze auch noch fallen, bis sämtliche Augen auf den Goldlamé-Sarong mit den Schlitzen fixiert waren, die ihre Beine einrahmten. Und dann zog sie den Hut vom Kopf und schüttelte ihr langes, schwarzes Haar aus. Wir schnappten kollektiv nach Luft.

Sie verbeugte sich. Dann nahm sie ein Mikrophon, ging auf einen Barhocker zu, der allein in einem rosafarbenen Lichtkegel am Rand des Laufsteges von der Bühne stand.

Zuerst lehnte sie sich nur auf den Hocker, dann hob sie ein Bein und ließ es daraufgleiten. Und dann fragte sie ihre Fans: »Möchtet ihr einen kleinen Song hören?« Ihre Lippen berührten leicht das Mikrophon.

O ja, ihre Fans wollten unbedingt einen kleinen Song hören.

Und so wechselte die Band von der Improvisation zur Melodie, und Mona schürzte die Lippen und schloß die Augen und schlug ihre umwerfenden Beine übereinander. Schlug sie dann gleich noch mal übereinander.

Sie ließ die Schuhe von den Füßen fallen, als wären es überreife Trauben. Und sie wackelte mit ihren zehn buntlackierten Zehennägeln und sang einen alten, zweideutigen Song, so wie ihn vielleicht Betty Boop gesungen hätte – einen wunderbar erregenden Song über eine Lady, die traurig darüber war, kein richtiges Geburtstagsgeschenk für ihren Beau zu haben, und wie sie daher vorschlug, das wiedergutzumachen, indem sie ihm ihre »Popsicle Toes« anbot. Und in diesem Augenblick, im Rotlichtbezirk des Times Square, wo die Phantasie fast gänzlich getötet worden war, waren Monas alter Song und die sanfte, laszive Art, wie sie sich bewegte, wunderbar und überwältigend.

Mona neigte ihren Kopf, während sie sang und sich

behutsam aus ihrem Goldlamé herausarbeitete. Mit dem winzigsten Lächeln, und das war mehr als alles andere, das sie von sich zeigte, schaffte sie es, daß wir in die Tiefen unserer Instinkte griffen, um sie zu begehren. Denn sie war schön, und ein Star, und ein Rätsel.

14

Während Mona sich nach ihrem Auftritt umzog – während sie sich genaugenommen angemessen für das Abendessen kleidete –, erledigte ich drei Anrufe.

Als erstes rief ich das Harlem Hospital an, wo ich mit der Oberschwester der Nachtschicht sprach.

Wie es schien, hatte Father Love zufriedenstellend auf die Bluttransfusion angesprochen, aber gleichzeitig war er in einen halbkomatösen Zustand gefallen, der nach Aussagen der Ärzte unter diesen Umständen manchmal einen natürlichen stabilisierenden Einfluß haben konnte, manchmal aber auch nicht. Jedenfalls würden sie die nächsten achtundvierzig Stunden nichts Definitives sagen können.

»Und was dann?« fragte ich.

Sie ließ sich Zeit mit ihrer Antwort. Ich hörte ein Knistern in der Leitung, was von dem Latex stammen konnte, das unter ihrer weißen gestärkten Uniform ordentlich strapaziert wurde – oder auch das Geräusch ihrer Verzweiflung. Ich hatte schon mit Hunderten von Krankenschwestern zu tun, und ich bin noch keiner begegnet, die besonders glücklich war, etwas sagen zu müssen, das nicht ein wörtliches Zitat eines Arztes war. Diese hier sagte: »Tja, ich würde sagen, in achtundvierzig Stunden befindet er sich entweder immer noch unter uns ... oder er ist, da er ja nun mal ein Reverend ist, im Himmel.«

Ich sagte, es hätte wahrscheinlich wenig Sinn, pauschales

Vertrauen in erstklassige Reservierungen für heilige Männer zu haben, deren Leben an einem seidenen Faden hing. Sie antwortete, daß sie es für jemanden in einem so gefährlichen Beruf wie dem meinen nicht für besonders angebracht hielte, die Religion zu verspotten. Wahrscheinlich hat sie damit nicht ganz unrecht, dachte ich.

»Jedenfalls«, sagte die Krankenschwester, »können wir heute nacht nur soviel sagen, daß er sich in einem kritischen Zustand befindet.«

»Ich vermute, so kritisch wie es nur sein kann.«

»Ja, vermute ich auch.«

Es folgte wieder Knistern, und dann war das Gespräch beendet.

Als nächstes rief ich den jungen Waterman an. Mit dem üblichen Ergebnis.

Dann reservierte ich einen Tisch in einem Restaurant Uptown, in dem ein Wiener Schnitzel *scallops vienesse* genannt wird. Ich dachte mir, Mona würde es sicher gut gefallen.

Was auch so war.

Als wir aus dem Taxi stiegen und unter einer langen roten Markise zur Tür gingen, drückte Mona meinen Arm und spielte mit ihren weichen Lippen an meinem Ohr und flüsterte: »Mr. Hockaday, was kann das alles bedeuten? Woher wußtest du, daß ich Rosen liebe und Abendessen in Lokalen, die Markisen zur Straße haben?«

»Ich bin einfühlsam, trotzdem protzig. Was soll ich sagen?«

»Bring mich nicht zum Lachen.«

»Ich bringe die Leute nicht sehr oft zum Lachen. Da kannst du jeden in der Stadt fragen. Sie werden lachen.«

Was genau das war, was Mona dann machte. Ich spürte ihren kühlen, lachenden Atem auf meinem Hals und wußte, daß ich stürzen konnte, und zwar hart, wenn ich nicht sehr vorsichtig war.

Im Restaurant gefiel es mir, wie sie ihren Luchsmantel von den Schultern in die nervösen Hände des Oberkellners gleiten ließ. Mir gefiel auch, was sie darunter trug – etwas Schwarzes und Glänzendes, das an den richtigen Stellen das Licht einfing.

Wir folgten dem Oberkellner und seinen knackenden Lackschuhen durch das Restaurant, ein tiefliegendes Quadrat von Tischen und Leuchtern und Champagnerkübeln. Wir hatten einen Tisch in einer guten Ecke, und er quoll über von violetten Blumen und Kristall und schwerem Silber und genug Leinen für einen Fallschirm. Genausogut hätten wir mitten im Raum sitzen können, so wie die Leute uns anstarrten, hauptsächlich allerdings Mona. Sie genoß die Aufmerksamkeit, und ich hatte das Gefühl, daß sie hier und da die Blicke einiger Typen erwiderte, die ihr vielleicht in ihrer Karriere weitergeholfen hatten. Sie musterte auch ein paar Ehefrauen, von denen sie soviel gehört hatte.

Und ich dachte über meine Antwort an Inspector Neglio nach, wenn er sich über die Rechnung dieses Ladens hier beschwerte, die auf meiner Spesenabrechnung auftauchen würde. Ich beschloß, ihn daran zu erinnern, daß er an einen Ort in Urlaub gefahren war, wo es keine Telefone gab, und daß dies genaugenommen ein klarer Verstoß gegen die Vorschriften bezüglich der dienstfreien Zeit hoher Polizeibeamter war.

Ich hörte, wie der Oberkellner seine Hacken zusammenschlug. Es klang, als trüge er Kastagnetten statt Schuhe. »Sehr *gutt*, Sir«, sagte er zu mir, obwohl ich mich nicht erinnerte, irgend etwas zu ihm gesagt zu haben.

Dann kam der Sommelier, und auch er knallte die Hacken zusammen. Mona sagte, sie würde bei *Club Soda* bleiben, vielen Dank. Ich schickte ihn trotzdem los, irgendwas Rotes und Kostspieliges zu holen, und er sagte: »Sehr *gutt.*«

Ich fragte Mona: »Gefällt's dir?«

»O ja, sehr. Aber ich kann mir nicht so recht vorstellen,

Hock, daß dieses Restaurant und du besonders gut zusammenpassen. Kommst du oft her?«

Es war Judys Lieblingsrestaurant gewesen, doch das sagte ich ihr nicht. Meine Frau putzte sich abends gern heraus, und ihren Geschmack, was Restaurants betraf, hätte man royalistisch nennen können.

»Oft genug, um allmählich zu vermuten, daß Hans und Fritz und ihre Stepschuhe irgendwas mit dem Dritten Reich zu tun hatten.«

»Ich habe dir doch verboten, mich zum Lachen zu bringen«, sagte Mona. Dann beugte sie sich vor und berührte meinen Arm, und ich hörte einen Kellner seufzen. »Ich freue mich, dich in dieser Umgebung zu sehen, Hock. Ich bin so daran gewöhnt, dich immer nur in Pennerklamotten zu sehen.

Aber sieh dich jetzt nur an! Entweder hast du eine Frau mit Geschmack, die dich ausnahmsweise mal gut angezogen hat, oder du willst mit aller Gewalt befördert werden.«

»Gegen etwas mehr Geld hätte ich nichts einzuwenden.«

»Gut für dich«, sagte sie. »Dann kannst du dir auch leisten, die Ladies öfter zu sehen. Wir sind große Esser und Trinker, mußt du wissen.«

Ihre Bemerkung ließ mich instinktiv eine Hand in meine Jackentasche schieben, um mich zu vergewissern, daß ich immer noch im Besitz meiner Brieftasche war, etwas, das man in New York mehrmals täglich macht, es sei denn, man ist mittellos oder glaubt, man hätte einen Schutzengel. Ich hatte die Brieftasche noch. Und daneben die fünf Morddrohungen auf den Visitenkarten, die im Healing Stream Deliverance Temple bei der Kollekte aufgetaucht waren.

Als ich meine Hand wieder aus der Tasche zog, kamen die fünf Karten mit. Und dann rempelte der Sommelier gegen meinen Ellbogen, der plötzlich um den Tisch herumklackerte und mit seinem Korkenzieher herumfuhrwerkte.

Daher legte ich, ohne groß darüber nachzudenken, die fünf Karten neben meinen Brotteller.

Ich probierte den *Givry* und roch am Korken und beschloß, daß es tatsächlich ein Burgunder war. Ich sagte, ich sei mit seinem Vorschlag einverstanden. Und dann bestellten wir das Essen.

Ich kann mich nicht mehr erinnern, was wir aßen oder ob es etwas taugte. Allerdings erinnere ich mich, Mona dabei beobachtet zu haben, wie sie Bissen von ihrem Teller hob und sie behutsam in ihren Mund schob; und daß ich etwas so natürlich Elegantes nicht mehr gesehen hatte, seit ich sie dabei beobachtet hatte, wie sie neulich in unserem Imbiß an der Forty-second Street ihre Lippen mit einer Papierserviette abgetupft hatte.

Und ich erinnere mich, mich vielleicht zum tausendsten Mal gefragt zu haben, wie es kommt, daß so wenig Frauen eine klare Vorstellung von der Magie haben, die ihre schlichte Schönheit auf so viele von uns Männern ausübt.

Der Kaffee kam.

»Kürbiskuchen«, sagte Mona. »Es geht mir einfach nicht aus dem Kopf. Ich vermute, es liegt wohl an der Jahreszeit. Was machst du übrigens Thanksgiving, Hock?«

»Darauf warten, daß es vorbeigeht.«

Nachdem ich das gesagt hatte, erkannte ich, wie verbittert sich das anhören mußte. Daher bat ich Mona, mich nicht weiter zu beachten, da dies meine ersten Feiertage solo seien.

»Du hast gerade meinen Appetit auf den Nachtisch gekillt«, sagte Mona. »Einem Burschen gegenüberzusitzen, der immer noch von seiner Ex besessen ist, bewirkt so was, falls du das noch nicht wußtest.«

Ich sagte, es täte mir leid.

»Dann tut's dir also leid, na und? Du solltest lernen, was Besessenheit ist, Hock, und daß es nicht gesund für dich ist.«

»Was ist denn deiner Meinung nach Besessenheit?«

»Es ist das, was übrigbleibt, wenn eine Liebesbeziehung jeden Respekt verloren hat.«

Ich wollte mir Burgunder nachschenken. Mona ließ mich die Flasche wieder hinstellen.

»Heb etwas für mich auf«, sagte sie. »Und ich meine damit nicht, ich will etwas zu trinken.«

»In Ordnung«, sagte ich. Ich trank einen Schluck Kaffee. »Und es wird kein Wort mehr über eine andere Frau außer dir geben.«

»Jetzt klopfen wir aber Sprüche, was?«

Mona zeigte auf die fünf Karten, die ich auf den Tisch gelegt hatte. »Übrigens, was in aller Welt ist das da eigentlich?«

»Indizien.«

»Oh, das mag ich.«

Bis zu diesem Augenblick war es mir nicht in den Sinn gekommen, daß ich mit Mona Morgan über Indizien in dem Fall reden könnte, an dem ich gerade arbeitete. Mona war schon seit Jahren einer meiner regelmäßigen Kontakte, konnte meistens nützliche Dinge bestätigen, die ich von meinen Spitzeln bekam, da sie vieles hörte, womit sie nicht notwendigerweise selbst etwas zu tun haben mußte. Aber wenn ich mit ihr jetzt über den Fall redete, würde ich natürlich nicht die geringsten Schwierigkeiten haben, die Rechnung als Spesen einzureichen, oder?

»Kennst du dich zufälligerweise mit der Bibel aus?« fragte ich Mona daher.

»Nicht so besonders.«

»Tja, sieh dir das Zeug trotzdem mal an.«

Mona nahm jede einzelne Karte in die Hand, warf einen Blick auf beide Seiten und las die Textstellen der Heiligen Schrift:

Da ist keiner, der gerecht sei, auch nicht einer.

Römer, 3:10

Es ist das Herz ein trotzig und verzagt Ding;
wer kann es ergründen? *Jeremia, 17:9*

Die Väter haben saure Trauben gegessen, und den
Kindern sind die Zähne stumpf geworden.
Jeremia, 31:29

Wer einen Toren zeugt, muß sich grämen, und eines
Toren Vater hat keine Freude. *Sprüche, 17:21*

Wo bittet unter euch ein Sohn den Vater ums Brot,
der ihm einen Stein dafür biete? *Lukas, 11:11*

»Soweit es die Verse betrifft«, sagte Mona, »kann ich dir nur soviel sagen, daß sie sowohl aus dem Alten als auch dem Neuen Testament stammen.«

Sie ließ einen Finger über eines der hingeschmierten »STIRB, FATHER LOVE« am Ende eines Verses gleiten. »Das hier ist es, was unheimlicher ist als die Verse selbst, auch wenn die Verse an sich schon unheimlich genug sind.«

Mona gab mir die Karten zurück, warf einen kurzen Blick auf die bedruckte Seite mit Father Loves Slogan und Telefonnummer. Sie sagte: »Ich vermute, ich soll wohl draufkommen, daß jemand diesen Burschen umlegen will, was? Wer ist er überhaupt?«

»Father Love ist ein Radioprediger, er hat eine Kirche oben in Harlem«, sagte ich.

»Seit wann interessieren sich die Cops für einen Radioprediger aus Harlem?«

»Weil er mehr ist, als er zu sein vorgibt. Father Love ist ein Künstlername, könnte man wahrscheinlich sagen. Ein Pseudonym für einen Burschen namens Samuel Waterman, der im übrigen ausgezeichnete Verbindungen hat.«

»Wo hat er diese ausgezeichneten Verbindungen?«

»Der übliche Kreis«, sagte ich.

»O ja, *der* Kreis. Der mit einem gut gekleideten Gentleman beginnt, der seine gutgefüllte Brieftasche herausnimmt und den Typen ein Darlehen gibt, die eine Möglichkeit finden, uns andere dazu zu bringen, sein Darlehen für ihn abzubezahlen.« Mona seufzte. »Und so zirkuliert dieses Geld, bis es schließlich wieder nach kurzer Zeit als sehr dickes Bündel in der Brieftasche von jemandem landet – in der Brieftasche von jemandem, von dem wir noch nie etwas gehört haben, wie zum Beispiel der von diesem Waterman hier.«

»Ja, genau den Kreis meine ich.«

»Und was hat Detective Hockaday mit diesem wenig reizenden Unternehmen zu tun?«

»Ich komme über meinen Chef im Präsidium ins Spiel, der ebenfalls ausgezeichnete Verbindungen besitzt und mir den Auftrag gibt, Father Love das Händchen zu halten – bevor ich dazu allerdings eine echte Chance bekomme, passieren auf dem Weg zur Kirche merkwürdige Dinge.«

»Was meinst du mit merkwürdig?«

Ich erzählte ihr von dem Mord an Buddy-O. Ich erzählte ihr von Howie Griffiths, der tot in meiner eigenen Badewanne lag. Ich erzählte ihr von dem offensichtlichen Zusammenhang zwischen beiden Morden. Ich erzählte ihr, wie ich Sam Waterman jun. über den Weg gelaufen und daß Junior dann plötzlich von der Bildfläche verschwunden war.

Und dann erzählte ich ihr, daß Father Love am vergangenen Morgen niedergeschossen worden war und jetzt in einem sehr kritischen Zustand im Harlem Hospital lag. »Ich will ja nicht behaupten, daß ich immer einen Vorwand brauche«, sagte ich, »aber jetzt verstehst du vielleicht, warum ich so eifrig trinke.«

Ich schenkte mir Wein nach, und diesmal unternahm Mona nichts, um mich daran zu hindern. Und dem schmerzerfüllten Ausdruck nach zu urteilen, der seit ein paar Minuten über ihr Gesicht spielte, als ich ihr davon erzählt hatte, wie ich mit Waterman in der Gasse im Schnee gelegen und versucht hatte, die starke Blutung in seinem von einer Kugel zerfetzten Hals zu stoppen, sah es ganz danach aus, als könnte Mona jetzt ebenfalls einen ordentlichen Drink vertragen.

Also hielt ich die Flasche hoch und hob fragend eine Augenbraue, und Mona nahm ein leeres Wasserglas und schob es neben den Wein. Sie trank einen Schluck, berührte mit der anderen Hand ihren Hals, als der Wein runterging.

»Tja«, sagte sie, »du erzählst mir das alles, und was erwartest du jetzt von mir – soll ich für mein Abendessen singen?«

»Keine Ahnung, ich dachte nur, du könntest mir vielleicht beim Nachdenken helfen.«

»Was willst du von mir hören, den sogenannten weiblichen Blickwinkel, oder was?«

»Werte das nicht so ab. Frauen haben eingebaute Antennen, die die feinsten Nuancen wahrnehmen können. Genau das ist es ja auch, was euch so unheimlich macht, um die Wahrheit zu sagen.«

Sie lachte, und ich war erleichtert.

Dann schüttelte sie sich, als wäre gerade eine Schlange ihr Bein hochgekrochen. Sie sagte: »Hock, du mußt vorsichtig sein – und ich meine, wirklich *vorsichtig*, so wie du vorher noch nie bei irgendwas vorsichtig gewesen bist. Ich sitze hier nur und höre mir an, was du die letzten paar Tage mitgemacht hast, und ich habe eine panische Angst um dich. Ich glaube, du bewegst dich bei dieser Sache auf verdammt heißem Boden. Früher oder später. Du könntest dich dabei leicht verbrennen ... Und das will ich nicht, nicht wegen so was.«

Meine Antwort war nicht die beste, aber ich hatte es hier mit Monas feuchten Augen zu tun. »Also, das Department nennt so einen Fall ›heikel‹. Daher gibt es gewisse hohe Tiere, die sich durchaus bewußt sind ...«

Doch ich sprach meinen Satz nicht zu Ende, dachte daran, daß ich Neglio nichts von Buddy-O oder Griffiths erzählt hatte, und daß er jetzt unten in Bimini war – dabei zwar vielleicht gegen Dienstvorschriften verstieß, gerade dadurch aber später sehr plausibel alles leugnen oder abstreiten, seine Hände in Unschuld waschen konnte. Wofür ich mich an Neglios Stelle wahrscheinlich auch entschieden hätte.

Mona trank wieder einen Schluck Wein und sagte: »Dann wird so was also ›heikel‹ genannt, ja? Das ist eine gottverdammt billige Tour, es auszudrücken.«

Ich legte meine Hände auf ihre. »Ich bin schon ein paarmal überfahren worden. Ich habe eine Art Antenne für große Limousinen, die mit gelöschten Scheinwerfern aus dunklen Gassen auf mich zugerast kommen.«

»Ja, und ich kenne auch das großspurige Gerede von euch Männern. Ich weiß, wohin uns eure großspurigen Töne gebracht haben. O ja, euer großspuriges Gerede und eure großspurigen Kreise.«

Mona leerte ihr Glas mit wütenden Schlucken. Dann nahm sie mir die Flasche ab und schenkte alles nach, was noch da war, alles für sich, etwas weniger als ein Glas voll.

»Ich habe Angst um dich, genau das sage ich hier«, sagte sie. »Nach all den vielen Malen, die du schon überfahren worden bist, wie du selbst sagst, siehst du diese Möglichkeit etwa nicht?«

»Sicher«, sagte ich.

»Du redest davon, daß Frauen Nuancen besser wahrnehmen als Männer, richtig? Tja, ich denke, die Nuance in diesem Fall ist ein verdammt großer Haufen Geld, Hock, und genau das macht mir Angst. Aber wenn du diese Sache weiterverfolgst, was du meiner Meinung nach so oder so tun wirst, dann nimm dir dabei wenigstens Zeit und Ruhe – aber geh der Spur des Geldes nach. Genau so haben sie auch Watergate geknackt. Erinnerst du dich? Erinnerst du dich, wie Deep Throat immer wieder zu Woodward und

Bernstein gesagt hat, sie sollten ›der Spur des Geldes folgen‹?«

»Ich erinnere mich, daß es ein guter Rat war«, sagte ich.

»Ja, aber das war nur Washington, und es waren auch nur Zeitungsreporter und Politiker«, sagte Mona. »Wir sind hier aber in New York, das hier ist ernst. Und wenn ein ernsthafter Cop in New York anfängt, bei einem ernsten Verbrechen der Spur des Geldes zu folgen ...«

»Bewegt er sich früher oder später auf verdammt heißem Boden, weil er's zwangsläufig mit den Typen zu tun kriegt, die hier die Fäden in der Hand halten«, fiel ich ihr ins Wort. »Wie du schon gesagt hast.«

»Und deshalb habe ich Angst, wie ich ebenfalls gesagt habe. Und ich trinke, und vielleicht werde ich auch ein bißchen stinksauer, weil ich Angst habe, du könntest dich über mich totlachen.«

»Ich lache nicht.«

»Gut. Dann sage ich's dir noch mal, *sei vorsichtig.*«

»Du sagst es, ich höre auf dich. Ich versprech's dir.«

Mona starrte wieder ihr leeres Glas an. Sie wirkte schläfrig. »Und wenn's dir gottverdammt nicht zuviel ausmacht«, sagte sie, »könnten wir dann jetzt bitte in meine Wohnung gehen?«

Nicht mal die Zeit, die ich in Watermans fürstlicher Unterkunft verbracht hatte, hätte mich auf Monas Wohnung vorbereiten können. Auf die Einrichtung, meine ich damit.

Von außen war es ein gewöhnliches Mietshaus aus rotem Ziegel und Sandstein, sechs Stockwerke hoch, das zulässige Maximum für Wohnhäuser ohne Fahrstuhl. Die üblichen kaputten Briefkästen in der Eingangshalle, der wiederum übliche enge Hausflur mit seinen schmutzigen, gefliesten Böden und mit Graffiti verschmierten Wänden und einer einzelnen runden Neonröhre, die von der Decke hing. In Hell's Kitchen nennen wir so was den Glorienschein des

Vermieters. Es strahlt ein Licht der Art ab, das alles billig und scheußlich aussehen läßt.

Auf der anderen Straßenseite gegenüber Monas Haus befand sich eine Reihe von Lagerhäusern in unterschiedlichen Stadien der Zerstörung. Ein Kran mit einer Abrißbirne stand in der Mitte des Schutts. Vielleicht morgen schon würde der Kran seinen Job beenden. Heute abend war es ein Vandale in Ruhestellung.

Ich folgte Mona das steile Treppenhaus hinauf. Die Stufen knarrten und rochen nach Ammoniak, und da waren tiefe Furchen, wo andere Männer vor mir hinaufgestiegen waren. Wir gingen bis ganz nach oben.

Monas Wohnung war die große nach vorn hinaus. Sie schloß die Tür auf und berührte einen Lichtschalter in der Diele und ging vor mir in das Wohnzimmer, warf einen Blick zurück über die Schulter, um meine Reaktion mitzubekommen.

Ich stand mit offenem Mund in der Diele und schaute zu den verschiedenen Sesseln und Tischen, alle mit Brokatsamt überzogen und bedeckt mit guten Büchern und Blumen, die aussahen, als wären sie gerade erst aus dem Garten hereingeholt worden. Und ein großer chinesischer Lack-Paravent hinter einem damastbezogenen Diwan. An den Seiten Kirschholztische mit Lampen und Kerzen in Messinghaltern. Die Mona jetzt anzündete.

Dann zog sie mich ins Wohnzimmer, und wir standen auf einem rotblauen chinesischen Teppich unter einem Kronleuchter. Ich schaute zu ein paar hundert Kristallen und ungefähr einem Dutzend sanft scheinenden Glühlampen auf. Es war ein Kronleuchter für den Salon eines Herrenhauses irgendwo draußen auf dem Land, und doch hing er hier im Wohnzimmer einer Mietskaserne in Hell's Kitchen.

»Es ist ein Baccarat, aus meiner Heimatstadt ... du weißt schon, Rhinecliff. Ein Geschenk von einer großen Dame in Rhinecliff. Von Miss Jessie. Hab ich dir schon von Miss

Jessie und dem Haus auf dem Berg erzählt, das mein Daddy für sie gebaut hat?«

»Nein.«

»Die meisten meiner Sachen hier stammen von Miss Jessie.« Mona schaute sich in ihrer Wohnung um. Und ich ebenfalls, und mein Blick blieb auf einem Erker liegen, dessen Fenster auf die Straße hinausführte. Dort stand ein Schrank voller Bücher und etwas, das ich Schreibtisch genannt hätte, es aber nicht tat, da »Schreibtisch« ein zu schäbiges Wort dafür zu sein schien. Ich ging hinüber und ließ eine Hand über das glatte Holz gleiten. Mona folgte mir und sagte: »Das ist mein Lieblingsstück. Mein Papa Sam hat ihn gebaut. Habe ich dir schon von Sam erzählt?«

Ich sagte: »Nein.«

»Nun, er war Zimmermann und Möbelschreiner.« Sie legte ihre Hand direkt neben meine auf das Holz. »Den hier hat er nach einem Foto in einem Frauenmagazin nachgebaut, einem Foto von einem Louis XV *secrétaire*. Sam konnte es bauen, aber aussprechen konnte er es nicht.«

Ich schaute aus dem Fenster über dem *secrétaire*, auf den Schutt unten auf der Baustelle, gebadet in trübes weißes Licht von nackten Birnen, die entlang einem Zaun mit Nato-Draht befestigt waren. Westlich dieses Zaunes befand sich eine niedrige Betonmauer, die dort, wo es keine Häuser mehr gab, ein Stück am Bürgersteig entlang verlief. Hinter diesem Abschnitt des Bürgersteiges folgte eine tiefe Schlucht – die alte Trasse der New-York-Central-Eisenbahn. Als ich ein kleiner Junge war und die Züge noch verkehrten, kampierten dort unten manchmal Hobos.

»Da standen früher mal ein paar schöne Häuser«, sagte Mona und schaute über meine Schulter aus dem Fenster. »Es waren wunderschöne große Kästen aus Ziegel und Kalksandstein mit Terrakottasimsen und Wasserspeiern und eisernen Geländern an manchen Fenstern. Auf den oberen Etagen waren Büros und Geschäfte und im Erdgeschoß

Läden. Und natürlich fuhren irgendwann früher mal auch Züge. Jetzt wird das alles abgerissen, alles von hier bis zum Fluß.«

»Was wird statt dessen gebaut?«

»Wer weiß?« sagte Mona. »Ich bin eines Tages rübergegangen und habe genau das gefragt. Ich habe mit dem Vorarbeiter der Abrißmannschaft gesprochen. Er hat zu mir gesagt: ›Was zum Teufel interessiert's mich, Lady? Ich reiß den alten Mist nur ab.‹ Was er allerdings tut – Ziegel und Mörtel und Träger und Steinlöwen und Greife und Adler. Für diesen Kerl war das alles nichts als alter Mist, eins wie das andere. Solche Männer wie er besitzen kein Schamgefühl.«

Ich schüttelte den Kopf.

Und Mona sagte: »So wie ich aufgewachsen bin, umgeben von den Menschen, die ich eben um mich herum hatte, kann ich das Leben heute nur noch als eine Art von Wahnsinn betrachten. Ich meine, ich hatte meinen Papa – meine Mama ist gestorben, als ich noch ein Baby war –, und er war ein Mann, der immer ungeheuer stolz auf seine Arbeit war. Und dann war da Miss Jessie ...«

Mona trat zurück und wandte ihren Kopf ab. Und dann fuhr sie fort. »Papa war in einer Zeit Zimmermann, als ein Mann noch ein ganzes Haus bauen konnte. Ganz allein hat er angefangen, indem er zuerst ein Loch für das Fundament ausschachtete. Und sein letztes Haus hat er gebaut, als er kurz vor dem Ruhestand war. Er hat es für die reiche Lady der Stadt gebaut, für diese wunderbare Lady, die wir Miss Jessie nannten. Sie war nie verheiratet und hatte keine Familie. Aber sie besaß eine Menge Stil und Geld und Freunde. Die ganze Stadt liebte sie und hätte sie auch ohne ihr Geld geliebt. Aber ganz besonders habe ich sie geliebt.

Sie besaß ein großes Stück Land im Dorf, ungefähr einen halben Morgen mit einem kleinen Berg darauf, von dem sie einen wunderschönen Blick auf ganz Rhinecliff hatte. Sie hätte Postkarten von dieser Aussicht machen lassen können.

Dort oben wollte sie ein Haus, und sie wollte, daß es ein Meisterwerk wurde, und genau das hat sie dann auch bekommen.

Miss Jessie sprach mit den besten Architekten und Zimmerleuten und Bauunternehmern, die sie finden konnte. Viele von ihnen kamen aus New York zu uns rauf. Aber am Ende hat sie Sam engagiert, meinen Papa, weil es ihr gefiel, wie begeistert er von ihrer Vorstellung von dem Haus war, und weil er vorgeschlagen hatte, es sollte eine Veranda auf der ganzen Außenseite haben, und weil er meinte, eine zentrale Bibliothek mit runden Wänden wäre einfach perfekt für ihre Sammlung von Büchern und Uhren.

Ich glaube, ich weiß, was Miss Jessie gefühlt haben muß, als sie mit Papa redete und beobachtet hat, wie er auflebte, wenn er davon sprach, Dinge zu bauen, und wie seine Hände sich bewegten, wenn er von seiner Arbeit erzählte, so als würde er viel lieber hämmern und sägen und verzapfen, statt nur darüber zu reden.

Also hat Papa ihr Haus gebaut. Es hat ihn mehr als drei Jahre gekostet. Oh, das war was, Hock! Ich wünschte, ich hätte dich damals schon gekannt. Du hättest dabeisein müssen, als ich den Berg hinauf zu Miss Jessies Haus und dann in die runde Bibliothek ging, um all ihre Uhren aufzuziehen. Das war mein erster bezahlter Job – fünfundzwanzig Cents am Tag und eine Tasse Tee – und Miss Jessie brachte mir bei, wie man sich als Dame benimmt.

Sie war mit ihrem Haus so glücklich, daß sie Papa ein kleines Stück von ihrem Land schenkte, als er den Bau beendet hatte. Es war ein schönes Grundstück mit Tannen am Fuß des Berges. Sie ließ ihn dort ein Cottage für seine alten Tage bauen, mit einer Veranda vor dem Haus, die dem großen Eingang des letzten Hauses, das er gebaut hatte, gegenüberlag – seinem Meisterstück.

Papa saß fast jeden Abend auf seiner Veranda, und dann schaute er zu dem auf, was er mit seinen Händen geschaffen hatte. Und so bin ich aufgewachsen, Hock, glaub's oder laß es bleiben.«

Mona strich mit den Fingern durch ihr Haar und räusperte sich. »Und rat doch mal, was aus Miss Jessies Haus geworden ist, aus dem Meisterstück meines Vaters? Rat mal, wo's geblieben ist?«

»Du sagst ›geblieben ist‹, daher nehme ich an, es wurde abgerissen?«

»Nicht nur abgerissen«, sagte Mona. »Sie haben sogar den Berg planiert. Und heute steht auf dem Grundstück ein *A and P* mit einem großen, flachen Parkplatz drumherum.«

»Mein Gott«, sagte ich.

»Ich bin nur froh, daß keiner von beiden lange genug gelebt hat, um auch nur zu argwöhnen, daß Rhinecliff zu so einer lausigen Sache fähig sein könnte.«

Sie drehte sich um und sah mich wieder an. Und ich konnte sehen, daß sie sich erinnert hatte, wie früher alles gewesen war – durch ein Prisma aus Tränen. Sie sagte: »Jetzt weißt du schon eine ganze Menge über mich.«

Ich sagte, ich sei stolz darauf, etwas über Mona Morgan aus Rhinecliff zu wissen, und über Sam und Miss Jessie. Und es lag ein sehr junger und flatternder Ton in ihrer Stimme, als sie nun sagte: »Tja ... wieso schaust du dich nicht einfach ein bißchen um, wenn du magst, und ich mache uns inzwischen einen Tee?«

Ich sagte, ich hätte nichts dagegen.

Auf der niedrigeren Schreibfläche des *secrétaire* stand eine Leselampe. Ihr Fuß war ein dreißig Zentimeter hohes Bildnis von Mars, dem römischen Gott des Krieges. Ich griff unter den grauen Stoffschirm, schaltete sie ein und bemerkte ein Telefon.

In Richtung der Küche sagte ich: »Hättest du was dagegen, wenn ich mal kurz telefoniere?«

»Sicher, ist schon okay, solange du keine andere Frau

anrufst.« Monas Stimme vermischte sich mit den Geräuschen klirrenden Porzellans und laufenden Wassers.

Ich rief Waterman junior an und legte auf, als ich die vertrauten Töne seines Anrufbeantworters hörte. Dann ging ich zum Diwan in der Mitte des Wohnzimmers, ließ mich darauf nieder und war dankbar für seine weiche Bequemlichkeit. Und auch dankbar für die Kerze, die so angenehm duftend neben mir brannte; für den plötzlichen Anblick von Mona, die barfuß aus der Küche einen kleinen Flur hinunter ins Schlafzimmer huschte.

Wenige Minuten später war sie zurück im Wohnzimmer und stand im sanften Licht des Kronleuchters vor mir. Sie trug ein weit geschnittenes blaues Kleid, das ihr schwarzes Haar nur noch schwärzer erscheinen ließ. Ich blickte auf ihre nackten Füße, die buntlackierten Zehen.

»Dann haben sie dir also gefallen?« fragte sie.

»Ja, es hat mir gefallen.«

Sie trat einen halben Schritt zurück, griff hinter sich und öffnete das blaue Kleid und ließ es in einem seidenen Rascheln um ihre Knöchel gleiten. Und da stand sie, jetzt ganz in weißer Spitze.

Ich hatte ihr auch vorher schon beim Ausziehen zugesehen. An diesem Abend, genaugenommen. Und auch an anderen Abenden. Und ich wußte, daß alles nur Illusion war. Aber in diesem Augenblick, hier in Monas Salon, da war es das Spiegelbild der Illusion – da war es Möglichkeit.

»Gefällt's dir?« fragte sie.

Und all die anderen Dinge, über die ich nachdenken mußte – all die schrecklichen Dinge, all die Dinge, die sich noch nicht zusammenreimten –, waren Dinge, über die ich an einem anderen Tag nachzudenken beschloß.

»Ja, es gefällt mir allerdings.« Und ich kam mir vor, als säße ich wieder in diesem Repertoirekino im Village, und da war Bogart. »Du hast eine Figur wie ein Brandy an einem Winterabend.«

Sie lachte.

Ich sagte: »Sag einfach ›hallo‹, und ich weiß, daß ich nur eine Leuchtrakete steigen lassen und mich entspannen muß.«

»Hallo.«

Den Tee tranken wir später.

Als ich aufwachte, lagen Falten über mir – cremefarbene Seidenfalten, die die Unterseite des Baldachins des Himmelbettes waren, in das wir nach unserer Kennenlernphase im Wohnzimmer umgezogen waren. Ich erinnerte mich, daß Mona mir erzählt hatte, wie gern sie Orte aufsuchte, die Markisen hatten. Das war jetzt bei mir auch so.

Ich setzte mich auf, und meine Hüfte berührte ihre. Sie brummte leise, und ihr Körper bewegte sich leicht.

Die Kopfschmerzen, mit denen ich schon gerechnet hatte – die, bei denen ich mich immer wie ein Tourist in der Stadt fühlte –, tauchten nicht auf. Um mich dessen zu vergewissern, ließ ich mich aus der Hüfte nach vorn fallen und dann von einer Seite auf die andere. Keine Schmerzen. Ich war erstaunt über die angenehme Nebenwirkung von Sex nach einem langen Tag des Trinkens.

Durch das nach Süden liegende Schlafzimmerfenster fiel schwaches Morgenlicht. Ich sah, daß die Wände dunkelrot lackiert waren. Und ich sah mich in einem antiken, ovalen Spiegel an der Wand am Fußende des Bettes.

Ich schwang meine Beine aus dem Bett. Es stand hoch über dem Boden, wie es früher gewesen war, und meine Füße berührten den Teppich nicht. Ich fragte mich, ob das Bett wohl einmal Miss Jessie gehört hatte, ob das zusammengerollte Bärenfell am Fußende des Bettes früher mal Sam gehört hatte ...

Und ich wünschte mir – wie verzweifelt ich es mir wünschte –, daß ich etwas von meinem Vater besäße, und wenn es nur eine Kleinigkeit wäre. Irgend etwas, von dem ich wußte, daß er es vielleicht einmal in der Hand gehalten oder es getragen hatte. Aber das alles war fort. Selbst die Briefe aus dem Krieg, von denen ich noch wußte, daß meine Mutter sie den Frauen der anderen Soldaten vorgelesen hatte; und ich in der Küche hörte zu, strengte mich an, mir die Worte meines Vaters einzuprägen, während sie vorgelesen wurden. Und woher hatte ich gewußt, daß dies einmal nötig sein würde? Wo waren die Briefe geblieben?

... und ob durch den Besitz dieser Dinge, die einmal denen gehört hatten, die sie liebte, Mona das Gefühl hatte, nicht so furchtbar einsam zu sein, egal, was auch immer sonst in ihrem Leben passierte.

Ich fand den Weg zum Bad und spülte meinen Mund aus und duschte und kämmte mich. Dann sammelte ich meine Kleider vom Boden um den Diwan auf und zog mich an und hängte Monas Sachen ordentlich über einen Stuhl.

Und ich fand die Küche und die Küchenutensilien an den üblichen Stellen. Also machte ich eine Kanne Kaffee, während Mona bis zu einer menschlicheren Uhrzeit weiterschlief.

Ich ging mit einer Tasse Kaffee zu Sams *secrétaire*, wo ich stehenblieb und aus dem Fenster auf den trostlosen Montagmorgen unter mir hinausschaute. Arbeiter der Frühschicht waren schon auf den Beinen, vermutlich auf dem Weg zu ihren Bus- und U-Bahn-Haltestellen. Hausangestellte, Verkäufer aus Delis, Hausmeister, Mechaniker, Bedienungshilfen, Fahrer, Büroangestellte. Wagen der hiesigen Taxiunternehmen machten sich auf den Weg durch die Stadt auf die East Side, wo das Geschäft am besten war. Kartons lagen in Hauseingängen, und in ihnen schliefen die Obdachlosen, die Schutz vor dem Wind der Nacht gesucht hatten.

Ich überlegte, vielleicht etwas aus dem mit Büchern vollgestopften Schrank zu lesen, bis Mona aufwachte. Dann könnten wir zusammen bei *Pete's* frühstücken gehen – und würde Pete sich darüber nicht wundern, und würde Wanda dann nicht eine Menge zu tratschen haben?

Ich drehte mich um und sah mir die Auswahl in den Regalen an. Aber irgend etwas lenkte mich ab, etwas auf der Straße.

Was ich da sah, war verzweifelt und mitleiderregend; soviel wußte ich, auch wenn ich im morgendlichen Dämmerlicht von meinem Aussichtspunkt sechs Stockwerke hoch keinen besonders guten Blick hatte. Aber trotzdem konnte ich die Beklommenheit spüren.

Augen jetzt.

Nur Augen unter der Krempe eines alten Hutes. Müde Augen, die die erwachende Straße durch einen V-förmigen Spalt in der niedrigen Betonmauer beobachteten, die die Gleisschlucht unterhalb der Straße überspannte; Augen, die jemandem gehörten, der auf den verstohlenen Augenblick warten mußte, von der Schluchtseite aus die Mauer überspringen zu können.

Ein Kopf erhob sich.

Ich sah Teile eines Gesichtes. Das Gesicht eines jungen Mannes, stumpf und bräunlich wie der Beton. Irgend etwas daran – der Sitz des Hutes vielleicht, das derbe Kinn, die fleischige Stirn, ich konnte nicht genau sagen, was es war – ordnete ihn in die Kategorie des großen ruhigen Jungen ein, der zehn Jahre im Haus herumtrampelt, bis er eines Morgens aufsteht, sich wäscht und anzieht, die Klinge ein paarmal über den Wetzstein zieht und dann die Familie und die halbe Nachbarschaft würfelt.

Ich hatte das Gesicht auch früher schon gesehen.

Ich hatte es erst kürzlich gesehen.

Ich schnappte meine .38er und meinen Mantel und rannte hinunter auf die Straße.

15

Mehrmals wäre ich beinahe auf den schmalen, knarrenden Stufen der Länge nach hingeknallt. Und bei dem Versuch, in diesem gespenstischen Treppenhauslicht mein Gleichgewicht zu behalten, veranstaltete ich ein ziemliches Gepolter. Daher ist es durchaus möglich, daß der große, ruhige, schwerfällige Junge mich schon gehört hatte, lange bevor er mich sah. So still war es draußen auf der Straße geworden.

Und vielleicht war das auch der Grund, warum der Junge mit dem altmodischen Hut direkt zu mir herübersah, als ich die Haustür erreichte und durch die trübe Glasscheibe in der oberen Hälfte der Tür hinausschaute, bevor ich sie aufdrückte. In diesem zeitlosen Augenblick, über all das hinweg, was uns trennte, stellten wir uns stumm einander vor – der Jäger und die Beute.

Natürlich war es der Junge, der erst gestern morgen oben in Harlem versucht hatte, Father Love abzuknallen – und das direkt vor meiner Nase. Der Junge, auf den ich nicht schießen konnte, weil ich dazu keine Zeit hatte, während Father Love vor mir im Schnee lag und sein Hals von Kugeln aufgerissen war; der Junge, der über den Zaun am Ende der Gasse neben der Kirche geklettert und im laublosen Dickicht verschwunden war; und der Junge, der mich dort mit den Händen voll Samuel Watermans heraussprudelndem Blut zurückgelassen hatte.

Und er war auch der Junge, auf den die Beschreibung genau paßte, die Aiello bekommen hatte – von dem Burschen, der in der Nähe des Hauses herumgelungert hatte, in dem Buddy-O ermordet worden war, oben in seinem Apartment über *Runyon's Pinball Shop* und direkt gegenüber meiner eigenen Wohnung ...

Runyon hat ihn richtig gut gesehen, weil sich der Junge doch den halben Freitag draußen auf der Straße vor dem Laden herumgetrieben und seine Nase einen großen Teil dieser Zeit gegen die Scheiben gedrückt und die Flipperautomaten angestarrt hat. Besonders die mit den nackten Ladies, die aufleuchten, wenn man es schafft, die Stahlkugel genau auf den Spitzen der alten Melonen landen zu lassen.

Runyon sagt, er sei schwarz, sehr hellhäutig, und er hätte blaue Augen. Also würde man ihn sofort wiedererkennen, wenn man ihm begegnete. Ein großer Junge, eins neunzig oder sogar noch größer, und, wie ich schon sagte, er ist schwerfällig ... Er hat so einen altmodischen Anzug getragen, und Mantel und Hut, so als hätte er alles von der Goodwill ... *Was hast du gemacht, Hock, hast du ihm ein paar von deinen Klamotten geliehen? ...*

Kein Irrtum möglich.

Und kaum drückte ich die Tür auf, verschwand der Junge auch schon hinter der Mauer. Wie eine große Ratte rutschte er nach unten außer Sicht.

Ich löste den Sicherheitshaken an meinem Gürtelhalfter und sprintete über die Straße, wich Taxen und knöchelbrechenden Schlaglöchern aus. Ich zog meine .38er, als ich den Bürgersteig auf der anderen Seite erreichte, schlitterte über eine Stelle von dünnem Eis, entlang der Betonbarriere über der Schlucht. Und dort blieb ich stehen, um hinunterzuschauen; vorsichtig, falls der Lauf einer Kanone zur Begrüßung auf mich wartete.

Als sich mein in der Kälte kondensierter Atem verzog, sah ich hohe Büschel Unkraut und junge Bäume und Gerbersträucher, starr und steif nach dem Wintereinbruch. Sie säumten die mit Müll übersäten Böschungen der Schlucht, die steil – vielleicht hundert Meter – zu einer geraden Linie verrosteter Eisenbahngleise abfielen. Die Holzschwellen zwischen den Gleisen waren angekokelt, vor langer Zeit verbrannt von kampierenden Hobos, die sich wärmesuchend über die Feuer kauerten. Etwa die Hälfte des Gleisstückes, das ich einsehen konnte, stand unter schwarzem, öligem Wasser, ein offener Abwasserkanal.

Ich drehte den Kopf in die Richtung, aus der ich meinte, große, schwerfällige Schritte durch das Gebüsch davonlaufen zu hören; irgendwo außerhalb meiner Sichtweite, unterhalb der Mauer, über die ich mich beugte, um in die Schlucht sehen zu können.

Ich hörte Äste knacken und Steine und Geröll und abgebrochene Fragmente von vertrocknetem Gebüsch in das stehende Wasser auf den Gleisen unter dem Bürgersteig, auf dem ich immer noch stand, plitschen und platschen. Irgendwo da unten rannte der Junge, für mich nicht mehr zu sehen – und lief wieder mal vor mir fort.

Und dann bemerkte ich rechts von mir, direkt hinter der Betonmauer, die improvisierte Treppe entlang der westlichen Böschung. Die kaum sichtbaren Griffe und Tritte, die er benutzt hatte, um von unten heraufzuklettern, hinauf an die Oberfläche der Stadt, zu der Mauer, hinter der er gewartet, sich versteckt hatte, um den Augenblick abzupassen, auf die Straßen und in die Welt hier oben zu springen.

Ich steckte meinen Revolver wieder weg und knöpfte den Mantel auf, um mehr Bewegungsfreiheit zu haben. Vorsichtig stieg ich über die Mauer und kletterte auf der anderen Seite langsam hinunter, ein Griff nach dem anderen – tiefer und tiefer, hinunter in die Feuchtigkeit und den Müll und die Dunkelheit und den Rauch und den Uringestank der Schlucht.

Steine und Erde lösten sich unter meinen Füßen, während ich hinabkletterte, und fielen in das schwarze, stehende Wasser unter mir. Je tiefer ich kam, desto intensiver wurde der Geruch nach Müll und verbranntem Papier, dazu kamen die durchdringenden Rauchschwaden von Marihuana und der Gestank des Abwasserkanals. Allmählich erkannte ich dösende und benommene Gestalten, Körper an Körper, für die Nacht dicht aneinandergedrängt wie ein Wurf junger Hunde. Hier und da ein Gesicht, wach und mich beobachtend – ein Mann in einem warmen Mantel und einer guten Hose und mit dem Luxus eines sauberen Hemdes und kräftigen Schuhen, die das Wasser abhielten; ein Mann, der an diesem Morgen eine heiße Dusche und eine Tasse Kaffee gehabt hatte; ein Narr, der im Namen einer nichtssagenden, goldenen Marke irgendeiner bedeutungslosen Beschäftigung nachging, hier unten, wo er unmöglich hingehörte, in einem Styx, unbeschreiblich für jene, die unmittelbar darüber auf der Insel namens Manhattan trieben; ein Narr von einem Cop, der hier unten Jagd auf einen Unberührbaren, auf einen von ihnen machte; ein guter Cop, der bedenklich weit die Grenze überschritten hatte dorthin, wo Gesetzlosigkeit Gesetz ist.

Ich sah Gesichter halb versteckt hinter Betonsäulen, die die kolossale brummende Straße mit ihren Bürgersteigen trugen – wo Lastwagen und Taxis in einem endlosen Strom die Stadt durchquerten, wo Bulldozer und Kräne Gebäude einrissen, damit Fleisch und Blut durch Glas und Chrom ersetzt werden konnte, wo müde Arbeiter in schäbigen alten Stadtteilen wie Hell's Kitchen zu ihren Jobs hasteten in dem spießigen Glauben, daß sie mit Geld die Zeit ihrer Leben zurückkaufen könnten. Ich sah Gesichter zwischen Unkraut, das verstohlen auseinandergeschoben worden war – wie Soldaten in Korea sie gesehen hatten, wie Soldaten in den Dörfern des Mekongdeltas sie in ihren Vietnam-Albträumen gesehen hatten: Gesichter von auf dem Bauch liegenden Körpern, die in niedrigen Hütten aus Holz- und Blechabfällen und Kartons lagen; der kollektive Blick ausgebrannter Augen traf mich jetzt aus allen Richtungen, die stumme Verachtung von Menschen, die schon bei ihrer Geburt betrogen worden waren.

Und ich wußte genau, wo ich mich befand, auch wenn ich noch nie zuvor in diesem Amerika gewesen war. Jetzt erkannte ich in dieser Schlucht die Wahrheit, die sie darstellte: das tiefe, schmutziggrüne Meer, in dem die eine Seite einer Stadt versucht hatte, ihre Schande zu begraben. Und ich war mir auf unheimliche Weise bewußt, daß ich hier unten die falsche Seite meiner Stadt repräsentierte; daß ich, gleichgültig, was auch immer ich dort oben je Gutes getan oder gesagt oder gedacht hatte, hier unten ein Narr war, der nichts wußte.

Hinter mir machte ein stöbernder Hund ein tuberkulöses, rasselndes Geräusch, während er auf einer Seite der schon lange stillgelegten Gleise über den gefrorenen Matsch und die zerbrochenen, geschwärzten Glasscherben humpelte. Ich sah Rippen, die aus dünnen, räudigen Flanken vorstanden. Der Hund war so dumm gewesen, auf der Suche nach Nahrung herzukommen, konnte weder wissen noch sich vorstellen, wie leicht und schnell er eingefangen und erwürgt, daß sein Fell wegen des Fleisches abgekocht werden konnte.

Dann schaute ich nach Norden, durch den gewölbten Tunnel, der aus den darüberliegenden Straßen der anderen Seite der Stadt gebildet wurde. Und irgendwo vage am dunklen Horizont war meine bedeutungslose Beute, galoppierte davon in einer Welt, in der ich ein Eindringling war.

Langsam ging ich zurück zum Fußende der Böschung und beendete meine verbissene und törichte Suche. Ich zog mich hoch und höher. Und als ich wieder auf der Straße stand, waren meine Hände aufgerissen und blutig, und ich war gebadet in Schweiß und einer Angst, wie ich sie in mehr als zwanzig Jahren nicht gekannt hatte und auf die ich auch gut hundertzwanzig weitere Jahre verzichten konnte; und ich war gottverdammt dankbar dafür, zu leben und atmen und bluten und schwitzen zu können – so dankbar, daß ich mir schwor, später die Holy Cross Church aufzusuchen, wo ich an den Stationen des Kreuzweges niederknien würde, wie ich es als kleiner Junge getan hatte, wo ich heute jemandem oben im Himmel sagen würde, daß ich wieder einmal gelernt hatte, wie demütigend es ist zu wissen, daß man sehr viel Glück gehabt hatte.

Und auch wenn die erste Schicht des Tages für eine Seite der Stadt gerade erst begonnen hatte und die Sonne immer noch ein kalter, oranger Fleck war, der tief im östlichen Grau eines Novembertages hing, hatte ich ein ungeheuer starkes Verlangen nach einem Drink.

In *Munson's Diner*, wohin ich wegen meines Drinks gehen mußte, da ich mich natürlich aus Monas Wohnung ausgesperrt hatte und nicht klingeln und sie wecken wollte, bestellte ich mir Steak und Eier und Kaffee, damit das Bier, das ich eigentlich nur wollte, so früh am Morgen nicht so unziemlich wirkte. Ich trank und aß und blätterte in der ersten Montagsausgabe der ›New York Post‹.

Unter dem Logo der Tageszeitung und der Silhouette des ›Post‹-Gründers Alexander Hamilton und der zweifelhaften Behauptung, die ›Post‹ sei die Tageszeitung Amerikas mit der am schnellsten steigenden Auflage, befand sich auf der Titelseite der Boulevardzeitung ein grobkörniges Foto von Father Love. Er stand theatralisch vor der üblichen Batterie von Mikrophonen, die an seiner Kanzel befestigt waren, und sein Mund war weit aufgerissen, und ich konnte mich an den Klang seiner Worte erinnern ...

Ich will, daß ihr eure Hände in eure Taschen steckt, jeder einzelne von euch wunderbaren Brüdern und Schwestern.

Ich will, daß ihr eure Augen fest geschlossen haltet ... und daß ihr tief in jeden Winkel eurer Taschen grabt. Ich sage tief!

Und ich will, daß ihr nach dem Papier darin tastet. Ich will jetzt kein Klimpern und Klirren in diesen Kollektetellern hören! Berührt einfach nur das Papier. Berührt dieses Geld. Es spielt überhaupt keine Rolle, ob ihr einen Einer oder einen Fünfer oder einen Zehner oder einen Zwanziger berührt!

Haltet jetzt diese Scheine und Umschläge hoch! Winkt jetzt Gott mit diesem Geld zu!

Die Kirchendiener beginnen jetzt, durch die Reihen zu kommen. Sie werden einfach diese Scheine aus euren Händen pflücken, als wäre es Baumwolle. Haltet jetzt eure Arme hoch, winkt Gott jetzt zu!

Und haltet eure Augen geschlossen!

Und wenn ich zu euch hinausschaue, was ich dann sehen will ... ist ein Meer von Grün!

... und da schien eine Menge Gold in den Backenzähnen dieses großen, ovalen Mundes zu sein, und noch viel mehr Gold an den steifen Manschetten der Handgelenke seiner hochgereckten Arme.

Und unter dem Foto stand:

HARLEMER RADIO-REVEREND
IN BLUTIGE SCHIESSEREI VERWICKELT
[Mehr auf S. 5]

Im Innenteil waren drei weitere Fotos von Father Love, keines davon aus jüngerer Zeit. Auf dem einen dirigierte er mit einem Taktstock seinen Kirchenchor, die Praise-Sayers, und auch der kleine Organist mit dem steifen Rücken war abgebildet, den ich auf die gewaltige *Wurlitzer* hatte einhämmern sehen. Ein anderes zeigte ihn mit einer Nikolausmütze auf dem Kopf und neben einem strahlenden Roy Dumaine, während er Spielzeug an Jugendliche aus Harlem und Truthähne mit Zwanzig-Dollar-Scheinen in den Schnäbeln an ihre Eltern verteilte. Und auf dem jüngsten Foto schüttelte Father Love in einem Katastrophengebiet der South Bronx, das jeder von Präsidenten-Fototerminen kennt, einem perplexen Politiker die Hand.

Neben den zusätzlichen Fotos stand der folgende Artikel:

EXTRAVAGANTER PREDIGER IM KOMA
POLIZEI HÜLLT SICH ÜBER
SCHIESSEREI IN SCHWEIGEN
– von Ned Blunden

Nach einem Mordanschlag am gestrigen Sonntag morgen auf dem Grundstück seiner Kirche liegt der selbsternannte Gesundbeter und Evangelist – »Father Love« vom Healing Stream Deliverance Temple in Upper Manhattan – zur Zeit im Koma. Der dreiste, bewaffnete Überfall ereignete sich in Gegenwart von mindestens einem Undercover-Agenten der Polizei, der offensichtlich nach zuvor eingegangenen Morddrohungen den streng geheimen Auftrag hatte, den Prediger zu schützen.
»Father Love«, dessen wirklicher Name nie bekannt wurde, gilt als Pionier auf dem Gebiet, enorme Geldsummen über den Äther zu sammeln; wie es heißt, zur Finanzierung der guten Taten seiner Kirche. Anders jedoch als Newcomer der Medienkirchen hat Father Love stets das Fernsehen gemieden.
Die Radiosendungen des Harlemer Geistlichen sind bei seinen gläubigen Anhängern ungeheuer beliebt. Dies gilt besonders für New Yorks schwarze Gemeinde, auf die seine Botschaft auch speziell abzielt. Diese Sendungen sind eine Mischung aus Gospelsongs, einem Appell an altmodische Moralvorstellungen und dem Versprechen einer Unabhängigkeit, die aus großzügigen Spenden an Father Love und seine in Harlem ansässige Kirche folgen soll.
Als Grund für die mysteriösen Morddrohungen gegen den ein wenig geheimnisvollen Radioprediger wurden weder Geld noch andere offensichtliche Motive genannt. Der ›Post‹ ist es bis zum Erscheinen dieses Berichtes nicht gelungen, weder den genauen Wortlaut der Drohungen noch deren Anzahl in Erfahrung zu bringen.

Roy S. Dumaine, persönlicher Assistent von Father Love, wollte nur soviel sagen: »Die Polizei wurde detailliert über mehrere Drohungen gegen das Leben unseres Reverend informiert. Das New York Police Department hat darauf reagiert, indem ein Beamter einer Eliteeinheit mit der Ermittlung betraut wurde. Dieser Beamte war zum ersten Mal während unseres heutigen Gottesdienstes [Sonntag] anwesend, in dessen Anschluß dieser Beamte Augenzeuge des Mordanschlages auf dem Gelände unserer Kirche wurde.«

Zu näheren Ausführungen war Dumaine nicht bereit. Weder wollte er den Namen des betreffenden Polizeibeamten preisgeben, noch wollte er der ›Post‹ den wirklichen Namen von Father Love mitteilen oder eine Personenbeschreibung des Möchtegern-Attentäters abgeben.

»Der Täter ist entkommen«, sagte Dumaine. »Und das direkt unter der Nase der Polizei. Also soll das auch die Polizei erklären.«

Sprecher des Central Harlem Precinct und des Polizeipräsidiums wollten lediglich bestätigen, daß einer Anzeige »jüngsten Datums« von der »zuständigen Dienststelle« aufmerksam nachgegangen werde. Nach der Identität eines Beamten einer sogenannten Eliteeinheit befragt, der zum Zeitpunkt der Schüsse am Tatort war, erwiderte ein Sprecher des Polizeipräsidiums: »Es gibt nur einen einzigen Inspector, der dazu etwas sagen könnte, und der ist zur Zeit auf Urlaub.«

Was den genauen Tathergang der Schüsse auf Father Love betrifft, wollten weder die Polizei noch Dumaine der ›Post‹ oder anderen Medien nähere Einzelheiten mitteilen. Für diese ungewöhnliche Nachrichtensperre wurden keinerlei Gründe genannt.

Anhänger des schwerverletzten Geistlichen brachten ihr Entsetzen und ihre Empörung zum Ausdruck – und

> zahlreiche Theorien, was einerseits das Motiv des flüchtigen Täters und andererseits die Nachrichtensperre durch die Polizei betrifft –, während sich die Nachricht dieses Gewaltaktes über Harlem und die schwarze Gemeinde von New York City und darüber hinaus ausbreitete.
>
> Inzwischen reagierten in der ganzen Stadt von der ›Post‹ angesprochene Geistliche mit Trauer und ...

Ich glaubte nicht, daß es mich groß erleuchten würde, von den salbungsvollen Gefühlsregungen einer Stichprobe des geistlichen Standes zu lesen. Also bestellte ich mir noch ein Bier. Dann riß ich den ›Post‹-Artikel aus und dachte über die Implikationen einer Nachrichtensperre, Father Loves Doppelleben als Samuel Waterman, der Politiker, und Roy Dumaines Geschick nach, mit der Presse umzugehen und mich zum Glück aus der Geschichte herauszuhalten.

Außerdem dachte ich an Mona, die immer noch in ihrer Wohnung schlief.

Ich borgte mir einen Stift von der Kellnerin und schrieb eine Nachricht an Mona auf den oberen Rand des Zeitungsausschnittes, um zu erklären, warum ich nicht neben ihr im Bett lag, wenn sie aufwachte: »Tut mir leid, daß ich einfach so verschwunden bin, Kleines. Aber wie du siehst, es hat sich was ergeben – der Boden wird heißer, glaube ich.«

Dann verließ ich *Munson's* und machte mich auf den Weg zu meiner Wohnung auf der Forty-third. Unterwegs stopfte ich den ›Post‹-Artikel in Monas Briefkasten in der Eingangshalle ihres Hauses. Es war einfach noch viel zu früh, um bei ihr zu klingeln.

16

Zweifellos lag es daran, mir absolut der Tatsache bewußt zu sein, in den sehr verwirrenden Kampf gegen ein Netz heimtückisch miteinander verwobener und übler Machenschaften hineingezogen worden zu sein – vordergründig nur eine »heikle« Situation, doch jetzt sollte ich wohl besser sagen: es steckt erheblich mehr dahinter –, daß ich mich entschied, zu Fuß die sonnige Seite der Tenth Avenue hinunter nach Hause zu gehen. Dort gab es kräftiges Licht, unter dem ich über die Schatten nachdenken konnte, gegen die ich zu kämpfen hatte.

Und an dem wärmer werdenden Montagmorgen auf der Avenue bemerkte ich etwas, das ich nicht leichter ignorieren konnte als die Nummer mit dem sprechenden Hund oder eine der tausend anderen alltäglichen Szenen, die im Laufe der Zeit alle miteinander New York City zu einer Hauptstadt für jene machen, die auf leichte Beute aus sind und stets ein As im Ärmel haben.

Dort, im Zentrum der dichtgedrängten Menge von Verkäufern und Sekretärinnen in Tennisschuhen und dem einen oder anderen Anzugtypen, die allesamt auf den Uptown-M-11-Broadway-Bus warteten, stand ein ausgemacht leichtsinniger Ganove. Er besaß Verstand genug, einen großen Bogen um den Times Square zu machen, von dem inzwischen die leichten Opfer in Gestalt der jahreszeitlich bedingten Touristenhorden verschwunden waren, der aber immer noch von Beamten der *SCUM Patrol* wimmelte. Doch hier war er, genau dort, wo ich zufälligerweise lebe.

Das Problem mit Ganoven in der Jahreszeit, in der man sich immer noch im Freien aufhalten kann, ist, daß sie einfach zu scharf werden auf das Aufblitzen des Bargeldes von jedem greifbaren Trottel, während sich die Erntezeit mit dem ersten Frost längst ihrem Ende nähert. Und der Unterschied, einem Trottel das Geld aus den Händen zu reißen oder ihn zu beschwatzen, aus eigenem freiem Willen bei einem Geschicklichkeits- und Glücksspiel eine Wette zu machen, ist der entscheidende Unterschied zwischen schwerem Diebstahl und dem Vergehen, ein verbotenes Glücksspiel zu veranstalten. Eine Festnahme wegen Diebstahls ist eine recht angenehme Methode, seine Schicht rumzukriegen, da der festnehmende Beamte im allgemeinen verpflichtet ist, den Verhafteten selbst aufs Revier zu bringen und für seine weitere Unterbringung zu sorgen. Außerdem tippe ich zufälligerweise auch noch extrem langsam. Und vielleicht suchte ich ja auch nur in den hoffnungsvollen Winkeln meiner Seele nach einer Möglichkeit, mich vor der eigentlich vor mir liegenden Arbeit zu drücken.

Wie auch immer, da war er und zog sein Hütchenspiel ab.

Normalerweise arbeitet bei diesem Spiel ein ganzes Team, bestehend aus einem »Zieher«, zwei »Animateuren« und drei »Abdeckern«, zusammen. Die Animateure und der Zieher arbeiten nach einem Schwarz-Weiß-Schema. Der Zieher ist immer ein Schwarzer mit geschickten Händen für das Hin-und-her-Schieben beim klassischen Drei-Karten-Trick, nur daß er beim Hütchenspiel drei Flaschenverschlüsse benutzt – von denen unter einem eine kleine rote Kugel liegt. Die Animateure sind immer Weiße und machen große Augen. Einer von ihnen trägt vielleicht gute Schuhe und einen Anzug, Nummer zwei ist eine Frau, die aussieht, als würde sie den größten Teil ihrer Tage damit verbringen, irgendwo drüben in Jersey die Kids mit ihrem Kombi durch die Gegend zu kutschieren. Die Animateure scheinen regelmäßig bei dem schnellredenden Zieher zu gewinnen, und die potentiellen Opfer werden beruhigt und fangen an, sich anzustellen, um geschröpft zu werden. Die Abdecker stehen Schmiere und geben Zeichen für den Fall, daß sie einen Zivilbullen wie mich entdecken, in welchem Fall der Zieher dann den Karton umtritt, den er als Spieltisch benutzt. Das Spiel wird abgebrochen, und das Team zieht weiter. Am Ende eines durchschnittlichen Spätsommertages teilt sich ein einigermaßen geschicktes Team fünf Riesen durch sechs, und kein Mensch verschwendet auch nur einen Gedanken daran, das dem Finanzamt zu melden.

Doch diesmal riskierte es ein einsamer Zieher ganz allein. Eine Solonummer, und irgendwie war der arme Kerl schon mitleiderregend. Er trug einen unförmigen Pullover und darunter ein T-Shirt, und er stampfte mit den Füßen auf, um sich zu wärmen. Er sah aus, als brauche er das Geld erheblich dringender als seine Opfer, und es tat mir leid, was ich gleich mit ihm machen würde.

Er mischte seine Flaschendeckel und bearbeitete die kleine Menge an der Bushaltestelle mit einem Singsang: »Sei nicht blöd und latsch zur Maloche – mach dein Glück, und ab geht's zurück in die Poofe! Laßt eure Knete bei einer New Yorker Fete – kommt all und setzt euer Geld auf den Ball!«

Zwei Sekretärinnen in Daunenjacken und Locken hörten auf, ihre Kaugummis zu bearbeiten, und schauten aufmerksam zu.

»Seht's außer Rand und Band, wie eine kleine rote Fliege auf der Wand – wo ist der Ball?« Und dann mischte der Zieher die Deckel, und jeder würde schwören, die kleine rote Kugel läge unter dem mittleren Hütchen.

»Habt ihr gesehen, wo die Kugel ist?« fragte der Zieher.

Eine der Sekretärinnen lachte und zeigte auf den mittleren Deckel.

»Laß deine vierzig Dollar gegen meine sehen, und schon drücke ich dir die toten Präsidenten in deine hübsche rosa Hand«, sagte der Zieher. Er zog einen Zwanziger und zwei Zehner aus der Tasche und hielt sie ihr unter die Nase.

Die Sekretärin wühlte in ihrer Handtasche nach Geld, zog zwei Zwanziger heraus und sagte: »Also, ich weiß nicht ...«

An diesem Punkt wäre normalerweise ein Animateur aufgekreuzt und hätte jeden Zweifel zerstreut, indem er die Wette annahm. Und der Zieher würde wieder mischen und lächeln und dafür sorgen, daß der Typ mit den guten Schuhen und dem Anzug natürlich richtig gesetzt hatte, der daraufhin lautstark seiner Freude Ausdruck verliehen hätte, dem Schwarzen so locker vierzig Mäuse abgenommen zu haben. Und dann würde die Sekretärin nicht mehr zögern, und der Zieher würde wieder mischen und die Deckel vertauschen. Nur daß es jetzt und hier keine Animateure gab. Und der Zieher war verzweifelt und durchgefroren und nachlässig.

»Gib her den Kies!« knurrte er. Und er riß der Sekretärin die vierzig Bucks aus der Hand, und ich schob mich hinter ihn und tippte ihm auf die Schulter.

»Wie geht's denn so heute morgen, Kumpel?« sagte ich.

»Oh, Scheiiiiiiße!« sagte der Zieher. »Bist du ein Bulle, oder was?«

Ja, sagte ich, das sei ich, und ich zeigte ihm die goldene Dienstmarke in dem Etui in meiner Manteltasche. Außerdem zog ich meinen Mantel ein Stück auf, damit er die .38er im Halfter sehen konnte. »Ich werde dir jetzt deine Rechte vorlesen, Kumpel. Wir haben's hier mit schwerem Diebstahl zu tun, also paß genau auf.«

»Scheiiiiiße!«

Die Sekretärin fing an, irgendwas über einen abgebrochenen Nagel zu schreien und daß sie zu spät zur Arbeit käme, und der Zieher bewegte sich ruckartig zurück, als wollte er versuchen, irgendwohin unterzutauchen – *vielleicht in die Schlucht?* Also nahm ich ihn in den Schwitzkasten, drückte zu und gab ihm zu verstehen, daß es die größere Heldentat sei, wenn er mich friedlich begleiten würde. Er sah die Sache genau wie ich, hauptsächlich im Interesse des unbehinderten

Atmens, also lockerte ich meinen Griff und ließ ein Ende einer NYPD-Handschelle um mein linkes Handgelenk schnappen und das andere um sein rechtes. Zusammen schlenderten wir dann die Tenth Avenue hinunter und bogen an der Ecke West Forty-second rechts ab, hielten uns dann in westlicher Richtung zwecks Anklageerhebung und Weitertransport zum Revier gegenüber den Ställen der *NYPD Mounted Division* und zum Teil des Blocks, den ich aus meinen Wohnzimmerfenstern sehen konnte.

Der Sekretärin hatte ich die Telefonnummer des Reviers gegeben und gesagt: »Gehen Sie zur Arbeit und rufen Sie mich an, sobald Sie dort sind. Fragen Sie nach Hock.« Und sie hatte gesagt, »Okay, ja«, und ich wußte, daß sie nie anrufen würde, was sie auch nicht tat. Und ich würde meinen Bericht schreiben, und der Zieher würde vielleicht ein paar Tage auf Riker's Island schmoren. Letzten Endes würde er in Ermangelung eines Tatzeugen außer dem festnehmenden Beamten nicht wegen Diebstahls verurteilt. Und so läuft's eben im System der Strafgerichtsbarkeit in New York City.

Nachdenkliche Männer mit gewichtigen Gedanken erledigen ihr Denken auf viele aktive Arten – indem sie lange Spaziergänge auf dem Land machen oder vielleicht an Wochenenden mit attraktiven Frauen im Long Island Sound segeln gehen oder in der Mittagspause auf Squash Courts winzige Bälle mit kleinen Schlägern durch die Gegend schmettern oder noch winzigeren Bällen mit grazilen Schlägern aus Holz und Stahl über Fairways aus grünem Gras, durch Wälder und über Berge und Sümpfe nachjagen. Aber ich, Neil Hockaday, habe eine Schwäche für geistesabwesende Festnahmen von winzig kleinen Männern, wenn ich tief in detektivischen Gedanken versunken bin.

Und als ich jetzt langsam vor mich hin tippte – und mir dabei häufige *»Scheiiiiße!«*-Flüche von diesem armen Schlucker von einem Hütchenspielzieher anhörte, den ich mit Handschellen an einen im Boden fest verankerten Stuhl gefesselt hatte –, begannen tatsächlich ein paar der hauchdünnen Fäden des Netzes vor meinen Augen zu erscheinen. Es war das Netz, das auch Father Love hielt, das Howie Griffiths, den schwitzenden Mieteintreiber, und einen von der Zeit überrollten Westy-Ganoven namens Buddy-O getötet hatte. Nicht mehr als ein flüchtiges Schimmern vor meinem geistigen Auge, doch trotzdem war da so was wie eine Vision. Und ich sah auch den dichten Nebel, der in Schwaden durch dieses feine Netz zog, und die Dunstschleier, die entwichen – um dann hoch und fein davonzuschweben über alles andere.

Und genau in diesem Augenblick wußte ich es.

Dunstschleier waren es, denen ich nachjagte.

Als ich fertig war, wertlose Anklagepunkte gegen den Zieher zusammenzutippen, überließ ich ihn meinen Kollegen von der Verwaltung zum Weitertransport ins Gefängnis. Dann verließ ich das Revier und ging zu einem Zeitungskiosk vor Pitsikoulis' Café. Ich kaufte die ›Times‹ und die ›Daily News‹ und auch ›Newsday‹, von denen keine näher ausführte, was ich bereits in der ›Post‹ gelesen hatte. Allerdings brachte ›Newsday‹ ein unscharfes Farbfoto von der Kirche oben in Harlem mit den überkreuzten amerikanischen und afrikanisch-nationalistischen Fahnen über dem Hauptportal, vor dem Roy Dumaine herumstand – in schwarzem Anzug und seine muskulösen Arme vor der Brust verschränkt. Er wirkte ganz und gar nicht wie ein Mann, dessen Mentor in einem Krankenhaus im Koma lag, sondern vielmehr wie der selbstzufriedene neue Besitzer einer steuerfreien Harlemer Immobilie.

Keiner der Zeitungsreporter hatte sich offensichtlich die Mühe gemacht zu fragen, warum Father Love nur eine Stunde, nachdem er mit seiner Predigt fertig war, und außerdem in entschieden unpriesterlicher Kleidung, mit jemandem wie mir im Schlepptau in der Gasse neben der Kirche herumgeschlichen war. Und daher wurde auch nirgendwo das gestohlene Klavier erwähnt.

Ich überquerte die Straße zu meinem Haus und stieg nach oben.

Als ich in meine Wohnung kam, warf ich die Zeitungen zur späteren Lektüre auf die Couch. Dann drückte ich vorsichtig die Tür zu meinem Bad auf und knipste das Licht an. Diesmal keine Leiche in der Wanne. Ich fragte mich, wie viele Jahre es wohl dauern würde, bevor ich wieder etwas so Einfaches wie das Öffnen meiner Badezimmertür bewerkstelligen konnte, ohne mir dabei etwas zu denken.

Ich hatte Zeit genug, mir einen Kaffee aufzusetzen, bevor das Telefon klingelte. Es war nicht besonders schwer zu erraten, wer da wohl endlich zurückrief.

»Hallo«, sagte ich.

»Schön, dann sind Sie ja mal endlich irgendwo, wo ich Sie erreichen kann.«

»Komisch, daß ausgerechnet Sie das sagen.«

»Wieso?«

»Ach, ich weiß nicht – einfach nur so. Ich schätze, wenn's mein Vater wäre, auf den geschossen wurde, dann würde ich vielleicht an etwas Bedeutungsvolleres als nur daran denken, wie ich jemanden telefonisch erreichen kann.«

»Hören Sie, ich weiß alles über die Schießerei, und ...«

»Schwer, die Nachrichten nicht mitzukriegen.«

»Und wir sind nicht so besonders miteinander ausgekommen, okay, das sagte ich ja bereits. Ich habe Ihnen alles darüber erzählt. Das heißt aber noch lange nicht, daß es mir völlig gleichgültig ist, daß mein alter Herr niedergeschossen wurde, alles klar? Tatsächlich bin ich jetzt, in diesem Augenblick, gerade bei ihm im Krankenhaus. Ich rufe aus dem Krankenhaus an, okay?«

»Wie sieht's aus?«

»Er ist ... nun, er liegt immer noch im Koma. Da gibt's nicht viel zu sagen. Die wesentlichen Körperfunktionen sind in Ordnung. Sie werden mit Sicherheit erst etwas sagen können, wenn er wieder zu Bewußtsein kommt – oder eben auch nicht.«

Ich dachte einen Moment darüber nach und schüttelte dann den Kopf. »Sam«, fragte ich, »wo zum Teufel haben Sie eigentlich immer gesteckt, wenn ich Sie angerufen habe?«

»Was wollen Sie damit andeuten, Hockaday? Ich denke, die eigentliche Frage sollte hier doch wohl lauten: Wo zum Teufel waren *Sie* und die Cops, als mein Vater niedergeschossen wurde?«

»Genaugenommen hatte ich da die Hände voll. Voll mit dem Blut Ihres Vaters, um genau zu sein. Ich konnte verhindern, daß es zu schnell aus ihm heraussprudelte, was wiederum der Grund ist, daß er überhaupt noch lebt.«

Waterman war geschockt. Wie ich gehofft hatte.

»Hören Sie, ich habe ein kleines Sommerhaus«, sagte er endlich als Antwort auf meine Frage, »draußen auf Gardiners Island. Genau dort war ich das ganze Wochenende über.«

»Es ist aber nicht mehr Sommer, Junior.«

»Ich fahre jedes Jahr im Spätherbst noch einmal dort hinaus. Sie wissen schon, um alles winterfest zu machen. Ich räume die Möbel weg, dichte die Fenster und Türen ab, stelle den Strom ab, drehe das Wasser ab ... Sie wissen schon.«

»Nein, ich weiß nicht. Wenn ich Strand will, Counselor, nehme ich die Linie D raus nach Coney Island.«

»Wie dem auch sei, Hockaday, ich war das ganze Wochenende über nicht in der Stadt.«

»Waren richtig vom Rest der Welt abgeschnitten, nehme ich an.«

»Ich nehm's auch an, ja.«

»Ich muß das jetzt fragen, Junior ... Können Sie es auch beweisen?«

Jetzt schwang eine ganze Menge Verärgerung in Watermans Stimme mit. Und auch Geräusche, die gefährlich klangen, ungefähr wie: Hätte ich meine Finger in der Nähe seines Mundes, könnte er sie vielleicht abbeißen.

»Wenn es unbedingt sein muß, Detective Hockaday, könnte ich es beweisen, ja.«

»Also ... was ist es, war jemand mit Ihnen dort draußen?«

»Ich habe Nachbarn.«

»Ich verstehe. Sie sagen, Sie hätten den Strom abgestellt?«

»Habe ihn abstellen lassen. Wenn ich mich recht entsinne, war der genaue Zeitpunkt etwa zehn Uhr am Sonntagmorgen.«

»Erlauben Sie mir eine Frage nach Ihrem Anrufbeantworter, den ich immer wieder an die Strippe bekommen habe.«

»Was ist damit?«

»Ist es eines dieser Modelle, bei denen man die Maschine anrufen und sich die eingegangenen Nachrichten vorspielen lassen kann?«

»Zufälligerweise ist es genau so ein Gerät, ja.«

»Und wie kommt's dann, daß Sie Ihren Apparat nicht ein einziges Mal angerufen haben?«

»Ich habe das Telefon draußen auf dem Land abschalten lassen. Und zwar ab Samstag morgen.«

Er sagte das sehr schnell, was mir gar nicht gefiel. Das meiste an diesem Burschen, beschloß ich in diesem Augenblick, war alles andere als das, was ich normalerweise an Menschen mag.

Ein oder zwei Sekunden sagte ich nichts, und über die Leitung kam nur leises statisches Rauschen. Waterman wurde nervös genug, um – sogar noch schneller – hinzuzufügen: »Ich bin heute morgen in die Stadt zurückgefahren, und dann habe ich mir sämtliche Nachrichten angehört ... und dabei Ihre über die ganze Stadt verstreuten Nummern erfahren, einschließlich der Nummer Ihrer Freundin.«

»Tja, ich schätze, damit haben Sie dann wohl alle Möglichkeiten abgedeckt, Junior.«

»Ich versuche nicht, ›alle Möglichkeiten abzudecken‹,

und mir gefällt auch die Implikation nicht ... und, bitte, nennen Sie mich nicht mehr ›Junior‹.«

»Sorry.« Er erwartete, daß ich mehr sagte, was ich aber nicht tat.

Und jetzt hörte sich Waterman an, als versuche er, wieder etwas Boden zu gewinnen, und zwar auf eine Weise, die ganz und gar nicht wie das klang, was er wahrscheinlich früher in Vorlesungen auf der Harvard Law über die Methoden der Entwaffnung seiner Gesprächsgegner gelernt hatte.

»Hören wir jetzt einfach mit der Scheiße auf, Hockaday.«

»Okay, tun wir das.«

»Was ich von Ihnen wissen will, ist – was zum Teufel ist überhaupt passiert? Sie sollten meinen Vater doch beschützen, und dann kriegt er am Ende direkt neben der Kirche sein Pfund!«

»Tut mir leid. Wir geben uns ja alle Mühe, aber Cops garantieren niemandem einen Schutzengel.«

»Welche Spuren haben Sie? Überhaupt irgendwelche?«

»Es gibt einige Spuren«, sagte ich, auch wenn ich das bestimmt nicht bei einem Gespräch mit einem anderen Cop gesagt hätte. »Wie wär's, wenn ich mich jetzt sofort von einem Streifenwagen ins Krankenhaus fahren lasse? Dann könnten wir die Spuren gemeinsam durchbesprechen.«

Junior zögerte. »Nein, nicht jetzt. Ich habe eine Verabredung ... Ich muß mir schließlich auch meine Brötchen verdienen, wissen Sie?«

»Oh.«

Und dann schnell: »Ich rufe Sie wieder an, Hockaday. Um zu sehen, welche Fortschritte Sie machen.«

»Bleiben Sie in der Stadt, Junior.«

Als er aufgelegt hatte, rief ich sofort das Harlem Hospital an und ließ mich mit dem Schwesternzimmer auf Father Loves Station verbinden. Dann bat ich darum, mit einem der Polizeibeamten zu sprechen, die zum Schutz des Predigers abgestellt waren.

»Wer spricht da?« erkundigte sich der Cop.

Ich nannte Namen und Dienstgrad und fragte: »Ist im Augenblick irgendwer bei dem Reverend?«

»Nee, Hock, nur er und seine intravenösen Bacon-and-Eggs.«

»Ich meine Besucher.«

»Meine Befehle lauten: Besucher sind nicht erlaubt.«

»Was ist mit seinem Sohn?« Ich beschrieb dem Officer Sam Waterman jun.: groß, schwarz, schlank, gepflegt.

»So einer nicht, und auch kein anderer«, sagte der Beamte. »Ich darf nur den Arzt reinlassen und einen Techniker und verschiedene Schwestern, die die ganzen Geräte da drinnen überwachen. Sonst keinen. Also ist kein Mensch hier außer uns Cops und den Quacks.«

»Ist irgendwer aufgekreuzt, der sich nach einem Patienten namens Samuel Waterman erkundigt hat?«

»Nach wem?«

Ich sagte es ihm noch mal.

»Der Name sagt mir nichts.«

»Nein, hätte ich auch nicht erwartet. Danke.«

Also log Junior.

Ich wählte seine Privatnummer. Und erreichte wieder nur den Anrufbeantworter.

Drüben auf dem Sideboard fand ich das Notizbuch, das ich über den Fall angelegt hatte, und notierte mir diese interessante Lüge direkt neben der Stelle, wo ich bereits den Namen von Juniors Kanzlei drüben auf der East Side aufgeschrieben hatte. Was wiederum direkt neben der Stelle war, wo ich mir die Privatadresse und Telefonnummer des verstorbenen Howie Griffiths drüben in Jersey notiert hatte.

Ich wählte Griffiths' Nummer und erreichte seine Witwe, sprach ihr mein Beileid aus und erkundigte mich, wann es ihr paßte, daß ich zu einem kleinen Gespräch über den Fluß kam; und daß ich fände, dies solle so bald wie möglich passieren, solange die Spur noch warm sei. Im Hintergrund hörte ich Kinder und Fernsehwerbung, und ein Papagei machte hohle, gackernde Geräusche.

»Also, hören Sie, ich hab über das alles schon mit ein paar New Yorker Detectives geredet«, sagte die Witwe. Sie war verärgert, genau wie Howie selbst es gewesen war, als ich in Buddy-Os mieses kleines Schlafzimmer gekommen war, um mit ihm über das zu sprechen, worüber Aiello und seine Truppe ihn bereits in die Mangel genommen hatten, nämlich wieso ausgerechnet er rein zufällig Buddy-O tot und nackt gefunden hatte. »Wieso sollte ich also auch noch mit Ihnen reden?«

Ich sagte: »Es war meine Wohnung, in der Ihr Mann gestorben ist, und ...«

»Aha, dann sind Sie also dieser Cop, der ihn erstochen in der Badewanne gefunden hat.« Die Stimme der Witwe Griffiths klang, als sie die Umstände des Mordes an ihrem Mann erwähnte, ungefähr so gerührt, als hätte ihr jemand mitgeteilt, daß ihr kleiner Hauspapagei während der Nacht verstorben wäre. »Wie heißen Sie noch mal gleich?«

Ich wiederholte meinen Namen.

»Hockaday, ja, ja. Jetzt erinnere ich mich wieder. Die anderen Cops, die haben Sie Hock genannt. Da sind ein paar Sachen, die ich Ihnen vielleicht erzählen könnte, Hock – Zeugs, an dem diese anderen Cops anscheinend nicht besonders interessiert waren.«

»Liebend gern werde ich Ihnen lauschen, Mrs. Griffiths.«

»Wieso kommen Sie dann nicht einfach heute abend vorbei? Aber erst nach dem *Glücksrad*, okay? Das ist nämlich meine Lieblings-Gameshow, und ich habe keine Lust, die für nichts und wieder nichts zu verpassen.«

Ich sagte, ich könnte so gegen acht Uhr bei ihr sein.

Ich rief den diensthabenden Sergeant im Midtown-North an und bat ihn, mir für etwa sieben Uhr an diesem Abend einen Zivilwagen zu reservieren.

Und dann zog ich den Stecker des Telefons raus und legte mich auf dem Rücken auf die Couch unter dem Fenster, und in sage und schreibe fünf Sekunden war ich eingeschlafen.

Ich träumte, ich würde einem Zieher bei seinem Hütchenspiel unten auf der Straße zusehen. Flaschendeckel bewegten sich nach links und rechts, links und rechts. Die Kugel nur unter einem der drei Deckel. Und die schlanken, flinken Finger des Ziehers, sein einlullendes Gequatsche.

Seht's außer Rand und Band, wie eine kleine rote Fliege auf der Wand – wo ist der Ball?

Und der Zieher sah aus wie Samuel Waterman jun. – in seinem dreiteiligen, maßgeschneiderten Anwaltsanzug und seinen maßgefertigten englischen Schuhen und einem Hemd mit Kragennadel und einer gemusterten Krawatte von *Hermès.*

Ich war der Typ, der alles über das Trickmischen und alles über Abdecker und Animateure wußte. Auch wenn mir das absolut nichts nützte.

War ich nicht selbst auch ein Animateur ... ein harmlos aussehender Handlanger? Die meiste Zeit ein ziviler *SCUM-Patrol*-Cop in einem schmierigen Mantel, mit einer Strickmütze auf dem Kopf und einem Funkgerät in einer Papiertüte? Eine Bahn von *Munson's* Tapete, jemand, der nicht war, was er zu sein schien?

Aber gleichgültig, was auch immer ich alles wußte, den richtigen Flaschendeckel fand ich trotzdem nicht ...

Jemand klopfte an meine Tür.

Ein paar Stunden Schlaf fielen aus meinem Leben wie Fussel, die von einem ausgefransten Ärmel gewischt werden.

»Hock, sind Sie da?«

Es war Mary Rooneys krächzende Stimme.

Wieder Klopfen.

»Hock!«

Ich wuchtete mich von der Couch hoch und ging zur Tür, und als sie meine Schritte hörte, klopfte sie nicht mehr.

Als ich die Tür öffnete, stand da Mary Rooney in Hauskleid und Pullover und mit Lockenwicklern in den Haaren. Und der dominikanische Hausmeister, der im Keller wohnt, stand direkt neben ihr draußen auf dem Flur. Er hielt das Kinn auf seiner Brust vergraben, als wollte er einem Henker und seiner Schlinge entgegenkommen.

»Das hier ist Ricky«, stellte Mary Rooney vor. »Ich habe ihm gesagt, er soll mit Ihnen reden, weil er an einem Streifen davon quasselt, daß er dem Mieteintreiber was angetan hätte, dem hier oben in Ihrer Wohnung der Bauch aufgeschlitzt worden ist.«

Ricky sah mich an, sah an mir vorbei in meine Wohnung, und dann bekreuzigte er sich im Namen des Vaters und des Sohnes und des Heiligen Geistes.

17

Als wir es uns in meiner Wohnung bequem gemacht hatten – Mary saß auf einem Ende der Couch, als hätte sie einen Besen verschluckt, und beäugte mißtrauisch meine Bücher, ich am anderen Ende und Ricky in dem grünen Bordellsessel, die Hände nervös auf die Lehnen gelegt, so als rechnete er jeden Augenblick damit, daß der Henker den Schalter umlegte –, erklärte Mary:

»Wie ich Ihnen gesagt habe, Hock, daß ich's tun würde, bin ich bei dem einen oder anderen hier im Haus gewesen – Sie wissen schon, wegen dieser Sache mit unserem beschissenen Vermieter und seiner freundlichen kleinen Mitteilung, daß wir doch bitte das Haus räumen sollen. Sie erinnern sich doch, die Mitteilung?«

Es wäre äußerst schwierig gewesen, eine Mitteilung zu vergessen, die mir, auf die Brust eines nackten, toten Mannes geheftet, zugegangen war, den ich in meiner eigenen Badewanne gefunden hatte. Ich sagte zu Mary: »Ja, ich erinnere mich.«

»Und dann stellt sich heraus«, sagte Mary, »daß genau derselbe Mann, der das widerliche Ding unterschrieben hat …«

»Oh!« jammerte Ricky. Und wieder bekreuzigte er sich.

»Griffiths war der Name«, sagte Mary. Sie rückte einen abtrünnigen Lockenwickler zurecht. »Unser lieber netter Mieteintreiber, der ist ermordet worden. Direkt hier, hinter dieser Tür da zu Ihrem Klosett.«

Sie deutete auf die Badezimmertür. Rickys Blick folgte ihrem Finger. Er schüttelte sich. Dann drehte er sich zu mir und sagte: »Ich nicht wollen nie, daß diese Mann Grieeefeth was passieren. Ich nicht glauben an dies *Santería* sehr viel, ich Ihnen das sagen ganz ehrlich, Sir.«

»Santería?«

Ricky legte seine Hände zusammen und schaute nach oben und flüsterte Gott etwas zu, und dann sagte er zu mir: »Die Schwarze Magie, Sir. Sehr schlimme verdammte Schwarze Magie!«

Ich sah Mary an, und sie verdrehte die Augen und sagte: »Er glaubt, er hätte Griffiths womöglich mit Schwarzer Magie umgebracht und sollte sich jetzt besser einen Anwalt nehmen.«

Ich schüttelte den Kopf, doch das half auch nichts. »Warum glauben Sie, einen Anwalt zu brauchen?« fragte ich Ricky.

Mary kam Ricky zuvor. »Ich sage ihm, alle Anwälte sind Halsabschneider und Frauenschänder und Lügner. Ich sage ihm, der Teufel macht seinen Weihnachtskuchen aus Anwaltszungen, aber trotzdem will er immer noch einen engagieren. Also habe ich ihn überredet, zuerst mal mit Ihnen zu reden.«

»Ricky?« fragte ich.

»Diese Mann Grieeefeth, der eines Tages zu mir kommen, und er zu mir sagen: ›Ricky, dein Job, der nicht mehr gebraucht werden.‹ Und ich sagen zu diese Mann: ›Was machen Haus jetzt ohne Hausmeister?‹ Und Grieeefeth, er nur lachen und lachen!«

Ich schüttelte den Kopf.

Mary sagte: »Oh, diese Drecksbande! Verstehen Sie jetzt? Die wollen uns hier in Dreck und Chaos versinken lassen, das wollen die. Was bedeutet, die wollen uns mit Gewalt hier raus haben, und das bedeutet, sie wollen's auf die richtig gemeine Tour machen.«

Ich fragte Ricky: »Was haben Sie getan, als Griffiths Sie ausgelacht hat?«

»Ich Grieeefeth fragen: ›Wenn ich haben keine Arbeit mehr, ich nicht mehr hier sein?‹ Er sagen: ›Ricky, du jetzt besser verduften.‹ Und ich, ich sein so wütend auf diese Mann, ich denken sofort an alte *Santería* – ich darüber nachdenken, welchen Fluch ich diese Mann wünsche.«

»Was genau haben Sie getan?« fragte ich.

Und natürlich mußte Mary schnell ihren eigenen Senf dazugeben. »Falls er getan hat, von dem wir genau wissen, daß es passiert ist, dann war's noch nicht grausam genug.«

»Ricky?« fragte ich.

»Ich mich haben betrunken, Sir. Und ich mich erinnern an die *Santeros*, die Priester. Hier, ich nicht glauben an die Kraft der *Santeros*, aber ich mich haben betrunken ...

Einmal, in meine Land, ich gesehen, wie diese *Santero* Blut auf die Münzen getan, und dann er werfen diese Münzen auf einen Mann und verfluchen ihn. Wenn Grieeefeth mir sagen, ich keinen Job mehr haben, ich Angst haben, in meine Land zurückzugehen. Ich das nicht wollen!

Also, ich sein betrunken, Sir. Und ich finden Hühnchen in meine Haus, ich quetschen Blut aus diese Hühnchen, und ich kippen diese Blut über Pennies. Und ich gehen Grieeefeth suchen, und wenn ich ihn finden, ich diese blutigen Pennies auf ihn werfen, und« – Ricky machte eine hackende Handbewegung – »diese schlechte Mann Grieeefeth sein tot zwei Tage später!«

Mary reckte eine Faust und johlte. »Gut gemacht, Ricky!«

Ricky bekreuzigte sich. Ich schüttelte den Kopf.

»Sie brauchen keinen Anwalt, Ricky, Sie sind nicht in Schwierigkeiten«, versicherte ich ihm.

»Keine Schwierigkeiten?«

»Nein.«

»Aber wenn ich Grieeefeth sehen und diese blutigen Pennies werfen ... Oh! ... Er sein zusammen mit diese Priester!«

»Welcher Priester?«

»Ich nicht wissen Name«, sagte Ricky. »Nur ein Priester, nur ein alter Priester.«

»Ein Priester drüben von der Holy-Cross-Kirche?« fragte ich.

»Ich diesen Priester noch nie gesehen in Kirche.«

»Wie hat er ausgesehen?«

»Er alt, sein Haar sein weiß. Er dünn. Ich nicht wissen, einfach nur alter Priester.«

»Wo haben Sie Griffiths mit dem alten Priester gesehen?« fragte ich.

»Ich ihnen begegnet auf Straße, sie reden, direkt vor diese Haus. Ich suchen Grieeefeth, und ich ihn finden mit diese Priester reden.«

»Hatte der Priester vielleicht eine Tasche bei sich? Eine große Tasche?«

»Ich nicht wissen ... Oh, ich glauben, ja, vielleicht er haben.« Rickys Miene hellte sich auf.

»Jedenfalls haben Sie dann die Pennies auf Griffiths geworfen?«

»Ja, ich sehr beschissen betrunken.«

»Was ist dann passiert?«

»Grieeefeth lachen und er lachen, und er sagen: ›Um dich

kleine Spic ich mich noch kümmern, dich ich noch kriegen, Spic!‹ «

»Und was hat der Priester gemacht?«

Ricky kratzte sich am Kopf. »Ich glauben, er weggelaufen. Ich mich nicht mehr so gut an alles erinnern können, ich sehr beschissen betrunken.«

»Machen Sie sich mal keine Sorgen wegen des Fluchs, den Sie auf Griffiths gelegt haben«, sagte ich. »Sie haben ihn doch nicht umgebracht, oder?«

»Ich nur werfen diese blutigen Pennies!«

Ricky schien erleichtert wie ein Mann in der Todeszelle, dessen Strafe gerade eben vom Gouverneur umgewandelt worden war. Er hatte mir gebeichtet, was er für eine Sünde hielt, und ich hatte ihm die Absolution erteilt. Weswegen ich mich jetzt unbehaglich fühlte.

Mary steckte sich eine *L&M* an und strahlte selbstzufrieden. Zu Ricky sagte sie: »Siehst du, habe ich dir das alles nicht auch schon gesagt?«

»Okay«, sagte Ricky.

Er stand auf, und ich folgte seinem Beispiel. Und ich hoffte, sie würden jetzt beide gehen. Ich wollte noch etwas schlafen. Und anschließend würde ich raus auf die Straße müssen, um Lionel den Holy Redeemer zu suchen, der mir ein paar Antworten schuldig war.

»Oh, ich wünschte nur, ich hätte diesen triefnäsigen, kleinen Bastard des Vermieters umgelegt«, sagte Mary. »Apropos, kommen Sie übrigens zu unserer Demonstration, Hock?«

»Welche Demonstration?«

»Himmel, hab ich's etwa vergessen, Ihnen das zu sagen?«

»Vermutlich.«

»Hock, bei meinen Bemühungen, die Mieter hier zu organisieren, finde ich doch tatsächlich heraus, daß wir nicht das einzige Haus in Hell's Kitchen sind, in dem die Mieter gebeten worden sind, sich zu entfernen. Gute und anständige Leute überall in unserem Viertel haben ekelhafte Mitteilungen wie die gekriegt, die wir auch bekommen haben! Und alle wohnen in Häusern, die der Empire Properties gehören.«

»Sie waren ganz schön emsig«, sagte ich.

»Das war ich allerdings, Hock. Organisiert habe ich, genau wie Sie's mir gesagt haben ... Und, meine Güte, Hock, ich fühle mich wieder wie ein junges Ding – ich fühle mich, als wär's wieder Frühling, drüben in Irland! Wissen Sie, wenn die Milch nach Zwiebeln schmeckt, weil die Bauern die Kühe auf die Weide treiben und die Kühe das Zwiebelgras fressen, das nach den Weidenkätzchen sprießt, aber noch kurz vor den Forsythien.«

Mary unterbrach sich, um Luft zu holen, und dann: »Es ist einfach das Beste, was ich seit Jahren gemacht habe, Hock, das ist alles. Ich sorge dafür, daß wir zusammenhalten, damit wir's dem Vermieter zeigen können!

Und deshalb werden wir im Park demonstrieren. Morgen abend. Können Sie auch kommen?«

»Ich werd's versuchen«, sagte ich.

»Eins kann ich Ihnen versprechen, das wird ein Mordskrawall.«

Mary klopfte ihre Lockenwickler zurecht, und Ricky lächelte mich an, und dann gingen sie.

Den Holy Redeemer hatte ich nirgendwo finden können, und ich hatte überall die West Forty-second rauf und runter hinterlassen, daß ich ihn sprechen wollte. In ungefähr zweieinhalb Stunden würde ich zum Midtown-North müssen, den Wagen abholen und dann rüber nach Jersey fahren, um der Witwe Griffiths einen Besuch abzustatten.

Um mich für die bevorstehende abendliche Exkursion aus der Stadt raus zu stärken und weil ich, abgesehen davon, daß ich Durst hatte, auch noch hungrig war, gab ich die Suche nach Lionel dem »Priester« fürs erste auf. Ich ging rüber zur Ninth Avenue ins *Ebb Tide*.

Die Sonne befand sich auf dem Weg hinter den Horizont, verwandelte dabei den für die Jahreszeit sehr untypisch warmen Tag plötzlich in einen exakt der Jahreszeit entsprechenden. Und der Wind vom Fluß frischte auch auf. Ich stellte mir ein schönes Gläschen *Johnnie Walker Red* vor und spürte, wie er auf dem Weg durch meine Kehle brannte.

Angelo hatte Dienst. Und es war für einen späten Nachmittag unter der Woche ungefähr noch eine Stunde zu früh für die Weinschorle-Truppe. Die Bar war gefüllt mit den üblichen Typen aus dem Viertel, denjenigen mit Zeit und Geld – sie besaßen weder vom einen noch vom anderen gerade viel, aber immerhin etwas. Karierte Hemden und Cordhosen, die mit Hosenträgern hochgehalten wurden, und Mützen mit Ansteckern von der Gewerkschaft, und die alten Knaben redeten erregt über einen Aufseher unten im Schlachthof, der jemanden feuerte, wenn er ein Steak geklaut hatte, während die großen Bosse in ihren feinen Anzügen die Firma bis aufs Hemd auszogen; Klagen über jeden, den sie mal kannten, der in die Vororte gezogen war und vergessen hatte, wie's gewesen war, als sie noch Kids in diesem Viertel waren und zusammen Salami-Sandwiches gegessen hatten.

Es lief Musik von Lester Young und Roy Eldridge – »This Year's Kisses« und »I Didn't Know What Time It Was«.

Über die Theke verteilt lagen zahlreiche zerknitterte Boulevardzeitungen, Beweis dafür, daß die alten Knaben einen schönen produktiven Tag damit verbracht hatten, beachtenswerte Ereignisse und Bier aufzusaugen, was schließlich in rotgesichtigen Debatten endete. Sie redeten zum Glück nicht über den Anschlag auf Father Love, als ich dazukam; es war eine irische Meute und von daher erheblich mehr an dem blutigeren kriminellen Sport der Politik interessiert – besonders angesichts einer bevorstehenden Präsidentschaftswahl.

Knotige Fäuste krachten auf die Theke als nette Interpunktion zu den verschiedenen von Angelo Cifelli vorgebrachten Ansichten und Meinungen – einem Italiener durch und durch, der nichtsdestoweniger dick auftragen konnte, was Iren in einen Pub zieht wie Torf zu Mooren. Sie machten sich einen Spaß daraus, indem sie entweder für oder gegen das Stellung bezogen, was auch immer er zu sagen hatte, solange man sich dabei nur empören konnte.

Angelo schlug auf ein Zeitungsfoto von George Bush ein und sagte zu jemandem namens Flaherty am anderen Ende der Theke: »Du meinst, dieser Bursche hier wäre unheimlich? Warte nur, bis du die Delegierten auf seinem Nominierungskonvent siehst – pensionierte Nazis, Irre, die an Hämorrhoiden leiden, perverse Fernsehevangelisten, Gauner, die Pyramiden verkaufen wollen, junge Börsenmakler. Flaherty, ich sage dir die Wahrheit ... wir sind verdammt!«

Angelo kam rüber, um mir einen *Red* und ein *Molson* zu bringen. Ich sagte, ich hätte gern Fisch und Chips dazu, und er gab die Bestellung an einen Kellner weiter. Und dann sagte er zu mir, laut genug für alle anwesenden Ohren und als Einladung, mich an dem brüderlichen Dialog zu beteiligen: »Ethel Merman, die kennt sich aus, was die Politik betrifft ... *there's no business like show business.* Und, Baby, ist jetzt vielleicht Showtime, oder was?«

Ich hob mein Glas und meinte: »Auf die Politik in den U. S. of A. – auf die hohe Kunst, Stimmen von den Armen und Geld von den Reichen zu kriegen, indem man verspricht, die einen vor den anderen zu schützen.«

Daraufhin krachte jede Faust in der Bar auf die Theke, und ich genoß die Aussicht auf mehrere Runden. Und schweigend beglückwünschte ich mich dafür, die Essays von Oscar Ameringer gelesen zu haben.

Irgendwer wollte die ersten Abendnachrichten im Fernsehen sehen, wo wir ja gerade vom Showbusiness sprachen. Also schaltete Angelo den Fernseher hinter der Theke ein, der meistens benutzt wurde, um Catchen und Boxen und Baseball zu verfolgen. Statt den Fernseher lauter zu drehen, ließ Angelo den Jazz laufen. Das Bild schaltete zwischen einer Reporterin mit vollem Haar und blendenden Zähnen und einem Rudel lächelnder Männer mit gleichermaßen blendenden Zähnen hin und her, die die Reporterin ernsthaft als Kandidaten für das Amt des Präsidenten anzusehen schien. Und niemand in der *Ebb Tide Bar* auf der Ninth Avenue in New York City fand an diesem Tag irgend etwas besonders Ungewöhnliches daran, all diese sich bewegenden Lippen auf einem stummen Fernsehschirm zu verfolgen.

Jemand namens Mogaill sagte: »Ich kann diese Lippen jetzt schon seit Jahren lesen. Seht ihr den Typen da, der sagt gerade, er wäre für bessere Jobs und bessere Bezahlung; der andere Bursche sagt, er wäre für gute Jobs bei besserer Bezahlung oder vielleicht ist er dieses Jahr auch für bessere Jobs bei guter Bezahlung ... das kann ich allerdings nicht sagen. Und früher oder später wird einer von den Kerlen sagen: ›Ich bin einfach nur für Jobs, Jobs, Jobs!‹ «

Woraufhin Angelo zufügte: »Nicht einer von denen ist intelligent genug, mal einen Moment aufzuhören und zu fragen, was ein ›guter Job‹ denn eigentlich *ist*, oder wieso jeder unbedingt einen haben will.«

Und Mogaill brummte seine freudlose Vision von einer immer unfreundlicheren und weniger liebenswürdigen Nation. »Oh, heute reißen sie sich das Maul auf über ›gute Jobs bei guter Bezahlung‹ – in ein paar Jahren vielleicht, bei all den Körpern, über die wir dann immer noch überall auf den Straßen einen Schritt machen müssen, werden sie anfangen, nach ›anständigem Essen für anständige Menschen‹ zu schreien, und sie werden Fragen stellen, von denen sie behaupten werden, sie wären doch nur logisch, Fragen wie: Wieso einem Toten zu essen geben, auch wenn er noch laufen kann?«

Ich sagte ganz ruhig: »Genau darum geht's doch heute auch schon.«

Äste knackten, Steine und Geröll und abgebrochene Fragmente von vertrocknendem Gebüsch plitschten und platschten in das stehende Wasser auf den Gleisen ... und der Geruch von Müll und Papierfeuern, die durchdringenden Fahnen von Marihuanarauch, der Gestank der Kloake; dösende, benommene Gestalten, dicht aneinandergeschmiegt wie Würfe junger Hunde ... Gesichter und der kollektive Blick ausgebrannter Augen, der von allen Seiten in mich hineinbrannte, die stumme Verachtung von Menschen, die schon bei ihrer Geburt betrogen wurden ... *»Wieso einem Toten zu essen geben, auch wenn er noch laufen kann ... Anständiges Essen für anständige Menschen ...«*

Es war schon ein toller Tag gewesen. Und auch der Tag davor war ein toller Tag gewesen. Und der Tag davor ...

Aus der Telefonzelle neben dem Eingang rief ich Mona an.

»Hallo, Lover, vermißt du mich schon?« fragte sie.

»Ja, ich schätze, das tue ich.«

»Hab ich dir nicht gesagt, daß ich so was wie eine Kur bin?«

»Ich bin schon auf dem Weg der Besserung, das muß ich dir lassen«, sagte ich. »Aber eine Kur dauert erheblich länger.«

Ich lauschte auf ihr rauchiges Lachen und überlegte, wie sie wohl in diesem Augenblick aussah – wie sie vor dem Fenster an dem von ihrem Papa gebauten *secrétaire* saß, den Telefonhörer zwischen Schulter und Kinn geklemmt. Und ich dachte an den Anblick, wie sie in einen Apfel biß, und wie gern ich sie damals gekannt hätte; wie sehr ich, während die Jahre ins Land zogen, zu der Erkenntnis gelangt war, daß die Zeit ein Vandale ist.

»Hast du meine Nachricht auf dem Zeitungsschnipsel bekommen?«

»Habe ich, ja. Wirst du auch vorsichtig sein?«

»Ja, ich denke schon.«

»Werde ich dich heute abend sehen?«

»Vielleicht. Wie sehen deine Pläne aus?«

»Ich arbeite im Club, zwei Aufführungen von ›Popsicle Toes‹, du weißt schon.«

»Ich muß rüber nach Jersey«, sagte ich.

»Oh, Hock, du armes kleines Ding. Hat's mit dem Fall zu tun?«

»Ja, es hat damit zu tun.«

»Gott, wie lange wird's denn dauern?«

»Das ist alles offen.«

»Sei vorsichtig!«

»Das hast du schon mal gesagt. Mir wird schon nichts passieren, ehrlich.«

Mona lachte, aber nicht, weil sie irgendwas lustig fand. Ich meinte, am anderen Ende der Leitung vielleicht so was wie das Klirren von Eis in einem Glas zu hören. Sie sagte: »Keinem passiert was ehrlich. Um das Gegenteil mache ich mir Sorgen.«

»Wie wär's, wenn ich dich nach der Show im *Pigalle* abhole? Dann müßte ich eigentlich wieder in der Stadt sein.«

»Das wär super, Hock. Weißt du, was ich heute abend gern machen würde?«

»Ich bin müde, Baby. Wirklich richtig müde.«

»Gut. Denn heute abend, heute abend würde ich mir gern mal deine Wohnung ansehen.«

»Meine Wohnung ist eine Müllkippe.«

»Gibt's in deiner Müllkippe irgendwas Eßbares?«

»Ich kann Chili machen, das war's dann auch schon so ungefähr. Die meisten Leute mögen es nicht.«

»Ich bin eine ganze Menge, Honey, aber ›die meisten Leute‹ gehört nicht dazu.«

Und so war der spätere Abend verplant, wenn ich von meinem Besuch bei Witwe Griffiths aus Jersey zurückkehrte.

Als ich aus der Telefonzelle trat, bemerkte ich mit Bedauern, daß es inzwischen die Tageszeit war, zu der die alten irischen Jungs mit ihren karierten Hemden und Hosenträgern und Glatzköpfen und knotigen Händen anfingen, den jüngeren Bewohnern des Viertels in grauem Flanell, mit Paisley-Krawatten, teuren Haarschnitten und Kamelhaarmänteln Platz zu machen.

Mir blieben noch etwa zwanzig Minuten, bevor ich mich auf den Weg zum Midtown-North machen mußte, um den Wagen abzuholen. Also setzte ich mich wieder auf einen Hocker an die Theke. Im Fernseher liefen immer noch die Nachrichten, immer noch ohne Ton, und immer noch ergab alles einen perfekten Fernseh-Sinn. Die Reporterin auf dem Bildschirm war inzwischen eine Lady mit rosigen Wangen, und sie interviewte einen blonden Mann wegen irgendwas.

Und obwohl er draußen in der Kälte interviewt wurde, trug er keinen Hut. Er war irgendwas über vierzig und trug einen guten, dunklen Zweireiher, eine violette Krawatte und einen Mantel, der lässig über seinen Schultern hing. Sein aschblondes Haar war zottig und zerzaust. Es sah aus, als hätte er sich erst kürzlich den Drei-Dollar-Schnitt unten beim Friseur in der Times Square IND-U-Bahn-Station verpassen lassen. Das Gesicht war ausdruckslos-höflich und leicht verquollen und so weiß wie eine Maine-Kartoffel. Er hatte winzige, feminine Lippen, die er schürzte, wenn er da oben auf dem stummen Bildschirm etwas sagte.

Ich hörte, wie jemand an der Theke, dessen Namen mich nicht weiter interessierte, sagte: »He, ich hab das Buch von dem Kerl da gelesen! Das ist Daniel Prescott ... der ist einfach ehrfurchtgebietend!«

Prescott sagte irgendwas mit seinem winzigen Spitzmaul und seinen Bisamrattenzähnen. Ich drehte mich zu Angelo, der in der Nähe Gläser wischte und einen spöttischen Blick zu Prescotts Gesicht hinaufwarf, und fragte: »Wer ist der Kerl überhaupt?«

»Hast du die letzten Jahre auf der Venus gelebt, oder was?« sagte Angelo.

»Oder was, schätze ich. Ich hab meine Scheidung über mich ergehen lassen.«

Angelo zuckte mit den Achseln. »Ach, das, ja.« Dann wollte er wissen, ob ich noch einen trinken würde. Was ich schmerzlich ablehnte, da ich ja an diesem Abend noch rüber nach Jersey fahren mußte.

Wieder zuckte er mit den Achseln und sagte: »Tja, jedenfalls, Daniel Prescott ist ein sogenannter Immobilienmakler. Vor einer Weile hat er sich einen Pressesprecher engagiert. Hast du schon mal von einem Hausbesitzer gehört, der einen Pressesprecher braucht?«

Nein, sagte ich, hätte ich noch nicht.

Angelo sagte: »Der Bursche ist ein wiehernder Scheißkerl, also hat er natürlich auch die Geschichte seines bescheuerten Lebens in Buchform rausgebracht, und natürlich ist es ein Bestseller. Und außerdem – und das denke ich mir jetzt nicht einfach so aus, Hock – ist dieser *Vermieter* drauf und dran, öffentlich bekanntzugeben, daß er sich um das Amt des Präsidenten bewerben will.«

Ich hatte immer noch etwas Zeit, bevor ich den Wagen abholen mußte, also schaute ich noch auf einen Sprung in die *Flanders Bar,* in der Hoffnung, dort vielleicht Lionel den Holy Redeemer zu erwischen. Aber er war nicht da. Ich hinterließ, daß ich ihn suchte und daß für den, der uns zusammenbrachte, ein Zwanziger drin war.

Dann machte ich mich auf den Weg nach Jersey.

18

»Tja, ich weiß ja nicht. Sie sehen nicht aus wie ein Detective.«

Sie streckte eine Hand durch die Türöffnung und ließ die Finger über meine Dienstmarke wandern, die ich ihr hinhielt. Außerdem zog ich den Reißverschluß meiner Bomberjacke auf, damit sie einen kurzen Blick auf die .44er Charter Arms Bulldog werfen konnte, die sich in einem Schulterhalfter unter meine Achsel schmiegte.

»Ich sag's Ihnen, Lady, ich bin's. Hockaday, der Cop, mit dem Sie kürzlich erst telefoniert haben. Und wie soll ein Detective denn Ihrer Meinung nach überhaupt aussehen?«

»Tja, als ich noch ein Kind war, da haben die meistens braune Anzüge getragen, die wie Kleidersäcke aussahen, und ihre Krawatten waren auch braun und hatten einen dicken fetten Windsorknoten. Und dann hatten sie noch diese schwarzen Schuhe mit den dicken Zickzack-Kreppsohlen, wie man sie drüben bei *Bamberger's* kaufen kann. Und Hüte ... sie haben immer Hüte getragen, wie in den alten Filmen im Fernsehen ...«

Für meinen Geschmack sah Lynette Griffiths sogar noch erheblich weniger wie eine Witwe aus als ich nach einem Detective. Und in einem Vorort wie Englewood Cliffs wirkte sie ziemlich fehl am Platz. Ihr Haar war pechschwarz gefärbt, und an der Stirn und auf dem Kopf schimmerten dunkelblonde Haarwurzeln durch, und dann hatte sie auch noch eine brutale Dauerwelle. Ihr Gesicht war seltsam orange, die Folge von zuviel Gesichtspuder, dachte ich; und getrocknete Reste von hellrotem Lippenstift hatten sich in die Zwischenräume ihrer Zähne vorgearbeitet.

Sie klang auch nicht so traurig, wie sich meiner Meinung nach eine frischgebackene Witwe anhören sollte. Und ich fragte mich, ob ich sie je davon abhalten könnte, auf der Veranda ihres Hauses im nachgemachten Tudorstil auf mich einzureden. Irgendwo über uns in der Jersey-Nacht dröhnte ein Flugzeug, und die Alarmanlage eines Mercedes-Benz auf der anderen Straßenseite machte rülpsende Geräusche.

»Dann haben wir da noch die modernen Detectives, die meinen, sie müßten aussehen, als wären sie Cops in den Fernsehserien, die's heute so gibt. Die tragen solche Anzüge mit diesen modernen Designerjacken und Bundfaltenhosen und pastellfarbene Hemden wie von *Saks*. Und dann diese italienischen Schuhe, bei denen das Leder nicht mal so gut ist wie bei meinen Hauslatschen, und ...«

»Mrs. Griffiths, es wird langsam kalt hier draußen. Hätten Sie was dagegen, wenn ... Könnten wir nicht einfach ins Haus gehen und uns dort weiter unterhalten? Sie erinnern sich, daß Sie am Telefon gesagt haben, Sie hätten mir gewisse Dinge zu erzählen ... Dinge, von denen die anderen Cops nichts wissen wollten?«

»O, ja«, sagte sie. »Tja, dann kommen Sie doch einfach rein.«

Wir machten es uns im Wohnzimmer bequem, im Herzen des Heimes des verstorbenen Howie Griffiths. Ich war hineingegangen, wie ich normalerweise immer einen mir unbekannten Raum betrete – ein bißchen vorsichtig, wobei meine Augen alles aufnahmen, um den Inhalt zu katalogisieren, falls es später mal wichtig werden sollte. Das ist eine typische Berufskrankheit von Cops, diese Art, in die Häuser anderer Leute zu gehen.

Mrs. Griffiths setzte sich auf eine Couch im frühen amerikanischen Stil, die mit einem braun-gelben Karostoff bezogen war. Über der Couch hing ein Christusbild auf Samt, flankiert von holzgemaserten Vinyl-Wandleuchtern mit Wachstrauben. Ich setzte mich auf einen Schaukelstuhl aus Ahorn mit einem karierten Kissen, das zur Couch paßte. Zwischen uns stand ein Zuckerahorn-Couchtisch.

Auf diesem lag: eine in weißes Lederimitat gebundene Bibel, ein großer Glasaschenbecher mit ein paar Kippen, ein halbleeres Glas *Gerber*-Babynahrung, Geschmacksrichtung Apfel-Pflaumen, sowie die aktuelle Ausgabe des ›People Magazine‹ die bei einem Artikel über Oprah Winfrey aufgeschlagen war.

In einem Laufstall auf der anderen Seite des Raumes stand ein kleines Kind in Windeln, mit dem Rücken zu uns. Ich konnte nicht erkennen, ob es ein Junge oder Mädchen war. Das Kind starrte wie gebannt auf den Farbfernseher, in dem gerade *Die Traumhochzeit* lief. In einem weiteren Käfig, nicht sehr weit von dem Laufstall entfernt, knackte ein rotblauer Papagei Samenkörner und starrte mich an, als würde ich nach meinem Ausbruch aus Sing-Sing immer noch in Gefängniskluft rumlaufen.

Lynette Griffiths fummelte an einer silbernen Kette, die sich eng um ihren Hals schmiegte, und auch sie starrte mich an; beobachtete, wie ich alles in ihrer Wohnung katalogisierte, schien sich Sorgen um meine Meinung über ihre Inneneinrichtung zu machen. Dann sagte sie: »Howie, mein Mann ... mein verstorbener Mann ... er hat mir diese Kette gekauft. Ich hab sie sogar bei meiner Hochzeit getragen ... Wir waren damals glücklich wie nur was. Aber es hat gottverdammt nicht besonders lange gehalten.«

Obwohl sie auch schon draußen an einem Streifen gequasselt hatte, bemerkte ich erst jetzt, während ich sie nun hier im Licht anschaute, den Akzent der Appalachian Mountains in ihrer Stimme. Dabei kamen manche ihrer Worte so heraus, als wäre ihr ein Katzenfisch quer im Mund steckengeblieben. Sie zündete sich eine *Vantage* an.

»Ja, Ma'am«, sagte ich. Und dann: »Mrs. Griffiths – und bitte, denken Sie jetzt nicht, ich würde Ihnen irgendwelche Vorwürfe machen, aber ... Ihr Mann ist eines gewaltsamen Todes gestorben, er wurde ermordet – und das erst vor wenigen Tagen, in meiner Wohnung! Und hier sitzen wir beide, und, also ... es scheint Sie einfach nicht besonders mitzunehmen.«

Sie zuckte mit den Achseln. »Bingo. Ich bin nicht mitgenommen, okay?«

»Okay. Wie lange waren Sie und Howie verheiratet?«

»Demnächst hätten wir den vierten Hochzeitstag gefeiert.«

»Und ... sah's nicht besonders gut für den fünften aus?«

»Sah nicht so besonders wahrscheinlich aus, wenn man danach geht, wie die Dinge in unserem Fall standen, der noch vor dem Scheidungsgericht des Bergen County entschieden werden mußte. Schätze, ich werde jetzt eine Menge Anwaltshonorare sparen.« Sie nahm einen tiefen Zug an der Zigarette und sagte: »Ich weiß, das klingt eiskalt wie nur was, Detective Hockaday ...«

»Wenn Sie wollen, können Sie mich Hock nennen.«

»Also schön. Es ist eiskalt, aber ich vermute, Geld war das einzige, was für Howie noch wichtig war. Sehen Sie, und Geld war auch der Grund, warum ich ihn rausgeschmissen habe. Howie, der ist so ungefähr schon seit einem Jahr nicht mehr hier bei mir und dem Baby gewesen.«

»Was ist passiert?«

»Zuerst waren's nur Kleinigkeiten ... Das habe ich ja auch den anderen Cops zu erzählen versucht, aber die haben immer nur gesagt, das wäre alles nicht sachdienlich, wissen Sie... Sind Sie sicher, daß *Sie* das alles hören wollen, Hock? Ich meine, ich kann Ihnen nicht versprechen, daß irgendwas dabei ist, das Ihnen garantiert, nach New York zurückzufahren und sofort den Mord an meinem Howie knacken zu können. Ich schätze, was ich zu sagen habe, ist eher so was wie ... wie die Intuition einer Ehefrau.«

Ich sagte Lynette Griffiths, daß ich von solchen Sachen eine ganze Menge hielte.

»Tja, also okay ... Sehen Sie, ich denke mir einfach, daß mein Howie –«

Sie drehte sich abrupt um, als das Baby ein Geräusch machte wie ein Ackergaul, der Luft abließ. Das Baby schien ziemlich erleichtert. Lynette drehte sich wieder mir zu und sagte: »Wollen Sie vielleicht einen Drink oder so?«

Ich lehnte dankend ab, und sie sah enttäuscht aus.

»Jedenfalls, zurück zu Howie. Sind Sie meinem Howie mal begegnet?«

»Ich habe einmal mit ihm gesprochen«, sagte ich. Aber ich sagte nicht, daß dies gewesen war, weil Howie derjenige war, der Buddy-Os nackte Leiche entdeckt hatte.

»Ein ausgemachter Idiot, stimmt's?«

»Ma'am, ich spreche nicht gern schlecht von Toten.«

»Oh, ja. Aber er *war* trotzdem ein Idiot. Er hat gelebt wie ein Idiot, und er ist gestorben wie ein Idiot. Eine Zeitlang, eine Zeitlang war er mein Idiot. Wenigstens etwas.«

»Wie haben Sie ihn kennengelernt?«

»Tja, vor vier, fünf Jahren war er als Vertreter unterwegs, und zu seinem Gebiet gehörte auch meine Heimatstadt Henderson. Das ist in Kentucky. Damals hat er Krankenhäuser und Kliniken und so besucht, hat von der Firmenzentrale in New York aus, was ja Howies Heimatstadt ist, alle möglichen medizinischen Geräte und Pharmazeutika verkauft.

Oh, ich hatte noch nie jemanden aus New York kennengelernt, und ich war schon irgendwie begeistert. Ich habe als Cocktailhostess im Holiday Inn in Henderson gearbeitet, wo er immer abgestiegen ist. Damals sah ich gar nicht mal so übel aus, und auch Howie nicht, da ich ihn da ja noch nicht gemästet hatte ... Ich vermute, ich hatte sofort dieses Gefühl bei ihm, sofort beim ersten Mal. Aber ich habe nicht auf mich gehört. Ich habe mich einfach von der Hitze des Augenblicks überrollen lassen. Sie verstehen, was ich meine?«

»Ja, Ma'am, ich glaube schon.«

»Er war einer dieser Typen, die es für wichtig halten, auf alles eine Antwort zu finden. Verstehen Sie? Heute kann ich

Ihnen sagen, daß es keine Antwort ist, einem Kerl zuzuhören, der alle Antworten hat. Und ich schätze, irgendwie habe ich das auch schon damals gewußt, im Bauch, aber wie ich schon sagte, ich habe nicht auf meine innere Stimme gehört.

Tja, zwischen Männern und Frauen führt eins zum anderen, wissen Sie, und Howie und ich, wir haben geheiratet, und er hat gesagt, uns würd's blendend gehen, wenn er einfach nur wieder zurück nach New York und irgendwie einen mordsmäßigen Haufen Geld machen könnte ...

Oh, Himmel, ist das nicht mal eine ungeschickte Art, es auszudrücken? Einen *mords*mäßigen Haufen Geld. Aber so hat Howie schon immer geredet.

Jedenfalls, so langsam kriegte ich das Gefühl, daß Howie genau so enden würde, wie er dann ja auch geendet ist. Praktisch am ersten Tag, als wir nach New York gekommen sind, habe ich das schon gewußt. Und das war vor zwei Jahren. Ich glaube, einmal hab ich's ihm auch gesagt, aber er hat das einfach so abgetan.«

Ich fragte sie: »Wieso hatten Sie dieses Gefühl?«

»Weil Howie immer dorthin wollte, wo er absolut nicht hinpaßte ... Wahrscheinlich haben Sie keine Ahnung, wovon ich überhaupt rede.«

»Wie wär's, wenn Sie's mir erzählen, und ich werde Ihnen einfach zuhören, und vielleicht verstehe ich es ja dann.«

»Mann, Sie sind sogar noch besser als Donahue, Hock. Ich meine, ich hab wirklich das Gefühl, daß Sie mir zuhören wollen. Diese anderen Cops ...«

»Andere Cops haben ihre Art, bei einem Verbrechen zu ermitteln, ich habe meine.«

»Ja, ich vermute, das verstehe ich. ... Tja, jedenfalls, mein Howie hat immer geglaubt, er wäre so ein echter Karrieretyp, ein total gewiefter Bursche, der eines Tages eine echt große Nummer wär und 'ne ruhige Kugel schieben könnte und alles. Tja, verdammt, Sie haben ihn gesehen – er weiß ja nicht mal, wie man sich wie die Nadelstreifentypen anzieht, geschweige denn, wie man wie sie redet.«

Ich nickte.

»Howie, der hat immer gedacht, er müßte seinen Kadaver nur an die richtige Stelle bewegen, und schon hätte er's geschafft, und mehr wär nicht dabei. Genau das meine ich, wenn ich sage, er war so was wie ein Idiot – möge der arme, blöde Idiot in Frieden ruhen.

Also, zum Beispiel zieht er los und kauft das Haus, in dem wir hier jetzt sitzen, und er kann es sich nur so gerade eben von dem leisten, was er sich als einigermaßen erfolgreicher Vertreter zusammengespart hat, verstehen Sie? Howie, die große Nummer, mit einem Haus in diesem schicken Englewood Cliffs hier. Verstehen Sie? Verdammt, die Nachbarn hier haben uns jeden einzelnen Tag auf ein paar tausend Arten spüren lassen, daß wir nicht hergehören und nie hergehören werden. Wahrscheinlich hat's Howie nicht besonders viel ausgemacht, aus diesem Haus rausgeschmissen zu werden.«

Lynette drückte ihre Zigarette aus und steckte sich sofort die nächste an. »Sehen Sie, wir sind einfach nur ganz normale, durchschnittliche, kleine Mittelschichtschlucker, Hock. Wissen Sie, wie's ist, heutzutage zur Mittelschicht zu gehören?«

»Ich habe da so meine Vorstellungen, ja«, sagte ich. »Wie sehen Sie's denn?«

»Tja, ich finde, es ist wie irgendwo zwischen Erfolg, von dem man gottverdammt genau weiß, ganz tief in einem drin, an einer Stelle, wo man sich nicht mal mehr selbst belügt, daß er immer außer Reichweite bleiben wird, und schlichtem und einfachem Versagen zu hängen, das einen so krank macht und so schrecklich ist, daß man gar nicht erst drüber nachdenken will.«

Ich sagte: »Das ist mehr oder weniger genau, wie ich die Sache auch sehe.«

»So, da sind jetzt Howie und ich zusammen. Nur Howie, der klassische Volltrottel, der versteht das nicht. Er begreift es nicht, weil er sich die ganze Zeit für diese bescheuerten Kurse und Seminare und was weiß ich nicht alles im Hotel anmeldet. Sie wissen schon, diese Schwindeleien von wegen *Riskieren Sie den Erfolg*. Oh, mein Howie ist auf jeden einzelnen davon reingefallen. Irgendwo hier im Haus liegen alle möglichen Ordner und Mappen mit all dem faulen Scheiß, den er über die Jahre bei diesen unnützen Seminaren und Kursen bekommen hat.

Tja, aber das war ja noch nicht mal das schlimmste! Vor ein paar Jahren fällt ihm dieses Buch in die Finger, das all die anderen Volltrottel wie er kaufen, auch wenn sie schon kein Buch mehr gelesen haben, seit sie auf der Schule waren. Das Buch ist die Lebensgeschichte dieses New Yorker Typen namens Prescott. Prescott hat dieses Buch mit dem Titel *Ich zuerst* geschrieben, und ich vermute, es geht darum, wie man höflich und korrekt sein kann, selbst wenn man tatsächlich einfach nur ein dummes Schwein ist, das glaubt, es ginge immer nur um Geld und glänzende Sachen. Jedenfalls, für Typen wie meinen Howie, von denen es Millionen gibt, ist es die schärfste Sache zwischen Buchdeckeln überhaupt.«

Ich sagte Lynette, ich hätte erst vor kurzem von Daniel Prescott und seinem Buch gehört, daß es sich aber nicht nach etwas anhörte, das ich unbedingt zu Hause auf meinem Bücherregal stehen haben wollte. Genausowenig wie ich an einem Tag, an dem ich von irgendeinem Auto überfahren werde, gern Unterwäsche mit Löchern tragen würde, aus Angst, was die Ärzte von mir denken, wenn ich auf einer Bahre ins Krankenhaus eingeliefert werde.

»Dieses Buch hat Howies Leben verändert. Und genau das hat er mir sogar eines Tages mal selbst gesagt: ›Lynette, Schätzchen, Daniel Prescott hat mein Leben verändert.‹ Als hätte er diesen Kerl wirklich mal getroffen, der nicht mal Anstand genug hatte, daß es ihm peinlich war, ein Buch mit dem Titel *Ich zuerst* zu schreiben, als wär sein bescheuertes Buch die Heilige Bibel oder er selbst Gott.«

Sie legte eine Hand auf ihre weiße, in Lederimitat gebundene Bibel auf dem Couchtisch. Ich bemerkte, daß ihr Name in Goldprägung auf dem Einband des Buches der Bücher stand.

Feierlich sagte sie: »Hock, es ist offensichtlich, daß ich eine Sünderin bin. Ich rauche, und ich trinke auch schon mal ganz gerne einen. Aber trotzdem bin ich eine gottesfürchtige Frau. So bin ich in Henderson erzogen worden, und dafür schäme ich mich nicht. Aber ich bin kein vornehmer Gotteslästerer wie diese Leute hier in dieser versnobten, hochnäsigen Stadt, in die ich nicht gehöre, okay?«

»Okay.«

»Also, mein Howie fängt an zu reden, als würde er diesen Prescott weit über Gott den Herrn stellen – und so was kann ich einfach nicht ausstehen. Aber was noch viel ekelhafter ist, ich nehme mir sein Buch und lese es selbst ... und ich will verdammt sein, wenn nicht auch dieser Prescott selbst sein eigenes geld- und raffgieriges Leben höher als das von Jesus Christus stellt!

So, genau das meine ich, wenn ich sage, ich glaube, mein Howie wäre schnurstracks in echte Schwierigkeiten gerannt.«

»Ist irgend etwas Besonderes vorgefallen?« fragte ich. »Ich meine, irgendwas, das Ihren Verdacht bestätigt hätte?«

»Tja, wie Howie nun mal eben so ist, er zieht also los, um mal zu sehen, wie nah er an diesen Daniel-Prescott-Burschen rankommen kann. Er findet alles über die paar hundert Firmen raus, die von Prescott und seinem Haufen kontrolliert werden, und am Ende kriegt Howie einen Job in einem dieser Läden.

Und wissen Sie, was Howie da zu mir gesagt hat?«

Ich bat sie, es mir zu verraten.

»Howie hat gesagt: ›Lynette, Schätzchen, ich werde ein

Jünger sein.‹ So als hätte er einen Burschen gefunden, der auf alles eine Antwort hat, verstehen Sie, was ich meine? Und diese Blasphemie!

Tja, also arbeitet Howie bei dieser Firma namens Empire Properties ...«

»Die Prescott gehört«, sagte ich.

»Ja, seinem Herrn und Meister. Jedenfalls, er verschafft sich ein absolutes Nichts von einem Job, bei dem er in irgendeinem Slum drüben in Manhattan die Miete eintreiben muß ... und außerdem leitet er da drüben auch noch irgend so ein mieses kleines Hotel ...«

»Das *Flanders*«, sagte ich.

»Ja, genau das. Ich hab das *Flanders Hotel* Dutzende Male in den Fernsehnachrichten gesehen. Gott, was für ein Dreckloch!«

»Und Sie haben Ärger vorausgesehen, früher oder später?« fragte ich.

»Klar hab ich das. Ist Geld nicht eine deutliche Warnung?«

»Doch, ich vermute.«

»Sie vermuten richtig«, sagte sie. »Und außerdem, Howie fängt an, mir zu erzählen, daß er den großen Knaben – das ist dann wohl Prescott selbst – echt auf sich aufmerksam macht, da er persönlich dafür verantwortlich ist, einen ganzen Haufen Leute aus ihren miesen kleinen Wohnungen rauszuekeln, damit die Haus- und Grundbesitzer loslegen können, die richtig dicke Knete durch das einzufahren, was sie Sanierung nennen.

Und Howie, Volltrottel, der er ist, glaubt natürlich, nur weil er dabei ist und die Drecksarbeit macht, würde das schon gleich bedeuten, er würde auch was von dem großen Geld abkriegen. Als ob sich auch nur ein Mensch für Typen wie Howie interessiert, die die Drecksarbeit machen.«

Lynette schüttelte einen Moment lang nur den Kopf.

Ich sagte: »Und dann haben Sie ihn also vor die Tür gesetzt?«

»Tja, so dramatisch war das eigentlich gar nicht. Er war ja die meisten Nächte in der Woche sowieso nicht hier, er ist drüben in New York immer mit Gott weiß wem rumgezogen. Ich hab ihm einfach nur einmal gesagt, er soll sich ein für alle Male zum Teufel scheren, da er ja für mich nicht mehr besonders viel Zeit hatte. Wenn das bedeutet, einen Kerl vor die Tür zu setzen, ja, dann hab ich's gemacht.

Ich schäme mich nicht dafür, ihn rausgeschmissen zu haben. Aber es tut mir schon leid, daß er ermordet worden ist. Aber wundern tut's mich auch wieder nicht, wie ich schon sagte. Oh, ich versuche ja, mich zu schämen, aber es geht einfach nicht. Ich glaube, ich kann einfach nicht anders, wissen Sie. Ich bin eben so erzogen worden, wie ich erzogen worden bin, und das bedeutet, ich bin mit der Bibel erzogen worden. Wissen Sie, was man über Männer wie meinen Howie sagt?«

»Nein, Ma'am, ich fürchte, das weiß ich nicht. Wenigstens nicht auf Anhieb.«

»›Wer Geld mehr anbetet als den Herrn, zieht Höllenfeuer und Verdammnis in sein Herz und Heim.‹ «

Sie drückte ihre zweite Zigarette aus. Dann fügte sie leise hinzu: »Also werden Sie natürlich verstehen, Hock, daß ich es mir, um des Babys willen und meinetwegen, wohl kaum leisten konnte, meinen Howie noch länger zu lieben.«

Und dann fragte ich sie, ohne groß darüber nachzudenken, was sie mir antworten würde: »Mrs. Griffiths, Sie kennen nicht zufälligerweise eine Menge Bibelzitate auswendig, oder?«

»Nun«, sagte sie, wobei ihr das Blut in Hals und Gesicht stieg, »ich darf wohl behaupten, daß ich meine Heilige Schrift kenne!«

Sie fixierte mich mißtrauisch, und das gleiche machte auch ihr Papagei.

Und daher beschloß ich fürs erste nicht zu fragen, ob Lynette Griffiths zufälligerweise auch den Most Reverend

Father Love kannte – vielleicht durch seine Visitenkarten. Bei dem Beruf des Polizisten halte ich es manchmal für zweckmäßig, mir Fragen so lange zu verkneifen, bis ich die Antworten kenne.

Und im Augenblick war ich noch ein weites Stück davon entfernt, die Antworten zu kennen, die ich brauchte. So weit, daß ich im Moment noch nicht alle Fragen sehen konnte, die all die schwierigen Antworten brauchen würden, die allesamt auf der anderen Seite des Flusses in Hell's Kitchen auf mich warteten.

»Sie sind wahrscheinlich Hock, stimmt's?«

Das sagte einer der Barkeeper des *Pigalle*. Er schenkte mir einen *Johnnie Walker Red* ein, und ich saß da und hörte zu, wie Labeija im blauen Scheinwerferlicht oben auf der Bühne sang – ein Lied mit dem Titel »Paradise Café«, das ziemlich gut war. Der Barkeeper war ein etwa fünfzigjähriger Typ mit einem pechschwarzen Toupet, das nicht besonders zu der blassen Haut paßte, die schon seit Jahrzehnten nicht mehr die Anfangsphase der Dämmerung miterlebt hatte.

Ich bestätigte, daß ich allerdings Hock sei.

Und dann lag von oben bis unten, von links nach rechts ein anzügliches Grinsen auf seinem Mondgesicht.

»Mona Morgan ist heute abend etwas früher gekommen und hat mich gebeten, die Augen nach Ihnen offenzuhalten. Sie sagt, Sie sollen direkt in ihre Garderobe kommen, sobald Sie hier sind.« Und als ich mich von meinem Barhocker hochwuchtete, um zu gehen, sagte der Bursche noch: »Tun Sie nichts, was ich nicht auch tun würde, Hock!«

Ich ging an den vordersten Plätzen vor der Bühne entlang, die zum größten Teil nicht besetzt waren, da ja im Moment nur gesungen und nicht gestrippt wurde. Ich schaute zu der singenden Labeija auf und bemerkte das Gekritzel der Angst in ihren mit Wimperntusche zugekleisterten Augen – Angst oder vielleicht auch deren nächste Verwandte.

Dann benutzte ich eine offene Treppe, die eine Etage höher zu einem Korridor mit den Garderoben für die Mädchen führte. Jeder, der nicht im Varieté arbeitete, würde diese Räume Wandschränke nennen. Ich kam zu einer rotlackierten Tür, auf der ein silberner Stern über dem Namen Mona Morgan hing, und klopfte an. Ich hörte nichts, daher klopfte ich noch mal an. Dann hörte ich das Klirren von Glas gegen Glas und Monas merkwürdig zähflüssige Stimme: »Wenn du's bist Hock, Schätzchen, dann schieb deinen alten Body rein ... die Tür ist offen.«

Mona sah, um es freundlich auszudrücken, unmöglich aus. Sie saß mit gespreizten Beinen auf einem Korbsessel mit hoher Rückenlehne, der in einem Film über eine polynesische Prinzessin ein Thron hätte sein können. Aber Mona sah nicht direkt aus wie ein Filmstar, nicht mal wie der Star des *Pigalle* von der West Fifty-fifth Street Ecke Eighth Avenue. Und ganz sicher nicht wie das Mädchen im Pelzmantel mit Päckchen auf den Armen und Schnee auf ihrem dunklen Haar. Genaugenommen hingen sogar ein paar Strähnen dieses dunklen Haares sorgfältig drapiert auf einem Styropor-Perückenhalter.

Mona hatte sich ein Knie aufgeschlagen. Sie trug einen billigen karierten Morgenrock und ein schiefes Lächeln, und sie hatte die Zehennägel für ihren Auftritt lackiert, doch die Farben waren an manchen Stellen bis hinauf zu ihren Knöcheln gekleckert. Auf ihrer Frisierkommode standen all die verschiedenen Fläschchen Nagellack und ein ganzes Tablett voll Theaterschminke und etwas glitzernder Modeschmuck und außerdem eine fast leere Flasche *Jack Daniel's* und eine kleine Karaffe Wasser, die nicht viel zu tun gehabt hatte, und ein einzelnes Schnapsglas.

Gerade erst hatte sie eine große Flasche *Wild-Irish-Rose*-Muskateller aufgeschraubt, vielleicht, um sich den Gaumen zu spülen, und den trank sie jetzt aus einem grün und gelb gestreiften Saftglas. Eine ordentliche Ladung von dem

Wein tropfte über die Aufschläge ihres Morgenmantels, und jetzt wischte Mona an den roten Flecken, was aber nicht viel half.

»Was ist hier los, Mona?«

Sie lachte mich an, als ich noch in der Tür stand. Es lag keinerlei Reiz in ihrer Stimme, als sie dann sagte: »Ich versuche, die Weingüter kleinzukriegen ... Hast du Lust, bei meinem Kreuzzug mitzumachen?«

Mona nahm ihr Whiskeyglas und bot mir das klebrige Ding an. Eher aus Verblüffung als einem anderen Grund schüttelte ich den Kopf. Ich zog die Tür hinter mir zu und sagte ganz ruhig: »Du bist betrunken.« Und ich kam mir schon blöd vor, bevor ich den Satz zu Ende gesagt hatte.

»Tja, du kannst mich bei der ganzen West Side entschuldigen, aber ich habe gewisse Schwierigkeiten genau wie jeder andere auch«, sagte Mona.

»Und wie willst du heute abend da draußen deine große Nummer tanzen, so zugeballert, wie du jetzt bist?«

Sie warf den Kopf zurück; schwarze Locken, durchzogen mit einer Spur Grau, wurden von einem Netz und Haarnadeln unten gehalten. In ihrer Bewegung lag ein Schimmer Würde, was ich unter den gegebenen Umständen sowohl für erstaunlich als auch wunderschön ansehen mußte.

»Miss Mona Morgan«, sagte sie hoheitsvoll, »versäumt es nie, einem Mann zu gefallen – einem allein oder einem ganzen verdammten Raum voll von ihnen, hörst du? Der Gast wird heute abend einen Gegenwert für sein gottverdammtes Geld kriegen, genau wie an jedem anderen Abend auch. Also, wen interessiert schon was anderes? Dich vielleicht, Hock? Interessiert's *dich?*«

Ich schob die Hände in meine Taschen, weil ich andernfalls womöglich noch einen Feuerwehrschlauch aus dem Flur geholt und Mona abgespritzt hätte. Ich fragte: »Der Barkeeper hat gesagt, ich sollte raufkommen ... Hast du irgendein Problem?«

»Klar hab ich ein Problem. Das gleiche Problem, das praktisch jede Frau andauernd hat. Ein Mann.«

»Wie ich höre, ist diese Art von Problem sowohl gut als auch schlecht.«

»Es gibt eine Menge Leute, die würden sagen, dieser Mann ist völlig rein.«

Ich sagte: »Trotzdem, wenn man reine Seide draußen im Regen hängen läßt, läuft sie ein.«

»Hock, du hast doch Durchblick ... O Baby, ich muß dir was erzählen ...«

Und so, wie sie sich jetzt anhörte, so wie sich jetzt eine Träne in einen Augenwinkel schob, konnte ich einfach nicht mehr wütend auf sie sein, nur weil sie auf den Balsam eines traurigen und einsamen Säufers zurückgegriffen hatte. Zögernd hob sie eine Hand ans Kinn, auch wenn sie den Eindruck vermittelte, als wolle sie mit den Neuigkeiten heraussprudeln wie eine Rotationsmaschine. Was das für Neuigkeiten waren, konnte ich nicht mal raten. Ihre Augen waren auch schon mal klarer gewesen, aber trotzdem sah ich, wie in ihnen der gleiche eingeschüchterte, verängstigte Ausdruck spielte, den ich erst vor ein paar Minuten bei Labeija gesehen hatte.

»Ich weiß nicht, ich kann nicht ... oh, ich kann es dir nicht sagen ...«

Und dann fing sie natürlich an zu weinen. Große, tiefe Schluchzer, und ihr Kopf mit dem komisch aussehenden Netz sank auf ihre Arme, die gefaltet auf der Frisierkommode lagen, und ihre Schultern hoben und senkten sich kläglich. Die Flasche *Wild Irish Rose* knallte auf den Boden, und es entstand eine Pfütze aus Weingestank und Glasscherben, was wiederum eine winzige, gesprenkelte Maus erschreckte, die blitzschnell auf einen Spalt in der Fußleiste zuflitzte. Und als Mona sie sah, schrie sie auf – kreischte, bis der gummiartige Schwanz der Maus in der Wand verschwunden war.

»Eine Ratte! Hier!« schrie Mona. »Eine Ratte!«

»Ach, jetzt mach mal halblang«, sagte ich. »Es war doch nur eine Maus.«

»Das war eine gottverdammte Ratte! Genau hier, an meinen Knöcheln, in dieser verlotterten Garderobe!«

Das war die klassische Klage der Varietékönigin. Überall im Kiez, klärte mich mal eine Tänzerin auf – die ich unter der Anklage eingebuchtet hatte, die Brieftasche aus dem Blazer ihres Freiers gemopst zu haben, als er sie eines schönen Abends nach Hause begleitete –, wimmelten die Garderoben der Striplokale von Mäusen. Die Mädchen haben da eine eigene Theorie. Sie glauben, daß, abgesehen von Männern, Mäuse die einzigen Lebewesen sind, die dumm genug sind, sich in Läden rumzutreiben, wo gutes Geld lockergemacht wird, um immer wieder winzige Variationen über eines der unbedeutenderen Themen von Mutter Natur zu sehen.

Die festen Mädchen in einem Striplokal akzeptieren ihre Mäuse, genau wie sie ihr Publikum akzeptieren; und recht häufig fallen ihnen gewisse erstaunliche Ähnlichkeiten in Erscheinungsbild und Persönlichkeit auf.

Normalerweise haben die Schreie der Stripperin und ihre empörten Drohungen, aus der angekündigten Supernummer auszusteigen – bissige Reaktionen auf das ungesunde, bedrohliche Erscheinen besagter Garderobenschädlinge –, mit den prosaischen Wünschen nach besserer Bezahlung und vielleicht ein paar feudaleren zusätzlichen Leistungen zu tun. Aber Mona bekam bereits ein ordentliches Gehalt, und ihre Unterkunft war so gut, wie es im *Pigalle* eben möglich war. In Monas Fall lenkte die Maus sie von einem echten, panischen Schrecken ab, wofür ich einen Augenblick dankbar war; wenigstens hatte sie aufgehört zu kreischen.

»Das wird Labeija noch zu hören kriegen!« schimpfte Mona. »Ich denke ja nicht daran, mich mit diesem Müll und Dreck hier abzufinden. Aber zuerst lasse ich meinen Auftritt platzen, das kannst du ihr von mir ausrichten!«

»Wie wär's, wenn ich sie einfach raufhole, und dann kannst du's ihr selbst sagen?« fragte ich. Ich dachte, vielleicht könnte Labeija sie überreden, heute abend einfach nach Hause zu gehen und erst mal ihren Rausch auszuschlafen. Und ich dachte auch, daß Labeija mir vielleicht helfen könnte, etwas Licht in die faulen Dinge zu bringen, die im *Pigalle* im Gange waren.

»Tja, warum nicht!« sagte Mona. »Die Kuh müßte mit ihrem Gegröle inzwischen fertig sein. Schick mir die alte Tunte rauf, hörst du, und dann wollen wir doch mal sehen, was hier gebacken ist!«

Und ich trat auf den schmalen, dunklen und vergleichsweise wohlriechenden Korridor und ging auf die Treppe zu, die ins Erdgeschoß und zu der Bühne mit dem Laufsteg führte.

Als ich das Kopfende der Treppe erreichte, hörte ich, wie die Band eine schmalzige Version von »One for My Baby and One More for the Road« mit starker Betonung auf die Percussion anstimmte ... und dann fühlte es sich plötzlich irgendwie an, als wäre mein eigener Kopf die Snaredrum, die ich hörte, und es fühlte sich an, als würde jemand mit den größten und härtesten Trommelstöcken der Welt auf meinen Kopf schlagen, und auf einmal fühlte ich mich wie ein mit Wasser vollgesogenes totes Ding, das auf dem kalten Hudson River trieb, und vor meinen Augen wurde es schwärzer, als ich es je für möglich gehalten hätte ...

19

Ich kam wieder zu mir, allein. Und in meinem eigenen Bett. An dem Chor schriller Pfeiftöne, die der Wind macht, wenn er durch all die Ritzen und Spalten im Rahmen des Schlafzimmerfensters fegt, und den ratschenden Motoren und hydraulischen Hebearmen der Müllwagen, die bei Tagesanbruch durch die Tenth Avenue fahren, wenn es besonders nett ist, aus dem Schlaf gerissen zu werden, erkannte ich, daß es meine Wohnung war.

Außerdem konnte ich im anderen Zimmer Flaschen und Gläser klirren hören. Jemand stöberte mit seinen diebischen Fingern im Sideboard, wo ich meinen *Johnnie-Walker*-Vorrat aufbewahre. Und der Eindringling stellte sich ziemlich ungeschickt dabei an.

Ich versuchte mich aufzusetzen, machte es aber ein bißchen zu schnell. Mein Kopf fühlte sich an, als hätten erst kürzlich eine Menge Fettsäcke darauf gesessen. Daher schaffte mein Rücken gerade mal vier, fünf Zentimeter vom Bett hoch. Außerdem drückte mich Mona mit einer Hand auf dem Bauch sanft zurück und sagte leise: »Ganz langsam jetzt, mein Lieber, bleib einfach liegen und laß es langsam angehen.«

Und als er sie sprechen hörte, kam Monas Begleiter aus dem anderen Zimmer herein. Er hielt ein Glas von meinem Scotch in der Hand und fragte: »Wie geht's dem Patienten?«

Ich konnte ihm nicht direkt antworten. Denn erstens wußte ich nicht ganz sicher, wie's mir ging, und zweitens saß Mona Morgan auf einem Stuhl neben meinem Bett, und diese verwirrende Gegenwart überraschte und beruhigte mich gleichzeitig. Ihr dunkles Haar war wieder so voll wie immer, und sie hatte sich auch das Gesicht geschminkt und trug ein nettes Kleid wie eine normale Frau. Seit ich sie das letzte Mal gesehen hatte, als sie wegen einer Maus in ihrer Garderobe einen hysterischen Anfall bekommen hatte, und jetzt, hier in meiner Wohnung, mußte sie eine Menge Kaffee getrunken haben. Sie hatte auch gebadet und roch wieder so, wie ich sie gern roch.

Zu dem Burschen, der da mit dem Scotch in der Hand stand und von dem ich annahm, daß er so was wie ein Arzt war, da ein Stethoskop um seinen Hals hing, sagte ich: »Mein Kopf fühlt sich beschissen an.«

Aber ich sah Mona an und erinnerte mich, daß ich vor ihrer Garderobe im *Pigalle* von irgendwem niedergeschlagen worden war.

Mona sagte nur: »Das war ein Irrtum.«

»Ach, ja?« sagte ich. »Das haben sie auch zu Marie Antoinette gesagt, und im nächsten Augenblick lag ihr Kopf schon zwölf Meter unter dem Richtblock.«

Und dann kam der versoffene Arzt zum Bett und fühlte meinen Puls am Hals und rückte einen Verband zurecht, den er um meinen Hinterkopf geklatscht hatte. Er sagte: »Soweit ich das sagen kann, mein Sohn, haben Sie keine Gehirnerschütterung.« Soweit ich mich erinnern konnte, war es das erste Mal, daß ich einen Arzt bei der Erstellung seiner Diagnose *kein* sagen hörte.

»Ist ja toll«, meinte ich zu dem Doktor. Ich bewegte mich jetzt ganz langsam und schaffte es, mich auf den Ellbogen aufzurichten. »Wollen Sie mir dann vielleicht von den kleineren Schäden berichten?«

»Tja, wir wissen nur, daß Ihnen jemand ordentlich eins übergebraten hat, mein Junge. Sie sind zu Boden gegangen wie ein Baum.« Er leerte das Scotchglas und leckte sich über die Lippen. »Aber, verdammt, wie's aussieht, werden Sie schon wieder auf die Beine kommen.«

Er bemerkte, daß sein Glas leer war, und sagte: »Sie haben doch nichts dagegen, wenn ich mir noch ein Gläschen nehme.« Und er wartete meine Antwort gar nicht erst ab. Er kehrte zum Sideboard im Wohnzimmer zurück.

Ich sah Mona an. »Wer ist der Kerl?«

»Doc Allingham«, sagte sie. Vorsichtig berührte sie den Verband an meinem Hinterkopf und runzelte die Stirn. »Seinen Vornamen kenne ich nicht. Früher war er mal ein richtiger, normaler Chirurg. Aber du weißt ja, was der Alkohol aus der ruhigsten Hand machen kann. Jedenfalls, heute ist er so was wie ein Arzt, den bestimmte Leute kennen müssen.«

»Was für Leute?«

»Leute ohne Krankenschein oder Papiere von welcher anderen Farbe auch immer, auf die man seinen richtigen Namen und seine Adresse schreiben muß, um das zu bekommen, wofür man viel Kohle zahlen muß ... Und Leute, die vielleicht einen Arzt brauchen, nachdem sie spät nachts in einem Club in Hell's Kitchen zusammengeschlagen worden sind.«

Ich berührte meinen Kopf und stellte mir vor, wie es unter dem Verband und dem Mull wohl aussehen mochte, und beschloß, es für die nächsten paar Tage nicht wissen zu wollen. Ich sagte: »Du hast gesagt, alles wäre nur ein Irrtum gewesen?«

»Hör zu, Hock, ich werd's dir schon bald erklären, okay? Aber im Augenblick nimm's einfach nicht so schwer und mach mich einfach für eine ziemlich üble Nacht verantwortlich, wie wär's? Wer braucht im Moment schon Antworten? Ich bleibe bei dir, und es gibt bessere Sachen, über die wir nachdenken könnten, okay?«

»Ich weiß nicht, ob das okay ist, Mona. Du mußt berücksichtigen, was ich schon alles durchgemacht habe, seit ich in dieses Viertel zurückgezogen bin. Zuerst besorgt mir einer meiner besten Spitzel dieses Dreckloch hier, anschließend gibt besagter Spitzel den Löffel ab; dann stellt sich heraus, daß der Bursche, der eben diesen Spitzel ermordet auffindet, etwas mit dem Dreckloch zu tun hat, in dem ich jetzt wohne – und zwar so viel, daß er mir im Auftrag des Vermieters einen netten Brief schreibt, mit dem mir ein paar Riesen angeboten werden, wenn ich den Mietvertrag kündige, den ich gerade erst abgeschlossen habe, und in das beschissene *Flanders Hotel* umziehe; und dann wird *dieser* Bursche – dessen Name Griffiths ist und der sich für einen *Jünger* seines Bosses hält, welcher mein Vermieter ist, der wiederum möglicherweise für das Amt des Präsidenten kandidieren will! – genau hier in meinem eigenen kleinen Dreckloch von einer Wohnung gecancelt, stell dir vor, und es ist eine gottverdammt blutige Schweinerei ...«

Ich holte tief Luft. Mona legte eine Hand auf meine Brust, was sich ziemlich gut anfühlte. »Und in der Zwischenzeit, nur der Vollständigkeit halber, ja, wollen wir nicht vergessen, daß ich eigentlich einen mit Bibelzitaten um sich werfenden Psycho finden soll, der Jagd auf einen fanatischen Radioprediger oben aus Harlem macht, der eigentlich jemand vollkommen anderer ist – und der jetzt, wieder nur der Vollständigkeit halber, im Krankenhaus im Koma liegt, da es mir nicht gelungen ist, meinen Job besonders gut zu machen, und ich ihn am Ende so gut wie tot in meinen Armen liegen hatte ...

Und das führt uns genau zu diesem Augenblick. Jetzt liege ich hier, nachdem mir irgendwer in einem Stripschuppen vorübergehend das Licht ausgeblasen hat, und ich habe eine Beule auf der Nuß, die sich anfühlt, als wär's ein Buick. Also, Honey, laß dir von mir eins sagen: Antworten sind für mich im Moment so gut wie Aspirin. Daher könntest du mir jetzt vielleicht zwei kleine Antworten geben: Wer, zum Teufel, hat mich vergangene Nacht k. o. geschlagen, und wieso, zum Teufel, finde ich dich wie einen sabbernden Wermutbruder in deiner Garderobe?«

Natürlich rechnete ich nicht wirklich damit, die Antworten auch zu bekommen. Aber ich hatte wenigstens das Gefühl, als hätte ich meine Stirnhöhlen gereinigt. Und natürlich sackte Monas Kopf nach vorn, und sie fing leise an zu schluchzen. Und damit war meine Energie verpufft.

Ohne mich dabei anzusehen, sagte Mona: »Du weißt ja, wie's so ist, Hock. Das weißt du doch, oder nicht?«

Ich brummte, daß ich nicht glaubte, unter den gegebenen Umständen sonderlich viel zu wissen.

»Dein Leben ist ähnlich wie mein eigenes«, sagte sie, »und

eine der tausend Sachen, die man so ungefähr die meiste Zeit falsch macht, ist, an so ziemlich den meisten falschen Stellen nach Liebe zu suchen ... Ich glaube, das ist es, was ich dir gestern nacht vielleicht zu sagen hatte. Zum Teil ...

Nach einer Weile holen dich die Sachen langsam ein, und auch wenn du's dir irgendwie schon immer gedacht hast, vielleicht siehst du's dann doch nicht kommen. Irgendwas Altes und Häßliches ... Es kann sogar an einem Tag über dich hereinbrechen, der so neu und frisch wirkt ... Das Leben ist kompliziert, weißt du.

Hör zu, Hock, der Kerl, der dich niedergeschlagen hat ...«

»Aha, es war also ein Kerl?«

Darauf gab sie mir erst gar keine Antwort. »Der Kerl, der dich niedergeschlagen hat: er ist ein Nichts – eine Null, ein Bursche, der noch nie was anderes war und der nie was anderes sein wird.«

»Dann ist also dieser Kerl«, sagte ich, »gestern abend um deine Garderobe herumgeschlichen und ...?«

»Ja, und im Dunkeln muß er wohl gedacht haben ... oh, ich weiß auch nicht, was er gedacht hat. Vielleicht hat er geglaubt, du wolltest mir was tun, ich weiß nicht. Aber was zum Teufel spielt es überhaupt schon für eine Rolle, was er gedacht hat? Wichtig ist doch nur, daß er keinen wirklichen Schaden angerichtet hat, okay? Labeija hat Doc Allingham gerufen, und dann haben der Doc und ich dich nach Hause gebracht ... Wir haben unser Bestes getan, das Beste, von dem wir etwas verstanden ... Wieso belassen wir es nicht einfach dabei?«

Und ich beschloß, daß immer noch Zeit war, irgendwann später mal, alles das zu überprüfen, was Mona gesagt hatte. Daher entschied ich, daß sie, wenigstens für den Augenblick, recht hatte, und daß wir es dabei bewenden lassen sollten. Und das wollte ich ihr auch gerade sagen, als Allingham mit seinem knochigen Schädel und seiner roten Nase hereinkam.

»Wo Sie jetzt ja wieder irgendwie auf den Beinen sind«, meinte er, »wie fühlt's sich denn so an, mein Sohn?«

»Ich fühle mich wie ein Hundeknochen in einer Welt hungriger Wölfe.«

Und dann lachte Mona, und dabei fühlte ich mich wieder so gut, wie es unter den gegebenen Umständen möglich war.

Auch Allingham lachte und wischte sich mit dem Handrücken über den Mund, wie Trinker es oft tun, und sagte: »Tja, dann werde ich wohl mal wieder verschwinden, da Sie mich ja nicht mehr brauchen.« Er machte jedoch keinerlei Anstalten zu gehen und beobachtete Mona, während sie in ihrer Handtasche nach Geld suchte.

Sie sagte zu ihm: »Sie werden das hier doch ... das hier doch als einen Ihrer vertraulichen Hausbesuche behandeln, Doc, nicht wahr?«

»Madam, ich versichere Ihnen – ärztlich gesprochen, ich suhle mich in den Tiefen der Diskretion.«

Ich sagte zu ihm: »Das dachte ich mir schon.«

Und Mona reichte ihm ein paar Scheine.

Er ging in das andere Zimmer, und ich beobachtete, wie er Hut und Mantel von der Couch unter dem Wohnzimmerfenster nahm, zusammen mit einem schwarzen Arztköfferchen, einer Tasche, wie ich sie als kleiner Junge gesehen hatte, als Ärzte noch Hausbesuche machten und nicht in den Alkoholbeständen rumwühlten, solange sie da waren. Dann ging Allingham. Wir lauschten auf seine schwerfälligen Schritte die Treppe hinunter.

Und dann lächelte Mona mich an und legte wieder die Hände auf meine Brust und sagte nichts. Sie machte mit den Fingern einfach kreisförmige Bewegungen auf meiner Haut, und dann wanderten ihre Hände tiefer und tiefer. Und nach einer Weile sagte sie: »Du warst ganz schön lange weg, obwohl ich kaum glaube, daß es besonders entspannend und erholsam gewesen ist. Jetzt werde ich's dir entspannend machen, Hock, okay? Meinst du, das würde dir gefallen?«

Ich spürte ihren warmen Atem, als sie über mir stand. Dann hob sie ein Knie aufs Bett, und ihr Kleid wanderte ihr Bein hoch, und ein Schuh glitt von ihrem Fuß. Und ihre Hände wanderten tiefer.

Und ich schloß meine Augen und erinnerte mich an jene andere Nacht.

Sag einfach hallo, und ich weiß, daß ich nichts anderes tun muß, als eine Leuchtkugel abzuschießen und mich zu entspannen.

Mona hatte mich beim Denken beobachtet. Ich wußte es, als ich die Augen wieder aufschlug und sie anschaute. Und sie wußte es. Und sie sagte: »Hallo.«

Gegen Mittag wehte ein intensiver, süßlicher Duft nach Kaffee und Zichorien durch das Haus. Und nach Pekannußbutter, die auf getoasteten Melasse-Muffins schmolz. Und ich war wach, erinnerte mich wohlig daran, was passiert war, nachdem Mona »hallo« gesagt hatte.

In mancher Hinsicht fühlte ich mich gut. In anderer, was zum Beispiel meinen Kopf betraf, fühlte ich mich ein wenig zerschlagener als gewöhnlich.

Ich drehte mich um und warf einen Blick durch die Schlafzimmertür, und da war Mona, stand vor dem Fenster, das auf die West Forty-second Street hinausführte, die Rückseite meines Hauses. Sie stand da in ihrem ganz normalen Kleid, strich mit einer Hand durch ihr dunkles Haar und trank Kaffee und schaute auf den grauen Tag hinaus, und sie war wunderschön ...

Aber wie häßlich sie auch gewesen war – es war nur eine flüchtige Erinnerung. Verschwunden war sie dennoch nicht ganz und würde auch vorläufig nicht verschwinden. Wie Mona in ihrer Garderobe saß, ein Glas Wein in der Hand, und die Flecken und der Kummer und ihre immer noch verborgenen Sorgen ... *»Ich habe gewisse Schwierigkeiten wie alle anderen auch!«*

... und dann drehte sie sich um, als sie hörte, daß ich mich bewegte. Sie sagte: »Morgen, Detective Hockaday. Ich hab uns drüben auf der Ninth Avenue was zu essen besorgt. Etwas anderes als Chili, für das ich im Moment nicht in der richtigen Stimmung bin, falls das von dir aus okay ist.«

War es, sagte ich ihr.

Ich rappelte mich aus dem Bett, langsam, wegen meines Kopfes. Mona nahm meinen Ellbogen und führte mich ins Bad, wo ich ausgiebig und heiß duschte und es schaffte, allerdings nur unter beträchtlichen Mühen, meinen Kopf trocken zu halten.

Als ich wieder rauskam, hielt sie meinen Frotteebademantel und eine Tasse Kaffee für mich bereit. Dann führte sie mich zu dem grünen Sessel, und mit dem Gefühl, mit mir selbst erheblich mehr als gewöhnlich im Einklang zu stehen, setzte ich mich.

Sie setzte sich auf eine Lehne des Sessels, legte eine Hand auf meinen Nacken, ließ ein Bein pendeln und sagte: »Hock, du solltest mal einen Moment über dich und mich nachdenken. Ohne Quatsch, denk über uns nach.«

Ich sagte: »Tja, das tue ich, und ich denke außerdem, daß wir beide schon erwachsen sind, und daß wir beide schon mehr als einmal mies behandelt worden sind, und daß wir beide wissen, daß Worte mehr weh tun können als gebrochene Knochen.«

»Also sollten wir besser genau aufpassen, was wir jetzt sagen?«

»Irgendwas in der Richtung«, sagte ich. »Worte kommen nicht freier oder leichter, wenn man älter wird, stimmt's?«

»Nein, ich schätze nicht. Nach einer Weile kommt es soweit, daß man sich ganz schön tief eingräbt.«

»Ja, das glaube ich auch. Gott, wie ich es hasse, vorsichtig zu sein.«

»Und was ist, wenn du nicht vorsichtig sein müßtest, Hock? Was würdest du dann sagen?«

Ich könnte vielleicht sagen, daß wir einfach nur so zum Spaß alles Geld zusammenkratzen sollten, das wir in die Finger kriegen können, wir beide; und daß wir dann rüber zur Grand Central Station gehen und zwei Einfachfahrkarten rauf nach Rhinecliff oder zu irgendeinem anderen, ähnlich einfachen Ort kaufen sollten. Und dort würden wir uns dann ein gutes Hotelzimmer suchen, vielleicht sogar eine Suite; und vielleicht auch noch mit Blick auf den Fluß und die Catskills, die um diese Jahreszeit grau und verschneit sein dürften. Wir könnten gut essen gehen, mit all den richtigen Weinen, und wir könnten von den Zeiten reden, die uns irgendwie entglitten sind, und auch von unseren süßeren Kümmernissen. Und dann, am nächsten Tag, könnten wir uns auf die Suche nach einem Haus machen, in dem wir leben, uns verstecken könnten. Mit Möbeln und vielleicht auch mit einem Hund und einem neuen Anfang in unserem Alter; und irgendeinem Weg, unsere Tragödien in Scherze der Erinnerung zu verwandeln.

Aber ich war nun mal ein alleinstehender Mann, und geschieden dazu, und in den äußerst empfindlichen mittleren Jahren. Ein Mann mit wenig Geld auf der Bank, und trotzdem irgendwie verwurzelt und etabliert. Und jeden Tag verbrachte ich eine Menge Zeit damit, darüber nachzudenken, wie es damals gewesen war, als ich noch als kleiner Junge mit meiner Mutter gelebt hatte, und wieviel ich dafür geben würde, mit dem Geist meines Vaters reden zu können. Und ich wußte, was das alles bedeutete; ich wußte, daß ich langsam erkannte: Wenn ich die Jahre überstehen wollte, die ich noch hatte, dann war es höchste Zeit, eine ernsthafte Rolle in der Geschichte meines Lebens zu spielen.

Was etwas Einsamkeit erforderte und eine große und gewisse Sorgfalt, für alle Beteiligten. Und daher sagte ich Mona natürlich nichts von alledem ...

Statt dessen sagte ich etwas, an das ich mich nicht mehr erinnere. Nur soviel, daß, was immer es war, es weder enttäuschend noch versprechend war ... und es war ganz sicher nichts, das irgendwas zwischen uns klärte. Es waren nur Worte, die über meine Lippen kamen, als wären schwere Gewichte daran befestigt, Worte, die in die Leere meines Wohnzimmers sanken und dann einfach fortrollten.

Und statt sonst noch irgend etwas, das während eines Momentes hätte gesagt werden können, der möglicherweise für uns beide alles von Grund auf und für immer verändert haben könnte, klingelte das Telefon.

Es war ein Barkeeper aus dem *Flanders* mit einer pfeifenden Stimme, und er fragte:

»Hock, suchst du immer noch den Holy Redeemer?«

Ich sagte, ja, das würde ich tatsächlich.

»Tja, er sitzt jetzt gerade hier vor mir.«

Und wie es schien, brannte er nicht darauf, in nächster Zeit irgendwohin zu gehen.

Lionel der Holy Redeemer hatte die ›Post‹ vor sich auf der Theke ausgebreitet, drückte mit den Ellbogen die Ecken runter, und vor ihm stand ein Glas Bier mit einer dünnen Schaumkrone. Er trug seinen dunklen Mantel, weil es im *Flanders* zog, in dem lediglich die Sperrholztür Schutz vor dem Wind bot. Ich bemerkte eine Ecke des schmutzigen weißen Stehkragens an Lionels Hals. Seine große Tasche, in der er Pfandflaschen und Dosen sammelte, lag flach und leer auf einem Barhocker neben ihm.

Die Musikbox spielte Leon Redbone; er sang »Mama's Got a Baby Named Ti-Na-Na«. Ein junger Mann, der seine Haare mit einem Gummiband zu einem Pferdeschwanz gebunden hatte, den Kopf auf die auf der Theke verschränkten Arme gelegt, klopfte den Rhythmus mit einem Fuß mit. Eine schlanke Nutte mit einem pockennarbigen Gesicht stand vorn an der Theke, trank etwas aus einem Glas, das, wie ich vermutete, wahrscheinlich das einzige Champagnerglas in dem Laden war. Sie sah mich fragend an, ich signalisierte nein, und sie zuckte mit den Achseln; nichts Persönliches. Die einzigen anderen Gäste waren drei alte Herren, zwei schwarz und einer weiß, die wahrscheinlich im angrenzenden *Flanders Hotel* lebten. Sie spielten an einem kleinen Tisch im hinteren Teil des Lokales Domino.

Ich ging zu dem Barkeeper und schob ihm einen Zwanziger zu. Lionel drehte gerade noch rechtzeitig den Kopf, um die Transaktion mitzubekommen. Er lächelte verschmitzt und strich sich mit einer blaugeäderten Hand durch seine gelblichweiße Mähne, drehte sich dann wieder fort und starrte in sein Bier.

Ich nahm den Barhocker neben ihm und legte zwei neue Dollarscheine auf die Theke. Lionels Lippen öffneten sich, und seine Augen zuckten zur Seite, um einen kurzen Blick auf das Geld zu werfen, doch mich sah er nicht an.

»Vielleicht hast du schon gehört, daß ich dich suche«, sagte ich.

»Ich hab's gerade gesehen.«

Ich winkte den Barkeeper heran.

»Was kriegst du?« fragte ich Lionel.

»Ich bin schon eine ganze Weile hier«, sagte er, »und hab schon für das Bier hier zahlen müssen.«

Ich gab Lionel einen Zehner. »Das ist für das Bier, und von jetzt an geht's auf Kosten der Stadt, okay? Außerdem hab ich noch eine Menge mehr für dich, solange wir das bißchen Zeit, das wir zusammen sind, in aller Freundschaft nützlich verbringen. Was sagst du dazu?«

Lionel nahm den Zehner, verstaute ihn irgendwo in den unergründlichen Tiefen seines Mantels und sagte: »Tja, ich hab schon immer gemeint: ein Bier ist Erfrischung, zwei sind eine Mahlzeit und drei eine Party.«

Ich schob die beiden Einer auf der Theke vor, genug für eine Party mit Bier. Dann legte ich noch einen Zehner dazu und sagte dem Barkeeper, er solle dafür sorgen, daß unsere

Bier- und Whiskygläser nicht leer würden. Und bevor ich ihn weiter bedrängte, wartete ich darauf, daß Lionel seinen ersten Whisky kosten konnte.

»Was für eine Musik möchtest du denn bei unserer kleinen Party hören?« fragte ich ihn. Ich fischte ein paar Münzen aus meiner Tasche, als die Musikbox verstummte.

»Das bleibt ganz dir überlassen, Hock.«

Ich ging rüber und tippte ein weiteres Redbone-Stück ein, »My Blue Heaven«, außerdem noch »Scratch My Back« mit Coleman Hawkins am Saxophon und eine Fred-Astaire-Version von »Miss Otis Regrets«.

Und als ich zur Theke zurückkam, kippte Lionel gerade seinen zweiten Whisky. Was eine wunderbare Methode ist, den größten Teil des natürlichen Widerstandes zwischen einem Cop und einem Burschen wie dem Holy Redeemer schmelzen zu lassen, dem es am besten geht, wenn er seinen Mund hält, trotz der Tatsache, daß er manchmal für mich den Spitzel macht.

»Okay, vielleicht mache ich mit und betrinke mich heute nachmittag ein bißchen, Hock«, sagte er, »und dann wird jeder sagen, daß ich nichts dagegen machen konnte, wenn was über meine Lippen kommt, richtig? Also, was willst du eigentlich von mir?«

»Drei Dinge ...«, begann ich.

Und ich legte drei weitere Zehner auf die Theke, die Lionel nehmen und verstauen konnte, was er dann auch machte – schnell und mit einem verstohlenen Blick zur Seite, um sich zu vergewissern, daß niemand ihn mit soviel Geld sah. Es ist riskant für jemanden, der auf der Straße lebt, mehr Geld als unbedingt nötig mit sich herumzuschleppen, um sich für einen Tag durchzuschlagen. Und jetzt hatte er auf einmal vierzig Dollar. Was wiederum bedeutete, wie wir beide wußten, daß es klug von ihm war, sich mit jemandem wie mir herumzutreiben, der die Befugnis hatte, alle drei geladenen Kanonen zu tragen, die ich zufälligerweise trug.

»Erstens, wir wissen bereits, daß du vielleicht der letzte bist, den ich persönlich kenne, der einen meiner Spitzel lebend gesehen hat, einen Burschen namens Buddy-O, bevor er mit einem Draht um den Hals gefunden worden ist ... und Buddy-O war ein Typ, den du doch im großen und ganzen gemocht hast, meine ich mich an deine Worte zu erinnern.

Dann, zweitens, vermute ich mal, daß du zufälligerweise außerdem einen gewissen anderen armen Sack lebend gesehen hast, bevor auch *der* kaltgestellt wurde. Und das wäre dann ein gewisser Howie Griffiths, der ein fetter, kleiner Mieteintreiber ist – war – und der außerdem irgendwie die Leitung von genau diesem *Flanders Hotel* hier gehabt haben soll, wie du wahrscheinlich weißt, genau wie eine Menge anderer interessanter Dinge, die ich eigentlich ebenfalls wissen sollte ...«

Lionel sah mich an, als hätte ich gerade einen Eiswürfel auf seinen Hosenstall fallen lassen. Und dann, als sich die Überraschung über diese Fragen gelegt hatte, wurde sein Blick wieder glanzlos und nachgiebig, und seine Schultern sackten runter, als würde die Schwerkraft sie ganz besonders stark nach unten ziehen. Als er den Mund aufmachte, roch ich Fäulnis in seinem Atem.

»Vielleicht haben auch noch andere Buddy-O lebend gesehen, bevor er nach Westen gegangen ist, vielleicht sogar eine ganze Menge Leute«, sagte er. »Ist gar nichts Besonderes, daß ich ihn gesehen habe. Das gleiche gilt für Griffiths. Weißt du, es ist eine große Stadt.«

»Ja, Lionel, aber soweit ich weiß, bist du der *einzige*, der *beide* noch lebend gesehen hat, bevor *beide* umgelegt wurden.«

Er wandte sich ab und starrte das Glas Bier an, das er schon zum größten Teil geleert hatte. Und er sagte: »Herr im Himmel, Hock, du läßt dich hier auf eine echt üble Sache ein, ob du das nun auch so siehst oder nicht. Das sag ich dir ganz klar, ohne daß dabei für mich irgendwas rausspringt.«

»Sehr nett von dir.«

»Ach, findest du?« brummte Lionel verächtlich und schaute auf. »Du bildest dir ein, du kannst einfach so aus diesem Viertel verschwinden, wie du's gemacht hast, wegziehen und mit arbeitenden Menschen und Geld und allem leben, und dann einfach wieder herkommen und da weitermachen, wo du aufgehört hast, und alles wäre für dich einfach nur wunderschön und nostalgisch?«

»Nein, das glaube ich nicht.«

»Oh, nein ... du doch nicht, Hock.« Er schnaubte wieder.

Ich sagte: »Wieso hörst du jetzt nicht einfach mal mit deinem Scheiß auf und erzählst mir klipp und klar, wofür ich bezahle? Ich will wissen, was deiner Meinung nach zwei Leichen miteinander zu tun haben, die du erst seit kurzem kanntest – Griffiths und Devlin, beziehungsweise für dich Buddy-O.«

Lionel gab dem Barkeeper ein Zeichen, der uns daraufhin die Whiskyflasche brachte. Ich sagte ihm, er solle sie hinstellen und stehenlassen, und für diese Freundlichkeit legte ich einen weiteren Zwanziger hin.

»Und was, wenn ich's dir sage?« fragte Lionel, blinzelte und schenkte sich einen dritten Whisky ein. Mir füllte er auch nach. »Was steckt für mich dabei drin ... Geld?«

»Natürlich Geld.«

Er kippte den Whisky und legte dann eine Hand um das Bierglas, an dessen Innenseite der Schaum trocknete.

»Geld ist nicht gerade das, was ich am meisten brauche, Hock.« Er sagte das ganz ruhig. »Geld ist wirklich nicht schlecht, aber andererseits ist immer sichergestellt, daß genug davon rumliegt, um ein ruhiges Pennerleben zu führen.«

»Was willst du außer Geld?«

»Das weiß ich nicht mehr«, sagte er. »Na, ist das nicht mal komisch? Vielleicht bin ich gar nicht so anders als alle anderen, indem ich auch nicht weiß, daß es noch mehr gibt als nur Geld. 'türlich, ich hab ja auch praktisch meinen

Namen vergessen. Also, was erwartet man da schon von einem alten Penner?«

Ich leerte meinen Whisky und sagte zu Lionel: »Was ich von einem alten Penner wie dir erwarte, Kumpel, ist, daß du einem alten Chorknaben wie mir in einem voraus bist, da du ja schon den großen Sturz in deinem Leben hinter dir hast.«

»Ach ja?« sagte er spöttisch. »Und was soll dieser große Vorteil sein, den ich angeblich habe?«

»Habe ich was von einem *großen* Vorteil gesagt?«

Er schnaubte verächtlich.

Und ich sagte: »Was du hast, Kumpel, ist exakt das, was *ich* im Augenblick brauche, wo ich zwei Morde auf dem Hals habe, über die ich mir den Kopf zerbrechen muß. Und das ist die Fähigkeit, uns andere in dieser unserer schönen Stadt als das zu sehen, was wir wirklich sind, und nicht als das, was wir uns eifrig einreden zu sein.«

»O Himmel, du willst, daß ausgerechnet jemand wie ich dir sagt, was ich von den meisten Leuten in diesem New York City hier halte?«

»Genau das will ich.«

Lionel rutschte von seinem Barhocker. »Ich hab keine Ahnung, ob das hier jetzt was mit Ursache und Wirkung zu tun hat, Hock, aber urplötzlich muß ich unbedingt aufs Scheißhaus. Ich werde auf dem Thron über meine Antwort nachdenken, okay?«

Während er fort war, blätterte ich durch Lionels ›Post‹. Ned Blunden, der Polizeireporter, hatte einen weiteren Artikel über das Attentat auf Father Love und seine Hintergründe geschrieben, was – wenn man nach dem gehen konnte, was in der ›Post‹ stand – irgendwas mit verstimmten Lebensversicherungskunden zu tun hatte, da der Healing Stream Deliverance Temple im Lebensversicherungsgeschäft schwer aktiv war. Was eine Möglichkeit ist, Leuten, die herzlich wenig haben, um es in Spareinlagen und Wertpapiere zu investieren, da so ziemlich alles, was sie besitzen, fürs blanke

Überleben gebunden ist, mordsmäßige drei, vielleicht auch dreieinhalb Prozent Zinsen auf ihre Konten zu verschaffen. Und was ein Geschäft ist, das rein technisch gesehen legal ist.

Im Klatschteil mit den Frauenfotos auf Seite sechs stand ein Artikel über Daniel Prescott. Dort hieß es, daß seine Geldgeber – die keinerlei Schamgefühl kannten und von daher im Geschäft der amerikanischen Politik ungeheuer profitiert haben, was ebenfalls rein technisch gesehen völlig legal ist – ihm zu Ehren eine große Party schmissen, um ihm bei einer gewissen Entscheidung über seine zukünftige politische Karriere behilflich zu sein. Oder um ihn gegen einen kräftigen Prozentsatz der wirklich großen Kohle einzuführen, die heute erforderlich ist, um den einen Amerikaner unter ungefähr zweihundertfünfzig Millionen von uns zu finden, der genug Stärke besitzt, von Küste zu Küste Narren zu ertragen, um am Ende in einem Job zu landen, der die Nachtclubkomiker mehr als jedes andere politische Amt inspiriert.

Dann kehrte Lionel zur Theke zurück, rutschte auf den Barhocker, setzte eine schmutzige Brille mit dicken Gläsern auf, die seine Augen vergrößerten und noch wäßrigblauer aussehen ließen als gewöhnlich, und er sagte: »Du kennst mich, Hock. Ich bin ein Typ, der seit ungefähr '57 im Bellevue ein und aus geht, und ich bin auch immer wieder in den Knast gewandert, weil ich mir eine Menge Zeug ausgeborgt hab, das mir nicht gehörte und das ich vergessen hab zurückzugeben ... das weißt du.«

»Ich weiß es.«

»Und du willst mir trotzdem zuhören?«

»Ja.«

»Na, wenn das mal nicht was ganz Neues ist. All die vielen Jahre stecken sie mich ganz allein in kleine Zimmer, was mich dazu zwingt, mehr nachzudenken, als die meisten Leute jemals nachdenken werden, und jetzt fragt mich doch tatsächlich zum ersten Mal in meinem Leben einer von euch nach meiner Meinung. Nur weil ich stehle, sagt die Gesellschaft, wäre ich ein krimineller Irrer, und jetzt bist du hier, ein Cop, und bittest mich, dir zu helfen, indem ich dir die Ergebnisse von all der Zeit erzähle, die ihr mich gezwungen habt, tief in Gedanken versunken zu verbringen.

Das gefällt mir! Ich glaube, genau das ist es, was ich noch viel mehr brauche als Geld, weißt du? Also, ich habe beschlossen, dir zu erzählen, was sich zum ersten Mal in meinen Kopf geschlichen hat, als ich eines Nachts im Bellevue an ein Bett gefesselt worden war.

Also, das denke ich von eurer Gesellschaft, von euch Leuten mit euren Jobs und euren Häusern und euren Wählerregistrierungskarten: Ihr alle seid so was wie Passagiere in einem Zug, von dem ihr natürlich glaubt, er würde euch gesund und wohlbehalten an irgendeinen Ort bringen. An einen Ort wie den, den man den ›Amerikanischen Traum‹ nennt.

Nur, keiner von euch will weiter die Tatsache beachten, daß euer Zug drauf und dran ist zu entgleisen – und vorne habt ihr einen Lokführer sitzen, der euch sagen wird – falls ihr euch überhaupt die Mühe macht zu fragen –, daß ihr noch nie eine so gute Fahrt hattet.«

Lionel genehmigte sich einen weiteren Whisky, und ich folgte seinem Beispiel.

Und ich sagte: »Wo wir gerade von Zügen reden, das ist die dritte Sache, nach der ich dich fragen wollte.«

Ich erzählte Lionel von meiner Verfolgungsjagd hinunter in die Schlucht der alten Eisenbahntrasse, dort, wo vor vielen Jahren, als ich noch ein Kind war, Hobos ihr Lager aufgeschlagen hatten; davon, wie ich hinter dem Mann hergewesen war, der Father Love niedergeschossen hatte – wovon Lionel, wie er sagte, aus der ›Post‹ wußte. Und ich erzählte ihm, daß ich vielleicht nur ein paar Minuten da unten gewesen war, da ich für eine ausgedehnte Sightseeing-Tour nicht passend angezogen gewesen war; und daß ich seit diesen allabendlichen Fernsehbildern aus Vietnam in den sechziger und frühen siebziger Jahren mit all den entlaubten Dörfern, die ein unheiliges Zeugnis ablegten vom großen amerikanischen Kreuzzug gegen den gottlosen Kommunismus, keine so entsetzliche Hoffnungslosigkeit mehr gesehen hatte.

»Hah!« sagte Lionel, brüllte dieses eine Wort beinahe heraus. »Ich glaube fast, das meinst du sogar wirklich.«

Ich sagte: »Was meine ich wirklich?«

»Gott im Himmel, Hock, ich glaube, du bist vielleicht wirklich und wahrhaftig der eine normale Spießer von einer Million, der tatsächlich sehen will, wie die Dinge wirklich sind.«

»Ist es nicht genau das, was ich gesagt habe?«

»Also schön, Chorknabe, okay... willst du mitkommen und sehen, wo der König des Dschungels lebt?«

20

Um Viertel nach zwei an einem Dienstagnachmittag im November, der sich als überraschend sonnig und klar entpuppte, ging ich mit dem Holy Redeemer die Tenth Avenue hinauf – vorbei an meiner Wohnung, in der Howie Griffiths ermordet worden war, vorbei an *Runyon's Pinball Shop* schräg gegenüber, wo Buddy-O oben in seinen eigenen vier Wänden ermordet worden war; weiter zum »Dschungel«, der, wie Lionel mich informierte, das »am schnellsten wachsende Viertel ganz Manhattans ist, nur daß man wahrscheinlich nicht erleben wird, daß das ›New York Magazine‹ einen Fotobericht über die Gegend bringt, mit kleinen Tips, wo man das beste schicke Sonntagsbrunch kriegt«.

Und dann bogen wir an der West Forty-sixth Street nach Westen in einen zum größten Teil leerstehenden Block, der nichtsdestoweniger die Macht besaß, mich ungefähr dreißig Jahre zurückzuversetzen ...

... in eine Zeit, als ich Chorknabe in der Holy Cross war, und ein fleißiger Schuhputzer vor der Bibliothek, und ein ansonsten ausgesprochen lästiger kleiner Engel in einer aus gutem Grund Hell's Kitchen genannten Gegend; und zurück in eine Zeit, als meine Mutter und all die anderen rechtschaffenen, regelmäßig die Kirche besuchenden irischen Ladies unseres Viertels tapfer zu verhindern versuchten, daß wir Jungs erfuhren, was genau im Inneren eines gewissen Hauses an der West Forty-sixth Street vor sich ging, das von einer englischen Dame mit ausgemergeltem Gesicht und schlechten Augen geführt wurde, die bei allen nur Blind Mary hieß. Blind Mary war für zwei Dinge berühmt: An ihrem rechten Fuß hatte sie sechs Zehen, und sie führte sich gern Leuten, die Kuriositäten suchten, als Laune der Natur vor; und sie ließ jeden Burschen in ihren Salon, wenn sie auch nur eine kleine Chance witterte, daß er achtzehn Jahre alt und von daher, nach ihren Maßstäben, Mann genug war, mit einem der Mädchen in den Zimmern im oberen Stockwerk einen gewissen Verkehr auszuüben.

Und hinter Blind Marys Haus stand früher ein alter Holzschuppen mit einem Blechdach, der zum offiziellen Treff einer locker organisierten Gang wurde, die schon bald die *Buddy-O's* genannt wurde. Wenn ein Cop je danach fragte, wieso wir ständig zusammen rumhingen, hatten wir immer die schlaue Antwort parat: »Ach, der ist nur 'n Kumpel von mir, mehr nicht, nur ein *buddy o' mine*, und der auch, und der auch ...« So kamen wir zu dem Namen unserer Gang. Und kein anderer als Aloysius Patrick Xavier Devlin war unser Anführer, und schon damals gab er sich die größte Mühe, es mit einer Gang im Rücken in New York zu etwas zu bringen; und da Devlin derjenige war, der von uns allen die Gang am ernstesten nahm, war er am Ende selbst als Buddy-O bekannt.

An den Maßstäben der Zeit und des Ortes gemessen, waren die *Buddy-O's* Kinderkram. Gewisse Familien draußen in Brooklyn verdienten sich mit Auftragsmorden ihre Brötchen, Erpressung war die Domäne der Mitglieder der *Social Clubs* von der Mulberry Street, das Glücksspiel war den stets schick gekleideten Typen oben in Harlem vorbehalten, Safes knacken konnte jeder, da es damals wie heute ein Handwerk ist, das großes Geschick erfordert, für Provisionen und Schmiergelder waren das Rathaus und die überzeugten Anhänger unseres Systems des freien Unternehmertums zuständig, und die Wall Street besaß das Monopol für Bankausplünderungen auf Gentlemenart und aalglatte Schwindeleien – was wieder mal beweist, daß sich manche Dinge nie ändern. Typen wie den *Buddy-O's* aus Hell's Kitchen blieben die vergleichsweise harmlosen Zeitvertreibe, wie zum Beispiel puertoricanische Bodegas oben in den West Sixties auseinanderzunehmen, bevor dort das Lincoln Center gebaut wurde, Bauerntölpel am Times Square auszurauben – und ganz allgemein alle Typen auszunehmen, von denen sie mit Sicherheit wußten, daß sie nicht einer rivalisierenden Gang angehörten, oder solche Burschen, die sich früher oder später wieder von der Gang entfernten, weil sie viel zu sehr damit beschäftigt waren, Chorknaben zu sein.

Aber die *Buddy-O's* verbrachten nicht die gesamte Zeit damit, ihre Fertigkeiten in soziopathischen Künsten und Wissenschaften zu verfeinern. Sie machten die gleichen Sachen wie der ganze Rest der Jugendlichen in unserem Viertel – was im wesentlichen Straßenspiele waren, da kein Mensch einen Fernseher besaß oder Geld fürs Kino hatte. Es war weit entfernt von den typisch amerikanischen Jungenidyllen auf den Covern der ›Saturday Evening Post‹, aber es gab erheblich schlimmere Dinge, die wir hätten anstellen können. Und die hart arbeitenden Leute, die mit den Ellbogen auf Kissen aus den Fenstern der Mietskasernen hingen, schienen leichter zu atmen, wenn sie uns zuschauten, wie wir *Annie-over* oder *Ballie-callie* oder *Stoopball* oder *Cally-up* spielten. Oder Devlins Lieblingsspiel – *All-ee all-ee in free*.

Und wie mich, nachdem ich mich von der Gang gelöst hatte, die harten Jungs der *Buddy-O's*, einschließlich Buddy-O selbst, regelmäßig auf der Forty-second Street zu Boden stießen, um an die Münzen in meiner Schuhputzerkiste zu kommen. Hätte damals einer, der mich und Buddy-O aus einem Mietskasernenfenster beobachtete, wie wir bei unseren Straßenspielen um dieselben Hindernisse jagten, wissen können, daß es am Ende so war, daß *ich* derjenige sein würde, der heute selbstsicher genau die Straßen hinunterging, die einmal Buddy-O und seiner Gang gehört hatten – und daß Buddy-O jetzt auf dem Weg zu einem Grab auf Hart Island war, wo nur eine Nummer seine Grabstätte bezeichnete und Häftlinge von Ellis Island regelmäßig mit dem Boot rüberkamen, um den Armenfriedhof von New York City zu pflegen?

»All-ee all-ee in free.« Ich sagte das nicht laut, ich war mir nicht mal bewußt, daß ich es überhaupt hörbar gesagt hatte.

»Was hast du gesagt ...?«

»Ach, nur etwas, das wir früher hier in der Gegend gespielt haben«, antwortete ich Lionel. »Als wir noch als rotzige Kids auf den Straßen rumgerannt sind.«

»Oh, Himmel, ja«, sagte Lionel. »An die Zeit kann ich mich noch gut erinnern.« Und er schnaubte verächtlich.

Dann deutete er auf einen Drahtzaun am hinteren Ende eines vollen, asphaltierten Parkplatzes, auf dem zum größten Teil Kombis standen. Das Grundstück befand sich genau dort, wo früher Blind Marys Haus gestanden hatte, und auch der Schuppen war heute fort. Ich fragte mich ernsthaft, ob Parkplätze inzwischen alles übernommen hatten, woran sich jeder, den ich kannte, noch erinnern konnte – das Cottage von Mona Morgans Vater und sein Meisterwerk oben auf dem Berg in Rhinecliff. Und wahrscheinlich war genau an der Stelle, über die ich jetzt ging, früher mal Blind Marys Salon gewesen – wo sie in ihrem großen rosa Sessel neben der Treppe saß und ihre sechs Zehen vorführte, während junge Burschen unsicher mit ihren Hüten in den Händen herumstanden, mit besonders tiefen Stimmen sprachen und darauf warteten, daß sie an der Reihe waren, nach oben gehen zu können.

Am hinteren Ende des Parkplatzes stieß der Drahtzaun auf einer Seite an die fensterlose Außenwand eines rußigen Lagerhauses aus roten Ziegeln. Ein abgestorbener Baum ragte vom Hang der Schlucht hinter dem Zaun auf.

Lionel zeigte auf den Baum und sagte: »Das ist der Haupteingang zu dem Ort, an dem wir leben.«

Als wir durch die letzten paar Reihen parkender Autos gingen, fiel mir eine interessante Sache auf: Eine ganze Menge der Kombis und Familienlimousinen, die da standen, ähnelten in vielem den Zimmern im oberen Stockwerk von Blind Marys Haus, nur daß sie Reifen und Stoßstangenaufkleber und Schildchen vom *New Jersey Department of Motor Vehicles* besaßen.

Eine Wagentür würde sich öffnen, dann würde ein Typ heraustreten, der bis auf den zufriedenen Ausdruck auf seinem Gesicht ziemlich unscheinbar war. Und dann würde der ungepflegte Kopf einer Nutte auftauchen, und sie würde genau dort in diesem Wagen bleiben; vielleicht würde sie sich etwas anstecken, das geraucht werden konnte, während sie darauf wartete, daß der Parkplatzwächter, mit allen Autoschlüsseln an einem großen Ring, den nächsten Freier zu dem Kombi mit dem *Sea-World*-Aufkleber auf dem hinteren

Kotflügel brachte – was auch immer. Und in der Zwischenzeit arbeitete der Pendler, der das rollende Bordell überhaupt erst in die Stadt gebracht hatte, völlig ahnungslos in irgendeinem Bürosilo in Manhattan.

»Seit wann läuft dieses nette kleine Unternehmen hier schon?« fragte ich Lionel.

»Du bist wirklich *ganz schön* lange fort gewesen, was, Chorknabe?«

Tja, das war ich, erwiderte ich.

Dann klärte mich Lionel sehr nüchtern und sachlich über diesen speziellen Geschäftszweig entlang der West Forty-sixth Street auf. »Weißt du, ich glaube, die Mädchen verdienen sich jetzt schon bald zwanzig Jahre tagsüber was dazu, indem sie ... na, du weißt schon, Rücksitz-Nummern schieben. Sie stecken dem Typen, der darauf aufpassen soll, daß niemand in die Autos der Landeier steigt, ein paar Dollar zu, und so macht jeder seinen Schnitt, und keiner zahlt irgendwelche Abgaben.«

»Und die Landeier kriegen nie was davon mit?« Das war eine dumme Frage, und ich wußte es.

»Schieß los, Hock – was wissen Büroleichen schon von irgendwas? Ich meine, ist das nicht schon ungefähr der halbe Grund, warum es überhaupt so was wie die *SCUM Patrol* gibt und du einen Job hast?

Diese Landeier, die latschen jede Woche von montags bis freitags über diesen Parkplatz, und überall liegen alte Gummis rum, und trotzdem kriegen sie nichts mit; sie latschen durch all das andere Elend hier, und auch davon kriegen sie nichts mit, da sie an nichts anderem interessiert sind, als so schnell wie möglich in ihre Autos zu kommen und nach Hause zu rasen, wo sie dann so tun, als hätten sie nichts zu schaffen mit dem Elend von irgendwem in der Stadt. Außerdem, die Mädchen sind schlau genug zu wissen, daß sie mit den Autos vorsichtig sein müssen und nicht zu viele Spuren hinterlassen dürfen.«

Er deutete über ein paar Reihen auf Autos ein Stück weiter den Zaun hinunter auf der anderen Seite der mittleren Zufahrtsspur und sagte: »Da drüben ist eine Spezialabteilung – wohin die Freier gehen, wenn sie lieber einen knackigen kleinen Jungenarsch bevorzugen.«

Ich wollte einen Drink.

Lionel sagte: »Die meisten von denen – zumindest die Mädchen, die Stricher weniger –, leben auf jeden Fall einen Teil des Jahres irgendwo unten im Dschungel. Manche von ihnen werden auch alte Mädchen ... Aber hör zu, Hock, dieses alltägliche Laster ist doch nicht das, worüber du heute was rausfinden willst, richtig?«

»Nein, heute nicht«, sagte ich. »Heute will ich deinen König des Dschungels kennenlernen, der mir vielleicht bei meinem Verdächtigen weiterhelfen kann, der neulich hier runtergelaufen ist. Meinst du, er kann mir helfen?«

Lionel sagte: »Tja, da werden wir wohl einfach mal abwarten müssen, was? Folge mir, Kumpel.«

Dann bückte sich Lionel und zog ein Stück des Drahtzaunes zurück, kroch auf die andere Seite und suchte zwischen den großen, schlangenartigen Wurzeln des abgestorbenen Baumes einen sicheren Halt für seine Füße. Ich folgte seinem Beispiel. Von den Baumwurzeln aus arbeiteten wir uns auf etwas nach unten vor, das praktisch eine in die Böschung der Schlucht geschlagene Treppe war, mit Handgriffen und Stufen, die in den steilen Abhang aus Schiefer gehauen waren.

Und wieder stieg ich in den Styx von Hell's Kitchen hinab, auch wenn wir jetzt einige Blocks weiter südlich von der Stelle waren, an der ich mich Montag morgen bei der Verfolgung des jungen Burschen befunden hatte, der Father Love niedergeschossen hatte. Und wieder roch es nach verbranntem Müll und Marihuana; hin und wieder hörte ich Ratten durch das braune Unkraut huschen und Wasser plätschern.

Aber irgendwie war es friedlicher, ruhiger in diesem Teil der Schlucht – dem Dschungel. Hier gab es keine verächtlichen Blicke, die sich wie neulich in meinen Rücken bohrten. Dies hier war, sozusagen, die bessere Gegend des Dschungels – wo es den Bewohnern irgendwie besser ging und wo sie sich auf eine Weise sicher genug in ihrer Umgebung fühlten, um einen Besucher wie mich zu dulden.

Natürlich half es, daß ich diesmal nicht Anzug, Krawatte und Mantel trug. Statt dessen hatte ich meine Arbeitskleidung an – einen alten Parka, eine Strickmütze, verwaschene Jeans mit Farbflecken, einen Armeepullover, Handschuhe, deren Fingerspitzen abgeschnitten waren und Turnschuhe der Marke *Pro-Keds*, wie sie auch von allen gutgekleideten New Yorker U-Bahn-Ganoven getragen werden. *Und* dann war da noch die beträchtliche Hilfe, bei diesem Spaziergang einen Paten in Person von Lionel dem Holy Redeemer dabeizuhaben. Daher war es im Moment nicht erforderlich, dieses Tal des Schattens und des Todes zu fürchten; außerdem war da noch als Beruhigungsmittel meine komplette Artillerie – die Bulldog in meinem Schulterhalfter, die an meine linke Wade geschnallte .32er und die Standard .38er Police Special in meinem Gürtelhalfter.

Ich sah ungefähr ein Dutzend Männer, die entlang einem Gleisabschnitt um ein paar kleine Feuer hockten, immer wieder einen Schluck aus einer Flasche *Four Roses* nahmen, rauchten und in der Sonne plauderten. Vielleicht das gleiche wie eine Gruppe Rentner, die sich an immer denselben Bänken in immer derselben Ecke des Central Parks treffen, oder so wie sich die alten irischen Knaben in Angelos *Ebb Tide* die Nachmittage vertreiben, bevor die jungen Leute ihnen auf den Leib rücken. Drüben auf der anderen Seite der Gleise entdeckte ich Gruppen von Frauen, die genau das gleiche taten. Und die Alltäglichkeit dieses Anblickes, geradezu eine Parodie auf das Leben unmittelbar über uns, tat mir weh.

Lionel wurde von jedem begrüßt, während wir uns über den Dschungelboden bewegten. Durch diesen speziellen Teil dessen, was, wie ich langsam begriff, eine vollständige Unter-Welt war, zogen sich schmale Fußwege, die von den Menschen bis auf den nackten Boden abgebrannt und von Wurzeln und Abfall und Sumachstrünken befreit worden waren. Lionel erwiderte alle Begrüßungen mit einem majestätischen Winken, und mit seinem Stehkragen sah er für mich aus wie der Papst persönlich.

Und ich schaute zurück zu der Welt über uns, die direkt hinter dem Zaun des Parkplatzes begann. Und eine weitere Erinnerung tauchte auf ...

... in der Patty, wie ich ihn zuerst gekannt hatte, vor der Zeit der Gang im Schuppen hinter Blind Marys Haus und bevor er Buddy-O genannt wurde, wieder mal das Spiel gewonnen hatte, das er am meisten von allen liebte. Und der Tag, an dem ich sein Geheimnis herausfand, immer zu gewinnen.

Ich sah Patty in den kleinen Schuppen hinter Blind Marys Haus laufen – der Schuppen, der später zu unserem Treffpunkt wurde –, und ich und die anderen umstellten den Schuppen. Aber Patty kam nicht wieder raus, und als wir hineingingen, war er verschwunden. Und dies war auch nicht das erste Mal, an dem er das gemacht hatte – er stellte uns immer wieder vor ein Rätsel, indem er in den Schuppen lief und einfach verschwand. Fast einen ganzen Block entfernt tauchte er dann wieder auf, fast unten an der Forty-fifth Street, und dann kam er immer zurückgelaufen und brüllte uns hämisch triumphierend von hinten zu: »All-ee all-ee in free!«

Und eines Tages durchsuchte ich den Schuppen und entdeckte schließlich sein Geheimnis: die Schiebetür, die er aus einer Bodendiele gemacht hatte. Unter der Diele war gerade genug Platz, um bis zu einer Spalte zwischen zwei der großen Felsen an der Schluchtwand kriechen zu können. Und von dort führte dann ein langer Tunnel einen höherliegenden Grat der Schluchtböschung entlang, der stellenweise so eng war, daß ich auf dem Bauch rutschen mußte, um durchzukommen.

Genau so hatte Patty es gemacht, so hatte uns der große Buddy-O verblüfft. Wir waren damals alle eine Zeitlang jung und dumm genug gewesen, daß er uns damit was vormachen konnte.

Jetzt, von ganz unten auf dem Dschungelboden, strengte ich meine nicht mehr ganz jungen Augen an, um zu sehen, ob ich den Ausgangspunkt des Tunnels am höherliegenden Grat der Böschung wiederfinden konnte. Ich meinte, die beiden großen Felsen entdeckt zu haben, aber wirklich sicher war ich mir nicht ...

Und jetzt war es dort, wo wir unter der großen Betonbrücke weitergingen, die das Sonnenlicht aussperrte und übelriechende, abgestandene Luft festhielt und jedes Geräusch erstickt wurde, äußerst dunkel und feucht. Lionel bewegte sich wie eine geschickte Katze, die in der Dunkelheit sehen konnte; aber ich sah praktisch nichts. Ich war ein Blinder ohne jede Erfahrung darin, mir einen Weg nur nach dem Gehör und mit dem hilflosen Vertrauen in andere zu suchen, und ich kannte das beklemmende Gefühl, jeden Augenblick mit der Berührung eines Fremden rechnen zu müssen.

Ich vermutete, daß wir die Forty-ninth Street erreicht hatten, als Lionel plötzlich die östliche Böschung der Schlucht hinaufstieg. Er sagte, ich solle mich dicht hinter ihm halten, nach den Stufen und dem Halt tasten, die uns nach oben bringen würden. Und während wir kletterten, spürte ich seinen und meinen warmen Atem, der in der unangenehm feuchten Luft hing wie Atemdunst in der Kälte.

Die Steine und Felsen und sogar die Erde unter unseren Füßen waren glitschig, und mehr als einmal rutschte ich aus und schürfte mir Knie oder Schienbeine auf. Die Wand der

Schlucht, manchmal nur wenige Zentimeter von meinem Gesicht entfernt, stank nach Urin und Rauch und vermodertem Papier. Und meine Hände und Arme streiften die breiigen Überreste toter Ratten und Eichhörnchen – von hungrigen Hunden unter die Brücke gezogen, die ihre Beute nur im Versteck fraßen.

Irgend etwas kreischte und schnappte. Dann wild flatternde Geräusche. »Ein Fledermausnest«, erklärte Lionel. Er hatte mir den Kopf zugewandt, doch ich konnte sein Gesicht nicht sehen, als er sprach. »Wir haben sie aufgescheucht. Du mußt aufpassen, denn die sind tolpatschig wie nur was und knallen in dich rein, wenn sie Angst haben oder verwirrt sind.« Und noch während er das sagte, schlug etwas zuerst gegen meinen Rücken, dann gegen meine Beine. Und ein ekelhaft süßlicher Geschmack schnürte mir den Hals zu.

Ich glaube, ich wäre umgekippt, wenn wir dann nicht endlich einen schmalen Grat erreicht hätten, der von einem Lichtstrahl durch eine Ritze in der Brücke über uns erhellt wurde, ein Spalt entlang des Bürgersteiges an einem Straßenrand. Der Spalt war breit genug, daß ich die Füße einer Frau und neben ihr die eines Kindes vorbeigehen sehen konnte.

Und Lionel blieb stehen.

Wir standen vor einer kleinen Holzhütte, die, so Lionels Worte, sein trautes Heim, Glück allein war. Er steckte einen Schlüssel in ein Vorhängeschloß und öffnete eine Tür.

Die Hütte war aus Brettern gebaut, die Lionel über die Jahre und eins nach dem anderen in den Dschungel geschleppt hatte. Sie war sicher in einen Spalt im Schiefer gezwängt, dort durch Steine und Matsch und kurze, kräftige Äste verankert. Im Inneren hingen Latten vor schmalen Öffnungen in den Wänden, so daß Lionel in die dunkle Welt unter der Brücke hinausschauen konnte.

Es gab nur diesen einen Raum, ungefähr drei Quadratmeter groß und kaum höher als eins achtzig. Mit drei Petroleumlampen machte Lionel Licht, und er heizte die Hütte, indem er Feuer in einem kleinen, selbstgebauten Ofen machte, dessen Abzug er durch eine Seite der Hütte hinaus und durch den Spalt in der Brücke darüber an die Oberfläche geführt hatte. Das Ofenrohr, das er benutzte, bestand aus den dicken Stahlmantelrohren, die immer wieder aus den Wartungsdepots der U-Bahn oben in Inwood gestohlen werden.

Lionel zog seinen dicken Mantel aus und nahm den Hut ab, und schon bald wurde es so warm in der Hütte, daß er ebenfalls das Hemd aufknöpfte und den Stehkragen ablegte. Und mir wurde bewußt, daß ich ihn noch nicht sehr oft ohne diesen Kragen oder ohne Kopfbedeckung gesehen hatte, genausowenig wie ich den Dingen besondere Aufmerksamkeit geschenkt hatte, die er mir im Laufe der Jahre zu sagen gehabt hatte, nichts über das hinaus, was mir im jeweiligen Augenblick nützlich erschienen war.

Einen Moment lang starrte ich auf seinen buschigen, von Grau durchzogenen Kopf. Ich weiß nicht, woran es liegt, aber alte Männer, die auf der Straße leben, haben die gesündesten Haare, die ich je gesehen habe, selbst wenn sie schmierig oder verlaust oder sonstwie ungepflegt sind. Uns, die wir die Annehmlichkeiten von Häusern genießen, schwinden die Haare.

Ich schätzte Lionel auf etwa siebzig Jahre. Die Falten und die gerundeten Schultern und die flache Brust verrieten mir das. Und die Jahre und ein langes und verlottertes Leben hatten sein Gesicht und seine Hände gebräunt und tiefe Furchen hinterlassen, obwohl ich vermutete, daß er als Kind und junger Mann hellhäutig gewesen war. Ausgefallene Zähne ließen sein Gesicht eingefallen wirken. Er trug ein Gebiß, das allerdings nicht richtig saß. Was wußte ich schon – die Prothese konnte mal irgendeinem anderen gehört haben.

In seiner Wohnung gab es zwei Möbelstücke, die Borde und Regale nicht mitgezählt, die er in die Wände geschnitzt hatte, um seine Habe aufzubewahren – größtenteils Illustrierte und Zeitungen und Konservendosen. Es gab ein Feldbett und alte Autoreifen, die in der ungefähren Form einer Couch aufgestapelt waren. Lionel setzte sich auf die Kante seiner Pritsche, und ich nahm die Reifen.

Hinter Lionel befand sich ein Sims mit einem kleinen Stoß Bücher darauf und einer vierten, nicht brennenden Petroleumlampe. Das war vermutlich seine Leselampe. Dort stand auch ein Aschenbecher mit zahllosen hellbraunen Kippen.

Er bot mir seinen *Bull-Durham*-Tabak und ein paar braune Zigarettenpapierchen an. Ich wollte keine Zigarette, drehte mir aber dennoch eine, um nicht unhöflich zu erscheinen. Wir rauchten. Lionel entschuldigte sich, zu den Zigaretten keinen Kaffee oder Alkohol anbieten zu können.

Während wir uns unterhielten, bemerkte ich, daß Lionels näselnder Tonfall des Mittleren Westens ein Akzent von der Sorte war, der einen Cop leicht denken ließ, einen Einfaltspinsel vor sich zu haben, falls der Cop zufälligerweise selbst ein schlichtes Gemüt hatte. Was ich leider, wie ich zugeben muß, eine ganze Weile gehabt hatte.

Denn jetzt erfuhr ich, daß Lionel der Holy Redeemer ebenfalls der König des Dschungels war.

21

»Du willst wissen, wie ich König dieses Dschungels geworden bin, häh?«

Lionel strich sich übers Kinn.

»Darauf gibt's eine kurze Antwort«, sagte er. »Die lautet, ich bin der älteste und cleverste Kerl hier. Es gibt auch noch eine längere Version ...«

Dann zog er eine Brille mit dicken Gläsern aus der Brusttasche seines Hemdes, und als er sie aufsetzte, wurden seine blauen Augen riesengroß. Er sagte, es würde ihm helfen, ernst zu nehmen, was er zu sagen hätte, wenn er denjenigen genau sah, mit dem er redete.

»Ich habe als ganz normaler Spießer angefangen und wie alle anderen gearbeitet. Ich hatte keine Ausbildung oder ähnliche Chancen. Himmel, Hock, ich habe ehrlich vergessen, wieso ich keine Chancen hatte ... Wenn man mein Alter erreicht, ist man schon froh und glücklich, wenn man noch weiß, wie man redet, also macht man sich keine Gedanken über das, was einem aus dem Kopf entschwunden ist.

Jedenfalls, ich hab all die üblichen beschissenen Jobs gemacht. Drüben in Michigan, wo ich herkomme, habe ich in verschiedenen Geschäften ausgefegt und saubergemacht, hab eine Weile in den Autofabriken gearbeitet. Als Vertreter für allen möglichen Kram habe ich in Michigan und Ohio die Klinken geputzt, anschließend auch noch in Pennsylvania und danach in Jersey, wo ich viele Jahre in Passaic gelebt habe. Und die ganze Zeit habe ich immer wieder Burschen getroffen, die stolz darauf waren zu sagen, daß sie zwanzig Jahre Berufserfahrung hatten, und wirklich, dabei mußte ich immer denken, daß es doch nur zwanzigmal die Erfahrung von so ungefähr einem einzigen Jahr war.

Ich denke nicht dran, meine schlechte Einstellung anständigen Jobs gegenüber zu entschuldigen, okay? Ich habe herausgefunden, daß Jobs eine Menge harter Arbeit und nie genug Geld bedeuten, um wie ein Mensch leben zu können, besonders dann, wenn ein Bursche auch noch verheiratet ist und Kinder hat.

Was ich also gemacht habe? Ich habe angefangen, mir das zu verschaffen, was ich für ein Leben als anständiger Mensch brauchte. Was man stehlen nennt, wofür man mich immer wieder in den Knast gesteckt hat, wenn ich dabei erwischt wurde.

Tja, und die ganze Zeit, die ich in dem einen oder anderen Knast gesessen habe, hab ich meistens mit Lesen verbracht –

wenn ich nicht gerade zu sehr damit beschäftigt war, mich über die Schwulen und ihre warmen und liebevollen Anträge kaputtzulachen. Das war dann schließlich meine Ausbildung.

Im Knast habe ich immer Geschichtsbücher gelesen. Aus irgendeinem Grund rangieren Geschichtsbücher ziemlich weit oben bei den Leuten, die Gefängnisbibliotheken zusammenstellen. Keine Ahnung, vielleicht denken die, ein verstaubtes altes Geschichtsbuch wird die Knackis schon nicht zu sehr aufregen. Bei mir hat es nur bewirkt zu lernen, zwischen den Lügen zu lesen, aber ich schätze, man könnte vielleicht sagen, ich bin einfach von Natur aus ein zynischer Bastard.

Die Geschichte ist letzten Endes – und du als Cop wirst das sicher besonders gut verstehen – nur ein Polizeiregister der großen Verbrechen dieser Welt. Was all die verschiedenen Kriege einschließt, in denen Millionen irregeleiteter kleiner Burschen gestorben sind, genau wie über die Jahrhunderte all die anderen schrecklichen Taten ganz unterschiedlicher Bastarde. Außerdem habe ich gelernt, daß während der ganzen Geschichte die Reichen immer die Propaganda verbreitet haben, daß Eigentum heilig ist und nicht gestohlen werden sollte, weil ihnen zufälligerweise praktisch das gesamte Eigentum gehört.

Also könnte man sagen, mein Geschichtsstudium hat mich gelehrt, daß mein Instinkt absolut richtig war: Das einzige, was ein vernünftiger Mensch sein sollte, ist ein Dieb. Natürlich gibt es solche und solche Diebe.

Ehrenhafter Dieb, der ich nun mal bin, habe ich es mir zum Grundsatz gemacht, niemals die Armen zu bestehlen, da ich ihnen erstens schaden würde, und da sie zweitens höchstwahrscheinlich sowieso nichts besitzen, das sich zu stehlen lohnt. Das ist ein völlig anderer Zugang zu der Tatsache, ein Dieb zu sein, als man ihn bei den Dieben in der Wirtschaft und Industrie und den Dieben findet, die in hohe

Ämter gewählt werden. Das sind die Diebe, die ihre Schnauzen so tief in den Brei stecken, daß es für sie keine Rolle mehr spielt, *wen* sie bestehlen, solange sie nur stehlen – was für die so normal ist wie das Atmen.

Was ich als ehrenhafter Dieb immer getan habe, war, Leute zu bestehlen, die versichert waren, was eine gute und anständige Sache ist und womit du allen Beteiligten einen Gefallen tust. Erstens tust du dem Besitzer dessen, was immer du stiehlst, einen Gefallen, da du ihm ein bißchen Aufregung in seinem Leben verschaffst. Und dann tust du der Versicherungsgesellschaft einen wirklich großen Gefallen, denn falls es überhaupt eine Publicity über den Diebstahl dieses geheiligten Eigentums gibt, das du gerade geklemmt hast, dann bringt das nur noch mehr Versicherungspolicen und manchmal auch noch höhere Prämien. Und außerdem tut's auch noch euch Cops einen Gefallen, da ein Cop sich wichtig vorkommen kann, wenn er Diebe verfolgt ...«

Lionel nahm den letzten Zug von seiner Zigarette. Er drückte sie auf dem Boden aus und drehte sich eine neue. Ich selbst lehnte diesmal dankend ab.

»Aber schließlich mußte ich aufhören, der Gesellschaft Ehre zu machen«, fuhr er fort, »da das Leben eines Diebes, so traurig es ist, das zu sagen, nur etwas für einen jungen Mann ist.

Tja, meine zittrigen Hände und meine Pechsträhne, als ich langsam erkannte, daß ich alt wurde, zwangen mich dazu, in den Ruhestand zu treten. Und der Ruhestand – Junge, Junge! Das ist eine weitere himmelschreiende Ungerechtigkeit auf dieser Welt, vor allem, da ein ehrenhafter Dieb keine Rente kriegt. Und ich wage nicht mal, die Fürsorge um irgendwas zu bitten, da das eine offene Einladung für eine Menge Schwierigkeiten mit dem Staat wäre ... und ich habe es mir immer zu meinem strengsten Grundsatz gemacht, Uncle Sam nicht komisch zu kommen, der ein echter Killer ist.

Tja, und das bringt mich schrecklich überstürzt in die

Gegenwart, Hock. Ich lasse viele tausend Details weg, von denen dich manche vielleicht zum Weinen bringen würden, und bei anderen würdest du dich kaputtlachen. Jedenfalls, hier bin ich, ein alter Mann, was für mich persönlich eine ganze Menge bedeutet.

Natürlich bin ich ein *armer* alter Knabe, wie du ja ganz offensichtlich sehen kannst. Das liegt daran, weil ich immer ein anständiges Leben gelebt habe. Und ich bin auch nicht verbittert wegen all der Zeit, die ich im Knast gesessen habe, auch nicht über die Male, die sie mich in die Klapsmühle gesteckt haben, nur weil ich es mir zur Angewohnheit gemacht habe, mit meiner Theorie über das Eigentum und daß es ganz und gar nicht stimmt, daß es heilig ist, nie hinter dem Berg zu halten ...«

Lionel hob eine Hand und schlug in die Luft, und für mich sah es aus, als wäre er doch wenigstens ein bißchen verbittert. Oder zumindest ein wenig verrückt wegen der Wahrheit, so wie er sie sah, was vielleicht wirklich stimmte.

»Vielleicht fragst du dich jetzt, wie ich im Dschungel gelandet bin?«

Ich sagte, ja, das hätte ich mich gefragt.

»Ich hatte ein normales Zimmer an der Thirty-ninth Street, drüben neben dem koscheren Schlachthof an der Eleventh Avenue, der inzwischen zugemacht hat. Ich vermute, demnächst wird er wahrscheinlich in Eigentumswohnungen umgewandelt – *Parve Arms*, so könnten sie's nennen. Tja, jedenfalls ging's mir ein paar Monate wirklich nicht besonders gut, weil sie mich im Bellevue für eine Weile in eines ihrer Zimmer ohne Fenster gesteckt haben – was mich, wie du sicher verstehen wirst, eine Weile davon abgehalten hat, etwas zu stehlen, was wiederum zur Folge hat, daß ich meine Miete nicht bezahlen kann.

Eins führt zum anderen, und dann kommt der schreckliche Tag, an dem ich mich in der Situation wiederfinde, in der meine Vermieterin meinen Koffer festgenagelt hat, damit ich mich nicht unbemerkt verdrücken kann, und wenn ich in mein Zimmer zurückkehre, wird sie mich zweifellos auch festnageln.

So, das war vor ungefähr fünfundzwanzig bis dreißig Jahren, und seitdem wohne ich hier, mietfrei. Und, Bruder, du glaubst, ihr Leute da oben hättet ein paar stürmische Veränderungen in der Welt erlebt?

Herr im Himmel, Hock, was hier unten war, als ich hierher umgezogen bin, war alles andere als das, was man die Freude einer Debütantin nennen würde – aber wenigstens waren wir anständig und ehrenhaft, auch wenn wir finanziell gesehen pleite waren. Oh, alle Jubeljahre dreht hier mal einer durch, weil er die spiritushaltigen Tabletten von einem Campingkocher gegessen, irgendeinen Fusel mit zuviel Blei drin geschluckt hat oder irgendwas in der Richtung – aber das alles war ein Nichts im Vergleich zu dem, was dieses Crack-Zeug angerichtet hat; das und Habgier, und wie uns das alle auf das Niveau von irren, tollwütigen Hunden absteigen läßt.

Tja ...« Und plötzlich verstummte Lionel.

Und er seufzte, und dies war ein furchtbarer Seufzer aus den tiefsten Tiefen der Seele eines ehrenhaften Diebes, ein Seufzer, der nach tausend Jahren Erfahrung klang, der Laut eines Mannes, der genau weiß, daß gleichgültig, wieviel Weisheit er auch immer in seinem Leben weiterzugeben versucht hat, es doch nur ein winziges eigenwilliges Sandkorn auf dem Strand ist.

»Ich glaube, was ich dir klarmachen will, Hock, ist ganz einfach: nämlich daß es nicht mehr viel Ehre auf dieser Welt gibt. Nicht mal hier unten im Dschungel, und es schmerzt mich, das zugeben zu müssen. Selbst hier verlieren wir den Blick dafür, wie wir anständige Männer und Frauen sein können. Und ich fühle mich so alt und schwach, nachdem ich all die Jahre meines Ruhestandes dem Leben als König dieses Dschungels gewidmet habe – und immer versuche, wenigstens mein kleines Königreich hier frei von dieser gefährlichen Vorstellung zu halten, die ich vorhin erwähnt habe, daß nämlich das Eigentum angeblich heilig sein soll.«

Eine ganze Weile sagte er dann nichts mehr. Sein Gesichtsausdruck wurde leer, und er starrte an mir vorbei, ruhte sich vielleicht aus, bis er soweit war, mir finden zu helfen, was ich in seinem Dschungel finden mußte, in seinem Königreich unter den Straßen. Und diesen Punkt würde er erreichen, das wußte ich, aus dem einfachen Grund, daß er uns beiden einen großen Gefallen tat, wenn er mir half.

Ich blickte auf diesen buschigen alten Kopf, auf sein dichtes, verfilztes braunes Haar voller grauer Strähnen. Wenn ein Mann seinen Vater nie gekannt hat, sieht er Männer etwa im Alter seines Vaters an, wie ich es tue – voller Wehmut, vergleicht ihr Äußeres mit dem, wie er sich vielleicht den Alterungsprozeß seines nie gekannten Vaters vorstellt.

Mein eigener Vater könnte, würde er noch auf dieser Erde wandeln, etwa so aussehen wie Lionel. Mein Vater, der geschrieben hatte, was ich mir vor so langer Zeit sofort eingeprägt hatte: *Die Welt ist verrückt geworden, und eine moralische Wahrheit hat ohne riesige Armeen auch nicht die geringste Chance gegen den Teufel; und Gottes eigene herrliche Armee hat nicht die geringste Chance ohne Spione und Verrat und Geheimcodes und Tücke und Propaganda und die verschlungensten Komplotte und alle Arten von Täuschung und Grausamkeit, die nötig sind, um die menschliche Zivilisation zu bewahren ...*

Und so oft saß der Geist meines Vaters im Dunkeln auf der Kante meines Bettes und erzählte mir Dinge ...

Und es kam mir in den Sinn, daß dieser Ort, an dem ich jetzt mit diesem schäbigen, alten weisen Mann mit seiner buschigen Mähne saß – Lionel, der im Nebelschleier seiner schweren Zeiten die Hälfte seines Namens vergessen hatte; Lionel der Holy Redeemer, der sich oben in der anderen Welt ein paar Nickel mit Leergut verdiente und manchmal ein paar bescheidene Dollar als mein Spitzel annahm; und auch Lionel der König des Dschungels –, sehr wohl der Ausgangspunkt der Spur des Geldes sein konnte.

Ich berührte seine Schulter. »Lionel?« Er sah mich an, doch ich konnte nicht erkennen, ob er mich wirklich sah. Ich berührte ihn wieder. »Lionel?«

Dann seufzte er wieder tief und sagte: »Ach, tut mir leid, Hock. Ich war gerade eine Weile mit meinen Gedanken woanders. Wo, das kann ich dir auch nicht sagen. Mein Kopf ist müde, wie du ja offensichtlich selbst siehst. Es schadet niemandem, aber das ist für mich auch kein Trost.«

»Was du mir da gerade erzählt hast, ist wirklich sehr interessant«, sagte ich, »und es würde mir nicht gefallen, wenn du's weitererzählst, aber vieles von dem, was du sagst, sehe ich ganz genauso. Und wenn dieses Land eine Monarchie wäre, hätte ich nichts gegen deine Herrschaft.«

Und dann lachte Lionel. Zuerst ganz leise, dann lauter, und dann konnte er sich kaum noch halten. Er lachte vielleicht volle zwei Minuten lang ein großes, herzhaftes Lachen, an dessen Ende er nach Luft schnappte. Er lachte um des Lachens willen, an dem auch seine Welt nicht mehr reich war. Und als er endlich fertig war, lag auf Lionels Gesicht das glückselige Lächeln eines halbverdursteten Mannes, dem gerade ein Glas eiskaltes Bier serviert worden war.

»Du bist in Ordnung, Hock«, sagte er. »Trotz des Bullen in dir bist du im Grunde doch immer noch der Chorknabe, der du ja, wie ich höre, vor langer Zeit mal gewesen bist ... Also, wieso erzählst du mir nicht einfach, was du von mir willst?«

»Ich will dir erzählen, was seit dem Tag alles passiert ist, an dem ich wieder nach Hell's Kitchen zurückgekommen bin. Also, man hat mir einen sehr heiklen Fall übertragen, und ich muß dir davon erzählen, und ich möchte hören, was du zu dem zu sagen hast, was ich dir gleich erzählen werde ... und, wer weiß, aber vielleicht wirst du mir ja eine große Hilfe sein können.«

»Tja, dann schieß mal los«, sagte Lionel.

Also erzählte ich Lionel, wie es gekommen war, daß Buddy-O mir meine Wohnung an der Forty-third Street verschafft hatte, daß Buddy-O dann ermordet worden war, und auch von unserem Treffen erzählte ich, zu dem er nie erschienen war, und daß Howie Griffiths Buddy-Os Leiche gefunden hatte – und daß anschließend Griffiths tot in meiner Badewanne gelegen hatte.

»Ach, du meine Güte, Hock – er hat also in deiner eigenen Wohnung den Löffel abgegeben, häh?«

Außerdem erzählte ich ihm, daß Buddy-O gesagt hatte, ein Fremder sei im Viertel unterwegs, ein Schwarzer, der überall herumlief und sich nach dem Wie und Wo erkundigte, einen Killer zu engagieren. Und ich erzählte ihm von der Mitteilung, die mit einem Eispickel auf Griffiths' Brust geheftet worden war. Und von den Morddrohungen auf den Visitenkarten gegen Father Love ...

Und während ich Lionel beobachtete, der sich nachdenklich den Kopf kratzte, dachte ich darüber nach, wie gut ich alles zusammengefaßt hatte.

Seine einzige Frage nach alledem war: »Und was hat Griffiths gesagt, warum er Buddy-Os Leiche gefunden hat?«

Ich antwortete: »Zu Detective Aiello, der übrigens der erste leitende Beamte am Tatort war, hat er gesagt – und mir hat er es auch so gesagt –, daß er kürzlich gehört hätte, Buddy-O würde überall damit prahlen, demnächst einen ordentlichen Batzen Geld einzufahren. Also hat Griffiths, guter kleiner Mieteintreiber, der er nun mal ist, gesagt, er sei sofort zu Buddy-O gegangen, um zu sehen, ob er nicht endlich seine rückständige Miete bezahlen wollte.«

»Und das kaufst du ihm ab, Hock?«

Vor mir selbst mußte ich eingestehen, daß ich ihm genau das abgekauft hatte. Ich hatte gesehen, wie Howie der

Schweiß aus seiner Butterhaut geflossen war, als Aiello ihn in die Mangel genommen und Howie so schuldbewußt wegen *irgendwas* ausgesehen hatte, daß ich natürlich dachte, er könnte einfach nichts mit dem Mord an Buddy-O zu tun haben. Dann hatte ich mit seiner Witwe gesprochen und mußte der Tatsache ins Auge blicken, daß Howie ein ziemlicher Gierhammel gewesen war, ganz zu schweigen davon, nach eigenem Bekunden »Jünger« dieses Daniel-Prescott-Tycoon gewesen zu sein, dem Kerl mit seinem drittklassigen Buch und dem Verlangen, das Weiße Haus seinem Immobilienbesitz einzuverleiben. Zu Lionel sagte ich: »Im Augenblick bin ich für alles offen, was über das hinausgeht, was der verstorbene Howie Griffiths an dem einzigen Tag von sich gegeben hat, an dem ich ihn lebend gesehen habe.«

»Ja, nun, ich würde es für das beste halten, aufgeschlossen zu bleiben, was den guten alten Howie betrifft«, sagte Lionel verächtlich schnaubend. Und dabei erinnerte ich mich daran, wie Aiello mich informiert hatte, daß Griffiths Erkundigungen über *mich* – und wo im Reich der Empire Properties ich lebte – angestellt hatte und daß dies unmittelbar nach unserem Schwätzchen in der Wohnung des verstorbenen Buddy-O gewesen war.

Ich fragte Lionel: »Im Interesse der Aufgeschlossenheit, es ist mir zu Ohren gekommen, daß Griffiths kurz vor seinem Heimgang losgezogen ist und den Hausmeister in meinem Haus gefeuert hat – und dann hat man dich und Griffiths direkt vor meinem Haus bei einem kleinen Schwätzchen gesehen. Also, was hattet ihr zu bereden?«

»Hat dein Hausmeister mich gesehen? Der verrückte Spic, der all diese blutverschmierten Pennies über Griffiths geworfen hat?«

»Genau das ist mein Zeuge. Er heißt übrigens Ricky.«

»Ja, schön, dein Ricky hat sie nicht mehr alle. Aber sein Stil, der gefällt mir.«

»Vergiß es, Lionel. Erzähl mir einfach, über was du mit Griffiths geredet hast.«

Er seufzte. »Was ich mit Griffiths zu schaffen hatte ... Ich hab versucht, diesen fetten rosa Drecksack dazu zu bewegen, uns hier unten im Dschungel gottverdammt in Ruhe zu lassen.«

»Was soll das wieder heißen?«

»Geld, Hock! Was bedeutet einem Drecksack wie Griffiths und einem traurigen alten Ganoven wie Buddy-O Devlin schon was? Hast du denn gar nichts von dem verstanden, was ich dir mühsam und haarklein klarzumachen versucht habe?« Lionel verschaffte seiner Verzweiflung geräuschvoll Ausdruck und sagte dann: »Griffiths und Buddy-O waren Partner, könnte man wohl sagen – Partner darin, normalen Spießern, die oben in Wohnungen leben, Schwierigkeiten zu machen, und Partner darin, sogar uns anständigen Typen hier unten Schwierigkeiten zu machen. Ich habe mit beiden geredet, habe versucht, sie wenigstens uns hier unten vom Hals zu schaffen ... Weißt du, es war Buddy-O, der all den Ärger angefangen hat, den wir jetzt haben, der, da du ja das letzte Mal in Hell's Kitchen gelebt hast, als du noch ein Chorknabe warst und von daher nicht wissen kannst, wie schrecklich sich hier alles ...«

»Moment, meinst du mit Ärger, daß du nicht mehr weißt, wie man heute noch anständig leben kann ... so wie du's vorhin gesagt hast?«

»Genau das, Hock. Und, halleluja, ich habe schon immer vermutet, daß einem Cop vielleicht auch mal ein Licht aufgehen könnte, wenn ich nur den richtigen finde ... Weißt du, ich habe zuerst versucht, mit Buddy-O zu reden, dann mit Griffiths, und, tja, du hast ja gesehen, wie weit ich damit gekommen bin.

Und jetzt, nachdem ich all das getan habe, was ein müder alter Kauz von einem pensionierten ehrenhaften Dieb tun konnte, um uns hier unten im Dschungel frei von dieser gefährlichen Vorstellung zu halten, die ich ja schon erwähnt habe, muß ich jetzt auch noch mit einem Cop reden, und ...«

»Die gefährliche Vorstellung – du meinst den Gag von wegen geheiligtem Eigentum?«

»Genau diese Affenscheiße, ja.«

»Okay. Aber, Lionel, ich muß dir sagen, daß ich langsam Probleme habe, dir noch zu folgen.«

»Ach, Allmächtiger, Chorknabe! Hast du denn überhaupt keine Phantasie? Siehst du die Zusammenhänge denn immer noch nicht? Du, ein anständiger Bursche und alles, und sogar ein Detective, der ein regelmäßiges Gehalt bekommt?«

»Wie wär's, wenn du die Zusammenhänge für mich aufdröselst? Und vielleicht solltest du von jetzt an auch besser das ›Chorknaben‹-Zeug vergessen.«

Lionel zuckte mit den Achseln. »Tja, ich will wirklich nicht, daß du sauer auf mich wirst, aber ich frage mich einfach nur manchmal, ob du verstehst, daß dein Chor hier in der Gegend nicht mehr singt.«

»Ich versteh's.«

»Also schön, paß auf – wie sieht deiner Meinung nach die Lage auf dem Immobilienmarkt aus, da oben, wo du in deiner ohne Frage miesen Wohnung lebst und vielleicht wie alle anderen auch jeden Monat die Miete über dich ergehen lassen mußt?«

»Verzweifelt. Es sieht verzweifelt aus ...«

»*Verzweifelt.* Das gefällt mir. Das ist ein gottverdammt gutes Wort dafür. Was Burschen wie Griffiths und Buddy-O zu verdanken ist, wovon der letzte mich persönlich erst in jüngster Zeit belästigt hat, weshalb ich ihn ja auch, wie ich dir ja schon gesagt habe, im großen und ganzen mochte ... Aber der alte Buddy-O, der war zuletzt wirklich total durchgeknallt, richtig? Nach allem, was er uns angetan hat, ich denke, er hat sich's selbst zuzuschreiben, was mit ihm passiert ist.«

»Was genau hat Buddy-O irgendwem hier unten denn angetan?«

»Auf einmal ist er an den verschiedenen Eingängen in den Dschungel aufgekreuzt«, sagte Lionel. »Das war so ungefähr vor sechs Monaten, als es draußen noch warm war. Er treibt sich an den Eingängen rum, notiert sich auf einem Block, wer wo lebt und an welchem Ende und alles. Nachdem du es selbst gesehen hast, weißt du ja inzwischen, daß wir einen guten und einen schlechten Teil des Dschungels haben. Und als nächstes fängt Buddy-O an, mit einigen von uns zu reden, dann engagiert er ein paar von uns, um Sachen für ihn zu machen ...«

Lionel unterbrach sich und wartete auf meine Frage: »Welche Sachen?«

»Ich behaupte nicht, daß *alle* von uns so korrumpiert sind und gekauft werden können, Hock. Okay? Ich, zum Beispiel, und die anderen von uns, die einen klaren Kopf behalten haben, was das Eigentum betrifft, wir nennen uns gern anständig ...«

»Okay. Aber wozu hat Buddy-O ein paar von den Bestechlichen unter euch engagiert?«

»Tja, zunächst war's nichts besonders Umwerfendes. Zuerst hat er sich zum Beispiel irgendeine üble Säufertruppe gekrallt, und bezahlt hat er sie mit *Thunderbird* oder *Wild Irish*, damit sie den ganzen Tag vor irgendeinem bestimmten Mietshaus rumhängen, in dem der Vermieter es seinen Mietern so unangenehm wie nur möglich machen will. Verstehst du, es würde mir nichts ausmachen, wenn das alles gewesen wäre, weil ich nicht besonders versessen auf jemanden bin, der es *eklig* findet – was ich tatsächlich mit eigenen Ohren eine Menge dieser Neuankömmlinge habe sagen hören –, wenn ein paar Typen nur rumsitzen und mehr oder weniger aussehen wie ... tja, aussehen wie du, Hock. Weißt du, für so ein Gesindel habe ich keinerlei Sympathien, und ich denke, vielleicht verdienen sie es ja sogar, aus ihren Wohnungen geekelt zu werden ...

Aber dann höre ich, daß sich Buddy-O mit diesem fetten

rosa Widerling Griffiths zusammentut, und dann überspannen die zwei bei ihrem kleinen Spielchen bei weitem den Bogen.«

Ich fragte: »Wie das?«

»Tja, zuerst mal, um das wirklich richtig verstehen zu können – du erinnerst dich doch, daß Buddy-O schon immer seine kleinen miesen Betrügereien abgezogen hat?«

Ich nickte.

»Vielleicht hat er angefangen, auf uns herumzuhacken, weil er den Kleinscheiß allmählich satt war, den er sonst immer abgezogen hat«, sagte Lionel. »Und vielleicht, da er ja ein Bursche war, der am Rande der Midlife-crisis taumelte und dabei trotzdem immer noch wehmütig an seine unschuldigen Jugendtage dachte, damals, als die Westies hier in der Gegend noch stark und mächtig waren ...

Und, Hock, das ist jetzt wirklich nur mein Gefühl, okay? Aber ich bin ein alter Knabe, der schon eine Menge gesehen hat und der jede Menge Zeit hat, um nachzudenken und zwischen den Lügen zu lesen, wie ich ja schon sagte – also, wer weiß, vielleicht liege ich ja absolut richtig. Jedenfalls, was ich glaube, ist: Buddy-O hat versucht, eine neue Art von Gang für eine neue Art von Gangster auf die Beine zu stellen. Kommst du noch mit?«

Vielleicht, ja, doch das wollte ich in diesem Augenblick noch nicht zugeben. Also sagte ich: »Wieso buchstabierst du es mir nicht haarklein und ganz langsam?«

22

Lionel legte zwei weitere Kohlestücke in den Herd.

»Nun, Sir, hier ist meine Theorie«, sagte er. »Ich glaube, Buddy-O ist rumgezogen, wie ein Makler, weißt du, und hat eine Reihe der übelsten Elemente unseres Dschungels engagiert – und dann hat er die Jungs für deinen Widerling Griffiths losgeschickt, der zufälligerweise die Leitung des *Flanders Hotel* hatte. Schon kapiert?«

Ich sagte nichts.

»Griffiths brachte dann diese miesen Typen, die wir hier haben, im *Flanders* unter«, sagte Lionel. »Und er sorgte dafür, daß sie jede Menge Stoff und Alkohol und so weiter bekamen, um sie fügsam zu halten. Außerdem standen sie auf diese Weise auf Abruf bereit, bis sich speziellere Jobs ergaben ...«

»Du willst damit sagen ...«

»Ho-ho, dann siehst du womöglich also endlich doch noch die Zusammenhänge, Detective Hockaday?«

Ich hatte nicht beabsichtigt, laut zu sprechen. »Vielleicht, aber laß dich von mir nicht unterbrechen.«

»Okay. Ich wollte gerade zu dem Teil mit dem ›den Bogen überspannen‹ kommen ...

Weißt du, die Vermieter-Widerlinge dieser Stadt – mit denen ich hier die wirklich großen Jungs meine, nicht die kleinen Fieslinge und Dummköpfe wie Griffiths und Buddy-O, und auch nicht die kleinen Fische mit ein oder zwei kleinen Mietshäusern, die in ihrem eigenen Gebäude wohnen –, die gehen jeden Abend schlafen mit Träumen von unanständig dicken Bündeln Kohle. Aber wenn sie aufwachen, wissen sie ganz genau, daß sie an diese Art von Traumkohle nur rankommen können, wenn sie sich irgendwie all die kleinen Mieter vom Hals schaffen, mit denen sie immer noch Mietverträge haben – in Häusern wie deinem eigenen Hell's-Kitchen-Dreckloch, wo sie mit ihnen legal nur einen riesigen Profit machen können, statt eines obszönen, den sie aber, mit ein bißchen Beugung des Gesetzes und einer Menge Hilfe von einer Reihe unerfreulicher Elemente, vielleicht auch in diesem Viertel realisieren können ...«

Inzwischen sah ich natürlich glasklar. Und ich wußte auch

bereits, zu wem ich gehen mußte, wenn ich mit Lionel, dem König des Dschungels, fertig war.

»So, und zufällig zur gleichen Zeit, als diese neue Art von Gangstern die Macht in New York City übernimmt – diese Ekeltypenvermieter, okay? –, siehst du natürlich auch, daß sich Buddy-O, dem eigene Backpflaumenphantasien durchs Hirn spuken, eine Möglichkeit ausdenkt, wie er es bewerkstelligen kann, daß die Träume für die großen Fische Wirklichkeit werden. Also fängt er an, eine ...«

Ich beendete den Satz für ihn. »... eine neue Art von Gang auf die Beine zu stellen.«

»Genau! Eine neue Art von Gang für eine neue Art von Gangster. Oh, ich sag dir, Hock, diese Stadt schläft niemals, häh?«

»Nein, nie, fürchte ich.«

Lionel sagte: »So sah also das Geschäft aus. Buddy-O trieb die Typen auf, die sich den Verstand weggesoffen haben, und die Crackheads und die Nutten und die Stricher von irgendwo aus den übelsten Winkeln hier im Dschungel, dann trieb er sie rüber ins *Flanders*, wo Griffiths sie bis zu dem Tag bereithielt, an dem er sie in Wohnungen in irgendeinem Haus einquartierte, das er in ein gräßliches Loch verwandeln wollte – damit die normalen Spießer auszogen und Platz machten für das, was die Gangstervermieter heutzutage *Modernisierungen* nennen, womit das Gesetz dem Vermieter erlaubt, die Mieten in obszöne Höhen zu schrauben, was heutzutage wiederum *angemessene Marktmiete* genannt wird. Du kannst mir noch folgen?«

Das tat ich, sagte ich.

»Es lief alles einfach bestens, wenn man dieses Geschäft vom Standpunkt des Widerlings aus betrachtet«, sagte Lionel. »Man setzt einfach ein Wolfsrudel Crackheads oder Nutten oder die ganz normalen kreischenden New Yorker Psychos in eine Wohnung, die in einem Haus frei geworden ist, das im wesentlichen von ganz normalen Mietern bewohnt wird. Und dann ziehen diese Spießer aus, die nur versuchen, ihre Kids halbwegs anständig großzuziehen, und vielleicht glauben, sie hätten ein Recht darauf, nach Hause zu kommen, nachdem sie sich den ganzen Tag den Arsch abgearbeitet haben, und eine Büchse Bier aufzureißen und in ihren Unterhosen rumzusitzen, ohne Angst haben zu müssen, durch Schüsse draußen auf dem Flur oder irgendwas anderes eine Scheißangst eingejagt zu bekommen ... Tja, dieser Typ von Spießer, der zieht also einfach weiter ...

In der Immobilienbranche nennt man so was einen *Rotationsprofit.* Man tauscht die Mieter einfach immer wieder aus, verstehst du, und vielleicht sorgt man nebenbei noch für eine billige Wertsteigerung der freigewordenen Wohnungen, wie zum Beispiel neue Rigipsverkleidungen oder so, und das Gesetz erlaubt dir, jedesmal wieder die Miete anzuheben. Also sorgt man natürlich für einen ständigen Mieterwechsel, und natürlich verstehst du jetzt auch, wie unerwünschte Elemente der Sache des Rotationsprofits ungeheuer behilflich sein können.

Himmel, Hock – vielleicht haben sie ja sogar schon daran gearbeitet, genau das in deinem eigenen Haus an der Fortythird durchzuziehen, weißt du? Sie haben deinen Hausmeister gefeuert, was normalerweise das erste Zeichen dafür ist, was dem Haus noch bevorsteht.«

Ja, vielleicht.

Lionel sagte: »Und vielleicht verstehst du jetzt auch endlich, warum ich so unnachgiebig gegen diese schreckliche Vorstellung der Unantastbarkeit des Eigentums bin?«

Ich sagte: »Ja, das ist mir jetzt klar. Aber sag mir noch eins, Lionel – was hältst du von dem Schwarzen, der in der Gegend rumläuft und versucht, einen Auftragsmord einzufädeln? Und was ist mit dem schwarzen Burschen, von dem ich dir erzählt habe, von dem Jungen, den ich hier runter in den Dschungel verfolgt habe – der Junge, der letzten Sonntag oben in Harlem auf Father Love geschossen hat?«

Lionel nahm die Brille ab und putzte die dicken Gläser an einer relativ sauberen Stelle seines Hemdes. Was keinen besonders großen Erfolg zeigte. »Tja, Hock, darüber habe ich wirklich angestrengt nachgedacht, und ich kann's dir auch nicht annähernd mit Sicherheit sagen, nicht so, wie ich mir bei Buddy-O und Griffiths ziemlich sicher bin, und daß sie ihre Rotationsprofit-Nummer abgezogen haben.«

Er seufzte. »Aber ich sag dir trotzdem, was ich glaube«, sagte Lionel. »Es ist ziemlich offensichtlich, daß einer von uns hier aus dem Dschungel in die Schießerei in Harlem verwickelt ist. Vielleicht habe ich den Burschen ja sogar schon mal gesehen, hinter dem du her bist, aber nach deiner Beschreibung kann ich es wirklich nicht sagen. Wenn ich ihn kennen würde und wenn ich wüßte, wo er hier unten steckt, Hock, ich würde ihn sofort und auf der Stelle verpfeifen, so wahr mir Gott helfe. Der Grund ist, daß ich erstens, wie ich schon sagte, nichts von dieser Art Gewalt halte, und zweitens tut es uns anderen keinen Gefallen, das Interesse der Cops auf den Dschungel zu lenken – nicht, daß ich was gegen dich persönlich habe, Hock, aber das schließt sogar dich ein ...

Tja, wenn ich dir sage, daß ich nicht weiß, wo er ist, mußt du mir das einfach glauben. Ich würde dich bestehlen, aber belügen würde ich dich nie. Das ist ein weiterer meiner strengen Grundsätze. Jedenfalls soviel kann ich dir sagen: Der junge Schwarze, hinter dem du her bist, lebt nicht hier im anständigen Teil des Dschungels, andernfalls würde ich ihn kennen. Also wird er sich wahrscheinlich am anderen Ende verkrochen haben, das du ja schon von deiner Verfolgungsjagd neulich kennst.

Tut mir leid, ich weiß, das hilft dir nicht besonders viel weiter. Aber, verdammt, ich bin hier nur der König, und ich kann auch nicht alles wissen. Außer vielleicht etwas, das dir helfen könnte zu verstehen, wie ein Mensch sich zu Anfang fühlt, wenn er den Sturz hier runter gemacht hat.«

Ich sagte, ich könnte jede Hilfe gebrauchen, die er mir in dieser Hinsicht geben wollte. Ich habe im Verlauf meiner Arbeit als Detective herausgefunden: Zu verstehen, warum ein Mensch etwas tut, ist so gut wie eine greifbare Spur.

»Von Anfang an«, erklärte Lionel, »bist du erst mal stinksauer, weil du deinen Kopf noch nicht von dieser Eigentumsvorstellung frei gemacht hast, die dir seit deiner Geburt von allen eingehämmert wird. Und du hast kein Eigentum, also bist du sauer.

Und du schaust dich um und siehst, wo du jetzt lebst, und du siehst auch die Tatsache, daß einige von uns tagsüber oben arbeiten und *trotzdem* hier unten leben müssen, da wir uns keine Mieten leisten können – und du fängst an, die Leute hier unten zu zählen, was meiner Schätzung nach ungefähr zweitausend oder so sein dürften. Tja, natürlich denkst du, daß es keine Hoffnung gibt, da ja so viele von uns gestoßen oder gezogen worden oder gefallen oder was auch immer sind – genau wie du und jeder andere längst weiß, daß es keine Gerechtigkeit gibt.

Also liegst du Nacht für Nacht da und träumst, daß du Jagd auf jeden machen willst, der dich mal übervorteilt hat, um ihnen eine dieser häßlichen Fledermäuse in den Mund zu stopfen, die hier unten rumfliegen, und ihnen dann die Lippen zuzunähen. Wirklich fürchterliche Träume dieser Art hast du, Träume, die ungefähr genauso schrecklich und zerstörerisch sind wie die, die die Vermieter in der Zwischenzeit oben in ihren Betten träumen.

Tja, und dann verschwinden diese Gedanken allmählich. Was nur natürlich ist, denn wenn's nicht so wäre, würde dir der Kopf explodieren. Dein Wahnsinn beruhigt sich irgendwie, glättet sich ...

Bis auf die Tatsache, daß *trotzdem* Nacht auf Nacht folgt und du *trotzdem* immer noch unter den kalten Sternen Manhattans liegst und in die Schwärze hinaufschaust und erkennst, daß du als absolute Null sterben wirst – und daß es absolut keine Rolle spielt, daß es keinen einzigen Menschen auch nur einen Furz interessiert, und daß du für niemanden zu einer Erinnerung wirst ...«

Lionel beugte sich vor und öffnete den Rauchabzug des Ofens und stocherte in den Kohlen nach einem letzten Hauch von Hitze.

»Und an diesem Punkt erkennst du vielleicht auch, daß du nichts mehr zu verlieren hast, verstehst du?

Vielleicht fühlst du dich hingezogen zu dem Dreck und der Wut oben am anderen Ende des Dschungels. Und dort lebst du dann mit deinem Wein und deinem Dope und deinen Zigarettenkippen, die du hinter deinen Ohren trokken hältst; du lebst ohne den winzigsten Funken Hoffnung in deinem Herzen. Aber du lebst, das tust du – wenigstens soweit ein Arzt es noch als Leben bezeichnen würde.

Aber den ganzen Tag denkst du immer wieder und wieder und wieder das gleiche ... und du nimmst an, daß die Leute da oben, die mit Wärme und regelmäßigen Mahlzeiten und hin und wieder einem Lachen leben, ein Leben führen, wie du es vielleicht selbst einmal geführt hast ... du nimmst an ... tja, du nimmst an, daß sie hören können, was hier unten in deinem Kopf aufschreit. Um Himmels willen, natürlich wirst du denken, daß die Leute hören, was du ihnen jeden Tag in deiner Erniedrigung stumm entgegenschreist: Fürchtet uns!«

Ich spürte, wie sich in mir und über mir und unter mir alles zusammenzog, als Lionel das sagte. *Nichts zu verlieren.* Durch seine flaschendicke Brille, mit seinen maßlos vergrößerten Augen beobachtete er kühl mein Unbehagen. *Fürchtet uns!* Seine blassen Augen wurden jetzt leuchtender, nachdem er nun sehen konnte, daß ich anfing, einen Gedanken mit dem anderen in Verbindung zu bringen.

Eigentum ... Sünde ... Lügen ... Wahrheit ... Körperverletzung mit Todesfolge ... Mord ... Diebstahl ... Angst ...

Diebstahl.

23

Der Himmel war dunstig, und die Sonne ein gelblichweißer Klecks, der ziemlich schnell im Westen verblaßte, als ich Lionels Hütte verließ. Und die Luft fühlte sich an wie so oft an einem Novembertag in New York, wenn die Dämmerung nur noch etwa eine Stunde entfernt ist – wie feuchte Wolle.

Ich ging mit Lionel die verrosteten Gleise entlang auf die Stelle zu, wo ich wieder »nach oben«, nach Hell's Kitchen klettern konnte. Und zu den nächsten klebrigen Fußspuren, die ich auf der Spur des Geldes finden konnte.

Draußen, fort von der Brücke, die Lionels Hütte und Hunderte anderer vor Schnee und Regen schützte, lichtete sich das weite Gebiet des Dschungels mit dem nahenden Einbruch der Dunkelheit. Jetzt schon lagen graue und violette Schatten über dem Dschungel.

Auf beiden Seiten der Schlucht kauerten kleine Gruppen von Männern und Frauen um Kochfeuer – und hier und da schienen es auch ganze Familien zu sein, mit Kindern und Hunden. Das Licht der Feuer machte ihre Gesichter weicher, und es wurde genausoviel geredet wie gegessen – so wie es auch in den Wohnungen der Menschen war, bevor das Fernsehen alles zum Verstummen brachte. Und die Düfte von Kohl und Hühnchen waren so intensiv, wie ich mich aus der Küche meiner Mutter an sie erinnerte.

Wir kamen an einem halben Dutzend Männer vorbei, die ich schon zuvor gesehen hatte. Sie hockten dicht zusammengedrängt um einen improvisierten Campingtisch, auf dem ein spannendes Dominospiel stattfand. Hartnäckig nutzten sie auch noch die letzten Minuten des Tageslichts. Ganz in der Nähe beugte sich eine Frau über ein Rinnsal Wasser neben den Gleisen und rieb Kleidungsstücke zwischen glatten, nassen Steinen. Ich sah, daß ihr mehrere Finger fehlten, als hätte sie sie fortgerieben. Ein junger Mann mit einem Hammer arbeitete an einem Wetterschutz, den er sich in eine Felsnische gebaut hatte, und schlug Stützpfähle in die Erde. Und wo wir auch gingen, wanderten alte Seeleute auf den durch dieses friedliche Ende des Dschungels geschlagenen Pfaden, murmelten leise vor sich hin oder lachten laut oder redeten mit abwesenden Freunden längst vergangener Zeiten.

Bevor ich ihn verließ, schüttelte ich Lionel die Hand und sagte: »Danke, Kumpel, es war sehr lehrreich.«

»Tja, freut mich, das aus deinem Mund zu hören«, sagte Lionel. Er schaute sich schnell um und fügte hinzu: »Viel Glück.«

Jeder Detective in New York sollte eine solche Ausbildung erhalten. Vielleicht sollte Lionel der Spitzel dem Lehrkörper der Police Academy beitreten, vielleicht sollte er eine feste Professur am *John Jay College of Criminal Justice* bekommen. Ihm zuzuhören war eine Übung darin, sich zu erinnern: Wenn nämlich ein Cop feststellt, daß es einem Fall an faßbaren Einzelheiten mangelt, sollte er sehr große Aufmerksamkeit auf die Auslassungen und die Motive und auf all die bruchstückhaften Rätsel richten – ja sogar auf die ungelösten Rätsel längst vergangener Zeiten, auf eine Vergangenheit, die sich durchaus mit der Gegenwart überschneiden konnte. Und war nicht alles von Anfang an so trüb und undeutlich gewesen?

Tommy Neglio selbst war so zimperlich gewesen, was Details betraf, daß er so schnell wie möglich aus der Stadt verschwunden war, runter in die Sonne irgendeiner obskuren Insel ohne Telefon – bis der kleine Sturm, den er mir zugeschoben hatte, vorübergezogen war. Und war nicht überall, wo ich aufgetaucht war, um aufs Geratewohl ein paar Fragen loszulassen, das Ergebnis wieder nur eine Frage gewesen? Hatten sie nicht alle scheinbar in Rätseln gesprochen

– Samuel Waterman jun. *und* sen.; Lynette Griffiths, Howies nicht trauernde, die Bibel zitierende Witwe; Roy Dumaine, Mona Morgan ... ja sogar Labeija?

»*Wenn man im Showbusiness ist, sollte man sich das Gesicht nicht zu oft ummodellieren lassen. Wenn man jemals sauer genug wird, auf jemanden loszugehen, der in derselben Branche ist wie man selbst, dann ist man verpflichtet, seine Schläge so tief wie möglich zu halten. Je tiefer, desto besser.*

Das ist das einzig Anständige, was man tun kann. Leute, die den tieferen Sinn hinter dieser Regel nicht verstehen, nennen es schmutziges Kämpfen. Aber man kann richtig sehen, daß es das nicht ist ...«

Ich erinnerte mich, daß Labeija mir dies neulich abends im *Pigalle* gesagt hatte, an dem Abend, an dem ich *nicht* von jemandem niedergeschlagen worden war, der sich im Dunkeln vor der Garderobe einer Stripperin versteckt hatte ... in der Mona Morgan mit ihren lackierten Zehennägeln saß und sich häßlich trank, aus Gründen, die sie mir nicht mitteilen wollte. Mehr Rätsel!

Daran erinnerte ich mich, als ich mich aus dem in tiefe Schatten getauchten östlichen Bett der Schlucht hinaufarbeitete, mich an den Haltepunkten weiterzog und mit den Füßen auf den überlegt angebrachten Stufen so sicheren Halt fand ... als hätte ich schon Jahre in dem geheimen Dschungel unterhalb der Straßen von Manhattan gelebt.

Geheim? Eine klaffende Wunde des Leidens und der Not mitten im Herzen von New York City ist ein Geheimnis?

Nachdem ich jetzt meine Ausbildung erhalten hatte, war der Dschungel auch kein Geheimnis mehr für mich. Jetzt konnte ich mich wirklich einen Detective nennen, denn ich wußte, daß ein Geheimnis nie stärker ist als in dem Augenblick, wenn es denen enthüllt wird, die nicht sehen wollen.

Als ich mich der Höhe der Straße näherte, hörte ich wieder das dumpfe Dröhnen des nach Norden fließenden Verkehrs auf der Tenth Avenue und den drängenden Sog der Zeit. Und ich hörte eine Frau etwas rufen.

»Juu-huu!«

Ich schaute mich um und sah nur Felsen und Schatten und dürre Bäume. Noch weitere drei Meter, und ich war wieder auf der Straße. Ich warf einen Blick zurück auf den Boden des Dschungels und sah die ordentlichen, kreuz und quer verlaufenden Wege und die kleinen Feuer und Lionel, der langsam zur Brücke und dann darunter zu seiner Hütte zurückkehrte.

»Juu-huu, Hock!«

Und dann sah ich sie.

»Juu-huu ... Fröhliche Weihnachten, Hock!«

Es war Heidi, die sich aus einem sonnenbeschienenen Spalt zwischen zwei kleinen Felsblöcken dicht unterhalb der Stelle am Rand des Parkplatzes herauslehnte, wo ich den Dschungel betreten hatte. Ich konnte nur ihren Kopf und ihre Schultern sehen und das Taschentuch, mit dem sie mir zuwinkte. Und ich begriff, daß sie Zuflucht genau an der Stelle gefunden hatte, wo sich Buddy-O als Junge den Fluchttunnel unter der Falltür des alten Schuppens hinter Blind Marys Haus gebaut hatte.

Ich schob mich seitlich zu einer Stelle, von der aus ich Heidi besser sehen und von wo aus sie mich leichter hören konnte. Und da stand ich nun, auf einem flachen Felsvorsprung, der aus der Böschung der Schlucht herausragte, ungefähr zwei Meter unter dem Parkplatz.

»Wie geht's dir, Schätzchen?« fragte ich.

Sie lächelte mich nur an, sagte dann schließlich: »Es hat geschneit, weißt du?«

»Ja, das weiß ich, Heidi.«

»Ist das nicht wunderbar?«

»Ja, das ist es«, sagte ich. »Hast du's warm genug?«

Sie rückte etwas auf ihrem Kopf zurecht, und ich sah, daß es der Kopfhörer eines Walkman-Radios war. Sie drehte ihr

Gesicht in den letzten Schimmer der schwächer werdenden Sonne, atmete das dunkler werdende Licht ein und sah dann wieder zu mir herüber.

»Was?«

Ich sagte wieder: »Hast du's warm genug, Heidi?« Wenn sie nur die Wand der Schlucht hinauf und hinunter klettern könnte, dachte ich, bis ganz nach unten zu einem Unterschlupf und in den Schutz des Königs des Dschungels. Aber nicht mit ihren Beinen.

Heidi dachte über ihre Antwort nach, wollte schon etwas sagen, und dann registrierte ich ein schlurfendes Geräusch irgendwo hinter ihr, wohin ich nicht sehen konnte. Das Geräusch lenkte sie ab, sie warf einen kurzen Blick über die Schulter. Und dann drehte sie sich wieder zu mir, und ich entdeckte Beunruhigung in ihrem fleckigen, zerfurchten Gesicht. Dann verschwand die Besorgnis und wurde von einem irren, gelassenen Ausdruck verdrängt, den ich schon auf so vielen Gesichtern von obdachlosen Frauen bemerkt hatte.

»Hast du einen Kaffee für mich?« sagte sie. »Mit Milch und Zucker?«

»Ich könnte dir einen besorgen. Soviel du willst. Wieso kommst du nicht einfach mit, und dann trinken wir einen Kaffee zusammen?«

Sie lächelte. »Oh, vielen Dank, Hock, aber nein. Ich werde schon bald von hier fortgehen ... Mach dir keine Sorgen um mich, ich werde schon klarkommen. Es hat geschneit, weißt du. Ist das nicht herrlich?«

Und wieder hörte ich das Schlurfen hinter ihr. Und Heidi hörte es auch, doch diesmal rührte sie sich nicht. Sie winkte nur mit ihrem Taschentuch und lächelte und zog sich dann langsam in den Einschnitt zwischen den Felsen zurück, und ich hörte sie noch sagen: »Fröhliche Weihnachten.«

Ich kletterte das letzte Stück hinauf, zu der Öffnung im Zaun am hinteren Ende des Parkplatzes. Und dann ging ich an diesem Zaun entlang zu einer kleineren Öffnung – kaum mehr als eine schmale Lücke zwischen der Zaununterseite und einem aufplatzenden Stück Asphalt, durch die Heidi gekommen sein mußte, indem sie sich darunter hergerollt und dann das kurze Stück in den Felsspalt fallen gelassen haben mußte.

Sie saß da und hörte Radio. Sie wußte, daß ich über ihr stand, doch sie wollte nicht mehr mit mir reden, weder über Kaffee noch darüber, den Ort zu verlassen, dahin, wo sie es wenigstens etwas warm hatte. Über gar nichts.

Und so ging ich nach Hause.

»Dachte mir schon, daß du wieder anrufst. Verdammt, ich hätte drauf wetten sollen. Vielleicht hätte ich dir ja noch ein Porterhouse-Steak abknöpfen können, was du mir im übrigen sowieso anbieten solltest, falls du willst, daß ich dir noch mal aushelfen soll, Hock.«

Ich sagte Aiello, daß ich ihm jetzt zwei Abendessen im *The Palm* schuldete.

»Tja, okey-dokey«, sagte er. »Dann sag mir doch einfach, was du dieses Mal brauchst.«

Ich hörte, wie er sich an seinem Ende der Leitung eine Zigarre ansteckte, und ich konnte die Zigarre schmecken, die er mir gegeben hatte, als wir uns neben Buddy-Os Leiche in dem Haus direkt gegenüber von meinem eigenen unterhielten, zu dem ich genau jetzt in diesem Augenblick hinüberschaute, als ich vor meinem Fenster stand und langsam ein schönes, großes Glas mit einem doppelten *Johnnie Walker Red* auf Eis schwenkte.

»Dieser Anruf ist inoffiziell, okay, Aiello?«

»Klar. Aber die Steaks ...«

»Die sind offiziell. Ich muß dich nur etwas über die beiden Mordfälle fragen, die du erwischt hast.«

»Devlin, und danach Griffiths in deiner Badewanne.«

»Ja. Beide splitternackt.«

»Genau, was ja auch der Grund ist, wieso die Sitte als

erstes davon erfahren hat, wegen – wie ich's dir ja schon gesagt habe – der aktuellen Politik, sofort und schnell bei allem vorzugehen, was danach aussieht, als wär's vielleicht, du weißt schon, ein Fall von ›Schwule aufmischen‹.«

»So, bei Buddy-O Devlin sah's ganz danach aus, als wäre er gerade aus der Dusche gekommen, weswegen er nicht bekleidet war.«

»So sieht's aus, Hock. Er hat nur ein Handtuch getragen, wir haben seine Installationen überprüft, und wir stellen fest, daß er nicht in den Arsch gefickt worden ist oder so. Und?«

»Also hast du den Fall an die PDU abgeschoben.«

»Korrekt.«

»Was ist mit Kleidungsstücken, die er sich vielleicht schon mal zum Anziehen bereitgelegt hat?«

»Das ist das Komische an der Sache. Da lagen keine Kleider bereit, und dabei war's doch heller Nachmittag, und Devlin sieht aus, als wollte er sich richtig schick machen und gut riechen, um sich mit jemandem zu treffen ...«

»Was dann wohl ich gewesen sein dürfte. Er hatte mir was erzählen wollen, und wir hatten uns eigentlich auf einen Drink verabredet.«

»Ja, also schätze ich doch wohl, das war's dann. Jedenfalls, da lag nichts in der Richtung, das er für eine Verabredung hätte anziehen können – keine Jacke, keine Hose, kein Hemd und keine Krawatte.«

»Hast du in den Kleiderschränken nachgesehen?«

»Wenn ich mich recht entsinne, haben wir das, ja. Aber das steht alles in dem Bericht, den wir geschrieben haben. Wenn du also die Details willst, wirst du das bei der PDU herausfinden müssen, Hock.«

»Okay. Jetzt reden wir mal über Griffiths. An dem Abend, an dem ich ihn tot in meiner Badewanne fand, hattest du mich unmittelbar vorher angerufen, um mir zu sagen, daß er

Erkundigungen über mich angestellt hat, da ich zufälligerweise einer seiner Mieter bin ...«

»Ohne Scheiß, Hock?«

»Ja. Jedenfalls hast du da auch irgendwas darüber gesagt, daß Buddy-O › eine gewisse Nachricht‹ für mich hätte, und dann, daß Griffiths dir erzählt habe, er würde selbst versuchen, mich deswegen zu erreichen.«

»Klar, ich erinnere mich.«

»Er hat nicht zufällig auch gesagt, um was es sich dabei gehandelt hat?«

»Nein, Hock, das hat er ganz sicher nicht. Und denk bloß nicht, ich hätte ihn nicht danach gefragt. Hab ich nämlich. Aber Griffiths sagte zu mir: ›Tja, lassen Sie mich selbst mit Detective Hockaday reden, falls es Ihnen gottverdammt nichts ausmacht.‹ «

»Klingt ganz nach ihm.«

»Sollte es auch, es sind seine genauen Worte.« Aiello hustete und sagte dann: »Mensch, jetzt warte mal eine Sekunde ... wenn der alte Howie losgezogen und in deiner gottverdammten *Badewanne* aufgetaucht ist, hat er dann seine Klamotten getragen oder was?«

»Hat er nicht.«

»Tja, wo waren dann seine Kleider?«

»Kann mich nicht erinnern, sie irgendwo in meiner Wohnung gesehen zu haben«, sagte ich.

»Also, Scheiße auch, Hock, er wird aber todsicher nicht an einem kalten Tag in seinem verdammten Adamskostüm in deine Wohnung gekommen sein, oder?«

»Nicht sehr wahrscheinlich.«

»Ich nehme an, du bist ziemlich sicher, daß in deiner Wohnung nicht irgendeine schwule Kiste abgeht, richtig? Geht nicht gegen dich persönlich, Hock.«

»Ich bin sicher.«

»Also, was zum Teufel ...?«

»Gute Frage.«

Und dann sagte ich Aiello, daß es hilfreich sei, einen anderen Cop mit guten Instinkten zu kennen, mit dem man reden könne, und wir einigten uns auf zwei vorläufige Verabredungen ins *The Palm*. Wenn ich den Father-Love-Job noch lange genug rauszögern konnte, würde ich das mit Aiello auf die Spesenabrechnung setzen, Inspector Neglio konnte sich nicht beklagen, und ich würde Aiello ohne Belastung für meine eigene Brieftasche streicheln.

Dann rief ich die Jungs von der PDU an und sprach mit Lieutenant Russ Templeton, dem diensthabenden Beamten der Nachmittagsschicht. Templeton war so freundlich, Details in der Akte für »Ungeklärte Fälle« nachzusehen, und er bestätigte meine Vermutungen bezüglich der beiden jüngsten Morde.

»Nun, im Fall Ihres Mr. Devlin«, sagte Templeton, »haben wir hier verzeichnet, daß aus seiner Wohnung allem Anschein nach nichts fehlt, mit Ausnahme der Kleidungsstücke, die er in verschiedenen Schränken und einigen Kommoden aufbewahrte. Also, ein Paar Socken war noch da, aber das war's dann auch schon. Alles andere wurde offenbar entwendet.

Bei Ihrem Mr. Griffiths ist ein Eispickel das einzige, mit dem er bekleidet war. Wir haben nirgendwo sonst in den Räumlichkeiten, was wohl Ihre Räumlichkeiten gewesen sein dürften, Hock, wie ich hier sehe, ein Kleidungsstück finden können, das ihm paßte. Haben Sie in letzter Zeit mal ihre eigene Garderobe kontrolliert?«

Ich sagte ihm, daß ich nicht viel besitzen würde, für das sich jemand interessieren könnte, der es auf Kleiderdiebstahl abgesehen hätte. Und ich bedankte mich für seine freundliche Hilfe.

Es war jetzt kurz vor sechs Uhr. Ich ließ den sehr langen Tag noch einmal von dem Augenblick an Revue passieren, an dem er in der tiefen Dunkelheit des frühen Morgens begonnen hatte, als ich mit einem Verband um den Kopf im Bett aufwachte und Mona Morgan völlig nüchtern und gutaussehend neben meinem Bett gesessen hatte, während ein alter Quacksalber in meinem Alkoholvorrat herumschnüffelte; dann ein langes und angenehmes Schläfchen mit Mona, gefolgt von einem unmöglichen Traum, wie wir ein gutes und unkompliziertes Leben führten, das es doch nie für irgendwen gegeben hatte; dann der Anruf aus der *Flanders Bar*, daß ich vorbeikommen und mich dort mit Lionel treffen solle, dann die Entdeckung, daß der Holy Redeemer nebenbei auch noch König des Dschungels war, und die große Lektion über die buchstäbliche Unterwelt, die er mir erteilt hatte; dann eine weitere meiner Begegnungen mit Heidi, der *bag lady* ...

Und er war noch nicht vorbei, dieser lange, lange Tag. Wie ich später am Abend noch herausfinden sollte, war er ganz und gar noch nicht vorbei.

Ich ging zum Sideboard und schenkte mir einen weiteren *Red* ein. Dann rief ich die Anwaltskanzlei auf der East Side an, um herauszufinden, ob der Laden vielleicht noch geöffnet hatte und ein gewisser Sozius vielleicht noch an seinem Schreibtisch saß. Was zutraf, beides.

In der Tür seines Eckbüros auf der vierunddreißigsten Etage in einer dieser trostlosen Granitkisten an der Third Avenue mit durchgehenden Eckfenstern, die sich nicht öffnen lassen und schwarz getönt sind und wie Silos mit Sonnenbrillen aussehen, rang eine mollige Sekretärin die Hände und kreischte ihrem Boss eine Entschuldigung wegen meines Eindringens zu.

»Jeez«, sagte sie, »es tut mir schrecklich leid, Sir. Aber er ist hier einfach reingeplatzt und hat mir seine Dienstmarke gezeigt und alles, aber ich habe nicht geglaubt, daß er wirklich Polizeibeamter ist, so wie er ... tja, also, Sie sehen ja selbst, wie er *angezogen* ist ... Und, also, er wollte einfach nicht warten oder so, bis ich mit Ihnen

Rücksprache genommen habe, er ist einfach hier reingestürmt ...«

Der Boss unterbrach sie mit einer ungeduldigen Handbewegung, und sie machte mitten im Satz auf dem Absatz kehrt und warf mir einen Messerstich von einem Blick zu. Und sie rauschte in einer Wolke nach Rosen duftenden Parfums an mir vorbei, und ich bemerkte, daß sie von hinten wie ein Ballon aussah.

Als sie gegangen war und die Tür hinter sich geschlossen hatte, sagte ich zu ihrem Chef: »Sie sehen gut aus, Junior.«

»Der Name ist Waterman ... Mr. Waterman. Und wenn Sie mich sprechen möchten, dann rufen Sie bitte vorher mein Büro an und vereinbaren einen Termin.« Er hatte einen Verpiß-dich-Tonfall drauf, den ich auch früher schon gehört hatte. Über den Rand einer silbernen Lesebrille musterte er mich mit einem Verpiß-dich-Blick, den ich ebenfalls schon mal gesehen hatte.

Also blieb ich einfach schweigend stehen und starrte ihn an und wartete darauf, daß seine Fassade zusammenbrach, so wie ich es schon viele Male zuvor gemacht habe. Der gute alte Tommy Neglio hatte mir diesen speziellen Polizeitrick beigebracht. Es klappt immer.

»Wenn du willst, daß deine Ohren hundertprozentig arbeiten, Hock, mußt du lernen, den Mund zu halten. Mal angenommen, du willst einen Straftäter schmoren lassen ... Glaube mir, starr ihn einfach nur an und halt den Mund. Sieh ihn einfach an, als wäre er ein Paar Schuhe, das du vielleicht kaufen willst. Kein Mensch auf der Welt kann so was lange aushalten. Und da sie nun mal Menschen sind, werden sie sofort mit allem raussprudeln, was du hören mußt, ob sie nun wollen oder nicht ...«

Also stand ich einfach da und fixierte Junior, als wäre er ein hochinteressantes Paar Schuhe.

Er hatte seine langen, manikürten Hände auf dem Schreibtisch zu einem spitzen Zelt zusammengelegt, als er sich leicht aus der Taille vorbeugte und mich durch seine Lesebrille anfunkelte. Er trug ein maßgeschneidertes englisches Hemd mit breiten blauen Streifen und einem modischen Kragen und goldenen Manschettenknöpfen. Die Krawatte war kastanienbraun und schien aus reiner Seide zu sein. Ein marineblauer Blazer hing über der Rückenlehne eines Stuhles.

»Ich halte nicht viel von Ihrem Stil, Detective Hockaday.«

Natürlich gab ich ihm keine Antwort. Statt dessen begann ich in seinem Büro herumzuspazieren, als suchte ich irgend etwas.

Ich ging eine Wand entlang, die voll mit den üblichen, in rotes Leder gebundenen Gesetzbüchern und Präzedenzfällen war, und ließ meine Finger über die Buchrücken gleiten. Und dann ging ich zu einer Gruppe dunkelroter Lederclubsessel, die so um einen niedrigen Tisch drapiert waren, daß jeder, der dort saß, in südlicher Richtung auf die Third Avenue schauen konnte, bis runter zur Williamsburg Bridge von der Delancey Street rüber nach Brooklyn. Auf dem Tisch standen ein paar klobige, leere Glasaschenbecher, ein paar neue gelbe Notizblöcke und in der Mitte eine große quadratische Marmorvase mit Trockenblumen.

Überall in dem Büro standen Dattelpalmen, die in kleinen Gruppen angeordnet waren. Und zwischen den Palmengruppen standen Exemplare von Watermans Sammlung einen halben Meter hoher Ledertiere – Nashörner, Nilpferde, Bulldoggen, Krokodile, ein paar Schlangen, Bären, Löwen. Ich habe schon oft solche Tiere gesehen, aber immer nur an zwei Stellen: in Kanzleien und teuren Herrenbekleidungsgeschäften auf der Madison Avenue, die von teuren Anwälten bevorzugt werden.

»Hören Sie, was ich sage?« hörte ich Waterman sagen.

Ich sagte nichts. Ich sah ihn einfach wieder ein bißchen an, näherte mich ein wenig mehr der Stelle, wo er hinter seinem Schreibtisch stand. Ich konzentrierte meinen Blick auf eine

Ader genau in der Mitte von Watermans Stirn, die zu zucken begonnen hatte.

Und dann beschloß ich, ihm eine Chance zu geben, daher sagte ich: »Wie geht's übrigens Ihrem alten Herrn, Junior?«

Jetzt war es Junior, der den Mund hielt. Er drehte sich zu der Anrichte hinter dem Schreibtisch, nahm eine Zigarette aus einer silbernen Dose und steckte sie an. Außer Tageszeitungen und ordentlich gestapelter Korrespondenz war die Anrichte leer.

Als er sich wieder mir zuwandte, stieß er wie ein Drache blaugrauen Rauch aus beiden Mundwinkeln aus. Die Ader auf seiner Stirn zuckte und zuckte, und er sagte: »Sind Sie *hierher* gekommen, um das herauszufinden?«

Natürlich gab ich ihm keine Antwort.

Also sagte Junior: »Ich war heute nachmittag im Krankenhaus ... Keinerlei Veränderung, er liegt immer noch im Koma.«

»Hätten Sie etwas dagegen, wenn ich kurz Ihr Telefon benutze?« fragte ich.

»Wozu?«

Ich nahm den Hörer von einem Cheftelefon und sagte: »Wähle ich zuerst die Neun oder was?«

»Wen wollen Sie anrufen?«

Ich begann zu wählen, und als ich etwa die halbe Nummer eingetippt hatte, sagte ich: »Was, glauben Sie, würde wohl passieren, wenn ich jetzt das Harlem Hospital anrufe und den uniformierten Polizisten vor Father Loves Zimmer frage, ob Sie heute dort waren, um ihn zu besuchen?«

»Was?«

»Haben Sie mich nicht verstanden?«

Ich hörte auf zu wählen, als nur noch eine Ziffer fehlte. Und ich sah ihn an.

»Ich muß hier nicht tatenlos zusehen, wie Sie ...«

Ich sagte: »Das ist völlig richtig, das müssen Sie nicht. Sie müssen jetzt oder morgen oder übermorgen keine der Fragen beantworten, die ich Ihnen vielleicht stellen möchte. Und Sie haben das Recht, mich zum Teufel zu schicken, und wenn Sie wollen, können Sie auch den Sicherheitsdienst Ihres Gebäudes rufen und mich mit Gewalt aus Ihrem Büro entfernen lassen. Ist es das, was Sie wollen, Counselor?«

»Ich ...«

»Aber dann würden Sie erst recht meine Neugier wecken, und dann würde ich natürlich auch das Bedürfnis verspüren, Sie offiziell verhören zu wollen. Natürlich weiß ich, daß ich Sie über Ihre Rechte aufklären muß, während des Verhörs einen Anwalt Ihrer Wahl zugegen zu haben. Ist das nicht so, Counselor?«

»Hören Sie, ich versuche nicht, irgend etwas vor Ihnen zu verheimlichen.«

»Ach, tun Sie das nicht? Habe ich unterstellt, daß Sie etwas verheimlichen?«

»Nein, aber ...«

Ich legte den Hörer wieder auf. »Ich denke, ich habe nichts anderes getan, als anzudeuten, daß ich hier, vor Ihren Augen, den Hörer abnehmen und das Harlem Hospital anrufen sollte, um mich zu vergewissern, ob Sie tatsächlich waren, wo Sie behaupten heute nachmittag gewesen zu sein.«

Waterman setzte sich wieder in seinen Sessel, und die Streifen auf seinem Hemd schienen plötzlich ein bißchen weniger kraftvoll zu sein. »Okay, ich war heute nicht im Krankenhaus, na und? Das habe ich einfach nur so dahergesagt, ohne groß nachzudenken ... Ich hatte den Eindruck, daß Sie das hören wollten. Allerdings *kenne* ich seinen Zustand, da ich tatsächlich angerufen habe ... und es gibt wirklich keinerlei Veränderung, genau wie ich sagte, und wenn Sie wollen, können Sie jederzeit gern überprüfen, ob ich angerufen habe oder nicht ...«

»Was ist mit neulich, als Sie mich in meiner Wohnung angerufen und behauptet haben, Sie würden aus dem Krankenhaus anrufen?«

Watermans glattes braunes Gesicht wurde aschfahl, und er sagte: »Tatsächlich habe ich nicht aus dem Krankenhaus angerufen, ich habe genau hier von diesem Schreibtisch aus angerufen. Wenn Sie das eine Lüge nennen wollen, bitte, das ist in Ordnung. Was soll das alles überhaupt?«

»Ich weiß es nicht, Junior, was denn?«

Junior drückte seine Zigarette aus. »Für so etwas habe ich keine Zeit«, sagte er, »und ich weiß nicht einmal, was dieses *so etwas* überhaupt ist ... Beschuldigen Sie mich hier vielleicht, etwas getan zu haben?«

Von mir bekam er als Antwort nichts als Schweigen.

»Ich nehme an, Sie haben mich schon verdächtigt, seit ich an jenem Abend Ihre Wohnung beobachtet habe und seit ich Ihnen an diesem Sonntag zur Police Plaza gefolgt bin, stimmt's?«

Ich nahm seinen Blazer von dem Stuhl, faltete ihn sorgfältig und legte ihn auf eine Seite seines Schreibtisches, dann setzte ich mich und fragte: »Sagen Sie, Junior, was für eine Kanzlei haben Sie hier eigentlich?«

»Was?«

»Ist mit Ihnen irgendwas nicht in Ordnung, Junior?«

»Wollen Sie einen Drink?« fragte er.

»Nein, danke«, sagte ich. »Ich frage Sie noch einmal: Was für eine Kanzlei haben Sie hier eigentlich?«

»Eine von der langweiligen Sorte. Kleine Delikte, Verträge, Versicherungen. Solche Sachen eben.«

»Geschäftlich geht es Ihnen aber gut, Junior?«

»Worauf wollen Sie hinaus, Hockaday?«

»Haben Sie heute abend noch einen wichtigen Termin?«

»Nein, habe ich nicht. Ich will einfach nur wissen, womit ich Sie aus meinem Büro bekomme.«

»Wieso fragen Sie mich nicht noch mal, ob ich einen Drink möchte?«

»Nein, ich glaube nicht, daß ich das tun werde. Ich glaube vielmehr, ich werde Sie einfach fragen, was zum Teufel Sie hier und jetzt von mir wollen.«

»Tja,« sagte ich, »wie wär's mit einer Liste Ihrer Mandanten?«

Waterman drückte einen Knopf auf seinem Cheftelefon, und die geisterhafte Stimme seiner Sekretärin sagte: »Sir?«

»Bitte bringen Sie Detective Hockaday die Liste unserer Mandanten.«

Und dann nahm er seinen Finger von dem Knopf der Gegensprechanlage und fragte: »Warum nicht ... Was kann es schaden?«

»Ich weiß es nicht, Junior, was denn?«

24

Es gibt ein deutlich erkennbares Innehalten an einem bestimmten Moment am frühen Abend im Hell's Kitchen Park, der von meiner Wohnung aus nur ein kurzes Stück die Tenth Avenue hinauf liegt. Es ist die Zeit, wenn der Tag in die Nacht übergeht, gleichgültig, was die Sonne zu diesem Thema zu sagen hat.

Die Beleuchtung auf dem Ballspielplatz wird automatisch von einem Computerterminal irgendwo in der Verwaltung der städtischen Parks ausgeschaltet, und die Spieler vergeuden nicht viel Zeit, um zu verschwinden. Leute aus dem Viertel, die mit ihren Hunden oder einfach nur so spazierengehen, werden etwas flotter, wenn sie vorbeikommen. In den wärmeren Monaten ist jeder, der in der Nähe draußen auf einer Treppe sitzt, gut beraten, sich jetzt ins Haus zurückzuziehen und die Lautstärke des Radios oder Fernsehers hochzudrehen, um die beunruhigenden Geräusche zu übertönen, die bald kommen werden. Penner, die aus ihren Muskatellerträumen aufwachen, erheben sich wie hölzerne Geister von den Parkbänken und schlurfen dann in die Randzonen der Dunkelheit davon – die meisten von ihnen, wie ich inzwischen erfahren habe, runter in die Höhlen und Hütten und kalten Räume zwischen den Felsen des Dschungels.

Und dann liegt der Hell's Kitchen Park für ein paar merkwürdige Augenblicke außerhalb des Rhythmus des Tages unschuldig und leer da. So unschuldig und leer wie all die Behauptungen der Politiker in New York und Albany und Washington, daß die Regierung und andere vergleichbare Mächte des Guten sich im Krieg befinden mit dem, was die ganze Nacht über bis zum Morgengrauen in diesem Park vor sich geht.

Der Tagesanbruch im Hell's Kitchen Park beginnt sehr häufig damit, daß jemand eine Leiche findet, die noch bis vor kurzem jemand gewesen war, der nicht einfach nein sagen konnte zu den jungen Männern in Kapuzen-Sweatshirts und offenen Basketballturnschuhen, die plaudernd zusammenstanden. *Brauchst du was, Mann? ... Ich hab Speed da ... Du willst Reds? ... Strawberry? ... Ich hab auch China White da, Mann, klasse H ... Ecstasy! ... Yo, zieh dir Crack rein, Mann, zieh dir Crack rein ... Yo, geh vorbei, und du wirst nicht high* ... Der Tagesanbruch im Hell's Kitchen Park ist Amerikas Morgen.

Und jeder Morgen in Amerika bringt die vorbereiteten Reden der Politiker über das Übel von Dope und Dopesüchtigen, die den Hell's Kitchen Park genausowenig reinigen, wie eine Sonntagspredigt über gefallene Frauen die Gemeinde keusch werden läßt. Und während die Redenschwinger weiter ihren Sermon herunterleiern, gibt es viele andere, die darüber nachdenken, den Pushern in den Kapuzen-Sweatshirts auf den Leib zu rücken und sie als Zwischenhändler in einem riesigen, das ganze Land umfassenden Wirtschaftszweig zu organisieren, Leute, die das ganze Unternehmen als eine ausgezeichnete Möglichkeit sehen, viele weitere normale Geschäftsvorhaben zu kapitalisieren. Was üblicherweise unter dem Begriff Bankwesen bekannt ist.

Ich bin nicht der einzige Cop, der aufgrund seiner tagtäglichen Erfahrung sagen kann, daß Dekadenz auch nicht die geringste Chance hätte, gäbe es nicht die Moralisten in hohen Ämtern. Und ich bin auch ganz sicher nicht der einzige Cop, der meistens wegschaut, da andernfalls auch nicht besonders viel dabei herauszukommen scheint.

Doch sollte je der Tag kommen, an dem vielleicht der Präsident der Vereinigten Staaten – ein Bursche, der von sich behauptet, bei dieser Anti-Drogen-Sache so knallhart zu sein, daß er sogar seine eigene Präsidentenpisse in einen Pappbecher getröpfelt hätte, damit ein offizieller Chemiker der Vereinigten Staaten bestätigen kann, daß er, bei Gott, kein Drogenfreak ist – einen ganz normalen Cop wie mich fragen würde, wie es kommt, daß Drogen so amerikanisch sind wie Apple Pie, dann hätte ich ihm zwei Dinge zu sagen: Wenn die Leute, denen die Regierung gehört, jemals ernst damit machen wollen, das bei weitem größte Geschäft in Amerika auszumerzen, dann werden die Banken von einem Ende des Landes bis zum anderen auf den Kopf gestellt werden müssen, um all die Geldwäschereien und Steuerhinterziehungen aufzuspüren, die hier im Gange sind – was exakt das ist, wie die Feds schließlich Capone festnageln konnten. Und zweitens weiß jeder in meinem Viertel und in all den Hell's Kitchens überall sonst ganz genau, daß eine Pfeife Crack weniger kostet als eine warme Mahlzeit.

Daher meide ich heute meistens den Park. Hauptsächlich, weil es mein nicht mehr so junges Herz so sehr schmerzt, mitansehen zu müssen, was dort vor sich geht, nachdem ich schließlich wieder nach Hause, nach Hell's Kitchen gekommen bin. Und außerdem ertrage ich es einfach nicht, mir die Sprache der kleinen Wichser mit ihren ausdruckslosen Gesichtern anhören zu müssen, die sich im Park rumtreiben und Bier trinken und Joints rauchen und nur darauf warten, daß etwas – irgend etwas – passiert. Nicht weil ihre Sprache laut und vulgär ist, sondern weil sie so ausgesprochen schwachsinnig und sich ständig wiederholend ist.

Aber heute abend war ich der Meinung, daß ich im Hell's Kitchen Park aufkreuzen mußte. Denn genau dort hatten Mary Rooney und die Mieter meines Hauses, die ausnahmslos so freundlich gebeten worden waren, sich selbst zu entfernen, die Nachbarschaftskundgebung geplant, um gegen all die lausigen Dinge zu protestieren, die sich die Vermieter in Hell's Kitchen in letzter Zeit einfallen ließen, das Leben im Viertel für diejenigen von uns, die zu unvernünftig oder zu arm oder zu unerschrocken oder zu starrsinnig und stur waren, an einen anderen Ort zu ziehen und dort zu leben, um so qualvoller und unerträglicher zu machen.

Als ich Watermans Kanzlei in der East Side verlassen hatte und mich dem Park näherte, ging es bereits auf acht Uhr und die Zeit der großen, erkennbaren Pause im normalen Tageszyklus dieses Ortes zu. Nur daß ich genau wußte, als ich noch einen ganzen Block vom Park entfernt und außer Sichtweite in einem Taxi saß, das eine Seitenstraße hinunterfuhr und dessen Fenster hochgekurbelt waren, während aus dem Radio des Fahrers Salsa plärrte, daß der heutige Abend im Hell's Kitchen Park ganz und gar nicht *normal* sein würde.

Die Luft war kalt und klar, und von der Tenth Avenue wehten die elektronisch verstärkten Klagen der Mieter des Viertels herüber, die einer nach dem anderen vor ein Mikrophon traten, das auf einer provisorischen Bühne stand, um der ganzen Stadt zu sagen, daß sie stinksauer waren und sich in Zukunft nichts mehr gefallen lassen würden. Normalerweise wäre der Park jetzt stockfinster gewesen, weil die Drogendealer darauf achteten, die Straßenlaternen der näheren Umgebung ausgeschossen zu halten. Doch heute abend war der Park in grelles Scheinwerferlicht des Fernsehteams getaucht, damit die laufenden Kameras alles für die Elf-Uhr-Nachrichten mitbekamen.

Es mochten an die fünf- oder sechshundert Leute gewesen sein, was für einen kleinen Nachbarschaftspark eine ziemlich große Menschenmenge ist. Was alles nur noch fiebriger und daher für die Kameras sensationeller machte.

Gerade als ich den Park betrat, stand hinter dem Mikrophon ein alter Knabe mit zornig gerötetem Gesicht und einem massigen, vorspringenden Kinn wie Mussolini, und er hatte auch die gleiche, energisch schlagende Gestik der rechten Hand drauf. Er hielt eine empörte Rede über die Vorgänge in dem Haus, in dem er wohnte, das, wie sich herausstellte, unmittelbar neben meinem lag und das, wie sich ebenfalls herausstellte, in Person des verstorbenen Howie Griffiths von der Empire Properties verwaltet wurde.

»Genau so hat's bei uns angefangen«, brüllte der alte Knabe. »Zuerst kein Wasser mehr, dann keine Heizung, dann keine Flurbeleuchtung, und zuletzt feuert er den Hausmeister ... Als nächstes schickt uns der Vermieter eine ganze Truppe Nutten ins Haus, die sich in den drei Zimmern im ersten Stock breitmachen, was uns rund um die Uhr eine Horde sturzbesoffener Freier ins Haus bringt ...«

Der alte Knabe drosch auf die Luft ein und hielt sich mit seinen dicken Fingern die Nase zu und fuhr fort: »Und es ist ein fürchterliches Geknalle und Gepoltere da unten, rauf und runter geht's die Treppen, und dann fangen sie an, bei jedem an die Tür zu hämmern ... Die müssen verrückt sein, diese stinkenden Freier, die müssen glauben, alle Frauen im Haus wären Nutten wie die Nutten des Vermieters! Und vielleicht meint ihr jetzt, das alles wäre ziemlich komisch, daß unser Haus von den Nutten und Freiern kaputtgemacht wird – aber ich sage euch, wir sind alles ehrliche Menschen, und wir sind in unserem Alter nicht mehr so stark, und wir haben eine gottverdammte Angst!«

Eine Menge Männer in der Menge fingen dabei an zu pfeifen und zu brüllen, und alle Frauen feuerten den wütenden Mussolini-Doppelgänger an. Und dann schaute ich mich aus reiner Gewohnheit am Rand der Menge um und entdeckte natürlich auch sofort einen Taschendieb, der Leder aus Gesäß- und Handtaschen mitgehen ließ.

Also fing auch ich an zu klatschen und zu jubeln und bewegte mich langsam seitwärts zu der Stelle hinüber, wo der Taschendieb seinem Job mit einer geschickten rechten Hand nachging. Nicht die schnellste, die mir je begegnet war, aber schon ganz gut. Als ich nahe genug bei ihm war, stieß ich ihn mit meiner Schulter an, gerade als er die Handtasche von irgendwem in der Pfote hatte und Geld rausfischte. Alles fiel heraus auf den Boden.

»Paß doch auf, Kumpel«, zischte er mich an.

Ich starrte einfach nur ihn und das Geld an, das er in der Hand hielt, und sagte: »He, Bruder, kannst du mir davon nicht was abgeben? Die Zeiten sind hart, weißt du?«

»Verpiß dich und such dir einen Job, Arschloch!«

Und dann drehte er sich um und wollte mich stehenlassen. Ich klemmte sofort eine Hand in seinen Nacken und überredete ihn, mich wieder anzusehen, damit er die goldene Marke an der Kette um meinen Hals sehen konnte, die ich jetzt aus meinem Kragen zog.

Als ich dann die Marke losließ, griff ich nach unten, als er gerade nicht hinschaute, und packte seine rechte Hand und ganz speziell seinen Mittelfinger. Den ich zurückbog, bis ich ein leises Knacken hörte, das ich sogar im Tumult von Mary Rooneys Protestkundgebung hörte, da ich einfach weiß, auf was ich lauschen muß, wenn ich zu so etwas gezwungen werde. Außerdem trat ein Ausdruck äußersten Unbehagens in die Augen des wirklich nicht sehr netten Taschendiebes.

»Oh, heilige Scheiße, das ist Polizeibrutalität!« zischte er.

»Nein, ganz und gar nicht«, sagte ich. »Polizeibrutalität wäre es, wenn ich dich ein paar der kräftigeren Burschen in dieser wütenden Menge übergäbe, die hier um uns herum versammelt ist, und sie entscheiden ließ, was mit dir passieren soll.«

Er schien kleiner zu werden, als er mich anzischte. Ich drückte seinen inzwischen sehr lockeren Finger weiter nach hinten, riß ihn dann nach vorn, um ihn anschließend sofort wieder zurückzubiegen.

»Ach, du heilige Scheiße ...!«

»Was ich hier also wirklich mache, ist, dir das Leben zu retten. Und was ich von dir erwarte, da du mir ja dein Leben verdankst, ist, dich jetzt zu bücken und die Handtasche aufzuheben, die du gerade noch in der Hand hattest, und sie zurückzugeben.«

»Was zum Teufel noch – ?«

»Diskutier nicht mit mir, andernfalls ist gleich dein Daumen dran, Kumpel, und ich kann dir sagen, das ist sogar noch schlimmer als das, was du jetzt durchmachst.«

Keuchend bückte er sich und hob die Handtasche auf, als ich seinen Finger losließ. Und dann tippte er einer Dame auf den Rücken und sagte: »Haben Sie das fallen lassen, Ma'am?« Und sie nahm ihre Handtasche und drückte sie dankbar an ihre Brust, lächelte den Mann mit dem lockeren Finger freundlich an und warf mir einen dreckigen Blick zu.

Und dann lief der Taschendieb weg, und ich schaute ihm nach und hatte ein leicht schlechtes Gewissen, so kurz vor den Feiertagen einen Mann arbeitsunfähig gemacht zu haben.

Inzwischen stand eine junge Frau mit roten Haaren und einem roten Mantel auf der Bühne, und sie brüllte heraus, was der Vermieter mit ihrem Haus anstellte, das an der Ninth Avenue und ein paar Blocks vom *Ebb Tide* entfernt lag und ebenfalls, wenig überraschend, von der Empire Properties verwaltet wurde.

»Dieser fette kleine Kerl vom Vermieter – dieser Griffiths, über den wir schon soviel gehört haben –, der hat vor ungefähr einem Monat einen Schreiner vorbeigeschickt«, sagte die junge, rothaarige Frau.

»Nur, der Schreiner sah irgendwie komisch aus, gar nicht wie ein Schreiner. Und dann wurde mir klar, daß das einzige Werkzeug, das er bei sich hatte, dieser große, schwere Hammer war. Er hatte nicht mal einen Werkzeugkasten, dieser Kerl.

Als ich dann also aus meiner Wohnungstür trete, weil ich gesehen habe, wie er draußen im Flur munter an der Treppe rumhämmert, frage ich ihn, was er eigentlich glaubt, da zu tun. Er schaut zu mir auf und sagt: ›Lady, der Vermieter hat mich hergeschickt, damit ich die lockeren Treppenstufen repariere.‹ Ich sage diesem Typ mit dem Hammer, daß wir keine lockeren Treppenstufen haben, und dann knurrt er mich an und steht auf und kommt die Treppe rauf und sagt: ›Lady, Sie wollen doch ganz bestimmt keinen lockeren Kopf haben, Süße, oder?‹ «

Die Menge tobte, und es klang sehr häßlich und sehr gewalttätig, und die junge rothaarige Frau fuhr fort, und ich sah, daß Mary Rooney hinter der Bühne stand und Notizzettel in der Hand hielt. Und Mary Rooney hüpfte von einem Bein auf das andere, teils, um sich warm zu halten, teils vor lauter Aufregung.

»Tja, ich bin dann sofort in meine Wohnung zurückgelaufen, habe die Notfallnummer der Polizei angerufen und gesagt, daß ein Kerl mit einer Waffe hinter mir her ist ... Natürlich hat's dann ungefähr zwanzig Minuten gedauert, bis die Cops endlich gekommen sind ...«

Und daraufhin stieß die Menge einen kehligen, scheußlichen Laut aus.

»Während all dieser Zeit hat der sogenannte Schreiner irgendwo im Treppenhaus weiter vor sich hin gehämmert. Und als die Cops dann schließlich da waren, hat einer der Officer mit dem Burschen geredet, und der andere ist die Treppe zu meiner Wohnung raufgekommen.

Und wie sich natürlich herausstellte, hatte Griffiths aus

Gott allein weiß was für Gründen tatsächlich diesen Burschen mit dem Hammer vorbeigeschickt, und der Kerl hat einfach frech gelogen und behauptet, er hätte mich überhaupt nicht bedroht, und die Cops haben gesagt, es gäbe wirklich nichts, was sie da tun könnten ...

Tja, ein paar Wochen später hat's dann im Treppenhaus und auf den Korridoren so übel gestunken, daß wir alle schon geglaubt haben, in den Wänden lägen überall tote Ratten ... Dann dämmerte mir was, und ich habe dem Mann meiner Nachbarin erzählt, was ich dachte, und er reißt die Treppe auf, wo dieser vermeintliche Schreiner des Vermieters angeblich seine Reparaturen durchgeführt hat, und er findet Papiertüten voll verfaulender Sardellen.

So – Nachbarn und Freunde –, was haltet ihr von *diesem* feinen Geschäftsgebaren der Empire Properties und unseres lieben Vermieters, wer auch immer das zum Teufel ist. Und ich hoffe, er sieht jetzt zu!«

Und die junge rothaarige Frau hob den bösen Finger für die Fernsehkameras. Und die Menge reagierte lautstark und zustimmend auf ihre Geste der Verachtung.

Und ich bemerkte Blaulicht, das auf ein Stück des Stahlzaunes reflektiert wurde. Ich drehte mich um und sah, wie zwei Streifenwagen des Midtown-North Precinct in der Nähe des Parkeinganges anhielten und wir von den Beamten in den Wagen gemustert wurden. Dann fiel mir auf, daß dies unsere einzige Polizeipräsenz war, also ging ich zu einem der Wagen hinüber, wies mich den darin sitzenden uniformierten Beamten aus und fragte, ob zufälligerweise eine Genehmigung für die Demonstration vorläge.

Nein, die gab es nicht. Anscheinend hatte sich Mary Rooney dieses kleine Detail geschenkt, was durchaus juristische Schwierigkeiten für sie und jeden anderen bedeuten konnte, der auf die Bühne trat, um die Menge aufzuhetzen. Andererseits war es aber auch äußerst illegal, im Park mit Drogen zu handeln, doch allem Anschein nach wurde diese Sünde in diesem Teil von Gotham immer noch begangen. Dennoch hielt ich es für eine gute Idee, Mary Rooney zu überreden, der Veranstaltung ein Ende zu machen und den Ball das letzte Stück von den Fernsehnachrichten weiterkicken zu lassen.

In der Hoffnung, Mary Rooney zu erwischen, bevor sie selbst vor das Mikrophon trat, um ordentlich loszulegen, schob ich mich durch die Menge langsam auf die Bühne zu. Aber leider zu spät.

Da stand sie, die winzige alte Dame, die unter mir wohnte und Briefe an verstorbene Verwandte auf der anderen Seite schrieb und fast schon selbst in die Gesellschaft dieser Verwandten zu entschwinden schien. Jetzt funkelten ihre Augen im hellen Scheinwerferlicht, und sie war so lebendig bei dieser Sache, die um so viel größer war als sie selbst, so voller Energie, die sie sich mit vollen Händen von der Menge unter ihr borgte.

Außerdem war sie fuchsteufelswild und schwang einen Baseballschläger, um das auch deutlich zu machen. Und dann tauchten mehr Baseballschläger in der Menge auf, die ich bislang nicht gesehen hatte. Sie trommelten mit den Schlägern auf den Boden, als Mary zu sprechen begann, trommelten ihre Zustimmung und Unterstützung und ihre unausgesprochene Drohung, den Mut und die Courage des Narren zu demonstrieren.

»Freunde!« brüllte Mary Rooney ins Mikrophon. »Nachbarn überall in New York!«

Und der Lärm der Menge war jetzt ohrenbetäubend.

»Freunde, laßt euch von einer alten Dame erzählen, womit wir es heute abend zu tun haben!« Sie warf einen Blick auf die Notizzettel in ihrer freien Hand, die Hand, die nicht den Baseballschläger hielt. »Es geht um erheblich mehr als nur um unsere kleinen Wohnungen, es geht um erheblich mehr als auch nur um unseren Stadtteil hier ...

Wir haben es mit dem Ende des Amerikanischen Traumes zu tun, das sage ich euch! Ja, die Zeiten haben sich sehr geändert. Heute kann man in Amerika hart arbeiten und anständig leben, und was bringt es einem ein?«

Und jemand rief: »Nichts!« Und dann griff die Menge die Erwiderung auf und intonierte: »Nichts, nichts, nichts.« Und diejenigen mit Baseballschlägern trommelten grimmig auf den Boden.

»Und es sind auch böse Zeiten, jawohl! Wenn man es nicht mehr schafft, den Amerikanischen Traum am Leben zu erhalten, meine Freunde ... dann sagen sie euch, es wäre allein *eure* Schuld!«

Die Baseballschläger hämmerten, Menschen brüllten im Chor: »Nichts, nichts, nichts, nichts ...«

Und Mary Rooney, deren Stimme in der frostigen Luft brach, brüllte: »Seht euch um, Freunde! Es sind nicht nur eure Wohnungen, die sie euch wegnehmen ... Es ist das ganze alte und vertraute Viertel! Und nicht etwa, weil ihr guten Männer und Frauen euren anständigen, verantwortungsvollen Job nicht gemacht habt – die Arbeit eines Tages für die Bezahlung eines Tages –, sondern wegen etwas, das wir nicht sehen können, wegen irgendeiner finanziellen Entscheidung, die vielleicht auf der anderen Seite der Welt getroffen worden ist, die vielleicht die Gewinnspanne einen oder zwei Punkte erhöht, wenn ihr doch bitte nur die Freundlichkeit hättet, tot umzufallen oder diesem wunderbaren Fortschritt Platz zu machen, häh?«

Die Baseballschläger klangen zunehmend gefährlicher, und jetzt schwenkten einige der Fernsehkameras auf der Suche nach wütend geschwungenen Waffen des Aufstandes von Mary fort. Ich warf einen Blick über die Schulter und sah weitere Streifenwagen am Parkeingang halten und bekam ein säuerliches Gefühl im Magen.

»Und wer profitiert am meisten von all diesen menschlichen Trümmern, meine Freunde? Häh? Es sind die verfluchten Vermieter, genau die! Und ich sage euch heute abend ...«

Mary Rooney schwenkte ihren Baseballschläger über

ihrem alten grauen Haupt, und alle Münder in der Menge brüllten unterschiedliche Dinge, aber ausnahmslos wütend und ohne Verstand und trotzdem absolut verständlich.

»Ich sage euch, sie sind nicht die Herren des Landes ...«

Und natürlich wußte ich, was als nächstes kommen und was die Sicherung durchbrennen lassen würde. Und außerdem wußte ich, daß ich gottverdammt absolut nichts dagegen tun konnte.

»Sie sind der Abschaum der Erde!«

Die Zündschnur brannte, die Menge stimmte einen gänzlich neuen und erheblich mächtigeren Sprechgesang an. *»Abschaum-der-Erde, Abschaum-der-Erde, AbschaumderErde ... Abschaum ... Abschaum ... Abschaum!«*

»Also, Freunde und Nachbarn«, brüllte Mary, deren Stimme inzwischen fast ganz weg war. Sie wartete, bis die Menge etwas ruhiger geworden war. »Wenn ihr wenigstens dieses eine Mal in eurem Leben etwas dagegen unternehmen wollt ... dann sage ich euch, folgt mir!«

Ich wurde von Leuten nach vorne gestoßen, die selbst gestoßen wurden von all den anderen Leuten, die sich plötzlich in einer Flutwelle auf und ab bewegten. Und dann drängte sich eine Gruppe Männer mit eigenen Baseballschlägern aus dem Seiteneingang des Parks durch diese Menge – Männer, die ganz eindeutig nicht zu den ursprünglichen Demonstranten gehörten und ganz sicher auch keine Partisanen von Mary Rooney waren. Und sie brüllten irgend etwas, was ich nicht verstehen konnte, und sie droschen auf die Leute ein, während sie sich auf Mary hinter dem Mikrophon zuarbeiteten. Frauen schrien.

Und Mary brüllte ihre letzten Worte ins Mikrophon: »Folgt mir, Freunde, laßt uns zur Empire Properties marschieren und tun, was im Namen Gottes und der Gerechtigkeit geradezu danach schreit, getan zu werden!«

Die Cops kamen jetzt durch den Haupteingang, und die Schläger mit den Baseballknüppeln arbeiteten sich schnell vom Seiteneingang vor, knüppelten jeden nieder, der ihnen in den Weg kam, und Mary Rooneys Partisanen mit ihren Baseballschlägern machten auf mich den Eindruck, den Mut zu verlieren. Und Mary Rooney selbst stand dort oben auf ihrer improvisierten Bühne, kaum mehr als ein breites Brett, das über zwei stählerne Ölfässer gelegt worden war, und sie schwenkte ihren Schläger über dem Kopf, und ihre Augen tanzten im Licht der Fernsehscheinwerfer.

Und ich hörte den scharfen Knall eines Schusses, und dann noch mal. Mehr Schreie, mehr Menschen, die von Knüppeln zu Boden gestreckt worden waren.

Und Mary brüllte: »Abschaum der Erde!« in ein totes Mikrophon.

Dann der Knall eines letzten Schusses.

Und Schreie. Und Mary Rooney stürzte von der Bühne. Ihr zerbrechlicher Körper flatterte im Scheinwerferlicht und landete lautlos auf dem Boden.

Ich stieß ein halbes Dutzend Männer zur Seite, dann vorbei an fünfzehn oder zwanzig Fernseh-Ghuls. Und ich kniete über Mary Rooney, die auf der Seite lag. Ich drehte sie um, damit sie mich sehen konnte, und schob eine Hand unter ihren Kopf. Ihre Brust war mit feuchten roten Flecken gesprenkelt, und auf ihrem Gesicht lag ein Ausdruck, der mich – genau in diesem Augenblick und an diesem Ort, inmitten der Gewalt und Panik – an diese Unzahl Fotos in den Plastikrahmen von Woolworth auf dem Kaminsims in ihrer Wohnung denken ließ, Aufnahmen all der Generationen von blonden, blauäugigen Rooneys mit ihren stämmigen Beinen.

Sie blinzelte, als sie mich sah, und vielleicht lächelte sie ja sogar. Sie stöhnte, beinahe angenehm.

Dann, bevor sie nicht mehr war, sagte Mary Rooney: »Und, Hock, hab ich dir nicht versprochen, daß ich einen Mordskrawall veranstalten werde? Oh, Himmel, aber war das nicht mal eine nette, winzig kleine Revolution?«

25

Aber hatte sie auch irgendeinen Sinn, Mary Rooneys nette kleine Revolution?

Diese Frage stellte ich mir, während die Menge sich um mich scharte und raunte und ich Marys Kopf hielt und spürte, wie kalt er geworden war, und noch in ihrem Tod formten sich ihre Lippen zu einem süffisanten Grinsen. Und ich fragte es mich wieder, als sich der Notarztwagen durch die Menge vorkämpfte und Sanitäter mit einer Bahre hinten heraussprangen und einer von ihnen eine braune Decke über ihren Körper und ihr Gesicht legte.

Der Mob hatte zu diesem Zeitpunkt sein Herz verloren. Langsam zerstreuten sich die fünf- oder sechshundert Mieter des Viertels, mit ein paar Schrammen auf Köpfen und Schultern und Händen, und Blut, das aus Ohren und Nasen und aufgeplatzten Lippen strömte. Den Leuten waren vor Angst die Knie weich geworden, Angst, die sehr schnell triviale Courage verdrängt, und während sie den Park verließen, sahen sie sich nach weiteren Körpern auf dem Boden um, doch da war nur derjenige Marys. Schüsse waren abgefeuert worden, und jeder hatte sie gehört, genau wie ich selbst; aber Mary allein war Opfer ihrer Revolution geworden.

Und daher: Hatte es irgendeinen Sinn?

Es konnten keine Festnahmen durchgeführt werden, nicht für irgendwelche konkreten Gewalttaten. Der Boden war mit Baseballschlägern übersät, doch keiner davon befand sich noch in den Händen von jemandem; niemand floh, niemand sah auch nur im geringsten fehl am Platz aus. Und im Hell's Kitchen Park, wo man in den letzten Jahren nur auf sich selbst geachtet hatte, hatte niemand so etwas gesehen wie einen Knüppel, der auf einem Schädel landete, oder eine Kanone, die in die Luft gehoben wurde.

Stunden später, im Revier, verhörten Streifenpolizisten einige Nachbarn meines eigenen und andere aus den nahegelegenen Häusern, die von der Empire Properties Real Estate Company verwaltet wurden. Dabei kam nur heraus, daß Mary Rooney fieberhaft dafür gearbeitet hatte, eine Demonstration geschädigter Mieter auf die Beine zu stellen. Sie hatte dafür gesorgt, daß jemand am anderen Ende der Telefonleitung bei der Empire Properties von der Protestversammlung erfuhr, und auch, daß Fernsehteams über das Ereignis berichten würden, nur für den Fall, daß es einer alten Lady tatsächlich gelang, einen Mob dazu zu bringen, das Büro der Grundstücksverwaltung kurz und klein zu schlagen.

Und Empire Properties hatte, wie sich eindeutig zeigte, eine Gang ihrer freischaffenden Schläger alarmiert, um Mary Rooneys Mob zum Schweigen zu bringen, bevor dieser Gelegenheit hatte, die Grenzen des Parkes zu verlassen.

Da ich wußte, welche Vorstellungen Howie Griffiths von den Handlangern hatte, die den Zielen der Firma entsprachen, hegte ich auch keine Zweifel, daß Empire Properties ein besseres Berufsethos als Howie besaß und daß praktisch jeder in ihrem Büro in der Lage war, den Nachschub an Schlägern und allen anderen Arten von zweifelhaften Maßnahmen zur Steigerung des Profits zu gewährleisten.

Konnte irgend etwas davon bewiesen werden? Und wenn, spielte es eine Rolle? Und wer würde jemals für die Tragödie von Mary Rooneys gerechtem Aufstand zahlen müssen außer Mary selbst?

Hatte es irgendeinen Sinn?

Da die Party inzwischen endgültig vorbei und der Park wieder zur Tagesordnung zurückgekehrt war, waren auch die jungen Männer in ihren Kapuzen-Sweatshirts und Basketballschuhen wieder auf ihren Posten ... *Yo, zieh dir Crack rein, Mann, zieh dir Crack rein ... Yo, geh vorbei, und du wirst nicht high ...*

Ich erinnere mich nicht mehr, wie ich vom Revier zum *Pigalle* kam. Vielleicht hatte ich mich von einem Streifenwagen mitnehmen lassen, vielleicht hatte ich auch ein Taxi genommen. Vielleicht ging ich zu Fuß, da ich noch nicht nach Hause wollte. Vielleicht ging ich vorher auch auf ein paar Gläser ins *Ebb Tide*.

Ich wußte nur, daß es halb ein Uhr nachts war und daß ich an einem Tisch am Rand der Tanzfläche saß. Und eine Kerze brannte in einer Glasschale, und vor mir stand ein doppelter *Johnnie Walker Red*, und auf der Tanzfläche bewegten sich Typen langsam und unbeholfen zur Musik, und da waren »Mädchen«, die belangloses Zeug redeten.

Die traurige kleine Band neben dem Laufsteg der Bühne machte ihre Sache gar nicht mal so schlecht, Labeija, im blauen Scheinwerferlicht und ganz in Schwarz und Silber, bei ihrer guten, langsam und mit durch den Rauch weicher und belegter Stimme gesungenen Version von »Easy Living« zu begleiten.

Mädchen plazierten ihre Partner an die Tische um die Tanzfläche oder auf den Bänken an der hinteren Wand. Und eine Parade von Stripperinnen fing an, und die Stimmung im Raum wurde vergnügt, und Mona Morgan wartete in der Garderobe mit ihren lackierten Zehen, und ich hoffte, daß sie nicht trank.

Und Labeija kam an meinen Tisch. Sie sagte: »Wie geht's dem Patienten?« Ich rieb meinen Hinterkopf. Irgendwann während der letzten Stunden war der Verband verschwunden, und dort, wo der Arzt mich rasiert hatte, fühlte ich nackte Haut.

Ich sagte: »Ach, du meinst ... Das ist jetzt nicht mehr weiter wichtig.«

»Wie in aller Welt konnte das nur passieren?« erkundigte sich Labeija.

»Ich hatte gehofft, das würdest du mir sagen.«

Labeija holte tief Luft und sagte: »Ich weiß nur, daß Mona voll war – sie besäuft sich manchmal, wie ich leider sagen muß –, und dann höre ich, wie sie die Treppe runterbrüllt, daß du vor den Garderoben niedergeschlagen worden bist ...«

»Ist so was früher auch schon mal passiert?«

»Noch nie, nein!«

»Okay. Aber Tatsache ist doch, daß da oben im Dunkeln jemand gewesen ist und mir ein ordentliches Ding übergezogen hat. Jetzt lautet die Frage, ist er denselben Weg runtergekommen, den ich raufgegangen bin? Oder gibt es noch einen anderen Zugang?«

»Es gibt eine Tür zum Notausgang, der sich, wie es gesetzlich vorgeschrieben ist, dort oben befindet. Jeder könnte aus dem Club durch diese Tür gehen und von dort auf die Straße hinter dem Haus kommen.«

»Und wie steht's damit, von der Straße in den Club hineinzukommen?«

Labeija dachte einen Moment nach. »Von der Straße aus ... ich vermute, jemand könnte wahrscheinlich über die untere Plattform der Feuerleiter raufkommen, wenn er gut klettern kann. Aber trotzdem müßte ihm dann noch jemand von innen die Tür öffnen. Weißt du, man kann die Tür nur von innen aufmachen, und es ist einfach unmöglich, von draußen reinzukommen – es sei denn, du hast Dynamit dabei, was wir aber vermutlich bemerkt hätten, oder man hat jemanden hier drinnen, der einem die Tür aufmacht.«

Und natürlich erinnerte ich mich an genau die gleiche Art Tür oben im Healing Stream Deliverance Temple. Die Tür aus dem Keller, am Kopfende einer Treppe, die auf die Gasse hinausführte und nur von innen geöffnet werden konnte.

Ich fragte Labeija: »Und wer geht die Treppe zu den Garderoben rauf, in denen deine Mädchen sind?«

»Wie du ja sehen kannst, haben wir hier keine Wächter oder so. Aber das war eigentlich auch noch nie nötig, Hock. Wir haben keine unangenehmen Gäste hier, und die Mädchen und ich und die Barkeeper, wir alle halten die Treppe im Auge.«

Das war dann wohl so ungefähr alles, was ich zu diesem Thema erfahren würde. Also wechselte ich es und fragte: »Du sagst, Mona betrinkt sich dann und wann?«

»Also, ja ... es macht mir wirklich Sorgen. Alle Mädchen machen mir Sorgen.«

Labeija ließ sich nicht weiter darüber aus, sagte nur soviel: »Weißt du, Hock, ich versuche erst gar nicht, aus allem schlau zu werden, was irgendwen belastet, da ich nicht mal meine eigenen Probleme richtig in den Griff bekomme. Wie ich das in diesem Fall hier sehe, erzählt Mona dir entweder, was sie belastet, oder du wirst es nie erfahren. Was du von anderen hörst, ist entweder einfach nutzlos oder dummes Gerede.«

Also hielt ich den Mund und leerte mein Glas. Labeija gefiel nicht, wie ich es tat, und sagte, für sie sehe es fast aus, als trinke ich, nur um mir selbst weh zu tun, und fragte, ob ich ihr nicht erzählen wolle, was mich selbst beschäftigte.

Ich erzählte, was im Hell's Kitchen Park und etwas von dem, was während meiner Tour durch den Dschungel passiert war.

Und Labeija sagte: »Diese Stadt wird von Leuten in die Gosse gezogen, die Hermelin tragen.«

»Das muß ich unbedingt einem Freund von mir erzählen, der im Dschungel lebt«, sagte ich, wobei ich bereits schleifend sprach.

»Willst du dich was hinlegen, Hock?«

»Ja, aber was anschließend den Teil mit dem Aufstehen betrifft, bin ich nicht so sicher.«

»Ich habe im Büro eine Couch. Die kannst du gern benutzen.«

Was das letzte war, was ich sie sagen hörte, bevor ich über die Tanzfläche des *Pigalle* torkelte, vorbei an der Theke und nach vorn, wo Labeija ihr vollgestopftes Büro hatte. Ich legte mich hin und war Sekunden später weg.

»Hock, bist du wach?«

Ich schaute auf und sah zuerst nur cremefarbene Seidenfalten, dann Licht in einem Fenster mit schweren Vorhängen, die zur Seite gezogen worden waren, um den Morgen hereinzulassen, und rot lasierte Wände und einen ovalen Spiegel am Fußende des Bettes. Keine Couch, ein Bett.

Und da war Mona, in einem großen Frotteebademantel und mit nassen Haaren vom Duschen. Sie hatte vor ihrem Schrank gestanden und gesehen, wie ich mich regte.

»Wie ...?«

»Ich weiß nicht, ob ich schon mal einen Menschen gesehen habe, der so gründlich weggetreten war«, meinte Mona. »Es war eine ganz schöne Arbeit, dich hier rauf zu kriegen. Ich mußte dem Taxifahrer einen Zwanziger extra geben, nur damit er mir half, dich die Treppe hochzubugsieren ... Erinnerst du dich überhaupt noch an was, Hock?«

Ich schüttelte den Kopf.

»Der Fahrer hat geglaubt, du wärst sturzbesoffen, aber ich habe nichts gesagt, da ich mir nicht vorstellen konnte, daß er verstehen würde, was du durchgemacht hast ... Labeija hat mir erzählt, was gestern abend passiert ist, und sie hat auch irgend etwas darüber erzählt, daß du zu diesen alten Eisenbahngleisen, oder was auch immer das ist, hinuntergestiegen bist ...«

»Wie spät ist es?«

»Mittag. Möchtest du einen Kaffee?«

»O ja, bitte.«

Mona verließ das Schlafzimmer. Ich stand auf und schaute mich nach meinen Kleidern um, die ich schließlich ordentlich gefaltet auf einem Stuhl in der hintersten Ecke des

Schlafzimmers neben der Frisierkommode entdeckte, damit sie außer Sicht waren. Was ich ihr kaum vorwerfen konnte.

Ich stieg gerade in meine Hose, als sie mit dem Kaffee zurückkam, und sie sagte: »Was soll die Eile, Lover?«

»Eile? Ich weiß nicht, ob ich's eilig habe, ich weiß nicht, was ich überhaupt habe ...«

»Die Nachrichten des Morgens in aller Kürze, Hock. Vielleicht gibt dir das einen Anhaltspunkt. Father Love – keine Veränderung seines Zustandes oben im Harlem Hospital; er liegt immer noch im Koma. Mary Rooney – das Fernsehen hat sie als hitzköpfige Mieter-Aktivistin abgestempelt, die von einem Unbekannten bei einem, wie es in der Fernsehsprache genannt wird, ›tragischen Unfall‹ erschossen wurde. Der Pressesprecher der Polizei hat mitgeteilt, daß die Ermittlungen im Falle Mary Rooney laufen und daß es immer noch keine konkreten Spuren gibt, was den Anschlag auf Father Love betrifft. Also sieht's ganz so aus, als hättest du einen Tag hinter dem Schreibtisch vor dir, an dem du versuchst, gründlich über all die kleinen Spuren nachzudenken, über die du dir ohnehin schon den Kopf zerbrechen mußt, ohne allerdings etwas zu überstürzen.«

»Sehr effizient.«

»Tja, irgendwer hat mir mal gesagt, daß ein Cop als erstes die aktuellen Neuigkeiten erfahren will, wenn er aufwacht.«

»Wer hat das gesagt?«

»Eine Freundin von mir. Sie war mal mit einem Bullen verheiratet.«

»Oh, dann kennst du dich also aus.«

»Das Thema hat mich in letzter Zeit interessiert. Also habe ich die Ohren aufgesperrt und zugehört. Du weißt schon, was Frauen eben so reden.«

»Die Frau eines Bullen zu sein, bedeutet, nicht viel zu lachen zu haben.«

Mona lachte und zeigte auf mich. Erst dann registrierte ich, wie ich vor ihr stand: ein Hosenbein übergestreift, ohne

Hemd und ohne Unterwäsche, die Haare an den Kopf geklatscht.

»Vielleicht sollte ich erst mal duschen.«

»Und vielleicht solltest du erst mal wieder einen klaren Kopf bekommen und diesen Kaffee hier trinken.« Mona gab ihn mir.

Sie starrte auf ihre Frisierkommode, während ich Kaffee trank. Und dann nahm sie die Liste in die Hand, die Sam Waterman mir gegeben hatte.

»Was ist das, Hock? Es hat aus deiner Hosentasche rausgeragt, und ich dachte, es könnte vielleicht wichtig sein.«

»Vielleicht ist es das, vielleicht aber auch nicht. Das ist die Mandantenliste einer Kanzlei, in der Father Loves Sohn als Sozius arbeitet. Du erinnerst dich, ich habe dir von Junior erzählt.«

»Ja ... der Sohn«, sagte sie. Und dann schaute sie einen Augenblick aus dem Fenster. Die Liste hielt sie immer noch in der Hand, und jetzt studierte sie sie. »Diese Namen hier ... Ich habe noch nie von solchen Firmen gehört, und man kann nicht erkennen, welche Art von Geschäft gemeint ist.

Ich meine, Hock, was ist diese ›Forty-four Associates, Inc.‹ oder die ›Fifty-second Street Group‹ oder der ›Greentree Club‹ oder ... Ach, nichts davon sagt mir irgendwas.«

»Ich werde die Liste unserer Rechtsabteilung geben, damit sie beim Handelsregister der Stadt die Personen herausfinden, die dahinterstehen. Nur daß solche Firmen manchmal eben oben in Albany oder sogar Boston oder unten in Philly registriert sind ... Wenn ich Glück habe, habe ich vielleicht in einer Woche ein paar Antworten.

Das hier sind Spekulanten, die sich im Hintergrund halten möchten«, erklärte ich, »und daher erfinden sie diese harmlos klingenden Namen, um den einen oder anderen Interessenkonflikt zu übertünchen, wobei diese Konflikte zwar einerseits absolut unmoralisch, aber gleichzeitig auch völlig legal sind. Was für viele Anwälte einen erstklassigen Mandanten ausmacht.«

»Du willst also sagen, der Sohn von Father Love vertritt Scheinfirmen?« fragte Mona.

»Scheinfirmen, ja.«

»Hock, diese Information kann ich dir ganz schnell besorgen – erheblich schneller als deine Rechtsabteilung. Wirklich, das ist mein Ernst.« Sie faltete die Hände und zerknüllte die Mandantenliste. Und dann strich sie sie wieder glatt und legte sie zurück auf die Kommode.

»Ich glaube dir«, sagte ich.

»Ich hatte da mal diesen großen Bewunderer, ein ziemlich bedeutender Wirtschaftstyp ... Oh, keine Angst, zwischen uns läuft nichts mehr. Ich kann ihn anrufen. Er wird alles für mich tun, und der Bursche versteht wirklich was von seinem Job ...«

»Okay, schmeiß dich ins Zeug, Kleines. Du willst dem armen Steuerzahler ein paar Dollar sparen, soll mir recht sein, da ich einer der Leute bin, die einen Großteil ihrer Zeit Steuergelder verplempern.«

»Hock – ist dir nicht klar, daß wir hier über die *Spur des Geldes* reden?«

Sie sagte das auf eine erregte, hitzige Art, die mir verriet, daß Mona Morgan vielleicht sogar noch gewitzter war, als ich bereits wußte.

Ich sagte: »Es gibt alle möglichen Spuren, Kleines.«

Dann ging ich duschen, zog mich an und verabschiedete mich bei Mona mit einem Kuß. Und ich mußte ihr versprechen, daran zu denken, im Club anzurufen und ihr eine Nachricht zu hinterlassen, wie meine Pläne für den heutigen Abend aussahen. Und ich ging die Treppe runter und trat aus der Haustür und ging weiter die Avenue hinunter zu meiner Wohnung – was etwas war, vor dem ich Angst hatte, wohin ich aber gehen mußte, um mich umziehen zu können.

Und mein Gang war ziemlich steif, da ich plötzlich wieder dieses Gefühl von Verantwortung einer Frau gegenüber empfand; und das kann, neben anderen Dingen, einen Mann, der diesen bestimmten Weg bereits einmal gegangen ist, ganz schön fertigmachen, wenn er erst einmal genauer darüber nachdenkt.

Und wieder saß ich da, hatte Father Loves Visitenkarten vor mir auf dem Tisch ausgebreitet, den ich an meinen grünen Sessel gezogen hatte. Auf dem Herd wärmte ich mir ein Chili auf, und das Radio spielte.

Langsam las ich jede einzelne Karte drei- oder viermal. Dann las ich mir jedes einzelne Bibelzitat laut und langsam vor:

»Da ist keiner, der gerecht sei, auch nicht einer ... Es ist das Herz ein trotzig und verzagt Ding; wer kann es ergründen? ... Die Väter haben saure Trauben gegessen, und den Kindern sind die Zähne stumpf geworden ... Wer einen Toren zeugt, muß sich grämen, und eines Toren Vater hat keine Freude ... Wo bittet unter euch ein Sohn den Vater ums Brot, der ihm einen Stein dafür biete?«

Und dann hob ich den Hörer des Telefons ab, und durch die Nebel der Jahre wählte ich eine Nummer aus dem tiefsten Herzen meiner Kindheitserinnerungen.

Eine Frauenstimme meldete sich und bestätigte, daß ich die Nummer nicht vergessen hatte: »Holy Cross Church.«

Ich sagte: »Ma'am, mein Name ist Detective Neil Hockaday, ich arbeite beim New York Police Department ... Vor vielen Jahren war ich Chorknabe in Ihrer Kirche ... Also, ich muß sofort mit einem Priester sprechen. Es geht um Leben und Tod.«

»Oh, mein Gott«, sagte die Sekretärin, »um das eine oder andere geht es hier immer. Bleiben Sie bitte dran, ja?«

»Ja ...«

Und sie war fort. Nach ein paar Augenblicken sagte ein

Mann: »Father Kelly am Apparat, womit kann ich Ihnen helfen?«

»Father ... Kelly? Cash-Box ...«

Und der Priester begann zu lachen. »Nein, wir sind nicht verwandt«, sagte er. »Das ist schon sehr lange her, wie mir die Senioren in der Gemeinde erzählt haben. Ich bin Timothy Kelly, und ich bin zweiunddreißig Jahre alt. Der andere Father Kelly – Cash-Box Kelly – ist, glaube ich, etwa 1961 gestorben.«

»Ja, ich denke, das müßte so ungefähr hinkommen«, sagte ich. »Hören Sie, Father, es tut mir sehr leid, aber ich ...«

»Schon in Ordnung. Sie sind ...«

»Detective Neil Hockaday. Ich brauche nur ein paar Minuten, und wenn es Ihnen nichts ausmacht, sofort. Zufälligerweise bin ich im Moment nur wenige Blocks von Ihnen entfernt.«

»Ich bin jederzeit gerne behilflich ... noch dazu einem ehemaligen Chorknaben. Kommen Sie doch bitte einfach rüber.«

Heidi saß vor einer Apotheke auf der Ninth Avenue Ecke West Forty-second auf einem Steigrohr. Sie beobachtete mich, während ich darauf wartete, die Straße überqueren zu können.

»Kaffee, meine Liebe?« fragte ich, als ich auf ihrer Seite ankam.

»Kriege ich den nicht immer, wenn du in der Nähe bist?« sagte sie. »Wieso sollte es heute anders sein?«

Also verschwand ich in dem Deli ein paar Türen weiter, kaufte einen Becher und kehrte zu ihr zurück.

Sie zog den Plastikdeckel ab und trank einen Schluck.

»Gut. Mit Milch und Zucker, kein koffeinfreier. Du vergißt es nicht.«

»Gern geschehen, Heidi.«

Und dann kam mir die verrückte Idee einer leerstehenden Wohnung unter meiner eigenen, und daß ich Heidi helfen könnte, sich zumindest den Winter über dort einzunisten, und falls mir der Vermieter deswegen Schwierigkeiten machen wollte, würde ich mich auch darum kümmern. Mir schien in diesem Augenblick nur wichtig zu sein, dafür zu sorgen, daß Mary Rooneys Aufstand wenigstens etwas Sinn hatte.

»Wie würde's dir gefallen, da zu wohnen, wo ich wohne, Heidi? Es ist warm dort.«

»Was redest du da, Hock?«

»In meinem Haus ist eine Wohnung frei. Ich könnte dich da unterbringen.«

Heidi lachte rauh, und als sich ihr Gesicht verzog, sah es aus, als bereite ihr das Lachen Schmerzen.

»Wie soll ich denn wohl die Miete für eine richtige Wohnung aufbringen, Hock?«

»Das wäre nicht nötig. Du wärst so was wie ein Hausbesetzer.«

»O nein, damit die kommen und mich wieder raussetzen können, nachdem ich mich gerade an die Wärme gewöhnt habe? Nein, vielen Dank, Sir. Wenn's so aussieht, bleib ich doch lieber bei dem, was ich kenne.« Sie zog ihren abgewetzten Pelzmantel enger um ihre Schultern und trank wieder einen Schluck Kaffee.

»Wirklich ... hör zu, es würde dir nichts passieren. Ich werde dich beschützen ...«

»Das haben schon viele Männer gesagt. Nein, danke, Sir.«

»Bitte ...«

»Ich werde nichts dergleichen tun, genausowenig wie irgendwas anderes, durch das ich einem Mann verpflichtet bin ... auch wenn ich in deinem Fall schon die Ausnahme gemacht habe, deinen Kaffee anzunehmen.«

Heidi hatte nichts davon wütend gesagt. Ihre Worte waren tonlos und ohne jede Emotion, sie stellte mir einfach nur die Fakten dar als eine Art nüchterne Skizze und Erklärung eines vielleicht schon weit zurückliegenden Traumas im Zusammenhang mit einem Mann. Und welche Frau, von welchem Rang auch immer, hatte nicht schon das gleiche erlebt? Es lag nichts Persönliches darin, bis auf die offensichtliche Tatsache, daß sie bereit war, mir mehr zu vertrauen als anderen fremden Männern.

Dann veränderte sich ihr Verhalten völlig, genau in dem Augenblick, als es leicht zu schneien begann und die Straße naß wurde. Sie lächelte mich an und sprach wieder.

»Hock, das ist sowieso alles rein akademisch. Wie's sich ergibt ... und du versprichst mir, das jetzt keinem Menschen zu erzählen?«

»Ja, ich versprech's.«

»Ich habe schon eine Wohnung!«

»Du hast ... wo?«

»Oh, das kann ich nicht sagen. Niemandem.«

»Ist es auch warm?«

»O ja, wieder warm und nett, wie ich es früher mal kannte ... Sieh nur, es schneit ...« Sie drehte ihr Gesicht zum Himmel und ließ Flocken auf ihre ledrige Haut fallen. »Ist das nicht nett?«

»Ja, das ist es, Heidi, das ist es wirklich.«

»Weißt du, ich wünschte, ich könnte's dir sagen, Hock. Wirklich. Aber ich kann nicht, und ich kann dir auch nicht sagen, warum nicht. Nur soviel ... Mach dir um mich keine Sorgen. Ich habe auf der Straße eine Menge gelernt, und auch unten in meinem kleinen Loch in der Wand, wo du mich neulich gesehen hast ... als du dich runter in den Dschungel gewagt hast, weißt du.«

»Ja, natürlich. Ich erinnere mich.«

»Ich werd's warm haben, es gibt sogar einen Kamin, wie man mir gesagt hat ... und ich bin dir wirklich sehr dankbar dafür, daß du daran gedacht hast, mir zu helfen, mich irgendwo in deinem eigenen Haus unterzubringen, aber du mußt das verstehen, das ist nichts für mich.«

»Okay.«

»Mach dir einfach keine Sorgen. Ich werd's warm haben.

Und ... tja, ich sollte das jetzt zwar nicht sagen, aber ich denke, ich werde wahrscheinlich sogar wieder arbeiten können.«

»Ach ja?«

»O ja ... vielleicht. Wir werden sehen.«

»Was für eine Art von Arbeit ist das denn?« Aber natürlich wußte ich, daß sie jetzt nichts mehr sagen würde.

»Fröhliche Weihnachten, Hock.«

»Auch dir Fröhliche Weihnachten.«

»Ich hoffe, wir sehen uns noch.«

»Also dann.«

Und ich ließ sie dort mit dem Kaffee zurück und ging um die Ecke der Forty-second zur Holy Cross.

Father Timothy Kelly war ein schlanker Mann mit blonden Haaren, buschigem blondem Schnurrbart und einem zuversichtlichen, versöhnlichen Gesicht. Frauen würden ihn gutaussehend nennen, Männer würden in ihm so etwas sehen wie den idealen, gutmütigen jüngeren Bruder, der zu Familientreffen an Thanksgiving immer eine hübsche Freundin mit nach Hause bringt, damit sie jeder kennenlernen und als potentielle Schwägerin begutachten kann. Und doch war er ein Priester.

Wir schüttelten uns die Hand und nahmen unsere jeweiligen Plätze an einem bescheidenen Schreibtisch in seinem Büro ein, dessen vier Wände bis auf ein sepiafarbenes Foto von Papst Johannes Paul kahl waren. Mit Ausnahme des Papierkorbinhaltes befand sich alles, was es in dem Büro gab, auf Father Kellys Schreibtisch. Dort lagen sämtliche Tageszeitungen, eine bemerkenswert kleine Bibel, ein paar Spiralnotizbücher, von denen eines an der Stelle aufgeschlagen war, wo er mit Bleistift gearbeitet hatte. Und ein altes Telefon, an das ich mich aus den fünfziger Jahren erinnerte. Und ein Sandwich in Wachspapier.

Weit und breit waren weder ein Aschenbecher noch eine

Karaffe oder Gläser zu sehen. Nicht mal Sherry. Die Priesterschaft hatte sich verändert.

Der Stuhl, auf dem ich saß, war ein lackierter, eichener Bibliotheksstuhl, aus dessen Sitzfläche ein Splitter ragte, der sich in meinen linken Oberschenkel grub.

Ich griff in meine Jackentasche und reichte Father Kelly die Visitenkarten mit den Morddrohungen. Ausdruckslos sah er sie sich an und sagte dann: »Ich habe natürlich davon gelesen. Was erwarten Sie von mir?«

»Nun, ich dachte, in den Versen könnte vielleicht ein Zusammenhang liegen, Father ...«

»Tim genügt völlig. Genaugenommen wäre es mir sogar lieber. Es sei denn, Sie möchten mich in Erinnerung an alte Zeiten lieber Cash-Box nennen?«

»Nein, ich werde Sie Tim nennen. Mich nennt man übrigens Hock.«

»Okay, Hock. So, ein Zusammenhang sagen Sie?«

Er nahm eine der Karten, warf einen Blick auf die Angabe der Textstelle, schlug seine Bibel auf und blätterte, bis er die Passage in leicht gekürzter Diktion gefunden hatte. Und er las die voraufgehenden und folgenden Verse.

Das gleiche machte er mit zwei weiteren Karten.

Und dann sagte er: »Ich verstehe das nicht. Also, ich weiß aus den Zeitungen, daß die Karten oben in dieser Harlemer Kirche in die Kollekte geworfen wurden, daß sie als ... Morddrohungen gegen den Pfarrer, diesen Father Love, gemeint waren.«

»Ja.«

»Aber ... nun, lassen Sie uns noch etwas versuchen. Kommen Sie bitte mit, wir müssen in die Bibliothek gehen.«

Und als wir dort waren, zog Tim ein dickes rotes Buch aus einem Regal und fragte mich: »Haben Sie schon einmal etwas von der Bibelkonkordanz gehört, Hock?«

»Nein. Sollte ich?«

Tim winkte ab und sagte: »Nein, nicht unbedingt. Es

ist ein weitverbreitetes Nachschlagewerk, das von Bibelforschern und Schulkindern benutzt wird. Vielleicht haben Sie es ja sogar vor Jahren selbst einmal benutzt und können sich nur nicht mehr erinnern.«

Er ging zu einem Tisch und ließ die Bibelkonkordanz darauf fallen. Wir setzten uns. Wieder nahm Tim eine der Karten, schlug die ersten paar Worte des Verses nach und las dann den in Querverweise untergliederten Oberbegriff laut vor.

»Es funktioniert folgendermaßen, Hock. Nehmen Sie die erste Karte, der Vers beginnt mit ›Da ist keiner, der gerecht sei ...‹ Also schlagen wir das nach und finden es unter dem biblischen Thema › Unvollkommenheit‹ .

So, und jetzt geben Sie mir eine andere Karte.«

Ich gab ihm die, deren Vers begann: »Die Väter haben saure Trauben gegessen ...« Und dies fand sich unter dem Stichwort Eltern/Kind. Genau wie der Vers, der mit »Wo bittet unter euch ein Sohn ...«

»In Ordnung«, sagte ich, »und was ist mit diesem Prachtstück?« Ich gab Tim die Karte, deren Vers anfing: »Wer einen Toren zeugt ...«

»Das kann ich Ihnen sogar sagen, ohne es nachzuschlagen, aber ich werde es trotzdem überprüfen«, sagte Tim. Er blätterte einige Seiten und sagte: »Richtig – das steht unter ›Sünde‹ .«

Schließlich kam der Vers: »Da ist keiner, der gerecht sei ...«

Tim fand die Antwort. »Wir sind wieder da, wo wir angefangen haben, bei der Unvollkommenheit. Das ist also –?«

Ich sagte: »Zweimal Unvollkommenheit, zweimal Eltern/Kind und einmal Sünde.«

»Und wollen Sie jetzt die Theorie eines jungen Priesters hören?«

»Sicher.«

»Ich glaube, daß derjenige, der diese Verse herausgesucht hat, in eine Bibliothek gegangen ist und sich eine Bibelkonkordanz genommen hat – sie steht in jeder Handbibliothek, gleichgültig, welche Version der Bibel Sie auch lesen. Wer auch immer Ihren Father Love bedrohen wollte, er hatte eine Botschaft. Das ist meine Theorie. Er wollte Love wissen lassen, daß jemand da draußen genau wußte, daß er ein sehr großer Sünder war. Was diese Eltern-und-Kind-Sache betrifft ... nun, ich weiß nicht so recht. Sie?«

»Er hat einen Sohn«, sagte ich.

»Also bitte!«

»Also bitte was?«

»Konzentrieren Sie sich auf den Sohn!«

»Sehen Sie oft Fernsehen, Tim?«

»Ich sehe meinen Teil, denke ich ...«

Ich stand auf und bedankte mich für seine Zeit. Und versicherte ihm, daß er mir eine sehr große Hilfe gewesen sei. Father Tim strahlte.

Dann verließ ich ihn und kehrte langsam zur Forty-third und Tenth zurück. Ich spielte mit dem Gedanken, auf einen Sprung ins Ebb Tide zu gehen, doch dann fiel mir das Chili wieder ein, das noch auf dem Herd stand, den ich vergessen hatte auszuschalten. Was in mir Erinnerungen an Mary Rooneys explodierenden Dinty-Moore-Stew weckte.

Also beeilte ich mich. Doch ich war auch wieder nicht so schnell, um nicht zu bemerken, daß Heidi ihr Steigrohr vor der Apotheke verlassen hatte; nicht so schnell, um nicht zu bemerken, daß sie etwas fallengelassen hatte, was sie später vielleicht vermissen könnte. Den Kopfhörer eines Walkman-Radios.

Ich hob ihn auf, steckte ihn ein und trabte nach Hause.

26

Der Geruch war vertraut und stark. Etwas rauchiger als gewöhnlich, dachte ich. Aber trotzdem, ein guter, herzhafter Duft und völlig im Einklang mit den historischen Gerüchen des Korridors vor meiner Wohnung.

Ich steckte den Schlüssel ins Schloß, drückte die Tür auf und ging ohne Zögern hinein.

Der Anblick und Geruch meines über den Rand des Kochtopfes spritzenden und zischenden und brutzelnden und brodelnden Chilis, das dann auf dem Herd in rostfarbenen Klacksen und großen aufbrechenden, verkrusteten Pfützen fest wurde ... tja, das reichte beinahe, um aus mir einen Salatfresser zu machen.

Ich arbeitete mit Farbverdünner, Spachtel und *Brillo Pads*, um so gut es ging sauberzumachen. Aber nichts außer einem Brand würde meine Küche jemals wieder in Ordnung bringen ...

Ich dachte an die Küche meiner Mutter und daran, wie wir damals waren. Und an Onkel Liam aus Dún Laoghaire, der uns besuchen kam. Onkel Liam und meine Mutter zusammen in der Küche, wo sie über meinen Vater tuschelten. Onkel Liam mit aufgekrempelten Ärmeln in der Küche, wie er meiner Mutter beibrachte, wie man Schweineblut einkochte, um echten irischen *Black Pudding* fürs Frühstück zu machen. Ich sinnierte über die Hauptnahrungsmittel meines unfreiwilligen Junggesellentums: Chili, Eier und Speck, chinesisches Essen zum Mitnehmen.

Ich erinnerte mich an einen Tag vor vielen Jahren – Judy und ich in Jones Beach. Ich mit meinem harten, flachen Bauch und Judy mit ihren langen, schlanken Beinen. Sie kam mir auf dem Strand entgegengelaufen, und sie sprang in die Luft und verschränkte ihre Beine um meine Taille, und wir küßten uns in der Sonne und der salzigen Luft, und wir waren jung; und wir ließen uns von allen, die uns beobachteten, beneiden um das, was wir an diesem Tag so reichlich hatten ...

Als ich von der Sinnlosigkeit des Saubermachens genug hatte, schenkte ich mir ein großzügig bemessenes Glas *Red* ein, und um alles hinter mir zu lassen und zu vergessen, wählte ich aus meiner kleinen Sammlung eine Sinatra-Platte und legte sie auf. Jedes einzelne Stück hatte mit Erinnerungen und Träumen und Tränen zu tun.

Ich setzte mich auf die Couch vor dem Fenster, wo Judy mit untergeschlagenen Beinen gesessen hatte. Wo ich auf ihre Knie gestarrt hatte.

Über dem Fluß ging die Sonne unter. Wieder ein Tag näher an Weihnachten.

Das Telefon klingelte.

»Hock, ich dachte, vielleicht erwische ich dich noch zu Hause, bevor ich mich auf den Weg mache ... Wie sieht's mit heute abend aus?«

Ich fühlte mich dabei nicht besonders gut, aber ich mußte Mona sagen: »Sorry, Kleines, ich glaube, ich bin heute abend für jeden eine miese Gesellschaft.«

Ein paar Sekunden sagte sie nichts. Und ich glaubte, sie wußte selbst, daß man manchmal besser die dunkle Seite seines persönlichen Mondes auch genau so belassen sollte.

»Klar, Hock. Dann eben morgen.«

Ich genehmigte mir einen weiteren ordentlichen Drink. Und nachdem ich mir chinesisches Essen bestellt hatte, zog ich den Telefonstecker raus. Und sah mir Fred MacMurray und Barbara Stanwyck und Edward G. Robinson in *Double Indemnity* auf Kanal Dreizehn an. Und schlief prompt ein.

Am späten Vormittag zog ich Jeans und Pullover an und ging

rüber zu Pete Pitsikoulis' *All-Night Eats & World's Best Coffee*. Wanda, die Kellnerin mit dem Nikolaus-Sticker am Schürzenträger, kam rüber und wischte mit einem feuchten Lappen vor mir über die Theke, deutete mit dem Kopf auf das andere Ende der Theke und sagte: »Deine Freundin sitzt da drüben, falls du's noch nicht bemerkt haben solltest.«

Und da war Mona, mit dem Rücken zu mir. Sie trank Kakao. Und ich weiß nicht, was es war, aber irgendwas wirkte nicht richtig an ihr.

Also ging ich rüber und tippte auf ihre Schulter. Sie rührte sich nicht, als würde sie meine Berührung nicht spüren. Ich tippte wieder und sagte ihren Namen, und dann drehte sich Mona langsam um. Ihr Gesicht war trocken und verhärmt. Aber ich sah deutlich, daß sie geweint hatte.

»Hi, Hock.« Das war für eine Weile alles. Ihr Arm lag auf einer Zeitung. »Kennst du schon die letzten Neuigkeiten des Tages?«

Nein, kannte ich nicht, sagte ich.

Mona stand auf, suchte ihren Kram zusammen und drückte mir die Zeitung in die Hand. »Ich muß jetzt los, Hock. Ich bin müde, wirklich richtig müde. Ruf mich irgendwann an. Später.«

Ich warf einen Blick auf die erste Seite der ›New York Post‹ und die mit fetten Großbuchstaben gedruckte Schlagzeile über Father Loves Foto: FATHER LOVE TOT.

Der Artikel im Inneren gab nicht viel her, abgesehen von der Tatsache, daß Father Love irgendwann während der Nacht in den Tod hinübergeglitten war und daß die Polizei keine neuen Spuren zu dem hatte, was jetzt natürlich zu einem Mordfall geworden war.

Mit ein paar Zeilen wurde in dem Artikel Roy Dumaine zitiert, der erklärte, daß das große Werk seines Mentors in dessen Geiste fortgesetzt werden würde, und da waren auch noch einige voraussagbare Zitate anderer Geistlicher der Stadt. Aber mit keiner Silbe wurden weder der richtige

Name von Father Love noch der irgendwelcher Hinterbliebener erwähnt.

Ich ließ Wanda etwas Kleingeld liegen, um für das zu bezahlen, was ich mir als Frühstück bestellt hätte.

Und dann verließ ich *Pete's* und ging mit einer wachsenden Ahnung auf der Forty-second Street Richtung Osten. Am Grand Central nahm ich die Linie 6 runter zur U-Bahn-Station City Hall.

Den Rest des Tages ging ich Hauptbücher und Karteikarten in der Abteilung für Bevölkerungsstatistik des New Yorker Standesamtes durch, weil die Computer »mal wieder streikten«.

Ende der Woche, während der es mir nicht einmal gelungen war, Samuel Waterman jun. weder zu Hause noch im Büro zu erreichen, wurden die Pläne für Father Loves Galabeerdigung bekanntgegeben.

Außerdem fand ich nicht, wonach ich in der Abteilung Bevölkerungsstatistik gesucht hatte. Allerdings ließ ich eine Reihe von (ungefähren) Referenzdaten und Namen (vermutlich Decknamen) bei einem jungen Angestellten namens Buckman zurück, der versprach, sein möglichstes zu tun, er könne aber keine Wunder versprechen, wo doch die Computer in letzter Zeit so oft streikten. Ich klärte ihn darüber auf, daß es vor noch gar nicht so langer Zeit so gut wie keine Computer gegeben hätte, und damals schien alles bestens zu funktionieren. Nach dieser Belehrung starrte mich der junge Buckman an, als wäre ich nicht mehr ganz richtig im Kopf.

Ich rief Mona in dieser Woche mehrmals an, aber sie sagte immer wieder, sie sei krank und wolle nicht, daß jemand sie so sehen würde. Und natürlich wußte ich, was sie damit meinte. Allerdings sagte sie auch, daß sie sich intensiv darum kümmere, die Mandantenliste des jungen Sam Waterman zu überprüfen, und sich sofort mit mir in Verbindung setzen würde, sobald sie die Ergebnisse bekommen hätte.

Ich dachte daran, Judy in Queens anzurufen, und fühlte mich mies, diesen Gedanken zu haben, hinter dem, wie ich ganz klar sah, nichts als egoistische Angst vor dem Unbekannten stand. Ich schaffte es, diesen Impuls zu ignorieren.

Und mir kam auch in den Sinn, daß während dieser persönlichen und beruflichen Übergangszeit etwas ganz eklatant auffiel. Etwas, das nicht passierte.

Da saß ich nun mit einem Mord, der offiziell war, und drei weiteren Morden, die meiner persönlichen Zählung nach auf mein Konto gingen, und die Zusammenhänge schienen immer augenfälliger zu sein. Und doch schien sich gleichzeitig nichts davon zusammenreimen zu lassen.

Und Neglio rief nicht ein einziges Mal an.

Seine Leute unten in der Police Plaza sagten, sie wüßten nicht, wann mit seiner Rückkehr von Bimini zu rechnen sei, und daß ich, soweit sie das beurteilen könnten, immer noch den heiklen Fall von Father Love hätte und meine Ermittlungen durchführen solle, wie ich es für angebracht hielte.

Die erste öffentliche Aufbahrung der sterblichen Überreste des Most Reverend Father Love fand am Samstag nachmittag in der großen Marmorlobby des Holy Stream Deliverance Temple of Harlem statt. Das Foyer war groß genug, um den Zehntausenden von Bewunderern und Zuhörern und all den anderen Platz zu bieten, die weinten und sangen, den Scharen, denen Gelegenheit gegeben wurde, einen Blick in den Sarg aus Gold und Mahagoni zu werfen, in dem Father Love lag – einschließlich seiner kompletten Schmucksammlung.

Es war ein stürmischer, naßkalter Tag, und doch zogen sich die Menschenschlangen, die darauf warteten, sich durch das Foyer zu schieben, um dann jeweils drei Minuten dort bleiben zu können, ganze vier Blocks die Lenox Avenue hinauf. Jeder wollte einen letzten Blick auf den gutaussehenden Prediger mit den Diamantkrawattennadeln und den Diamantringen an allen zehn Fingern, die, wie es hieß, auf seiner Brust gefaltet waren, und auf die juwelenbesetzte Rolex an seinem linken Handgelenk werfen.

Jeder wollte ein letztes Mal den letzten großen Star des alten Harlemer Filmpalastes sehen, der zu Father Loves eigenem religiösen Theater geworden war. Dies war jetzt dem finsteren Roy S. Dumaine anvertraut, der aus Anlaß des Tages in seine eigene Version von Father Loves Markenzeichen, dem schwarzen Mohairanzug, gekleidet war und nicht sonderlich erfreut schien, daß ich erheblich mehr als die jedem zugestandenen drei Minuten im Foyer in Anspruch nahm.

Vom Kopfende der Treppe, die zu den Herren- und Damentoiletten führte, sangen die Holy Stream Deliverance Temple Praise-Sayers immer und immer wieder den Refrain von »The Old Rugged Cross«, während die Menschen vorbeiströmten, die Frauen weinten und die Männer mit unbeweglichen Mienen vom Sarg forttraten, um als Zeichen des Respektes für die neue Ordnung der Kirche kurz Roy Dumaines Hände zu berühren. Und da stand Roy wie ein Mafia-Don, mit einer weißen Lilie auf seinem schwarzen Revers. Außerdem wimmelte es von gelb-weißen Beerdigungssträußen und Leibwächtern in dunklen Anzügen mit Fliegen und ernst vor der Brust verschränkten Armen.

Oben neben den Praise-Sayers trat von Zeit zu Zeit ein Diakon vor, um zu der unten an der Bahre vorbeischlurfenden Menge zu intonieren: »In den Holy Stream Deliverance Temple, meine Freunde ... kommt ihr, wie ihr seid. Ihr habt einen Hut, also tragt ihn; ihr habt keinen Hut, macht euch keine Gedanken deswegen. Ihr wollt euch gut anziehen, das ist in Ordnung; ihr wollt euch nicht fein anziehen, und auch das ist in Ordnung ... Gott ist hier, Er steht dort direkt neben unserem Father Love, und Er ist gekommen, um ihn nach Hause in sein Himmelreich zu holen ... Und Gott, nun, Er schaut nicht auf eure Kleider, Er schaut in eure Herzen. Wenn jemand sich umdreht und euch wegen eurer Kleidung komisch ansieht, nun, laßt es mich einfach wissen ...«

Und dann trat ein anderer Diakon ans Mikrophon und sagte, mit energischerer Stimme: »Wenn ihr den Herrn liebt, berührt jemanden und sagt ihm, daß ihr den Herrn liebt ... Und, Herr, schicke uns Erlösung für das, was geschehen ist ... Schick uns Deine Erlösung wie ein zweischneidiges Schwert! ...«

All das beobachtete ich, und auch die Fernsehteams, die das Ereignis für Zuschauer in New York und darüber hinaus filmten – obendrein für drei europäische Hauptstädte und Tokio. Und gerade in dem Augenblick, als mir in den Sinn kam, daß ich vielleicht zu Dumaine hinübergehen und ihn fragen sollte, wieso der eine Diakon unentwegt über Kleider redete, kam eine Gruppe junger und alter Ladies in Netzstrümpfen und knallgrünen und gelben und roten Abendkleidern, wie sie die Mädchen im *Pigalle* tragen, und mit Schlitzen an den Seiten und Perücken und hochaufgetürmten Haaren und langen, falschen Wimpern und lässig über die Schultern geworfenen Pelzen hereinmarschiert.

Es mochten an die dreißig gewesen sein, die so gekleidet defilierten, von denen jede einzelne am Sarg verweilte und hineingriff, um Father Love noch einmal zu berühren, sein Gesicht zu streicheln – oder einen Ring. Mehrere von ihnen beugten sich ganz in den Sarg und küßten Father Loves steinerne Stirn oder eine seiner kalten, balsamierten Wangen.

Ich arbeitete mich neben Dumaine vor, und er wollte dazu nur soviel sagen: »Gott schaut in ihre Herzen, genau wie der Diakon gesagt hat ... So, und mehr habe ich dazu nicht zu sagen.«

Nach dieser Bemerkung sah ich plötzlich hinter den Ladies eine Frau herantreten, die – mit Ausnahme des abgewetzten Pelzmantels – so gekleidet war, wie ich sie noch nie zuvor gesehen hatte.

Heidi trug unter ihrem Mantel ein Kleid, etwas Langes

und Dunkelrotes, das nach hochwertiger Wolle und warm aussah. Und sie trug einen Filzhut mit einer breiten Krempe, den sie sich schief über die vernarbte Seite ihres Gesichtes gezogen hatte. Sie trug auch gute Schuhe und kräftige Strümpfe an ihren von Geschwüren bedeckten Beinen.

Und da war auch Rouge auf ihren golden schimmernden Wangen. Sie sah beinahe hübsch aus, und ich ging auf sie zu.

Als sie direkt neben Father Loves Sarg stand, beugte sich Heidi vor und umarmte den Prediger ein letztes Mal, und das Schmatzen ihrer Lippen auf seiner toten Haut hallte durch die marmorne Lobby. Und die Stimmen der Praise-Sayers schwollen in der letzten Strophe von »The Old Rugged Cross« an.

Und dann näherten sich in der Schlange andere vertraute Gesichter dem Sarg. Mona Morgan, die ihre Hände gefaltet hatte wie ein gutes katholisches Mädchen, das vor den Altar trat. Sie sah, daß ich sie anschaute, wurde blaß und senkte die Augen, erholte sich dann aber wieder.

Sie warf einen Blick in den Sarg, löste sich dann aus der Schlange und kam zu mir. Als sie sprach, roch ich Whisky in ihrem Atem.

»Man hat mir gesagt, daß du hier sein würdest«, sagte sie.

»Wer?«

»Ich habe versucht, dich im Revier zu erreichen.«

»Ich verstehe.«

Mona schaute sich kurz um, sah mich dann wieder an. »Das hier ist weder die richtige Zeit noch der richtige Ort, aber ruf mich später an. Vergewissere dich, daß ich zu Hause bin, und dann ... komm bitte rüber. Ich habe den Bericht zurück, von meinem Freund – du erinnerst dich? Die Namen von der Spur des Geldes – die Namen hinter den Scheinfirmen. Ich glaube, du wirst ganz schön staunen.«

»Was ist mit deiner Show?«

»Ich tanze heute abend nicht ... Ich weiß nicht, ob ich jemals wieder arbeiten will ... Ach, komm heute abend einfach zu mir, Hock.«

Ich wußte, daß ich anrufen würde, sobald ich die Gelegenheit dazu bekam, aber so besonders interessiert oder aufgeregt war ich gar nicht – oder auch nur dankbar dafür, daß Mona etwas für mich gefunden hatte. Das war ein weiteres von Neglios Prinzipien bezüglich der Arbeit eines Cops, woran ich mich genau in diesem Augenblick ziemlich genau erinnerte: *»Du darfst die Öffentlichkeit niemals zu der Auffassung gelangen lassen, daß sie dir einen Gefallen tut. Du mußt ihr einfach nur das Gefühl vermitteln, daß sie genau das tut, was sie tun muß.«*

Daher dachte ich ein wenig darüber nach, beobachtete die Veranstaltung noch etwa eine Stunde und sah keinen Sinn mehr darin, noch länger zu bleiben. Ich schaute mich nach Mona um, konnte sie aber nirgends entdecken.

Und dann verließ ich die Kirche und ging zur 125th Street, um eine Bahn der Linie A zu erwischen, wobei ich vielleicht auch daran dachte, auf ein oder zwei Gläser ins *Baby Grand* zu gehen, das aus Respekt vor dem Heimgang von Father Love einen schwarzen Kranz im Fenster hatte. Das hatte zur Folge, daß ich es mir dann doch anders überlegte.

Womit nur die nüchterne Fahrt mit der Linie A Richtung Downtown blieb. Wonach ich viel zu müde war, um etwas gegen die Tatsache der Nüchternheit zu unternehmen, deshalb machte ich mich vom Times Square direkt auf den Nachhauseweg.

Gerade als ich in den Hausflur treten wollte, sah ich etwas durch den Schneeregen, der über die Tenth Avenue fegte, etwas, das mir bislang schon zweimal entwischt war, etwas, das meinen Puls beschleunigte. Ich sah nicht direkt hin, aus Angst, den jungen Burschen in den Kleidern eines alten Mannes zu verscheuchen, der vor Runyon's Laden herumlungerte und zu den Flipperautomaten hineinstarrte.

Ich trat in meinen Hauseingang und wartete dort, bis ein

Lastwagen, der zwischen mir und dem Killer, hinter dem ich her war, die Straße heraufkam und mir ausreichend Deckung bot – der große, schwerfällige Junge, der vor meinen Augen Father Love niedergeschossen hatte, der Junge, den ich hinunter in den schlechten Teil des Dschungels gejagt hatte.

Ich lief neben dem Lastwagen her, bis ich einen Hauseingang direkt gegenüber von *Runyon's* erreichte, in dem mich der Killer nicht sehen konnte. Er stand einfach da vor dem Schaufenster, starrte mit seinem großen, benebelten Gesicht die Automaten an, genau wie Runyon es Aiello beschrieben hatte, wie er an dem Tag ins Fenster geglotzt hätte, als Buddy-O ermordet worden war. Und natürlich war die Wahrscheinlichkeit groß, daß der Bursche, hinter dem ich jetzt her war, Buddy-O und Griffiths und Father Love umgelegt hatte. Und so langsam begann ich zu kapieren.

Er mußte mein Spiegelbild in der Scheibe gesehen haben.

Der Junge rannte die Tenth Avenue hinauf, ohne auch nur einmal zu mir zurückzuschauen. Und mir blieb überhaupt keine andere Wahl, als meine .38er zu ziehen, die Verfolgung aufzunehmen und Warnschüsse abzugeben.

Aber er lief weiter, schaute nicht zurück.

Er erreichte die Ecke zur Forty-sixth Street und den Parkplatz, und ich verlor ihn aus den Augen, als er sich duckte und zwischen den Wagen weiterstürmte und es mir damit unmöglich machte, auf ihn zu schießen, um ihn zum Stehen zu bringen.

Doch da ich den Eingang zum Dschungel kannte, wußte ich auch, in welche Richtung er sich über den Parkplatz bewegen würde, und verschwendete keine Zeit.

Ich sah, wie er das lose Stück Zaun zurückbog, zielte, schoß und verfehlte ihn. Jetzt schaute er zurück und schoß ebenfalls, und wenn ich nicht die Kanone in seiner Hand gesehen und mich rechtzeitig fallen lassen hätte, hätte ich die Kugel irgendwo in den Bauch bekommen, wo es jede Menge

Hauptschlagadern gibt und man ziemlich sicher sein kann, den Löffel abzugeben.

Ich brauchte nur ein oder zwei Sekunden, um das lockere Zaunstück zu erreichen, und dann eine weitere Sekunde, um zu erkennen, daß er sich in den Spalt zwischen den Felsblöcken hatte fallen lassen, wo ich Heidi gesehen... und das Geräusch hinter ihr gehört hatte, das von jemandem verursacht worden war, den ich nicht sah, dasselbe Loch, an das ich mich noch aus der Zeit von Buddy-Os Gang erinnerte.

Und daher wußte ich auch, wo er als nächstes auftauchen würde.

All-ee, all-ee in free!

Ich rannte den Block zur Forty-fifth hinunter und versuchte mir klarzuwerden, wo der Tunnel, den Patty Devlin benutzt hatte, als wir alle noch Kinder waren, heute wohl sein mochte. Ich tippte auf die freigelegten Grundmauern hinter einem verlassenen Parkhaus, auf einen Spalt in der Mauer, gerade groß genug, daß sich ein erwachsener Mann durchzwängen konnte.

Und meine Vermutung war richtig, den keuchenden und scharrenden Geräuschen nach zu urteilen, die ich schon bald aus dem Inneren des Spaltes hörte. Ich ging um die Ecke der Parkhauswand in Deckung und wartete.

Ich hörte, wie er aus dem Loch in der Mauer kroch. Ich warf einen vorsichtigen Blick um die Ecke, umklammerte den .38er Dienstrevolver in der rechten Hand und nahm dann, als er von mir fort Richtung Avenue verschwinden wollte, die Schußposition ein und brüllte: »Stehenbleiben!«

Aber er drehte sich nicht um, ging einfach weiter.

»Stehenbleiben!« brüllte ich wieder.

Er *hörte* mich nicht.

Was alles nur noch einfacher machte. Ich trat hinter der Mauer heraus, lief dem Killer nach, rammte ihm meine .38er ins Kreuz und sah, wie seine Kanone auf den nassen Boden fiel.

Er wirbelte herum, und ich hielt ihm den Revolver mit beiden Händen unter die Nase und brüllte wieder »Stehenbleiben!«, glaubte, daß er vielleicht meine Lippen lesen konnte.

Der Junge sah verdutzt aus und versuchte zu fliehen, also ließ ich meinen Revolver seitlich gegen seinen Kopf krachen, und er stürzte auf die Knie.

Und gab nicht einen Laut von sich, da er es einfach nicht konnte.

Ich trat hinter ihn, während ich den .38er auf seinen Schädel gedrückt hielt. Dann benutzte ich einen Fuß, um ihn auf den Bauch zu stoßen. Und ich setzte mich auf seinen Rücken und fesselte ihn mit meinen Handschellen.

Dann zog ich ihn wieder auf die Beine und gab ihm einen Stoß Richtung Revier. Und wir setzten uns in Bewegung, in zwei Arten des Schweigens.

Ich verbrachte eine Stunde damit, die Festnahmepapiere wegen Mordverdachtes auszufüllen, und dann sperrte ich den Jungen ein.

Und ich weiß nicht warum, aber als ich ihn ansah, tat mir der arme Drecksack leid. Doch meinem Instinkt folgend, so undeutlich er auch immer war, verschwieg ich die Neuigkeit dieser sehr wichtigen Festnahme vor Mona, die selbst Neuigkeiten hatte.

Kurz bevor ich das Revier verließ, erhielt ich einen Anruf von Lieutenant G. L. Keene vom Revier oben in Harlem.

»Wollen Sie einen guten Witz hören, Hock?« fragte er.

»Immer.«

»Father Love ist feierlich aufgebahrt, richtig? Und er geht von uns mit all seinen protzigen Ringen und Krawattennadeln und allem, richtig? Ich meine, Diamanten genau da in der Kiste, die schon bald mit ihm zwei Meter tief unter der Erde verschwinden, richtig?«

»Richtig.«

»Jemand hatte da ganz andere Pläne. Der größte Teil des

Schmucks ist von seinem toten schwarzen Arsch geklaut worden, Hock. Ist mal eine tolle Trauer, was?«

27

»Okay, ich habe alles hier irgendwo in meinen Notizen«, sagte Mona. Sie schob Papiere auf ihrem *secrétaire* herum, bis sie einen Block gefunden hatte. »Okay, los geht's.«

Ich trank einen Schluck aus dem Glas *Johnnie Walker Red*, das sie mir gegeben hatte. Außerdem bemerkte ich, daß sie in ihrer Bar Platz für meine Marke gemacht hatte.

»Inzwischen wirst du ja wahrscheinlich schon selbst dahintergekommen sein, daß all diese Scheinfirmen nur zur Tarnung für Immobilienspekulationen dienen«, sagte sie.

Ja, das wäre ich, bestätigte ich.

»Und daß sich eine dieser Scheinfirmen als Holdinggesellschaft der Empire Properties herausstellt, was wiederum unser Vermieter ist ...«

Wieder ja, sagte ich.

»Was bedeutet, daß ...«

»Was bedeutet, daß Sam Waterman, der lebende, das Sprachrohr unseres Vermieters ist, was bedeutet, er wußte mehr als nur wahrscheinlich Bescheid über Howie Griffiths und das, was er tat – und vielleicht sogar von der Verbindung zu Buddy-O. Schon seit diesem ersten Abend, an dem ich gesehen hatte, wie er sich auf der Straße herumdrückte und meine Wohnung bespitzelte, habe ich vermutet, er müßte entweder irgendwie für den Vermieter arbeiten oder wäre mit dem Vermieter befreundet. Woher konnte er wissen, in welcher Wohnung ich lebte oder daß ich überhaupt eingezogen war – es sei denn, er stand in irgendeiner Verbindung zur Empire oder dem Mieterverzeichnis oder etwas in der Richtung, was wiederum Griffiths bedeutete.«

»Tja, du bist schon weiter, als ich dachte.«

»Deshalb werde ich immer noch bezahlt.«

»Also schön ... was würdest du denken, wenn ich dir sage, daß Daniel Prescott in diese Sache verwickelt ist, der Bursche, der für das Amt des Präsidenten kandidieren will?«

»Auch das weiß ich, nachdem ich mit Griffiths' Witwe gesprochen habe, die jedem, der's hören will, erzählen wird, daß ihr Mann ein kompletter Idiot war, weil er das Buch von diesem Prescott ernst genommen hat –«

»O Gott, welches Buch?«

»Es heißt *Ich zuerst.*«

»Perfekt, es müßte ein Millionenerfolg werden.«

»Ist's schon, und sogar noch mehr. Jedenfalls, Howie war von dem Ding dermaßen begeistert, daß er alles in seiner Macht Stehende unternommen hat, um das zu werden, was er einen *Jünger* von Prescott nannte, was wiederum das religiöse Empfinden seiner Witwe verletzt hat ... Wie auch immer, vielleicht hat das eine Bedeutung oder auch nicht. Aber der springende Punkt ist, daß Griffiths am Ende einen Job bei seinem Gott bekommen hat, bei diesem Prescott. Und genau das verrät mir, daß letzten Endes Daniel Prescott mein Vermieter ist.«

»Sehr gut. Aber jetzt kommt die eine Sache, die für dich alles unter Dach und Fach bringt.«

Ich leerte mein Glas.

Mona sagte: »Eine dieser Scheinfirmen heißt ›Fifty-second Street Group‹. Willst du mal raten, wem die gehört?«

»Prescott und ...«

»Fünfzig Prozent hast du schon.«

Es konnte nur einen einzigen anderen Namen geben, dachte ich. »Waterman – Father Love!«

»Hundert Prozent.«

»Die beiden haben also geschäftlich zusammengearbeitet – wobei es um was genau ging?«

»Es ging um das, was ihnen gehörte, und um das, wovon sie vielleicht geträumt haben, damit tun zu können. Hock, den beiden hat der Dschungel gehört.«

»Also, das ist jetzt aber mal eine echte Überraschung.«

Ich setzte mich und stellte mir ein paar Fragen, und als ich soweit war, gab ich mir selbst die Antworten.

Im Dschungel rekrutierten die Empire Properties Schläger, um Leute aus Häusern mit niedrigen Mieten zu vertreiben, die ihnen im umliegenden Viertel von Hell's Kitchen gehörten, was bedeutete, daß Leute wie Mary Rooney nicht im geringsten verrückt waren bezüglich der Tatsache, wozu der Vermieter fähig war, wenn Angst billig und reichlich in Person einiger tausend verzweifelter Seelen der Unterwelt vorhanden war. Richtig?

Und Buddy-O Devlin sah seine eigene große Chance, ein Comeback ins Gang-Gewerbe zu feiern, indem er der größten aktiven verbrecherischen Organisation half – der Immobilienbranche. Richtig? Und genau so kam er auf die Idee, einem Typen wie Griffiths Schläger zu besorgen, der zu allem bereit war, seit er Prescotts Egoistenwälzer gelesen hatte. Richtig?

Und verschaffte sich Buddy-O nicht einfach nur wie jeder gute, aufrechte, schäbige amerikanische Geschäftsmann eine kleine Rückversicherung, indem er die beiden Enden gegen die Mitte ausspielte? Er ließ sich einerseits mit Griffiths und diesem Haufen ein, während er sie andererseits an mich verpfiff; und er ließ sich sogar mit jemandem ein, der auf der Suche nach einem Auftragsmord war, vermutlich gegen Father Love, und gab sich vielleicht in dieser Sache die größte Mühe, wobei er sich *außerdem* noch etwas nebenbei verdienen wollte, indem er auch diese kleine Geschichte an mich verpfiff. Das klang irgendwie richtig.

Aber wer war dahintergekommen und hatte Buddy-O gecancelt?

Der Junge, den ich geschnappt habe, war das Werkzeug. Aber wer gab die Befehle? Wer kontrollierte diesen taubstummen Jungen, und warum?

Und glichen sich nicht Samuel Waterman sen. und Daniel Prescott wie ein Ei dem anderen?

Ich nahm meinen Mantel und wollte ihn schon anziehen, da beschwerte sich Mona.

Ich sagte: »Sorry, Kleines, ich habe noch was zu erledigen.«

»Ach ja?« Sie fragte das in einem Tonfall, als wollte sie mir etwas vorwerfen, was mich vielleicht verärgert hätte. Doch das tat es nicht. Um die Wahrheit zu sagen, ich fühlte mich geschmeichelt.

»Wirklich, es ist rein geschäftlich, Kleines.«

Dann ging ich.

Und ich ging nach Hause, um die Sache zu überschlafen, die Sache, Hinweise und Möglichkeiten in meinen Träumen kreisen zu lassen.

Am nächsten Morgen, kurz nach neun, als das Amt für Bevölkerungsstatistik aufmachte, rief ich meinen jungen Freund Buckman an.

»Ja, Detective Hockaday, ich wollte Sie heute auch anrufen. Ich glaube, ich habe vielleicht gefunden, wonach Sie suchen.«

Was er tatsächlich hatte, nach dem zu urteilen, was er mir erzählte. Er sagte, er würde mir per Polizeikurier Fotokopien ins Midtown-North schicken.

Dann rasierte ich mich gründlich, öffnete meinen Schrank mit den guten Klamotten, entschied mich für gedeckte Blautöne und sah am Ende ziemlich scharf aus. Bevor ich meine Wohnung verließ, rief ich noch den Captain im Revier an und bat um eine achtundvierzigstündige Nachrichtensperre – jedem gegenüber, den Cops als auch den Medien –, was den taubstummen Jungen betraf, den ich unter Mordverdacht festgenommen hatte.

Dann rief ich mir auf der Forty-second ein Taxi und fuhr rüber zur Madison Avenue, zu einem sehr großen und sehr häßlichen, ungefähr fünfzig Stockwerke hohen Kasten aus Glas und verchromtem Stahl, in dessen oberster Etage Daniel Prescott persönlich in seinem Xanadu lebte und arbeitete – das wußte ich nach der Lektüre der Klatschspalten.

Das Foyer des Prescott Building war ein Ort, den ich mit eigenen Augen noch nie gesehen hatte. Es war voller auf Hochglanz polierter Farne und Palmen und teurer Geschäfte, und die Wände bestanden aus gewaltigen Marmorplatten in einem erstaunlich effeminierten Pink. Es gelang mir, das alles unbehelligt hinter mich zu bringen.

Als ich jedoch die Fahrstühle erreichte, die über das Zwischengeschoß hinausführten, wurde ich mit einem übereifrigen kleinen Mann mit einem Hitler-Schnäuzer und einer cremefarbenen Uniform konfrontiert. Er fragte: »Wohin möchten Sie, Sir?«

»Ich will den großen Mann da oben sprechen«, sagte ich.

»Sie meinen Mr. Prescott?« fragte er trocken.

Ich sagte, den genau meinte ich.

Geduldig erwiderte er: »Man *kommt* nicht einfach in Mr. Prescotts Gemächern *an,* mein guter Mann, man erringt eine Audienz.«

Ich zeigte ihm die Errungenschaft meiner Dienstmarke und marschierte an ihm vorbei zu einem Fahrstuhl. Ich drückte auf den obersten Knopf, und als sich die Tür hinter mir schloß, sah ich, wie er sich mit einem Taschentuch über die Stirn wischte und den Hörer seines kleinen Telefons abhob, um mit jemandem zu reden.

Als ich den siebenundvierzigsten Stock erreichte, so hoch, wie der Fahrstuhl mich brachte, wurde ich dort von einem anderen Knaben in einer lustigen Uniform erwartet. Dieser hatte Tressen auf den Schultern.

»Wie geht's, Soldat?« erkundigte ich mich. Dann zeigte ich ihm meine Marke. »Ich bin hier, um mit Prescott zu sprechen.«

Dieser Bursche warf einen Blick auf meine Dienstmarke, den Namen darauf und die Nummer und machte sich eine Notiz. Dann sagte er: »Ich fürchte, ich sehe Ihren Namen nicht auf der heutigen Terminliste, Detective Hockaday. Mr. Prescott kann man nur nach vorheriger Terminabsprache erreichen. Natürlich werden Sie das verstehen? Falls Sie jedoch eine Nachricht hinterlassen möchten, werde ich diese gewiß gern für Sie überbringen.«

»Soldat«, sagte ich, »ich möchte, daß Sie jetzt dort reingehen und Prescott exakt folgendes sagen: Erstens, ich bin hier, weil ich mit ihm über einen Graben reden will, den er zusammen mit einem ermordeten Knaben aus dem Norden der Stadt auf der West Side besitzt. Und zweitens, Prescott ist zufälligerweise auch mein Vermieter, und meine Nachbarn und ich hatten erst kürzlich eine kleine Mieterversammlung, in deren Verlauf es zu diesem anderen Mord kam.«

Der Bursche geiferte und drehte sich um. Er schnipste einem Kameraden zu, der auf mich aufpassen sollte. Zu seinem Rücken sagte ich: »Sagen Sie dem General, ich werde hier auf Antwort warten.«

Als er zurückkehrte, sagte der Soldat: »Mr. Prescott möchte, daß ich Sie davon in Kenntnis setze, daß er es natürlich vorziehen würde, wenn Sie in allen das Gesetz betreffenden Fragen mit seinem Anwalt sprächen.«

»Okay«, sagte ich, »und jetzt gehen Sie und sagen Sie ihm folgendes: Ich hielte es auch für eine ausgesprochen gute Idee, wenn ein Anwalt zugegen wäre, und daher werde ich persönlich zu einem Telefon gehen und einen gewissen Samuel Waterman jun. anrufen, der, davon bin ich überzeugt, einer von Mr. Prescotts zahlreichen Anwälten ist –

aber zufälligerweise gleichzeitig der Sohn eines der Mordopfer, die ich vorhin erwähnt habe.«

Er zuckte zusammen, verschwand dann für mehrere Minuten und kehrte mit einem erleichterten Ausdruck auf dem Gesicht zurück. Er lud mich ein, in den Privatfahrstuhl zu treten, der mich ein Stockwerk höher in Daniel Prescotts berühmtes Wohnbüro bringen würde. Als ich aus diesem Fahrstuhl trat, wurde ich von einer Frau erwartet, die eine zu einer Art Perfektion abgehungerte Figur besaß, die typisch ist für eine Menge Frauen auf der East Side. Sie war etwa vierzig Jahre alt und trug unter ihrer roten Seidenbluse quadratische Schulterpolster. Ihr Haar war schwarz und sehr gut geschnitten und geformt, doch ihre Haut war viel zu weiß. Am liebsten hätte ich ihr ein Steak gegeben.

Sie streckte eine Hand voll gepflegter Nägel und feiner blauer Adern aus und stellte sich vor. »Ich bin Janice, ich arbeite für den Dan.«

»Den Dan ...?«

»Oh, so nennen wir ihn hier«, sagte sie mit einem trockenen Lachen. »Ich meine natürlich Mr. Prescott. Nun, wie dem auch sei, herzlich willkommen.«

»Sie hätten mich täuschen können, Janice.« Als ich ihr die Hand gab, hatte ich das Gefühl, einen meiner Gürtel zu halten.

»Möchten Sie nicht Platz nehmen? Drüben im Gang?« fragte sie.

Ich folgte ihr über einen Onyx-Boden, der mit Messingleisten durchzogen war. Am Fußende einer Treppe mit einem bronzefarbenen Geländer standen eine Couch, eine Stehlampe und ein Tisch mit sehr hochglänzenden Magazinen, die so arrangiert waren, daß man nicht wagte, sie anzurühren.

»Wie lange werde ich hier warten?« fragte ich.

Sie antwortete unterkühlt: »Ich denke, Sie werden warten, bis Mr. Prescotts Rechtsbeistand eintrifft.«

»Ich werde genau sieben Minuten warten«, sagte ich und

schaute auf meine Uhr. »Das dürfte Waterman genügend Zeit geben, zu Fuß von seinem Büro hierher in Dans Bude zu kommen.«

»Wie ausgesprochen einsichtig. Möchten Sie nicht Platz nehmen?«

»Nein, eigentlich nicht.«

Ich blieb also stehen und betrachtete ein abstraktes Gemälde von Léger, das an einer schokoladenbraunen Wand hing, und danach die von Roberto Estevez signierte Bronze eines männlichen Torsos. Das restliche Zeug im Flur interessierte mich nicht, da es nach der Vorstellung von irgendwem für eine nette Lobby der Telefongesellschaft aussah.

Janice beobachtete mich, wie ich mich umsah, und wirkte inzwischen nervös. Mehrmals warf sie einen kurzen Blick die Treppe hinauf. Ich fragte sie: »Was gibt's hier unten sonst noch?«

»Größtenteils Büros«, sagte sie. »Es gibt auch noch ein Eßzimmer, das gelegentlich von der Familie benutzt wird. Für große Parties ... Warum wollen Sie das wissen?«

»Reine Neugier«, sagte ich. Dann log ich: »Es ist nett, sehr nett.«

Janice strahlte. »Ja, also, vielen Dank ... Ich habe viele der Dinge ausgesucht, die Sie hier sehen. Ich nenne es ›freundliche Moderne‹.«

»Genau was mir für meine eigene Wohnung auch gefallen würde, freundliche Moderne.«

»Ja. Es spiegelt natürlich den Geschmack von Mrs. Prescott, wissen Sie, die natürlich alles mit dem Dan abspricht.«

»Natürlich. Gibt es hier auch irgendwo so was wie eine Bibliothek?«

»Ja, oben auf der nächsten Etage. Wir haben sie gerade erst fertiggestellt. Jetzt müssen wir uns um die Bücher kümmern. Der Dan hat einen großen Respekt vor Büchern.«

»Natürlich ...«

Ich drehte mich um, als ich hinter mir schnelle Schritte und unverständlich gebrummte Worte hörte, und dann stand Sam Waterman direkt neben mir, riß seinen Mantel runter und jagte seinen Blutdruck hoch.

»Hockaday«, knurrte er mich an, »was hat das alles zu bedeuten?«

»Holen Sie Ihren Burschen hier runter, mehr sag ich dazu nicht«, sagte ich.

Waterman war drauf und dran, mir zu antworten, und die Antwort würde alles andere als freundlich ausfallen. Doch statt etwas zu sagen, schaute er an dem Bronzegeländer entlang vorbei die Treppe hinauf. Ich folgte seinem Blick, und runter kam der Bursche mit dem schlechten Haarschnitt und den Bisamrattenzähnen und den aufgeworfenen Lippen – Daniel Prescott persönlich. Er sagte »Hallo, Sam« und bot mir dann die Hand mit den Worten an: »Guten Morgen, Detective – Hockaday, richtig?«

Seine Hand war feucht und schmal, und seine Finger waren viel zu kurz für einen Mann seiner Größe. Prescott schlug vor, etwas zu betreten, das er »den Salon« nannte, der direkt vom Eingangsbereich abging. Dieser »Salon« erwies sich als ein Raum mit sechs bis sieben Meter hohen Wänden und umlaufenden Panoramafenstern, durch die die Stadt unter uns wie eine Perlenkette wirkte.

Wir nahmen auf pfirsichfarbenen Sesseln Platz. Janice schloß die Tür, und das war das letzte, was ich von ihr sah.

Prescott fixierte mich und schwieg. Und daher war ich ziemlich sicher, daß er Neglios taktische Philosophie teilte, den Mund geschlossen zu halten. Zweifellos waren er und Neglio dicke Freunde.

Also fuhr ich einfach fort. Waterman ignorierte ich einfach.

»Mr. Prescott«, fragte ich, »kennen Sie einen gewissen Roy Dumaine vom Holy Stream Deliverance Temple in Harlem?«

Waterman antwortete, als Prescott weiterhin schwieg.

»Hockaday, beabsichtigen Sie, Mr. Prescott aufgrund einer wie auch immer gearteten Anklage festzunehmen?«

»Daran habe ich noch gar nicht gedacht, Junior. Aber hätten Sie es gern, wenn ich ihn wegen dringenden Tatverdachts einloche? Hätten Sie es gern, wenn ich einen Präsidentschaftskandidaten wegen des Verdachtes einloche, wichtiger Zeuge in einem Mordfall zu sein, was, wie Sie sich gewiß vorstellen können, die Sache natürlich in die Presse bringen würde?«

Prescott sah mich an und lachte durch die Nase. Und er sagte: »Detective Hockaday, ich kenne einen gewissen Roy Dumaine und die von Ihnen erwähnte Kirche.«

»Dumaine hat mir einige höchst interessante Dinge über eine Ihrer Firmen, die Fifty-second Street Group, und eine weitere namens Empire Properties erzählt – womit Sie übrigens zu meinem Vermieter werden.«

»Ich bin der Vermieter einer Menge Leute.«

»Mann, ich mache jede Wette, das muß toll für Sie sein.«

Prescott breitete die Arme aus, ließ seinen Kopf kreisen und sagte: »Wie die Dinge liegen, können Sie selbst sehen, daß dem so ist.«

Waterman fragte: »Welche *interessanten Dinge* hat Dumaine denn erzählt?«

Natürlich saugte ich mir das mit Dumaine aus den Fingern und sponn meinen eigenen Faden.

»Tja, Junior, Dumaine sagte mir, daß Ihr Vater – der Ihr Partner bei der Fifty-second Street Group gewesen sein dürfte, Mr. Prescott – Versuchen der Firma im Weg stand, ein sehr groß angelegtes Sanierungsprojekt direkt hier in dem, was allgemein der Dschungel genannt wird, durchzuführen ...«

»Der *Dschungel?*«

»Dort, wo die alten Eisenbahngleise verlaufen, unten in der Schlucht.«

»O ja.«

»Ich habe einige Zeit dort unten verbracht, Mr. Prescott. Sie haben jede Menge Mieter, die dort unten mietfrei wohnen. Nun, wie auch immer, der verstorbene Mr. Waterman – der im übrigen der Prediger namens Father Love war, der mit seinem Kirchenschwindel ein Vermögen gemacht hat ...«

»Alles absolut legal«, unterbrach Junior.

»Absolut«, sagte ich. »Jedenfalls, wie ich schon sagte, Father Love wollte vermutlich, daß der Dschungel unangetastet bleibt, und Sie wollten den Rest von Hell's Kitchen mit Hilfe Ihrer anderen Firma – Empire – übernehmen, und Sie waren so fest entschlossen, dieses Ziel zu erreichen, daß Sie, über Mittelsmänner, eine bekannte Figur des organisierten Verbrechens mit dem Straßennamen Buddy-O im Rahmen des Planes engagiert haben, Schlägertrupps aus dem Dschungel in billigen Mietshäusern zu installieren, aus denen Sie die Leute ›entmieten‹ wollten, damit Sie die Häuser anschließend abreißen und die wirklich teuren Gebäude hochziehen konnten.«

Prescott sagte nichts, und ich dachte schon einen oder zwei Augenblicke, daß mein Bluff vielleicht nicht funktionierte.

Und dann: »Sie haben im wesentlichen recht«, sagte Prescott. »Aber einige Hauptpunkte sind Ihnen entgangen: Nichts von dem, was möglicherweise in der Richtung von ›Schlägertrupps‹ vor sich ging, war mir persönlich bekannt oder wurde von mir gebilligt. Bis zum heutigen Tag weiß ich nicht, warum in aller Welt mein Partner bei dem Eisenbahntrassen-Projekt gemauert hat, und mein Anwalt hat mich darüber in Kenntnis gesetzt, daß all dies ohnehin irrelevant ist, da, um es einmal behutsam auszudrücken –«

»Ja, drücken wir's behutsam aus«, sagte ich.

» – jeder, der unmittelbar an dem beteiligt war, was Sie mir da gerade skizziert haben, inzwischen tot ist.«

»Ja. Ermordet.«

»Nun ... das geht mich wohl kaum etwas an, Detective Hockaday«, sagte Prescott. »Ich bin ein ehrbarer Mann. Ich persönlich glaube, daß ein Sanierungsprojekt des sogenannten Dschungels eine wunderbare Sache für die Stadt gewesen wäre. Wußten Sie, daß es mein Vorschlag war, dort auch Sozialwohnungen für die Armen zu bauen?«

»Nein, wußte ich nicht.«

»Nun, das war jedenfalls der Plan. Und Father Love hat dagegen gemauert. Ich wollte beweisen, daß ein Vermieter auch ein Herz besitzt, verstehen Sie.« Er lächelte mit seinen spitzen Zähnen.

»Und es hätte einem Präsidentschaftskandidaten mit einem großen, offenen Herzen gut angestanden, so etwas zu tun.«

»Natürlich. Aber Father Love wollte nichts davon wissen. Ich habe ihm sogar einen Kabinettsposten in meiner Regierung angeboten.«

»Wirklich zu schade, Sir. Was soll ich sagen?«

Junior sagte: »Sind wir dann jetzt fertig?«

»O ja«, sagte ich. »Unterrichten Sie nur bitte Ihren Mandanten hier, daß er die Stadt nicht verlassen soll. Sie kennen das ja, Junior.«

Ich erhob mich und sagte: »Ich finde allein hinaus.«

Und als ich wieder unten im Foyer mit dem rosafarbenen Marmor war, konnte ich nicht mehr anders – ich mußte einfach lachen. *Der Dan!* Ich trat auf die Madison Avenue hinaus und gönnte mir ein Taxi in den Norden der Stadt – um mit Roy Dumaine zu sprechen, ob ihm die Vorstellung meines Besuches nun gefiel oder nicht.

»Roy, ich muß Ihnen sagen, daß ich glaube, wir stehen kurz vor der Aufklärung dieses Falles«, sagte ich ihm.

»Mann, das geht mich überhaupt nichts an.«

»Nun, genau da irren Sie sich aber gewaltig, Roy. Denn Sie werden mir jetzt ein paar Fragen beantworten, zu denen ich die Antworten brauche – andernfalls können wir Ihren Arsch auch vor eine Grand Jury vorladen lassen, und weiß der Himmel, was die mit Ihnen anstellen werden, falls Sie mich jetzt unnötig reizen.«

»Stellen Sie Ihre verdammten Fragen, Mann.«

»Ich finde nicht, daß Sie im Haus des Herrn fluchen sollten, Roy. Sagen Sie – haben Sie hier irgendwo eine Bibelkonkordanz rumliegen?«

»Natürlich.«

»Dann wissen Sie ja, was das ist.«

»Ja ...«

»Haben Sie sie auch benutzt, Roy, um die Verse mit Bleistift auf Father Loves Visitenkarten zu schreiben? Und haben Sie anschließend diese Karten, eine nach der anderen, in die Kollekte geschmuggelt – um dem Boss Angst einzujagen? Das alles nur, um ihm Angst einzujagen?«

»Ich will meinen Anwalt sprechen.«

»Um Himmels willen, ich behaupte ja gar nicht, daß Sie ihn umgebracht haben, Roy. Ich frage lediglich, ob Sie Ihrem Boss Angst einjagen wollten.«

»Ist das hier, also, ist es so was, wie mit Ihnen zu kooperieren?«

»Ja.«

Und das war schamlos gelogen. Vor einem ordentlichen Gericht muß ich schwören, die Wahrheit und nichts als die Wahrheit zu sagen. Aber nirgendwo steht geschrieben, daß ich außerhalb eines Gerichtes nicht lügen darf, was ich gelegentlich mache.

»Okay, Roy, jetzt finden wir ja langsam eine gemeinsame Basis. So, die andere Sache, die ich wissen will: Waren Sie es, der in meinem Viertel – Hell's Kitchen – herumerzählt hat, daß Sie einen Auftragsmörder engagieren wollten? Was Sie natürlich gar nicht wirklich wollten. Sie hatten es darauf abgesehen, daß es sich herumsprach – was natürlich automatisch passiert, wenn ein Schwarzer runterkommt, um einen irischen Killer anzuheuern, denn über solche Dinge reden die Leute –, und genau das mußte Father Love nur noch mehr Angst einjagen, richtig?«

»Ja, so war's.«

»Haben Sie in Hell's Kitchen mit einem Burschen namens Buddy-O über den Preis eines Auftragsmordes und solche Dinge gesprochen? Und haben Sie dort unten mit ein paar anderen Ganoven über die gleiche Sache geredet?«

»Ja, aber wie Sie schon sagten, ich wollte ihn damit nur ein bißchen einschüchtern.«

»Weil Sie die Kirche hier übernehmen wollten, indem Sie Father Love verjagten?«

»Ja.«

»Und das ist alles?«

»Das ist alles.«

»Sie wußten, daß Father Love ständig das Messer an der Kehle saß, nicht wahr, Roy? Ich meine, wir haben alle die Nutten gesehen, die zu seiner Aufbahrung gekommen sind.«

»Ich wußte eine Menge über ihn, und ich habe meinen Mund geschlossen und meine Augen offen gehalten.«

»Da bin ich sicher.«

»Das habe ich.«

»Und dann ist hier oben irgendwann etwas passiert, das sich jeglicher Kontrolle entzog, richtig, Roy?«

»Um es milde auszudrücken, Mann.«

»Aber Sie haben es irgendwie kommen sehen, nicht wahr?«

»Ich glaube, ich sollte Ihnen von nun an wohl besser nicht mehr antworten.«

»Okay. Sie waren mir sehr behilflich. Ach ... eines noch.«

»Was?«

»Mona Morgan – was wissen Sie über sie?«

»Eine attraktive Weiße. Father Love hatte eine Schwäche für die weißen Ladies.«

»Und dann ist da noch jemand – auf der Straße wird sie

Heidi genannt. Sie ist hergekommen und hat Father Love in seinem Sarg geküßt.«

»Ach, das ist nur eine verrückte Alte, die ab und zu hier gearbeitet hat. Vor langer, langer Zeit war sie mal ziemlich hübsch. Damals war ich noch ein kleiner Junge. Sie war Näherin und hatte verschiedene Jobs in der Stadt, wenn jemand Kostüme und solche Dinge brauchte ... Sie hat einige von Father Loves Capes und so weiter gemacht.«

»Tja, nochmals vielen Dank, Roy.«

Ich kehrte nach Downtown zurück, zum Revier, wo mein Häftling in der Zelle saß. Und ich beschloß, mit ihm ein gewaltiges Risiko einzugehen.

28

Ich bat Mona, um sechs Uhr auf einen Drink zu mir zu kommen, und danach würden wir irgendwo nett essen gehen – in ein Lokal, das eine Markise über dem Eingang hatte. Das mit den Drinks meinte ich ehrlich, doch ich bezweifelte, daß sie auch noch Appetit auf das Essen haben würde. Nicht nach dem, was ich für sie auf Lager hatte.

Als sie kam, setzte sie sich auf den grünen Sessel. Ich wartete, bis sie es sich bequem gemacht und ein Glas in der Hand hatte. Ich starrte auf ihren hübschen Hals und fühlte mich so mies wie immer, wenn ich schlechte Neuigkeiten überbringen muß.

Das Radio lief. Johnny Hartman sang eine sanfte Nummer. Mona gefiel es, sie meinte aber, das Stück passe nicht besonders zu meinem Gesichtsausdruck.

»Mich bedrückt, was ich dir sagen muß«, sagte ich.

»Dann sag's schnell, damit's dir wieder bessergeht.«

»Es ist nicht so einfach, weder für mich noch für dich.«

»Inzwischen müßtest du es doch eigentlich wissen, Hock – nichts ist einfach, und kein Mensch hat ein Mitspracherecht, wenn's um die Härten des Lebens geht.«

»Ja, ich schätze, das wird wohl stimmen«, räumte ich ein. »Manchmal bleibt uns keine andere Wahl, als eine angenehme Fassade aufzubauen und dann zu hoffen und zu beten, daß irgendwie alles klappt.«

Und vielleicht wußte Mona, was als nächstes kam, vielleicht kannte sie die Unvermeidlichkeit, daß eines Tages ein Cop eine solche Unterhaltung mit ihr führen würde. Sie lachte traurig und sagte: »Darauf trinke ich.«

»Das dachte ich mir, Mona. Ich habe eine Überraschung für dich.«

Sie sah nicht aus, als gäbe es irgend etwas, das ich tun oder sagen konnte, um sie zu überraschen. Und dieser Ausdruck in Monas Augen verriet mir, daß ich jetzt alle Zusammenhänge zu achtundneunzig Prozent erkannt hatte.

Ich ging zur Schlafzimmertür und öffnete sie und gab meinem Häftling ein Zeichen herauszukommen.

Und der große taubstumme Junge mit Monas blauen Augen und der hellbraunen Haut seines Vaters stand dort. Zu Mona sagte ich: »Es ist dein Sohn, stimmt's?«

Der Junge ging zu seiner Mutter und berührte ihr Gesicht. Die beiden unterhielten sich kurz in Zeichensprache. Und dann sah Mona mich ausdruckslos an und fragte: »Wirst du mir jetzt ein paar Fragen stellen, Detective Hockaday?«

»Ich werde zumindest einige deiner Posen in Frage stellen.«

Mona schloß einen Moment die Augen. Dann trank sie aus, was noch in ihrem Glas war, und sagte: »Er heißt Jim ... Würde es dir etwas ausmachen, wenn ich dich frage, wie du uns auf die Schliche gekommen bist?«

»Stückchen für Stückchen«, sagte ich. »Dafür werde ich bezahlt.«

»Und jetzt willst du die ganze Geschichte hören ... von Jim und mir – und ...« Sie lachte wieder. »Und Father Love?«

»Ja, das würde ich wirklich gern.«

»Es fing alles ganz wunderbar an ...«

»Er hat dir eine Karte in die Garderobe geschickt?« fragte ich.

»Ja, und dann folgten Blumen und Abendessen und der ganze Rest ... Und dann kommt Jim. Ganz schön langweilig, was?«

»Solange es nicht weh tut«, sagte ich. »Kann Jim übrigens hören?«

»Nein. Selbst wenn er könnte, würde es keine große Rolle spielen. Er lebt in seiner eigenen Welt ... also, nicht ganz, weißt du? Aber auf seine Art ist er liebenswürdig, in seinem ganz eigenen Rahmen ...

Weißt du, Hock, die Sache ist – sein Vater wollte den Jungen nie anerkennen. Ich selbst konnte mich nicht um ihn kümmern. Also habe ich mich nach einem Anwalt für die Vaterschaftsklage umgesehen, und keiner der Angehörigen der Anwaltschaft war daran interessiert, mich gegen einen sehr reichen und mächtigen Mann zu vertreten ...

Ich hatte eine Menge Schwierigkeiten mit dem Jungen, und ich habe mich ihm gegenüber nie fair verhalten. Ich habe ihn zur Schule geschickt, als ich es mir leisten konnte, ich habe dafür gesorgt, daß er die Zeichensprache lernte ... genau wie ich es selbst auch gelernt habe. Aber das war nicht genug. Jim war ...

Oh, mein Gott, Hock, so ein Kind zeichnet dich fürs Leben, und jedesmal, wenn ich denke, wie unfair alles ist, dann fange ich an zu saufen. Wirklich richtig hart und übel zu saufen. Du weißt, wie das ist, Hock?«

Ich sagte, ja, ich wüßte es. Und dann sagte Jim mit seinen Händen etwas zu Mona, und Mona antwortete ihm. Jim setzte sich neben ihren Füßen im Schneidersitz auf den Boden und beobachtete mich, während seine Mutter fortfuhr.

»Die ganzen Jahre über habe ich versucht, mich ihm gegenüber so anständig wie nur möglich zu verhalten, doch er ist einfach weggelaufen«, sagte Mona. »Er hat sich immer mit Typen herumgetrieben, die ihre Tage unten im Dschungel verbrachten.

Da unten gab es eine Frau, die sich schließlich um ihn kümmerte ...«

Ich sagte: »Das ist dann wahrscheinlich Heidi.«

»Du kennst sie ... Ich verstehe. Tja, zwischen den beiden gab es irgendeine merkwürdige Verbundenheit, frag mich nicht wieso. Gott! Diese Leute da unten, die leben in einer eigenen kleinen Gesellschaft.

Jedenfalls, Heidi liebte meinen Jungen, als gehörte er zu ihr, und das war es, soweit es die beiden betraf. Sie hat ihn beschützt, und er wollte bei ihr sein, mehr als es ihn interessierte, mit mir zusammenzusein. Und daher, wie ich schon sagte, Hock, ich allein kam mit dem Jungen nicht zurecht, und kein Anwalt wollte meinen Fall vor Gericht vertreten ...

Daher ließ ich es zu, daß Heidi auf eine Art in meine Rolle schlüpfte. Jim kam mich von Zeit zu Zeit besuchen ... er war in der Nähe, doch schließlich verschwand er wieder im Dschungel. Er schlich sich immer heimlich an mich heran, als wäre er jemand, der instinktiv wußte, daß er an Vordereingängen nicht willkommen war... Manchmal denke ich, er ist erheblich cleverer, als er sich anmerken läßt.«

Ich fragte Mona: »Kommt er dich auch manchmal im Club besuchen?«

Sie seufzte. »Ja. Er kommt aus der Gasse über die Feuerleiter, und ich lasse ihn dann durch den Notausgang in den Korridor vor den Garderoben. Wenn du's also unbedingt wissen willst – ja, es war Jim, der dich an diesem Abend von hinten niedergeschlagen hat. Er hatte Angst und glaubte wahrscheinlich, er würde mich beschützen. Er hat dich gesehen und dich niedergeschlagen, und ich konnte nichts darüber sagen. Das verstehst du doch, Hock? Du verstehst doch, daß –«

Aber in diesem Moment konnte sie nicht weitersprechen.

Sie berührte den Kopf ihres Sohnes und weinte. Jim faltete seine großen Hände auf seinem Schoß und starrte mich weiter an, wußte nichts von dem Leiden seiner Mutter – oder den Schwierigkeiten, in denen sie steckte, oder den Schwierigkeiten, in denen er selbst steckte.

Ich fragte Mona: »Was kannst du mir über Heidi sagen?«

»Sehr wenig. Ich weiß nur, daß sie vor einigen Jahren ihren eigenen Jungen verloren hat. Das hat sie mir mal erzählt. Daher konnte ich auch ihre Zuneigung zu Jim verstehen. Er war vielleicht so was wie eine Erinnerung an ihren Sohn. Ich weiß es nicht. Und ich weiß auch, daß sie einen Beruf hatte. Sie nähte Kostüme und Kleider, Schneiderei und so weiter... Ich wußte, daß sie vor langer Zeit mal für Labeija gearbeitet hatte ...

Ich habe versucht, Heidi eine anständige Wohnung zu besorgen. Damit sie arbeiten konnte, ein richtiges Zuhause hatte. Aber sie wollte nichts davon wissen. Man kann ihr nichts geben, weil sie überzeugt ist, daß dann nur jemand kommt und es ihr wieder fortnimmt. Soweit habe ich sie zumindest verstanden.«

»Ich weiß, was du meinst«, sagte ich. »Von mir nimmt sie nur Kaffee an, sonst nichts.«

Mona nickte. »Tja, ich habe nach einer Möglichkeit gesucht, diesen krankhaften Tick zu umgehen. Und ich glaubte, daß ich vielleicht gleichzeitig etwas für Jim tun könnte – und vielleicht auch etwas gegen seinen Vater. Das kam mir in den Sinn, als ich mich an die Arbeit machte ... Ich denke, man könnte wohl sagen, daß ich Stückchen für Stückchen, genau wie du, einen Weg fand.«

»Was?«

»Zuerst dachte ich, ich würde Heidi etwas suchen, von dem sie glauben konnte, daß niemand auf der Welt sonst es jemals haben wollte – einen Ort, an dem sie sich sicher fühlen konnte, einen Ort, von dem sie glaubte, daß ihn ihr niemand wegnehmen würde. Nun, den habe ich gefunden – und genau hier in Hell's Kitchen. Und als ich ihn gefunden hatte, habe ich ebenfalls erfahren, daß er niemand anderem als Samuel Waterman – oder Father Love – gehörte.

Tja, das war schon ziemlich interessant. Also habe ich über Waterman und seine Geschäfte Nachforschungen angestellt. Und während ich noch all die Steinchen zusammenfüge, setze ich meine ganze Energie in diese Verdachtsmomente; ich meine, ich gehe in keine bestimmte Richtung, aber ich weiß einfach, daß ich etwas gegen Waterman herausfinden werde, verstehst du? Und als es soweit war, war es erste Sahne. Ich meine, hier war ich – vielleicht der einzige Mensch in ganz Amerika, der die Dokumente besaß, um zu beweisen, daß dieser betrügerische Scheinheilige oben in Harlem Immobiliendeals mit Daniel Prescott durchzieht, der unser Präsident werden will.

Tja, also bin ich direkt rauf zu ihm in seine Kirche und habe die Karten auf den Tisch gelegt: Heidi zieht in die Wohnung, die ich auf der Fifty-second Street für sie gefunden habe, was bedeutet, es gibt keine weiteren Sanierungsmaßnahmen, durch die sie sich bedroht fühlen könnte – andernfalls wende ich mich mit allem an die Presse, was im Dschungel vor sich geht, über das ich schon Bescheid wußte, lange bevor du hier aufgetaucht bist, Hock. Und außerdem würde ich der Presse natürlich erzählen, daß auch Daniel Prescott mit in dieser Sache steckt. Ich stecke der Presse alles, was hier passiert – Sam Waterman alias Father Love, die Schlägertruppe, die Schikaniereien der Mieter, das ganze Waterman-Prescott-Komplott ...«

Ich fragte: »Was hat Waterman dazu gesagt?«

»Zuerst hat er mich nur ausgelacht. Aber er verstand, daß ich es ernst meinte und keine Angst hatte und wirklich nicht viel zu verlieren hatte. Und außerdem erinnerte ich ihn daran, daß ich nicht dumm genug war, das alles für mich behalten zu haben, und falls mir jemals etwas zustoßen sollte ...

nun, dann würde jemand anderer der Presse diesen saftigen Brocken vorwerfen.«

»Dein Kumpel«, sagte ich, »dürfte dann wohl – Buddy-O gewesen sein, nehme ich an?«

»Natürlich. Wenn mir irgend etwas zustieß, würde Buddy-O sofort handeln. Irgendwie muß sich ein Mädchen schließlich absichern.«

»Natürlich«, sagte ich.

»Jedenfalls«, fuhr Mona fort, »am Ende war Waterman einverstanden. Aber nur, um absolut sicherzugehen, machte ich auch noch ein Geschäft mit Roy Dumaine, der ein wirklich ehrgeiziger Mann ist ... und wir dachten uns gemeinsam einen Plan aus, um Father Love so weit einzuschüchtern, daß er seinen Teil des Handels auch wirklich einhielt ...«

Ich sagte: »Dann war es also deine Idee, dieses Zeug aus der Bibel auf die Karten zu schreiben und sie dann in die Kollekte zu schmuggeln, eine nach der anderen, und –«

»Ja, alles. Aber weiter hatte es nie gehen sollen. Ich wollte nur, daß Father Love sein Gleichgewicht nicht wiederfand ... und Angst hatte ...«

Sie hatte selbst Angst und weinte jetzt wieder. Jim schaute zu ihr auf. Mona sagte: »Ich hab mir da eine tolle Fassade aufgebaut, was?«

»Willst du noch einen Drink, Honey?«

Sie sagte: »Ja. Nein. Nein ... wirklich nicht.«

»Okay. Laß mich noch zwei weitere Punkte klären, Mona. Sag mir, was du über den Schmuck weißt, der aus Father Loves Sarg gestohlen wurde, als er öffentlich aufgebahrt war ... und was du über ein Klavier weißt, das aus der Kirche gestohlen wurde.«

Ihre Miene hellte sich eine Idee auf. »Ach, der Schmuck! Du hast doch selbst gesehen, wie sich jeder in den Sarg gebeugt hat, um Father Love zu küssen, oder? All seine Freundinnen haben sich eine Kleinigkeit genommen, verstehst du das nicht? ...

Und das Klavier ... Mein Gott, Hock, es war verdammt schwer, Heidi zu überreden, den Dschungel zu verlassen, wo sie mit Jim lebte. Auf die Idee mit dem Klavier bin ich gekommen, als ich eines Tages erfuhr, daß Heidi ein großer Fan von Father Loves Radiosendungen ist. Also, ich habe Heidi überzeugt, daß sie in diesem alten, ausgebrannten Haus, das ich an der Fifty-second Street für sie gefunden hatte, sicher sein würde – wenn das Klavier aus der Kirche dort stünde. Also habe ich Roy dazu bewegt, mir bei dem Diebstahl zu helfen, und das ist die schlichte Wahrheit, was diese Sache betrifft ...«

Ich rief das Polizeirevier Central Harlem an und bat den Captain, die Festnahme von Roy Dumaine anzuordnen – unter dem Verdacht der Verabredung zum Mord an Father Love, an Aloysius Patrick Xavier Devlin und an Howie Griffiths.

Wenn er wollte, konnte sich Dumaine von mir aus für den Rest seines Lebens darüber beschweren, daß ich ihn belogen hatte; der Staat New York würde ihn statt der Todesstrafe liebend gern für den Rest seiner Tage einsperren.

Roy hatte den fatalen Fehler begangen zuzugeben, daß er sich mindestens einmal mit Buddy-O getroffen hatte. Das dürfte das berühmte Treffen zu einem Lunch, bestehend aus *Mooseheads* und Kalbfleisch-Sandwiches, im *Ebb Tide* gewesen sein, das Treffen, dessen Zeuge Angelo geworden war.

Monas Plan, Father Love Angst einzujagen, schloß nicht den Versuch ein, in Hell's Kitchen einen Auftragsmörder zu finden. Dieser Teil war ganz allein Roys Idee, und dazu mußte er Harlem verlassen, wo man ihn zu gut kannte. Er hatte alles darüber gehört, was mit einem alten Westy-Ganoven unten in Hell's Kitchen los war, und die Westies waren früher berühmt-berüchtigt für Auftragsmorde gewesen. Daher gab es eine gute, solide Symmetrie, die jeder halbwegs kompetente Staatsanwalt Roy Dumaine für den Anfang schon mal anlasten könnte.

Als Roy herausfand, daß er im Gegensatz zu seiner ursprünglichen Annahme in Hell's Kitchen vielleicht doch keinen altmodischen Auftragsmörder mehr finden konnte, griff er auf einen Alternativplan zurück. Und dieser Plan schloß den großen, taubstummen und unehelichen Sohn von Father Love ein. Also fand Dumaine eine Möglichkeit, auch noch Jim und Heidi zu kontrollieren; und er legte sich einen Plan zurecht, nach dem Jim zuerst Buddy-O, von dem zu viele Leute wußten, daß er kurz davorstand, mir den ganzen Waterman-Prescott-Schwindel zu verraten, und dann auch noch Griffiths umlegte, von dem er befürchtete, daß er schließlich zusammenbrechen und zu den Cops gehen würde. Und natürlich wollte er auch Father Love beseitigen.

Jim war das naheliegende Werkzeug. Um Jim allerdings dazu zu bewegen, die Jobs zu erledigen, mußte er Heidi in der Hand haben. Was nicht sonderlich schwer gewesen sein dürfte: Er mußte sie nur überzeugen, daß alles, was er ihr sagte, um Jim zu lenken, Father Love eine Freude machte.

Sollte etwas mit seinem Plan schiefgehen, konnte Roy davon ausgehen, daß niemand ihn mit einer verrückten Alten in Verbindung bringen würde, die in einem Erdloch unten in Hell's Kitchen lebte – oder mit einem geistig behinderten Taubstummen, um den sie sich kümmerte.

Aber so ist nun mal das Schicksal von Fassaden.

Ich machte noch einen weiteren Anruf und erwischte einen Anrufbeantworter. Ich hinterließ meine Adresse auf der West Fifty-second Street und die Uhrzeit, an der ich beabsichtigte, dort zu sein – und die Nachricht: »Zeit für ein Familientreffen.«

Ein übermannshoher Maschendrahtzaun mit einem Tor, das durch ein Vorhängeschloß gesichert war, umgab den kleinen Hof. Drei Schneiderpuppen nahmen den Hof in Beschlag.

Kerzengerade standen sie da, wie auf Stangen aufgespießte Vogelscheuchen. Eine trug ein Kleid mit einem Spitzenkragen und Puffärmeln. Die leeren Ärmel flatterten in der feuchten Brise, die von den Piers herüberwehte. Eine andere trug ein Herrenhemd und Krawatte. Die dritte war mit lauter Bändern und – wie es schien – billigem Modeschmuck ausstaffiert.^

Doch jetzt schaute ich genauer hin. Der Schmuck stammte nicht aus irgendeinem billigen Ramschladen. Er stammte von Father Loves leblosen Fingern, von seinem Kragen, seiner Krawatte. Das Kleid der einen Puppe – wer weiß? Aber ich hielt es für einen ziemlich heißen Tip, daß die Männerkleidung, die ich sah, von Buddy-Os und Howie Griffiths' Leichen stammte.

Nur noch wenige Minuten bis Mitternacht. Ich stand in der tiefen Dunkelheit und lauschte.

Der Wind frischte auf. Eine Kaffeedose schepperte über den Bürgersteig. Auf der Eleventh Avenue rasten Autos und Lastwagen über regennassen Asphalt Richtung Downtown. Leise hallten Nebelhörner auf dem Wasser.

Gegen die schleichende Kälte in den Zehen trat ich von einem Bein aufs andere. Und wartete ...

Aus dem Hausinneren tönte eine rauhe Stimme: »Erhebt euch aus eurer Verderbtheit! Tut Buße!«

Und dann das Geräusch, das ich hören wollte, weswegen ich gekommen war ...

Das Klavier.

Sie spielte für ihn Klavier, und Jim genoß das Pochen der Saiten, während er sie mit seinen Händen spürte. Es war genau so, wie Mona es mir erzählt hatte, daß er auf diese Weise das Spiel auf dem Klavier seines Vaters »hören« konnte.

Ich hatte Jim vorgeschickt und blieb in den Schatten, als Heidi ihn in das Haus ließ, das aussah, als würde es jeden Augenblick einstürzen.

Und jetzt war da noch ein anderes Geräusch. Schritte

hinter mir. Ich drehte mich um und sah Sam Waterman jun., der in seinem Trenchcoat näher kam.

»Gehen wir«, sagte er. Nicht mehr.

Ich ging zur Tür voraus und klopfte an. Als Heidi zu spielen aufhörte, kam immer noch Musik aus dem Inneren – ein Kirchenlied aus dem Radio. Dann verklang die Hymne, und die erst kürzlich aufgezeichnete Stimme eines toten Mannes sagte ...

Ich sage, Geld ist die Wurzel –

Der Kirchenorganist griff in die Tasten.

Geld ist die Wurzel alles ... Guten!

Die Tür öffnete sich, und Heidi schaute zu mir auf und lächelte, und ich sagte: »Ich glaube, es wird bald schneien, Heidi. Fröhliche Weihnachten ... Wie ich sehe, ist Jim da.«

»Ja, fröhliche Weihnachten.« Ihre Augen strahlten. »Möchtest du nicht reinkommen?«

Doch dann folgte ein besorgter Ausdruck, als sie den Mann in meiner Begleitung bemerkte. »Wer ist das?«

Sam Waterman trat in das durch die Tür herausfallende Licht, und all die Jahre des Leidens schwanden aus ihrem verletzten Gesicht. Und sie sagte zu ihm: »Nein, so was! O mein Gott, mein *Junge!«*

Waterman zog die hutzelige Frau an sich und drückte sie ganz fest an seine Brust. Und seine Schultern bebten.

EPILOG

Der Höhepunkt meines Thanksgiving Day war, mit Sam Waterman im *Ebb Tide* ein Glas zu heben. Er erzählte, nichts wäre so gelaufen, wie er es sich immer vorgestellt hatte, daß er aber dennoch wußte, eines Tages von jemandem einen Anruf wie meinen zu erhalten; er wußte, eines Tages würde er seine Mutter wiederfinden.

Es lag noch eine Menge Arbeit vor ihm. Da war die Aufgabe, sich um die Vormundschaft für seinen Halbbruder Jim zu kümmern. Und für seine Mutter, Heidi.

Und auch vor mir lag noch einige Arbeit. Ich wollte etwas über meinen Vater herausfinden, von dem ich nur so wenig wußte. Und war das, was ich wußte, vielleicht nur ein Haufen Lügen? Ich beschloß, den Lügen nachzugehen – eines Tages. Ich wünschte mir sehr, daß eines Tages auch meine Schultern genauso beben würden, wie Sam Watermans Schultern gebebt hatten.

Dann war da noch die Sache mit Mona Morgan. Bevor ich ihr auch nur irgend etwas erzählen konnte, was ihr eine weitere Narbe zufügte, kam sie, um mir zu sagen, daß sie nach Hause zurückginge. »Genau wie du nach Hause, nach Hell's Kitchen gekommen bist, Hock ... nach Hause, wohin *ich* gehöre.«

Wir würden uns schreiben, versprachen wir uns. Und vielleicht würde ich eines Tages ja sogar mit dem Zug rauf nach Rhinecliff fahren. Mona sagte, sie könne sich nicht vorstellen, daß ich jemals die Stadt verließe.

Kurz bevor sie mit ihrem Pflam irgendwohin in die Rüben

im Westen abreiste, verkaufte Judy unser hübsches Haus in Ridgewood. Sie rief an, um mir zu sagen, daß sie mir die Hälfte des Verkaufserlöses zuschicken wolle, wozu sie – so ihr Anwalt – nicht verpflichtet sei. Aber sie sagte, ich solle etwas Geld haben, um meine Wohnung in Hell's Kitchen wenigstens etwas in Schuß bringen zu können.

Ich warte heute noch auf Judys Scheck.

Inspector Neglio tauchte ein paar Tage nach den offiziellen Anklageerhebungen gegen Roy Dumaine wieder in New York auf. Er lud mich ein, eines Tages mal bei ihm vorbeizukommen, um mir all seine Dias von Bimini anzusehen, was ich versprach, um ihm sagen zu können, er möchte doch bitte einem seiner Freunde meine Meinung ausrichten.

»Sagen Sie dem Dan, ich erwarte von ihm, daß er ein vorbildlicher Vermieter ist, soweit es mich und auch meine Freunde betrifft. Und außerdem könnten Sie ihm noch sagen, daß ich meinen Grundsatz, was das Wählen betrifft, brechen werde, falls mir zu Ohren kommen sollte, daß er tatsächlich kandidiert. Ich werde dem anderen Burschen meine Stimme geben, und vielleicht werde ich auch noch etwas mehr unternehmen, um mein Mißfallen auszudrücken.«

Neglio sagte, das würde er Prescott allerdings ausrichten.

Und ich empfand ein Siegesgefühl, wenn auch nur ganz leicht. Ich habe die Leute schon immer sagen hören, daß der Sieg süß sein soll. Doch das bezweifle ich; ich bezweifle, daß große Siege je süß sind, ganz zu schweigen von denen, die so klein sind, daß sie sogar von einem Cop errungen werden können.

Ich bezweifle zum Beispiel, daß wir jemals denjenigen finden, der die arme alte Mary Rooney umgebracht hat. Und ich bin sehr zuversichtlich, daß wir den Dschungel im großen und ganzen auch weiterhin ignorieren werden.

Anmerkungen

ALLGEMEIN:

Das **Bellevue** ist ein New Yorker Krankenhaus, das vor allem für seine sehr große psychiatrische Station bekannt ist.

Bimini ist eine noble Urlaubsinsel der Bahamas.

Ein **Blimpie** gehört zu einer Kette von New Yorker Sandwich-Restaurants, deren Spezialität das *Hero* ist: verschiedene Braten- und Käsesorten, Tomaten, Salat, Zwiebeln und Soßen auf einem langen, weichen Weißbrot.

DOA ist Polizeijargon und steht für *dead on arrival*, d.h. ganz allgemein für eine bei Eintreffen der Polizei vorgefundene Leiche, wobei die Todesursache (natürlich oder gewaltsam) zunächst offenbleibt.

Neben anderen karitativ tätigen Organisationen wie der Heilsarmee oder den Kirchen betreibt auch die *Goodwill Industries, Inc.*, ein landesweit tätiges und gemeinnütziges Wohlfahrtsunternehmen, Läden, die sogenannten **Goodwills** oder **Goodwill Shops**, in denen neben sehr preisgünstiger gebrauchter Kleidung auch gebrauchte Möbel und Haushaltswaren angeboten werden. Die Kunden der *Goodwill Shops* sind entweder zu arm, um in normalen Geschäften einkaufen zu können, oder es sind einfach gewitzte Konsumenten.

Hotaling News ist ein gutsortiertes Zeitschriftengeschäft auf der West 42nd Street in der Nähe des Times Square. Neben Tageszeitungen anderer nordamerikanischer Städte sind hier auch viele europäische, asiatische, lateinamerikanische und karibische Zeitungen und Magazine erhältlich.

Bis zum Anfang des Jahrhunderts gab es in New York drei in Privatbesitz befindliche U-Bahn-Linien, nämlich die **IRT, BMT** und **IND**, die schließlich von der Stadt übernommen und zu einem einzigen Nahverkehrssystem vereinigt wurden. Dennoch unterscheiden die New Yorker bis zum heutigen Tag die Linien anhand dieser alten Namen. IRT steht dabei für *Independent Rapid Transit System*, BMT für *Brooklyn Municipal Transit* und IND schließlich für *Independent*.

Der **Jones Beach** ist ein State Park am Atlantik. Er befindet sich auf Long Island unmittelbar hinter der östlichen Stadtgrenze von New York City. *Jones Beach* kann per Auto oder Eisenbahn (mit der *Long Island Railroad*), nicht jedoch mit der billigeren U-Bahn erreicht werden. Deshalb wird dieser Strand in der Regel von Angehörigen der (vorstädtischen) Mittelschicht benutzt. Die ärmere Arbeiterschicht frequentiert Strände, die innerhalb des Stadtgebietes liegen.

Als Ende der sechziger Jahre die New Yorker Polizei, das *New York City Police Department*, und ganz speziell die Drogendezernate, zunehmend in den Ruf geraten war, durch und durch korrupt zu sein, setzte das US-Justizministerium 1971 einen Ausschuß, die *Commission to Investigate Alleged Police Corruption*, ein, um die Vorwürfe weitverbreiteter Korruption innerhalb der Polizei zu untersuchen. Mit dem Vorsitz dieser Kommission wurde Bundesrichter William Knapp betraut, von dem sich der populäre Name **Knapp Commission** ableitet. Im Anschluß an die über ein Jahr dauernden Anhörungen erfolgte eine größere Umorganisation des *Police Department*, um in Zukunft der systematischen Korruption einen Riegel vorzuschieben.

Die **League of Women Voters** ist eine landesweite, nichtparteigebundene Organisation von Frauen zum Zweck der Mobilisierung für Wählerregistrierung und Teilnahme an Wahlen auf städtischer, bundesstaatlicher und nationaler Ebene. In den USA ist die Wahlbeteiligung allgemein sehr gering. Die *League* wurde Mitte der zwanziger Jahre (einige Zeit nach der Einführung des Frauenwahlrechtes 1920) ins Leben gerufen. Dies hatte zur Folge, daß sie zunächst als durchaus progressiver Verein angesehen werden konnte, dessen Aktivistinnen zu den aufgeklärtesten und engagiertesten Frauen des Landes gehörten. Während der sechziger Jahre weichten die politischen Prinzipien der *League* allerdings zunehmend auf, und sie entwickelte sich zu einer eher vornehmen, recht langweiligen und sehr bürgerlichen Organisation, deren Führerinnen heute nicht einmal so fortschrittlich sind wie das gemäßigte Mittelfeld der amerikanischen Feministinnen.

NAACP steht für *National Association for the Advancement of Colored People*. Die *NAACP* ist die größte und älteste (1909 gegründete) Bürgerrechtsorganisation der USA und führte den Kampf an, der 1964 im *Civil Rights Act* (Verbot der Rassendiskriminierung) und in der Garantie des Wahlrechtes für schwarze Bürger in den Südstaaten endete. Zahlreichen Bürgerrechtsorganisationen ist die *NAACP* heute einerseits zu mittelschichtsorientiert und konservativ, andererseits wirft man ihr vor, den Kontakt zu den armen und arbeitslosen Schwarzen verloren zu haben, die in den Ghettos der großen Städte leben.

In allen New Yorker Revieren *(Precincts)* gibt es Dezernate der Kriminalpolizei, die **PDU** oder **Precinct Detective Unit** genannt werden. Sie befassen sich mit einer Vielzahl unterschiedlicher Aufgaben, bei denen es sich meistens um Straftaten handelt, die im Stadtteil begangen und deren Ermittlung von uniformierten Beamten des zuständigen Reviers begonnen wurde: Einbrüche, Raubüberfälle, Vergewaltigungen, Morde usw. Ein Detective (ein nichtuniformierter Polizist) der PDU arbeitet häufig mit einer von mehreren für das gesamte Stadtgebiet zuständigen Abteilungen der Kriminalpolizei zusammen, die auf bestimmte Arten von Verbrechen spezialisiert sind, z. B. Central Homicide (Mordkommission), Sex Crimes Squad (Sitte), Central Robbery (Raubdezernat) usw.

Mit dem **Sound** ist der Long Island Sound gemeint, ein großer Meeresarm des Atlantiks im Norden von Long Island. Die Insel besteht aus zwei der fünf New Yorker Boroughs (Verwaltungsbezirke), nämlich Brooklyn und Queens, sowie den beiden vorstädtischen Counties Nassau und Suffolk am östlichen Ende. Entlang der gesamten Küste des Sound finden sich Strände und Erholungsgebiete.

Splim, Red, Strawberry – *Splim* ist ein Amphetamin, *Red* und *Strawberry* sind Qualitätsbezeichnungen für Heroin im Straßenverkauf. (In der Regel wird das Heroin verschnitten oder gestreckt, daher unterscheidet man zwischen verschiedenen »Markennamen«, um dem Käufer eine grobe Vorstellung von der Reinheit des Stoffes zu geben.)

Steigrohr – Die obdachlose Heidi sitzt an mehreren Stellen des Romanes auf einem »Steigrohr«. Dieser Begriff bezieht sich hier auf ein T-förmig ausgelegtes Rohrende, wie man es in New York häufig an den Außenseiten öffentlicher Gebäude herausragen sieht. Im allgemeinen wird es vom Hausmeister eines solchen Gebäudes benutzt, wenn er auf der Straße Wasser benötigt – um den Eingang abzuspritzen, die Fenster zu putzen usw. Ferner kann ein solches Steigrohr auch in Notfällen von der Feuerwehr genutzt werden.

Von ihrer Entstehung etwa Mitte der dreißiger bis zu ihrem Verschwinden Ende der siebziger Jahre erwarben sich die **Westies** den zweifelhaften Ruf, New Yorks brutalste kriminelle Bande mit ausschließlich irischstämmigen Mitgliedern zu sein. Das traditionelle Viertel der irischen Einwanderer war Hell's Kitchen auf Manhattans West Side – daher der Name *Westies.* Während der letzten Jahre der Gang waren sie berühmt-berüchtigt, hauptsächlich für die italienische Mafia der Lower East Side Auftragsmorde durchzuführen. Im Unterschied zu anderen ethnischen Gangs – hier vor allem den italienischen, jüdischen und chinesischen Banden – waren die *Westies* nicht zukunftsorientiert und investierten daher auch nicht das Geld, das sie verdienten, stahlen oder erpreßten, in legalen Firmen. Zum großen Teil bestanden die *Westies* aus psychotischen Rüpeln und Schlägern, die zufrieden waren, ihr schnellverdientes Geld für Drogen, Alkohol, schicke Kleidung, Autos, Waffen und Frauen auszugeben. Die meisten von ihnen starben –

eines natürlichen oder gewaltsamen Todes – so arm, wie sie auf die Welt gekommen waren, und zu ihren Lebzeiten zeigten sie keinerlei Skrupel, Leute ihrer eigenen sozialen Schicht, Abstammung oder des eigenen Viertels zu tyrannisieren. Dennoch verstanden sich die *Westies* gern als moderne Robin Hoods, sahen sich in direkter Tradition früherer irischstämmiger New Yorker Gangster, die ihre Landsleute (in unmittelbarer Folge einer großen Hungersnot auf der Grünen Insel strömten irische Immigranten ab Mitte des 19. Jahrhunderts in Massen in die Stadt) vor Schikanierung und ungerechter Behandlung durch andere ethnische Gemeinden der Stadt beschützten. »Ich kann mich noch erinnern, daß es in meiner Kindheit in Hell's Kitchen einen Kredithai namens Rosie Rosenberg gab, der von allen Leuten im Viertel verachtet wurde. Eines Tages schmissen die *Westies* in einem Restaurant direkt gegenüber dem Haus, in dem ich mit meinen Eltern lebte, zu Rosies Geburtstag eine Überraschungsparty. Freies Essen und Trinken. Wie sollte da Rosie widerstehen, der alles liebte, was es umsonst gab? Unmöglich. Und dann bekam Rosie seine Überraschung: Die *Westies* enthaupteten ihn mit einem langen Schlachterbeil, das sie aus einem koscheren Schlachthaus ein Stück die Straße runter gestohlen hatten. Das Viertel (damals fast ausschließlich irische Arbeiterklasse) feierte wochenlang Rosies vorzeitiges Verscheiden, überglücklich darüber, keine Schulden mehr bei ihm zu haben ...« (Thomas Adcock) Der Anfang vom Ende der Gang kam schließlich etwa 1977, als Mickey Featherstone, vielleicht der berüchtigste Killer der *Westies,* sich einverstanden erklärte, für seine eigene Straffreiheit gegen seine alten Kumpane auszusagen. Einer nach dem anderen verschwanden die noch verbliebenen Westies lebenslänglich hinter Gittern. Mickey Featherstone wurde unter dem Zeugenschutzprogramm der Umzug an einen anderen Ort ermöglicht, wo er heute unter anderem Namen und mit einer bescheidenen Pension lebt. Die im Roman erzählte Geschichte über Featherstone und die Bar, die in die Luft gesprengt wurde, nachdem er einen Gast erschossen hatte, entspricht übrigens den Tatsachen.

White Castle Hamburger – *White Castle* ist eine landesweite Kette billiger Fastfood-Restaurants. Spezialität des Hauses ist das Hamburger-Sandwich. Die Hamburger sind verhältnismäßig klein und sehr fettig. Einen *White Castle Hamburger* nennt man auch *Slider*, weil er wegen seines hohen Fettgehaltes praktisch unzerkaut geschluckt werden kann. Er rutscht – *slides* – wunderbar runter.

FILME:

A Christmas Carol (dt. *Ein Weihnachtsmärchen*, GB, 1951, Regie: Brian Desmond Hurst; Darsteller: Alistair Sim, Kathleen Harrison, Jack Warner, Michael Hordern, Mervyn Johns, Hermione Baddeley, George Cole und

Patrick MacNee). Britische Filmadaption der klassischen Geschichte von Charles Dickens.

Double Indemnity (dt. ***Frau ohne Gewissen***, USA, 1944, Regie: Billy Wilder; Darsteller: Barbara Stanwyck, Fred MacMurray, Edward G. Robinson, Tom Powers). Drehbuch von Billy Wilder und Raymond Chandler nach einer Erzählung von James M. Cain, gilt als typisches Beispiel für den amerikanischen *film noir.* Ein Mann deckt aus Liebe eine skrupellose Frau, die ihren Mann ermordet hat, um an dessen Vermögen heranzukommen.

Gorilla at Large (dt. ***Der Würger von Coney Island***, USA, 1954, Regie: Harmon Jones; Darsteller: Cameron Mitchell, Anne Bancroft, Lee J. Cobb, Raymond Burr, Lee Marvin). Im Zirkusmilieu spielender Kriminalfilm.

King's Row (dt. Titel unbekannt, USA, 1942, Regie: Sam Wood; Darsteller: Ronald Reagan, Ann Sheridan, Robert Cummings, Betty Field, Charles Coburn, Claude Rains, Judith Anderson, Maria Ousepenskaya). Vorläufer des bekannteren *Peyton Place* (dt. *Glut unter der Asche*, USA, 1957). In diesem Film verliert die von Ronald Reagan dargestellte Figur durch einen Unfall beide Beide. Auf diese Szene bezieht sich Hock, der kein Freund von Ronald Reagan, dem Politiker, ist.

March of the Wooden Soldier (oder **Babes in Toyland;** dt. ***Dick und Doof – Rache ist süß***, USA, 1934, Regie: Gus Meins u. Charles S. Rogers; Darsteller: Stan Laurel, Oliver Hardy, Charlotte Henry, Henry Brandon, Felix Knight, Jean Darling und Johnny Downs). Klassischer Hollywood-Weihnachtsfilm aus dem Jahre 1934. In diesem Musiklustspiel – eine Laurel & Hardy-Adaption der Operette »Babes in Toyland« von Victor Herbert – retten die beiden Komiker und ein Heer von Spielzeugsoldaten das Märchenland vor den *Bogey*-Männern der Unterwelt.

Miracle on 34th Street (dt. ***Das Wunder von Manhattan*** oder ***Das Märchen vom Weihnachtsmann***, USA, 1947, Regie: George Seaton; Darsteller: Edmund Gwann, Maureen O'Hara, John Payne, Natalie Wood, Gene Lockhart). Mit mehreren Oscars ausgezeichnete Komödie, in der sich ein alter Mann mit seiner Rolle als Weihnachtsmann in einem Kaufhaus identifiziert und dadurch in Schwierigkeiten gerät.

The Petrified Forest (dt. ***Der versteinerte Wald***, USA, 1935, Regie: Archie Mayo; Darsteller: Leslie Howard, Bette Davis, Humphrey Bogart, Geneviève Tobin, Dick Foran). Verfilmung eines Bühnenstückes von R. E. Sherwood. Gescheiterter Schriftsteller läßt sich von Gangster erschießen, um seiner Geliebten den Ausbruch aus der tristen Einöde in der Wüste Arizonas mit Hilfe seiner Lebensversicherung zu ermöglichen.

Slaughter on Tenth Avenue (dt. *Drei Schritte vor der Hölle*, USA, 1957, Regie: Arnold Laven; Darsteller; Richard Egan, Joan Sterling, Dan Duryea, Julie Adams, Walter Matthau). Hollywood-Film über jugendliche Gangster im New Yorker Hafenviertel am Hudson River (Hell's Kitchen) und wie Elia Kazans berühmter Klassiker des realistischen Kinos *Die Faust im Nacken* ebenfalls im Stil eines Tatsachenberichtes angelegt.

PERSONEN:

James Boswell (1740–95): **London Journal** (dt. ***Boswells Londoner Tagebuch,*** Zürich - Stuttgart, 1953) – Sammlung von Essays, die Boswell im Anschluß an seine verschiedenen Reisen mit Dr. Samuel Johnson (1709–84; engl. Lexikograph, Schriftsteller und Kritiker) verfaßte.

Donahue (Phil Donahue) ist eine landesweit bekannte Fernsehpersönlichkeit. Er ist Gastgeber einer Talkshow, die sich im wesentlichen auf reißerische Themen konzentriert. Seine Sendung ist in vielem das TV-Pendant zur ›New York Post‹, einem sensationslüsternen Boulevardblatt.

Ford Madox Ford od. Ford Hermann Hueffer (1873–1939): **Great Trade Routes** – Unbedeutenderer Roman des englischen Schriftstellers, der ebenfalls Literaturkritiken verfaßte und einen großen Einfluß auf die moderne englische Literatur ausübte. Seine bekanntesten Romane sind *The Good Soldier* und *Last Post.*

Mit dem Spitznamen **Little Flower** ist **Fiorello Henry LaGuardia** (1882–1947) gemeint, der während der dreißiger und vierziger Jahre drei Amtsperioden lang Bürgermeister von New York City war. *Little Flower* ist die englische Übersetzung des italienischen Vornamens Fiorello. LaGuardia gilt als einer der bedeutendsten Bürgermeister der Stadt am Hudson.

Wyndham Lewis (1884–1957): **The Apes of God,** 1930. In den USA geborener, englischer Autor und Maler. Eine beißende Satire auf britische Kunstliebhaber und Schöngeister.

Leslie Marchand: Byron – A Biography (3 Bände, New York, 1957) bzw. **Byron – A Portrait** (mit einem neuen 4. Band, New York, 1971).

Ethel Merman (1904–84) war Sängerin und Schauspielerin. Bekannt wurde sie wegen ihrer donnernden, gewaltigen Altstimme und ihrer Erkennungsmelodie »There's No Business Like Show Business«.

Paul Muni (1897–1967) gelangte vor allem durch seine Rollen in biographischen Hollywood-Filmen zu Weltruhm. Zu den bedeutendsten gehören sicher *Scarface* (dt. **Scarface,** USA, 1932), *The Story of Louis Pasteur* (dt. **Louis Pasteur,** USA, 1935) und *The Life of Emile Zola* (dt. **Das Leben des Emile Zola,** USA, 1937), aber auch die Hauptrollen in vielen weiteren Klassikern des amerikanischen Films, darunter *The Good Earth* (dt. **Die gute Erde**, USA, 1937) und *That Last Angry Man* (dt. **Der Zorn des Gerechten**, USA, 1959).

Dan Rather ist einer der drei prominentesten amerikanischen Fernsehmoderatoren. Während der Wintermonate trägt er unter seiner Anzugjacke häufig einen Pullover, der immer ausgesucht häßlich ist und überhaupt nicht zu seinem Anzug paßt. Daher ist die Kombination »Dan Rather und sein Pullover« eine weitverbreitete ironisch-witzige Anspielung in den USA.

SPIELE:

Annie-over, Cally-up, Stoop-ball, Ballie-callie, All-ee all-ee in free. Für diese amerikanischen Kinderspiele aus den vierziger und fünfziger Jahren gibt es keine direkte Entsprechung im deutschsprachigen Raum, daher hier Tom Adcocks Erklärung: »In meiner Kindheit waren dies typische Straßenspiele irisch-amerikanischer Kids. Zwar gab es auch damals schon Fernsehen, aber die meisten Familien besaßen noch keine eigenen Geräte – oder besser gesagt: sie konnten sich keinen Fernseher leisten. *Annie-over* ähnelt sehr dem sicher bekannten *Fangen* – die Kinder laufen hintereinander her, und wenn ein kleiner Junge ein kleines Mädchen fängt (übrigens eines meiner Lieblingsspiele!), muß man das Mädchen über seinen Arm legen und einmal herumwirbeln. Daher der Name. *Cally-up* ist ein Wettkampf, bei dem es herauszufinden gilt, wer am schnellsten und höchsten zum Beispiel an Strommasten oder Laternenpfählen hinaufklettern kann. *Stoop-ball* wird meistens von zwei gelangweilten Jungs gespielt. Der eine schmeißt einen Ball gegen die steilen Stufen, die zum Eingang eines Mietshauses führen. Ziel ist es, den Ball in einem so verrückten Winkel abprallen zu lassen, daß er von dem anderen Jungen nicht gefangen werden kann, was dann dem Werfer einen Punkt einbringt. Bei *Ballie-callie* mußte man einen Ball fangen, der von einem für den Fänger versteckt postierten Mitspieler geworfen wurde. Der Werfer stand zum Beispiel auf der Rückseite eines Gebäudes. *All-ee all-ee in free* ist eine Variante des *Versteckspieles*. Bei diesem Spiel wird ein Kind bestimmt, das die anderen suchen muß. Die Kids verstecken sich auf einem größeren Gelände und versuchen, einer nach dem anderen ein sicheres Abschlagmal zu erreichen. Dabei müssen sie natürlich aufpassen, nicht vom ›Fänger‹ erwischt zu werden. Und wenn ein Kind sicher das Abschlagmal erreicht hat, brüllt es triumphierend: ›All-ee all-ee in free!‹«

DSCHUNGEL:

Die **Schlucht** und den **Dschungel** im Westen von Manhattan gibt es wirklich. Ursprünglich wurde die heute von Unkraut und Gebüsch überwucherte

Schlucht – eine etwa zehn Meter unterhalb des Straßenniveaus geführte Eisenbahntrasse im Gegensatz zu einem Bahndamm – von der *New York Central Railroad* (später *Penn-Central Railroad*) für die stark befahrene Güterverbindung zu den Städten im Norden des Staates New York angelegt, die Rohstoffe für die Fabriken und Docks auf der West Side Manhattans lieferten. Mit dem Verschwinden der meisten Produktionsunternehmen und Reedereien in New York City (ein in den Fünfzigern beginnender und sich über zwanzig Jahre erstreckender Prozeß des ökonomischen Niederganges) wurde auch die Eisenbahntrasse nicht mehr benötigt und verkam zusehends. Die Eisenbahngesellschaften gingen pleite, niemand kümmerte sich mehr um die Instandhaltung des brachliegenden Areals. Über die Jahre gab es Dutzende von Vorschlägen zur Sanierung der Trasse, dieser klaffenden Wunde urbaner Fäulnis – dieses Dschungels, wie er von Bewohnern Hell's Kitchens genannt wurde. Im wesentlichen konzentrierten sich diese Vorschläge auf zwei Nutzungsmöglichkeiten: Entweder sollten die bestehenden Gleisanlagen als Alternative zum Lastwagentransport für leichte Schienenfracht und/oder als Ergänzung des Bus- und U-Bahn-Systems genutzt werden, oder aber die Fläche sollte zu Bauland für gewerblichen und/oder Wohnungsbau deklariert werden. Weil sich so viele Nutzungsmöglichkeiten auf einer ungeheuren Bandbreite anbieten und die Erschließung für das damit beauftragte Unternehmen gewaltige Profite abwirft, wurde und wird der resultierende Kampf um Landerwerb und Baugenehmigungen natürlich ungeheuer scharf und extrem politisch geführt, schloß die Bürgermeister Robert Wagner, John Lindsay, Abraham Beame, Edward Koch und jetzt David Dinkins, die meisten führenden New Yorker Immobilien-Tycoons und die verschiedenen gutorganisierten Nachbarschaftsgruppen ein, die von einem solch gewaltigen Bauvorhaben betroffen waren. An ihren altruistischeren Tagen zeigen sich die Politiker für die enormen Auswirkungen eines solchen Projektes auf die Umwelt, die sozialen Strukturen, die urbane Ästhetik und Wirtschaft interessiert, die eine solche Sanierung auf die Stadt als Ganzes und auf die betroffenen Stadtteile (wie unter anderen auch Hell's Kitchen) im speziellen hätte. An ihren viel typischeren und korrumpierbareren Tagen kann man nur ahnen, welche gewaltigen Geldsummen unter dem Tisch an Politiker gezahlt werden. Gezahlt von denjenigen, die um die Ehre (und die gewaltigen Profite) konkurrieren, dieses brachliegende Stück Manhattan zu sanieren. Der Kapitalismus in all seiner Pracht und Herrlichkeit! In den USA und besonders in New York City hat man für so etwas den Begriff *political football*, womit die Politik öffentlicher Behörden gemeint ist, die, im übertragenen Sinn, sehr, sehr lange Zeit herumgetreten wird, bis schließlich jemand als Sieger hervorzugehen scheint – auch wenn im Verlauf des Spieles jeder arg in Mitleidenschaft gezogen wurde.

Womit **Donald Trump** – oder *The Donald*, wie er sich selbst gern nennen läßt – ins Spiel kommt. Mehr als jeder andere verkörpert dieser Mann die ökonomischen Exzesse der achtziger Jahre, in denen als direkte Folge des Laissez-faire-Kapitalismus unter den Präsidenten Ronald Reagan und George Bush hemmungslose Habgier regierte. *Greed is good* lautete die Flüsterparole der Wall Street. Donald Trump ist das perfekte Beispiel der fundamentalen Vulgarität und sozialen Ungerechtigkeit des Amerika der achtziger Jahre, in denen Substanz von Image verdrängt wurde – des Jahrzehnts, vor dem Orwell gewarnt hat. Der heute 46jährige Trump ist Sohn des Immobilienmaklers Robert Trump, der sich mit dem Bau guter, sauberer Apartmenthäuser in den Arbeiter-Boroughs Queens und Brooklyn in der Branche einen Namen gemacht hat. Der ältere Trump agierte auch politisch äußerst geschickt, unterhielt enge Verbindungen zur mächtigen Parteimaschine der Demokraten Brooklyns. Robert Trump hat der Stadt ein Vermächtnis hinterlassen: Viele Tausende solide gebauter, preiswerter Wohnungen in Stadtteilen, die sicher und bewohnbar gemacht wurden, da seine Firma stets Wert darauf legte, ihren Besitz in einem Top-Zustand zu halten. Heute wird das Geschäft des älteren Trump in Queens und Brooklyn von seinem weniger berühmten Sohn Robert Jr. fortgesetzt, der einige Jahre älter ist als Donald.

Donald, der wie sein älterer Bruder vom Vater genügend Startkapital erhielt, um sein eigenes Immobiliengeschäft in New York zu gründen und so die Trump-Dynastie fortzusetzen, gab sich nicht zufrieden, gute Wohnungen an solchen banalen Orten wie Queens und Brooklyn zu bauen, ein guter Vermieter zu sein und gute Gewinne einzustreichen. Donald hatte sein Augenmerk auf die glitzernden Lichter Manhattans gerichtet, Amerikas Zentrum der Medien, Macht und Kunst, des Glamour und der Kultur. Instinktiv erkannte Donald, daß man mit Geld die ersten vier dieser Dinge kaufen konnte; an letzterer war er absolut uninteressiert, auch wenn sich während der achtziger Jahre zeigen sollte, daß selbst ein großer Teil der New Yorker Kultur käuflich war.

Anfang der Siebziger begann Donald mit dem Aufbau seines Imperiums in Manhattan. Wie viele andere, weniger berühmte Unternehmer kaufte er zunächst eine Reihe Wohnhäuser der Mittelschicht auf und nutzte dann seine politischen Verbindungen und sein Know-how, indem er dafür sorgte, daß Gesetze verabschiedet wurden, nach denen Mieter aus Apartmenthäusern entfernt werden konnten, die zu Eigentumswohnungen umgebildet werden sollten. Die alten Mieter konnten in ihren Wohnungen bleiben, wenn sie »Anteile« der neugebildeten Eigentümergemeinschaft erwarben, die das Gebäude vom bisherigen Besitzer übernahm. Dies bedeutete, daß die Mieter oft hohe Darlehen bei den Banken aufnehmen mußten, das Geld zusammenlegten, um ihr Haus zu kaufen, und dann gleich zweimal im Monat für ihre Wohnungen zahlen mußten: einmal zur Tilgung ihrer Hypotheken bei der Bank, dann noch einmal für die »Instandhaltung« ihrer Wohnungen an eine Hausverwaltungsgesellschaft, die in der Regel der alte Besitzer mit einem neuen Firmennamen war. Angeblich bestand der Nutzen für die Mieter darin, praktisch eine Art Besitz an ihrer Wohnung zu haben, mit allen daraus resultierenden Vergünstigungen durch steuerliche Abschreibung. Tatsächlich jedoch hatten allein die früheren Eigentümer und die Banken einen unmittelbaren Nutzen.

Dank der neuen, Eigentümergemeinschaften betreffenden Gesetze erhielten ehemalige Mieter mit ausreichend hoher Bonität die Erlaubnis, Ausschüsse zu bilden, um die Bewerbungen aller interessierten zukünftigen Mieteigentümer genauestens zu prüfen, die diejenigen ersetzen sollten, die von den Banken keine Hypotheken erhielten und daher ihre Mietverträge verloren und ausziehen mußten. So wurden Apartmenthäuser in Manhattan zunehmend homogener, was Rasse und gesellschaftliche Klasse der Bewohner betraf; eine elitäre Praktik, die elegant störende bürgerliche Grundrechte umging – einschließlich der drolligen Idee in der amerikanischen Unabhängigkeitserklärung, daß »alle Menschen gleich sind« –, ganz zu schweigen von den verfassungsmäßigen Garantien gleicher Eigentumsrechte.

Anfang der achtziger Jahre schraubten sich Donald Trumps Profite mit irrwitzigem Tempo in schwindelerregende Höhen, was weitgehend dem neuen politischen Wind zu verdanken war, der nun dank Ronald Reagan wehte und in dessen Folge das Land mit tauben Ohren und blinden Augen auf die verheerenden sozialen Probleme (wie zum Beispiel Obdachlosigkeit als Folge von neuen Gesetzen zu Eigentumswohnungen und der Zerstörung kleiner Industrien) reagierte und jene feierte, die schnell reich wurden – und dies auch gern öffentlich zur Schau stellten. Donald Trump, »reich, dumm und laut«, war genau zur richtigen Zeit am richtigen Ort. Die Medien begannen, ihn ein Genie zu nennen. Denn schließlich war er noch schrecklich jung, um schon so reich zu sein; also mußte er, gemessen an den aktuellen Standards, ja einfach brillant sein. Er residierte im modernen Äquivalent eines Palastes – vier Etagen, Dutzende Zimmer und eigener Swimmingpool an der Spitze des Trump Tower, seinem eigenen Wolkenkratzer an der Fifth Avenue in Manhattan – und war mit einer atemberaubenden Blondine namens Ivana verheiratet, einem ehemaligen Mitglied der tschechischen Olympia-Skimannschaft.

Trump nutzte seine Millionen, um sich bei New Yorker Banken Milliarden zu leihen, eine riesige, hochseetüchtige Yacht zu kaufen, eine Villa im teuersten Viertel Palm Beachs, Florida, seine eigenen Fluggesellschaften, eine Kette von Profi-Sportgeschäften, noch mehr Casinos in Atlantic City, noch mehr Hotels, noch mehr Apartmenthäuser – mehr, mehr, mehr und mehr. Auf dem Papier sah es aus, als sei Donald Trump der moderne König Midas, als würde sich alles, was er berührte, in Gold verwandeln. Trump konnte seiner schmeichelhaften Presse und den einschmeichelnden Bemerkungen jener Politiker glauben, die es auf sein Geld abgesehen hatten. Selbst die Banken hielten ihn für ein Genie; sie liehen ihm mehr und mehr und mehr und noch mehr Geld für seine verschiedenen Unternehmungen. Wer konnte sich in den achtziger Jahren schon vorstellen, daß auch Banken irrten? Mitte der Achtziger war Donald Trump bei den einflußreichsten Männern der New Yorker Demokraten – stets auf der Suche nach einem Mann, der egozentrisch genug war, um ihren Zwecken zu dienen – als zukünftiger Bürgermeister oder gar Gouverneur des Bundesstaates im Gespräch. Genauso handelten Republikaner in Washington Donald Trump (lieber noch als George Bush) als Nachfolger von Ronald Reagan im Amt des Präsidenten.

Ende der achtziger Jahre begann der Auflösungsprozeß des Trump-Imperiums. Der Niedergang mag mit dem Erscheinen eines lauten und frechen neuen satirischen Magazins namens ›Spy‹ begonnen haben, das (in der Tradition von Wyndham Lewis' *Apes of God*) eine Chronik der Reichen und Mächtigen New Yorks führte. Da Donald Trump der absolute König des neuen Geldes in New York war, konzentrierte sich das Magazin natürlich zunächst vor allem auf ihn. Hier wurde Trump immer nur »Donald Stinky Trump« genannt. *Stinky* spielt auf den britischen Slangausdruck *trumpet* oder *trump* an, womit das Absondern übelriechender Gase (oder auch kurz und ergreifend furzen) gemeint ist. ›Spy‹ begann unter der Oberfläche von Trumps sagenhaftem Wirtschaftsimperium zu graben und fand, was die Medien bis dahin gern ignoriert hatten: ein grausames und unmoralisches Verhalten, einen Mann, der alles in seiner Macht Stehende tat, seine Schulden nicht zurückzuzahlen, und am Ende schließlich einen Mann, der seine Schulden nicht mehr zurückzahlen *konnte*, da er seine finanziellen Engagements viel zu weit gestreut hatte, um noch die volle Kontrolle über all seine Unternehmen zu haben. Die journalistische Arbeit von ›Spy‹ über das Thema Donald Trump – und nicht etwa Recherchen der ›New York Times‹ oder anderer etablierter Medien – erwies sich als Omen für die schließliche Entlarvung so vieler anderer hochgepriesener Wirtschaftsschurken mit beträchtlicher positiver Publicity, die dank des Reagan-Bush-Regimes während der achtziger Jahre in den Vereinigten Staaten toben konnten.

Donald Trumps anscheinend letztes pompöses Projekt schien der Multi-Millionen-Dollar-Versuch zu sein, den nördlich von Hell's Kitchen in den 60er und 70er Blocks gelegenen Teil des »Dschungels« zu sanieren und dort einen sagenhaften Wohn- , Gewerbe-, Medien- und Freizeitkomplex zu errichten, der den Namen *Trump City* tragen sollte. Im Herzen von *Trump City* sollte sich ein 150 Stockwerke hoher Wolkenkratzer über der Stadt erheben und damit den Rekord, das höchste Gebäude der Welt zu besitzen, wieder nach New York City zurückholen (derzeit ist es mit 112 Etagen der *Sears Tower* in Chicago, zwei Stockwerke höher als das New Yorker *World Trade Center*). Die übliche Bande von Politikern und Bürokraten auf der inoffiziellen Gehaltsliste von Trump versuchte allen einzureden, dies sei das größte Projekt von *The Donald* überhaupt. Jetzt wollte er auch all die weniger Glücklichen berücksichtigen, indem einige Wohneinheiten in *Trump City* den Armen und aus ihren alten Wohnungen Vertriebenen zur Verfügung gestellt würden. Was für ein toller Hecht! Die Nachbarschaftsvereinigungen (ganz gewöhnliche Menschen) kämpften erfolgreich gegen diesen Vorschlag Trumps, und schließlich wurde der entsprechende Antrag im Rathaus abgelehnt.

Donald Trumps jüngster Vorschlag für *Trump City* am Nordrand der Eisenbahnschlucht wurde jedoch erst kürzlich vom Stadtrat gebilligt. Heute schlägt er einen sehr stark abgemagerten Gebäudekomplex vor, der erheblich mehr Alleen und Erholungsflächen in Flußnähe umfaßt. Es wird kein Gebäude geben, das auch nur annähernd an die 150stöckige Monstrosität herankommt, die er ursprünglich ins Auge gefaßt hatte, und der Komplex wird auch nicht mehr nach ihm benannt. Trump besitzt heute das Einverständnis der Stadt, doch es bleibt abzuwarten, ob er auch das Geld hat, die Sache wirklich durchzuziehen.

Vor einigen Jahren bemerkte Thomas Adcock, daß in Hell's Kitchen Obdachlose häufig hinunter in die Schlucht der alten Eisenbahntrasse verschwanden. Er stellte sich eine ganze Kolonie von Obdachlosen vor, die dort unten lebten. Mit diesem Einfall im Hinterkopf schrieb er *Sea of Green*. Nach dem Erscheinen des Romans in den USA kamen einige New Yorker Journalisten auf die Idee, doch tatsächlich einmal in diesen frei erfundenen Dschungel hinunterzusteigen und nachzuschauen, da er ihnen sehr wirklich und real erschien. Und was fanden sie? Die Realität! Anscheinend war das, was Adcock erfunden hatte – ein paar tausend Obdachlose, die in dieser Eisenbahnschlucht lebten und von einer Art Philosoph wie Lionel angeführt wurden –, die Wirklichkeit!

Inzwischen ist der Dschungel von der Stadt mit Hilfe der Polizei und unter großem Trara gesäubert worden – von wucherndem Unkraut und Gestrüpp ... und von den Obdachlosen, die dorthin vertrieben wurden.

Donald Trump sitzt immer noch in seinem Wolkenkratzerschloß an der Fifth Avenue – allein. Zu den zahlreichen Räumen, die zu betreten Donald keinerlei Grund hat, gehört auch seine riesige Bibliothek, die er sich von einem Designer bauen ließ, bevor er auch nur ein einziges Buch besaß.

Das Urteil, ob Ähnlichkeiten und Parallelen zwischen dem fiktiven Daniel Prescott und dem realen Donald Trump bestehen, bleibt dem Leser überlassen.

J. B.

THOMAS ADCOCK, geboren 1947 in Detroit, war zuerst Journalist (u.a. Polizeireporter) für diverse Zeitungen in Detroit, St. Paul, Minneapolis und New York; lebt in Manhattan. Für seinen dritten Roman *Dark Maze,* erhielt er 1992 den anerkannten Edgar Allan Poe Award, die höchste Auszeichnung für Autoren von Kriminalromanen.
Im Haffmans Verlag erschienen: *Hell's Kitchen* (Ein Neil-Hockaday-Krimi, deutsch von Jürgen Bürger, 1993). Weitere Neil-Hockaday-Krimis in Vorbereitung.